Sibel Daniel
Bündnis der Herzen

TINTE & FEDER

SIBEL DANIEL

Bündnis der Herzen

ROMAN

TINTE & FEDER

Deutsche Erstveröffentlichung bei
Tinte & Feder, Amazon Media EU S.à r.l.
38, avenue John F. Kennedy, L-1855 Luxembourg
August 2020

Umschlaggestaltung: zero-media.net, München
Umschlagmotiv: © Ollyy/Shutterstock; © Blue Planet Studio/Shutterstock;
© Miloje/Shutterstock; © Potapov Alexander/Shutterstock;
© AlecTrusler2015/Shutterstock; © Lukasz Szwaj/Shutterstock;
© Antonio Gravante/Alamy Stock Photo; © Alexia Feltser/ArcAngel;
Lektorat und Korrektorat: Verlag Lutz Garnies, Haar bei München,
www.vlg.de
Gedruckt durch:
Amazon Distribution GmbH, Amazonstraße 1, 04347 Leipzig /
Canon Deutschland Business Services GmbH, Ferdinand-Jühlke-Str. 7,
99095 Erfurt /
CPI books GmbH, Birkstraße 10, 25917 Leck

ISBN: 978-2-49670-455-6

www.tinte-feder.de

Für meine Mutter, meine
Großmutter und meine Tante

Prolog

Der Regen hat aufgehört. Die Erde ist satt. Die Gräser beugen sich bleiern vor Nässe, die Felder glänzen zufrieden. Die schmale Straße schlängelt sich sanft über die Hochebene. Er gibt Gas. Schaltet zurück, legt sich in die Kurve, gibt Gas. Sein schwerer Ledermantel breitet sich hinter ihm aus wie die Schwingen eines Vogels. Er fliegt. Fliegt dem Horizont entgegen. Ohne Schwerkraft. Mühelos.

Adrenalin pulsiert durch seinen Körper. Er fühlt sich großartig. Unangreifbar. Ist berauscht. Von sich.

Ein Sonnenstrahl blitzt durch ein Wolkenloch, wird im Chrom des Lenkers reflektiert, lässt die Regentropfen in allen Farben schimmern, bevor sie vom Fahrtwind weggeweht werden.

Heute wird er sich nehmen, was ihm gehört. Wird sein Recht einfordern, Besitz ergreifen, ihr den Stolz rauben, die Schönheit stehlen. Und er wird sich stark fühlen, Macht spüren, überlegen sein. Endlich wird er der Mann sein, der er sein will. Selbst bei ihr.

Herbst 1944

Kapitel 01

Gertrude

Sie rennt leicht vornüber gebeugt, die Oberschenkel zusammengepresst, mit kurzen, kleinen Schritten. Über den Lattenzaun klettert sie so vorsichtig, als liefe sie über rohe Eier. Oben, bevor sie das rechte Bein auf die andere Seite zieht, hält sie kurz inne, betet und verflucht sich gleichzeitig. Warum passiert ihr das immer wieder? Nun ist sie fast zehn, und immer noch verpasst sie den richtigen Moment, pinkeln zu gehen. »Merde« würden ihre Franzosenfreunde dazu sagen. Wobei sie sich nicht ganz sicher ist, was dieses Wort genau bedeutet. Doch wenn ihre Kumpels dieses Wort aus tiefster Kehle herausspucken, hört sich das genau so an, wie sie sich gerade fühlt. »Merde«, flüstert sie wütend und schafft es, das Wort fast genau so gut nach unten zu spucken wie ihre Freunde Pascal und Gilbert, bevor sie den Zaun überwindet und mit schmerzender Blase nach Hause rennt.

Bei jedem Laufschritt, sobald der Fuß den Boden berührt und kurz ihr ganzes Gewicht auf der Ferse liegt, fühlt sie, wie sich ein spitzer Stich in ihre Blase beißt und sie zu zerreißen droht. Dann ist sie sich sicher, es keinen Moment länger aushalten zu können. Doch es sind nur noch ein paar Meter nach Hause. Sie wird es schaffen – merde!

Sie versucht sich abzulenken, indem sie an die letzten wunderbaren Stunden denkt. Sie hat die Schule geschwänzt, um mit Pascal Schnecken zu suchen. Die Schnecken mit den Häusern. Escargots, wie die Franzosen sie nennen. Die, die man essen kann.

Es ist einer der letzten warmen Herbsttage und es hat geregnet. Die Erde dampft und auf den Gräsern perlen die hängengebliebenen Regentropfen nach außen zu den Grasspitzen, um sich beschwingt auf die Erde fallen zu lassen. Die Nässe treibt die Schnecken aus dem Boden. Pascal und Gertrude mussten sie nur noch vom Boden pflücken und in ihre Eimer füllen. Sorgfältig legten sie ihre Beute danach in Holzkisten auf Brennnesseln aus, gossen Wasser über sie und legten einen schweren Stein auf die Kisten, damit die Tiere nicht über Nacht das Weite suchen können.

Gertrude muss trotz stechender Blase unwillkürlich lächeln, wenn sie an das kommende Festmahl denkt. Sie malt sich aus, wie die Franzosen die Schnecken mit lauten Rufen und großen Gesten auf ein Bett aus Salz und Butter und wildem Knoblauch legen und dann in den selbst gemauerten Backofen schieben. Schon während des Backens, sobald der herbe Duft des Knoblauchs und das süße Aroma der Butter sich mit dem brutzelnden Fleisch der Schnecken mischt, werden ein paar der älteren Männer französische Lieder anstimmen, die fröhlich und laut, und später wehmütig und leise zu ihrem Schlafzimmer wehen, in dem sie ihnen sehnsüchtig zuhören wird. Denn dann darf sie nicht mehr dabei sein. Auch wenn sie ihre Mutter noch so sehr bittet. Denn dann ist es Abend, und die Franzosen dürfen das Areal des Schulhofs mit angeschlossener Turnhalle nicht mehr verlassen. Nur das Aroma der Schnecken wird durch die Straßen und über die Dächer ziehen, wie eine schwebende, würzige Dufthaube, die das Dorf umhüllt und seinen Bewohnern das Wasser im Munde zusammenlaufen lässt.

Zu gerne würde sie dann bei »ihren« Franzosen sitzen, mit ihnen singen und essen. Würde alles dafür geben, ihnen einfach nur zuzuhören, still dieser Sprache zu lauschen, die so melodisch, so nuancenreich ist und in der man im nächsten Moment ein dreckiges »merde« herausspucken kann.

Sie könnte stundenlang ihre Gestik beobachten, ihre Mimik, die so viel lebendiger ist als die der spröden, schweigsamen Schwaben und ihrer kleinen, engen Welt eine neue, aufregende Dimension gibt.

Aber ihre Mutter lässt es nicht zu, dass sie den Abend mit den Franzosen verbringt. Das Argument, dass sie, Gertrude, ja trotzdem zu den Franzosen hinein könnte, auch wenn diese nicht heraus dürften, akzeptiert ihre Mutter nicht. Die Franzosen sind Zwangsarbeiter. Sie selbst sind Deutsche. Es ist Krieg. Ihre Mutter findet, dass das mehr als genug Gründe sind, um ihr zu gehorchen. Punkt.

Trotzdem werden ihre Mutter Helene und ihre Schwester Klara nicht müde, ihr zuzuhören, wenn sie von »ihren« Franzosen erzählt, und mehrfach musste sie nun schon beschreiben, wie die Schnecken zubereitet werden. Das weiß sie nämlich. Auch wenn sie bisher keine gegessen hat. Wenn sie beschreibt, wie die Schnecken tagelang auf Brennnesseln gelegt und dazwischen immer wieder mit kaltem Wasser gereinigt werden, damit sie ausgehungert werden und den Schleim verlieren, verzieht Klara angeekelt den Mund. Und wenn sie zu der Stelle kommt, an der den Schnecken nach dem Kochen der Darm herausgeschnitten wird, schütteln sich Mutter und Schwester schaudernd. Dabei schlachten sie selber regelmäßig Schweine, Hühner und Hasen. Was wesentlich ekliger und viel blutiger ist. Gertrude versteht die Abscheu nicht. Aber vielleicht muss man, um eine Begeisterung für Schnecken entwickeln zu können, ein wenig Französisch sprechen. Das kann sie. Ja wirklich. Vor allem Fluchen. Auch wenn sie nicht so genau weiß, was die einzelnen Flüche bedeuten. Das ist aber egal. Sie klingen ganz fantastisch.

Stöhnend drückt sie eine Hand gegen ihren Unterleib, der zur Antwort ein gluckerndes Geräusch von sich gibt. Leider hockt man sich in ihrem Alter nicht mehr einfach neben die Straße, um sich zu erleichtern. Aber in ihrem Alter vergisst man in der Regel auch nicht, rechtzeitig pinkeln zu gehen. »Merde«, hatte sie das schon erwähnt?

Eine Gänsehaut kriecht ihr kalt prickelnd den Rücken hinauf und bleibt im Nacken kurz stehen. Sie schüttelt sich und rennt weiter. Jeder Schritt hinterlässt in der nassen, von Wagenspuren durchzogenen Lehmstraße kleine Krater, die sich schnell mit Wasser füllen. Immer mehr Matschspritzer sprenkeln ihren Rock, dessen Blau langsam eine erdige Note annimmt.

Sie will gerade erleichtert die Holztür zum Abort aufstoßen, als sie einen unterdrückten Schrei im Wohnhaus hört. Eher ein Krächzen. Guttural, dumpf, trocken. Erschrocken hält sie inne. Die Gänsehaut bedeckt plötzlich nicht mehr nur den Rücken, sondern den ganzen Körper. Es folgt ein hohles Klatschen. Sie hält den Atem an. Ihr Herz droht sich zu überschlagen. Die Gewissheit von unmittelbarem Unheil lähmt sie. Als erneut ein krächzender Laut vom Wohnhaus herüberweht, entweicht die angestaute Luft mit einem langgezogenen Schnauben aus ihren Lungen und ihre Lebensgeister kehren wieder zurück.

Mit einem stummen Schrei stößt sie sich von der Tür ab, rennt die zwei Meter, die den Außenabort vom Haus trennen und bleibt am Küchenfenster, das nur angelehnt ist, wie angewurzelt stehen.

Durch die matten Scheiben sieht sie, wie sich ein Mann in Polizeiuniform breitbeinig über ihre Mutter beugt, die mit dem Rücken halb über dem Kohleherd liegt. Sein massiger Körper scheint ihre Mutter zu erdrücken. Sein großer Schädel, mit rotem, lockigem Haarkranz um eine ovale, kahle Stelle, schnellt ruckartig nach vorne. Immer wieder. Wie ein Huhn das nach Körnern pickt. Obszön, abstoßend, falsch.

Sie sieht, wie ihre Mutter versucht, den Mann mit dem linken Ellenbogen auf Abstand zu drücken, die Hand gegen sein pickendes Kinn gepresst, gleichzeitig tastet ihre rechte Hand nach dem eisernen Milchtopf, der ungerührt neben ihr auf dem Herd dampft. Sie sieht, wie sich die Hand fest um den Griff legt, und hat nur einen Gedanken: *Tu es! Mach es! Bitte!* Und ihre Mutter tut es.

Mit all dem Schwung, den sie in dieser Lage aufbringen kann, reißt sie den Topf hoch und lässt ihn gegen den pickenden Schädel krachen, der zur Seite geschleudert wird. Ein Teil des Topfes scheint in der Luft zu schweben, bevor er scheppernd auf dem Boden landet. Der Griff befindet sich aus irgendeinem Grund noch in der Hand ihrer Mutter, und ein Schwall heißer, weißer Milch ergießt sich über das Gesicht, den Hals und die Schulter des Polizisten. Weiße Milch, die sich innerhalb weniger Sekunden auf der Uniformjacke dunkel färbt und sich langsam nach unten frisst. Er brüllt. Er brüllt wie die Ochsen, die zum Schlachten geführt werden.

Eine rote, flammende Fläche zieht sich quer über sein Gesicht. Seine Augen sind so weit aufgerissen, dass Gertrude glaubt, die weißen Kugeln würden gleich herausspringen. Er holt aus und schlägt ihre Mutter, die nach dem Befreiungsschlag erstarrt vor dem Herd steht, mit der Faust mitten ins Gesicht. Es knackt. Mit einem lauten Stöhnen umfasst ihre Mutter mit beiden Händen wie betend ihre Nase. Blut quillt zwischen ihren Fingern hervor, tropft schwer und satt auf den Steinboden, und setzt eine leuchtend rote Grenze zwischen sich und ihren Angreifer.

Sie starren sich an. Der Polizist und ihre Mutter. Die vom Blut gurgelnde Atmung ihrer Mutter im gleichen Rhythmus mit dem tierischen Schnauben des Polizisten. Das langsam tropfende Blut scheint der Zeit ein eigenes Maß aufzuzwingen, scheint die Sekunden in eine neue Einheit zu dehnen und die Küche in eine andere Dimension zu versetzen.

Gertrude schließt die Augen und öffnet sie wieder.

Die Grenze aus Blut wird immer größer. Zäh und träge tropft das Blut auf den Boden und Gertrude hofft, dass der Polizist diese Grenze nicht übertreten kann. Sie fühlt heiße Tränen über ihre Wangen rinnen, als wollten sie sich für immer in ihre Haut brennen.

Noch immer bewegt sich niemand. Und als Gertrude glaubt, nun würde vielleicht doch noch alles gut werden und ihre Mutter würde lachen und sagen, dass alles nur ein Scherz gewesen sei, wirft sich der Polizist nach vorne. Mit einem Aufschrei versucht ihre Mutter ihm auszuweichen, rutscht aber auf dem vom Blut glitschigen Steinboden aus und schlägt mit einem befremdlichen Klatschen auf dem Boden neben dem Herd auf.

Gertrude überlegt nicht lange.

Sie rennt ins Haus, durch den Flur, stolpert ins Schlafzimmer, das sie sich mit ihrer Mutter teilt, und hinterlässt auf dem sauberen Boden schlammige, nasse Fußspuren. Mit zitternden Fingern stemmt sie das lose Holzbrett der Dielen nach oben und tastet mit der Hand durch den Staub des schmalen Zwischenbodens. Wo ist sie nur? Da! Ihre Finger greifen das Leinentuch. Fahrig zieht sie es heraus, das Tuch öffnet sich, und die alte Pistole, die ihr Vater vom letzten Fronturlaub mitgebracht hat, poltert auf den Holzboden.

Erschrocken weicht Gertrude ein wenig zurück. Kalt und ruhig schimmert das Metall auf dem matten Holz der Dielen. Kalt und gnadenlos.

Ihr Vater hatte ihr ausführlich erklärt, wie gefährlich eine Waffe ist. Ihr gezeigt wie man sie richtig hält. Wie man richtig lädt und entsichert. Und er hatte ihr gezeigt, wie man abdrückt. Gegen den Protest seiner Frau hatte er darauf bestanden, diese Waffe stets geladen unter den Dielen zu verstecken.

Gertrude umfasst den Griff. Ihre Hände sind fast zu klein, um sie richtig halten zu können. Aber nur fast. Sie nimmt sie mit beiden Händen. Beruhigend zieht sich die Kälte des Metalls von ihren Händen über die Arme bis in ihr Herz und lässt sie wissen, was zu tun ist.

Sie horcht. Stille in der Küche. Sie weiß nicht, ob das gut ist oder schlecht. Sie entsichert die Waffe und schleicht vorsichtig auf die geschlossene Küchentür zu. Wie in Trance hüpft sie über ein knarrendes Dielenbrett. Sie atmet tief ein und langsam aus. Ein und aus. Ein durchdringendes Scheppern lässt sie zusammenzucken, gleich darauf knallt es, als zerschelle ein schwerer Gegenstand auf dem Steinboden. Als ein heftiger Schlag die Küchentür erschüttert, fällt Gertrude fast die Waffe aus der Hand. Schmeißt ihre Mutter in der Küche mit Gegenständen?

Unerwartet dröhnt ein dumpfes Lachen aus der Küche. Ein tiefes, amüsiertes Siegerlachen. Gertrude reißt die Tür auf. Schreit. Viel zu schrill. Der Polizist kniet über ihrer Mutter, die immer noch am Boden liegt. Langsam dreht er sich zu Gertrude um. Die Uniformjacke ist offen und sein Hemd öffnet sich klaffend über einem gewaltigen, haarigen Bauch und großen, spitz zulaufenden Brüsten. Seine Haut ist weiß. Eklig weiß. Er lacht nicht mehr. Schaut sie nur unter fragend zusammengezogenen Augenbrauen an. Nicht wütend. Nur irritiert, als erwache er gerade aus einem langen Traum und wisse nicht, wo er sich befindet. Sein Gesicht ist auf der Seite, wo ihn die heiße Milch erwischt hat, stark angeschwollen, was ihm ein etwas deformiertes, fast mitleiderregendes Aussehen verleiht. Gertrude ist verunsichert, weiß nicht, was sie tun soll. Die Pistole zittert stark in ihren Händen, die sich um den Griff gelegt haben wie im Gebet. Das Metall des Abzugs schneidet sich kalt in ihre Zeigefinger und sie hat das Gefühl, als würde ihr Herz gleich explodieren.

Völlig unerwartet springt der Polizist auf. Stürzt sich mit seiner ganzen bedrohlichen Körpermasse wie ein wildes Tier knurrend auf sie. Erschrocken stolpert Gertrude einen Schritt zurück. Sie wäre beinahe gefallen, fängt sich aber schnell wieder, ist plötzlich ganz ruhig. Sie sieht, wie der Polizist auf sie zustürzt, spürt schon seine Aura, die ihn wie ein vibrierender Kokon einzuhüllen scheint. Doch sie weiß, dass sie Zeit hat.

Genügend Zeit.

Ihr Vater hat ihr gesagt, sie solle sich immer ein großes Ziel suchen, ein Ziel, das die Wahrscheinlichkeit eines Treffers erhöht. Dieses Ziel solle sie im Auge behalten. Sich konzentrieren. Gertrude zwingt sich, nach unten zu schauen. Weg von diesem verzerrten, knurrenden Gesicht. Sie zielt. Zielt auf die fleischige Brust. Sie hat nicht gewusst, dass Männer auch Brüste haben können. Sie drückt ab.

Der Rückstoß reißt ihr die Hände nach oben und kugelt ihr fast den Arm aus. Ein brennender Schmerz jagt ihr über die Schulter und den Rücken bis ins Knie. Doch sie lässt die Waffe nicht los, klammert sich daran fest, als hinge ihr Leben davon ab. Die Pistole ist ganz heiß. Ein beißender, metallischer Geruch erfüllt plötzlich die Küche. Hohl und gleichzeitig scharf. Sie muss würgen.

Die Kugel hat den Polizisten nach hinten geschleudert. Der dumpfe Ton, mit dem er auf dem Steinboden aufgeschlagen ist, klingt in ihren Ohren nach. Sein Körper hat sich zusammengefaltet wie ein leerer Kartoffelsack. Von Außen nach Innen. Warum denkt sie jetzt an Kartoffeln?

Seltsam verdreht liegt er da. Auf der Brust, gleich neben der linken Brustwarze, ist ein feucht schimmerndes, rotes Loch. Er hat nun drei Brustwarzen, die sie anschauen. Unter seinem Körper kriecht dickes rotes Blut hervor. Gertrude schaudert. Eine eiserne Klammer legt sich um ihren Hals. Sie atmet stoßweise, doch der Sauerstoff gelangt nicht bis in ihre Lungen. Sie spürt, wie etwas Heißes an ihren Schenkeln herunterrinnt, erst wenig, dann immer mehr. Sie beobachtet, wie sich ein kleiner See um ihre schlammigen Schuhe bildet, der immer größer wird. Sie sieht, wie sich die äußeren, hell glänzenden Ränder ihres Urins mit dem Blut des Polizisten und dem Blut ihrer Mutter mischen, erst langsam, fast zögerlich, dann immer schneller und schneller. Und dann lacht ihre Mutter. Ein raues Lachen, das in ein Schluchzen übergeht und Gertrude an das heisere Bellen eines Fuchses erinnert.

Kapitel 02

Gilbert

Gilbert Dupont hat schon schlimmere Tage erlebt. Seit Kriegsbeginn ist eigentlich jeder Tag schlimm. In Nuancen. Heute ist auf der Skala von eins bis zehn etwa ein Fünfertag. So lala. Nicht wirklich gut, aber auch nicht wirklich schlimm. Seit er in diesem Dorf bei den Deutschen, genauer den Schwaben, zwangsweise arbeiten muss, gibt es überraschend viele So-Lala-Tage. So-Lala-Arbeiten, So-Lala-Essen, So-Lala-Schlafen. Nichts ist wirklich gut, aber auch nicht wirklich schlimm. Und wenn er ehrlich ist, gibt es sogar richtig nette Tage. Vor allem wenn er mit den drei Hübschen zusammen ist. So nennt er sie für sich. Eigentlich nennen alle aus dem Lager sie so. Die »Trois Grâces«. Eine Mutter mit ihren zwei Töchtern. Die eine Tochter ist etwa achtzehn, hat dicke, blonde Zöpfe, blaue Augen, und ist strahlend schön. Die andere hat braune Zöpfe, grüne Augen und ist noch ein Kind, ungefähr zehn. Man sieht, dass sie eines Tages so hübsch werden wird wie ihre Mutter und ihre Schwester. Er arbeitet gern für sie. Sie behandeln ihn anständig. Er lacht mit ihnen und isst oft mit ihnen. Und manchmal zeigt er ihnen, wie man aus einem zähen schwäbischen Suppenhuhn einen französischen Coq au Vin zubereitet. Leider ganz ohne Vin. Hier gibt es nur Most. Aber es schmeckt überraschend gut.

Er mag sie. Das würde er aber niemals zugeben. Schließlich ist er beim Feind. Bei diesen Deutschen, die seine Welt mit Krieg überzogen haben. Sales Boches. Drecks-Nazis. Alle. Schluss, aus, fini. Und hängt nicht sogar im Wohnzimmer der Trois Grâces ein großes Porträt ihres Schnauzer-Führers?

Vielleicht ist das auch der Grund, warum er nicht sofort, als er die Schreie hörte, hinübergerannt ist. Sollten diese Deutschen sich doch selber das Leben zur Hölle machen. Sie hatten ihn mit ihrem Blitzkrieg aus einem Leben gerissen, das gerade erst richtig begonnen hatte.

Er hatte sein Studium an der Université de Marseille abgeschlossen. Mit seinen Fremdsprachenkenntnissen – er beherrscht fließend Englisch, Spanisch und Deutsch, ja, auch Deutsch – stand ihm die Welt offen. Klar hatte man davon gesprochen, dass sich in Deutschland etwas zusammenbraut, dass dieser Hitler mit seiner braunen Horde unberechenbar ist, aber als der Drecksack Polen überrannte, waren sie alle wahrlich überrascht. Keiner hatte daran geglaubt, dass so etwas geschehen könnte. Sie hatten sich alle von der Bequemlichkeit des Friedens und der Arroganz ihrer Stärke einlullen lassen.

Aufgrund des Beistandspaktes mit Polen musste nun Frankreich zusammen mit Großbritannien Deutschland den Krieg erklären. Aber ganz ehrlich, Polen war weit weg und sie taten – nichts. Doch als Hitler dann plötzlich auch durch Frankreich fegte, schreckten sie alle aus dem Tiefschlaf ihrer Ignoranz. Die Grande Nation wurde verletzt und gedemütigt. Von einem hässlichen Zwerg mit lächerlichem Bart. Als Charles de Gaulle Männer suchte, die perfekt Deutsch sprachen, meldete er sich sofort. Er sollte als Spion hinter die feindlichen Linien. Nach einer viel zu kurzen Trainingseinheit – er fühlte sich eigentlich noch gar nicht bereit – wurde er losgeschickt.

Die Zeit drängte und der Plan war gut: Da alle arbeitsfähigen deutschen Männer fremde Völker überfielen und massakrierten, hatte das Deutsche Reich ein Defizit an Arbeitern. Er sollte sich als Zwangsarbeiter in eine der wichtigsten Waffenfabriken des Dritten Reichs einschleusen lassen. Ein Spion als Zwangsarbeiter: So weit die Theorie. Doch irgendetwas ging schief. Anstatt in einer Waffenfabrik, landete er mitten auf dem Land. Die Fabrik war zwar nur wenige Kilometer entfernt, doch trotzdem unerreichbar. Und was tat er? Er mistete Ställe aus und reparierte Zäune, half den schwäbischen Bauern und vor allem Bäuerinnen. Denn auch hier fehlten arbeitsfähige deutsche Männer. Von Spionagearbeit weit entfernt. Merde. Ach, und seine Qualifikation, die deutsche Sprache, aufgrund derer er überhaupt hierher geschickt wurde, mon dieu, die hatte mit diesem breiten, schwäbischen Dialekt nur wenig zu tun.

Als er die Schreie hört, die aus dem Haus der Trois Grâces kommen, unterdrückt er den Impuls, sofort hinüberzurennen, und dreht sich auf seinem Feldbett zur Wand. Die raue Felddecke kratzt ihn im Nacken. Aufmerksam, als gäbe es im Moment nichts Wichtigeres, folgen seine Augen den Rissen und Linien in der unverputzten Wand der kleinen Turnhalle, in der er und die anderen Franzosen untergebracht sind. Die anderen tun ebenfalls so, als hörten sie nichts. Eh bien, einige schlafen ja auch tatsächlich schon, andere sitzen rauchend und Karten spielend im Nebenraum. Nach der schweren Feldarbeit sind sie alle müde, und vermutlich denken alle dasselbe: Was geht uns das Leben dieser Deutschen an? Zudem dürfen sie nach Feierabend nicht mehr aus dem Lager. Meistens halten sie sich daran. Keiner will dem selbsternannten Blockwart in die Arme laufen, der jede noch so kleine Verfehlung dazu nutzt, seinen Sadismus an ihnen auszuleben.

Gilbert setzt sich auf und lauscht, ob er zwischen dem Schnarchen und Seufzen seiner Kameraden weitere Schreie vom Haus gegenüber hört. Doch draußen ist alles still. Merde, warum schläft er nicht einfach?

Aber er kann nicht.

Unruhig dreht er sich auf seinem Feldbett hin und her. Er schwitzt trotz der einsetzenden abendlichen Kühle. Unangenehm klebt sein Hemd am Rücken. Plötzlich knallt ein Schuss.

Bestürzt springt er auf, versucht sich im Laufen die Hose anzuziehen und verheddert sich in der Felddecke, die sich um seine Beine gewickelt hat. Er stolpert und fällt der Länge nach hin. Wütend tritt er die Decke zur Seite.

»Gilbert!« Pascal, einer der älteren, hat sich auf dem Feldbett aufgerichtet und blickt müde zu ihm auf. »Gilbert, bleib liegen, was gehen uns die Deutschen an?« Beschwichtigend deutet er auf die Pritsche. »Leg dich wieder hin, hör einfach weg.«

Aber Gilbert kann nicht mehr ruhig bleiben. Er zieht sich die Hose an, öffnet vorsichtig die Tür und horcht in den frühen Abend. Ganz still ist es, nur ein paar raschelnde Mäuse, muhende Kühe, stampfende Ziegen, deren Glöckchen auch im Stall bimmeln, und über allem das zufriedene Gackern der Hühner. Drüben schreit ein Käuzchen. Zwei Katzen jagen sich durch die Büsche. Ein sanfter Wind weht und vertreibt den Gestank nach Tieren und deren Ausscheidungen. Ein ganz normaler Abend, nach einem arbeitsreichen Tag auf dem Lande. Fast fühlt es sich an wie in Lirac, dem kleinen südfranzösischen Dorf, in dem er lebte, bevor er durch ein Stipendium nach Marseille kam.

Doch von dem Frieden darf er sich nicht täuschen lassen. Angespannt blickt er über den Holzzaun der das Areal der Zwangsarbeiter eingrenzt. Kein Mensch ist zu sehen. Er klettert über den Zaun und überquert geduckt die Straße zum Haus der

Trois Grâces. Er schleicht dicht an der Wand des Hühnerhauses entlang und ist mit wenigen Schritten beim Außenabort. Von dort sind es noch zwei Meter bis zum Küchenfenster, das in der Regel nur angelehnt ist. Unschlüssig hockt er sich unter das halb geöffnete Fenster, atmet tief durch und überlegt, ob er einfach durch die Haustür eintreten soll. Da hört er ein diffuses Stöhnen, das aus der Küche kommt. Vorsichtig richtet er sich auf und sieht im Halbdunkel der Küche, wie Helene und die kleine Gertrude etwas Großes, Schweres zur Küchentür zerren. Bei jedem Ruck stöhnen beide angestrengt. Würde über der Szenerie nicht so ein tragischer Ernst liegen, hätte Gilbert fast gelacht.

»Helene, Helene, qu'est-ce qui s'est passé?«, flüstert er durch das Fenster. Abrupt bleiben die beiden stehen. »Gilbert? Geh weg. Geh!« Ihre Stimme klingt fast flehentlich. Doch er geht nicht weg. Er geht hinein, und mit einem Blick versteht er.

Auf dem Boden liegt ein großer, breiter Körper, bedeckt mit einem Kartoffelsack. In großen Buchstaben stehen die Initialen E.S. darauf. Unten schauen Stiefel heraus. Große, schwere Stiefel. Soldatenstiefel? Schleifspuren aus Blut ziehen sich vom Herd bis zur Tür. Helenes schönes, ebenmäßiges Gesicht ist von einer riesig angeschwollenen Nase entstellt. Die sonst so fröhliche Gertrude schluchzt leise vor sich hin und weicht seinem Blick aus. Der Raum riecht nach Urin, Blut und Schießpulver. Auf dem Boden liegt eine Pistole. Gilbert weiß, er sollte so schnell wie möglich gehen. Bloß weg hier. Er hat sich vergewissert, dass es den Trois Grâces gut geht, aber jetzt sollte er schleunigst verschwinden. Wenn er die Situation hier richtig beurteilt, darf es keinen Zusammenhang zu ihm oder seinen Leuten geben.

Dann begegnet ihm Helenes Blick. Eine einzelne Träne rinnt über ihre Wange. Sie sieht so hilflos aus, so verletzlich mit ihrer geschwollenen Nase. Und plötzlich denkt er an seine eigene Mutter. Was würde sie wohl sagen, wenn er jetzt einfach wieder abhauen würde? Mon dieu. Was soll er nur tun? Gilbert bleibt.

Er hebt die Pistole auf, sichert sie und schiebt sie sich in den Gürtel. Wer weiß, wofür er sie noch brauchen wird. Hart drückt sie sich an seinen Rücken. Sie müssen sich beeilen. Vermutlich hat nicht nur er den Schuss gehört. Und kommt nicht auch bald Klara von der Arbeit aus der Stadt nach Hause?

Er schiebt den Kartoffelsack ein wenig herunter, damit er den Körper besser greifen kann. Ein rotes, feistes Gesicht kippt ihm entgegen, ein starres Auge blickt ihn an. Angeekelt dreht er das Gesicht zur Seite. Er fasst den toten Körper von hinten unter den Achseln. Der Tote trägt eine Uniform. Eine Polizeiuniform. Merde, das ist ja noch viel schlimmer als erwartet. Schweigend zieht er ihn durch die Tür. Helene greift sich die Beine, weist Gertrude an, den Boden in der Küche zu reinigen, und zusammen tragen sie ihn nach hinten in den Garten. Ja, praktisch veranlagt sind sie, die Deutschen. Und effizient. Merde. Was macht er hier nur?

Der Polizist ist schwer, verdammt schwer. Gilbert greift dem Toten unter die Achseln, packt den linken, leblosen Arm und benutzt ihn als Hebel, um ihn besser tragen zu können. Doch dadurch ist sein Gesicht sehr nah am Hinterkopf des Mannes und dessen Geruch lässt Gilbert würgen. Voll Abscheu hält er die Luft an. Dieses fette, ehrlose Nazischwein, das sich offensichtlich an den eigenen Leuten vergreifen wollte, sieht nicht nur aus wie ein Tier, sondern riecht auch so. Der Drecksack dachte sich wohl, eine Frau ohne Mann wäre leichte Beute. Ha! Gut gemacht, Helene. Fast ist er ein wenig stolz auf seine Trois Grâces.

Der Kartoffelsack rutscht irgendwo auf halbem Weg nach draußen herunter und verdeckt leider nicht mehr den Blick auf einen prallen Bauch und zwei große Männerbrüste, die bei jedem

Schritt hin und her wippen. Das Eintrittsloch der Patrone, das ziemlich genau auf Herzhöhe liegt, sieht im Vergleich zu den Fleischmassen fast belanglos aus. Anerkennend pfeift Gilbert durch die Zähne. Guter Schuss. Wer war es? Helene? Nun gut. Eigentlich will er es gar nicht so genau wissen.

Helene und Gilbert tragen den Körper die Treppen hinunter, durchqueren die Waschküche und bringen ihn in den Garten hinaus. Sie legen den toten Polizisten ins feuchte Gras neben dem Pflaumenbaum. Beide atmen schwer. Helene holt zwei Schaufeln. Wortlos blicken sie sich an, nicken sich schweigend zu, und beginnen konzentriert zu graben, holen schwere, dicke Erde aus einem Loch, das irgendwie immer schon als Grab bestimmt war. Der Schweiß rinnt ihnen in Strömen über das Gesicht, doch sie werden nicht langsamer. Im Gegenteil. Grimmig graben sie weiter. Erde auf Erde, Scholle auf Scholle. Das Loch wird immer tiefer, die Erde daneben immer höher. Sie keuchen und graben und scharren und stechen. Der Baum steht still, hört zu, legt einen gnädigen Schatten über sie und mischt die aufkommende Dunkelheit mit ihrem trostlosen Tun.

Kapitel 03

Ferdinand von Stein

»Hören Sie mir überhaupt zu?« Ertappt blickt Ferdinand von Stein von seiner Zeichnung auf. Er fühlt, wie seine Wangen glühen. Peinlich berührt rückt er den Stuhl zurecht und versucht seinem Körper eine aufrechte Haltung zu geben. Er hatte sich völlig in den Linien ihres Mundes verloren, in der Schattierung zwischen Unterlippe und dem Grübchen ihres Kinns. Das ist schon die zehnte Skizze, die er von ihr beginnt und vermutlich nie als Bild vollenden wird. Widerstrebend legt er den Bleistift neben seine Zeichnung. Er räuspert sich: »Natürlich, Herr Direktor Bäumle«.

Er muss ein wenig aufpassen und seiner Verliebtheit Einhalt gebieten. Vor allem, wenn er in Besprechungen mit Direktor Bäumle sitzt, dem verantwortlichen Entwickler eines neuen Sturmgewehrs, in das alle große Hoffnungen setzen. Es ist eine Ehre, dass er dabei sein darf. Beruflich ist ein Traum in Erfüllung gegangen. Und das mitten im Krieg. Er muss nicht wie all seine Jahrgangskameraden im Schützengraben liegen, er gehört nicht zum »Kanonenfutter«. Nein, dafür ist er ein viel zu guter Ingenieur und hat viel zu gute Verbindungen. Seine UK-Stellung schützt ihn vor der Einberufung an die Front.

Schon während des Studiums war ihm klar, dass er hierher wollte. In die Hochburg deutscher Waffentechnologie. Sein Professor an der Technischen Universität in Berlin hatte enge Kontakte zur Waffenindustrie und half ihm mit einem ausgezeichneten Empfehlungsschreiben. Obwohl er seine Doktorarbeit noch nicht beendet hatte, nicht einmal richtig angefangen, um ehrlich zu sein. Aber solche Kleinigkeiten spielen im Krieg ohnehin keine Rolle mehr. Und ja, ein wenig hatte seine Mutter auch dabei geholfen. Vermutlich wäre das Empfehlungsschreiben seines Professors nicht ganz so euphorisch ausgefallen, doch zum Glück hatte seine Mutter genügend Ziffern auf den Scheck geschrieben, den sie gönnerhaft dem Präsidenten der Universität übergab. Die Universitätsverwaltung war entzückt. Und von Stein ist sich sicher, dass seine Mutter an dem Techtelmechtel, das sie zeitgleich mit seinem Professor anfing, mindestens genau so viel Spaß hatte wie dieser. Sie kam nicht nur einmal mit leuchtenden Augen, beschwingtem Schritt, nach Gin und Zigaretten riechend, spät nachts nach Hause.

Ja, und von Stein findet, dass sie ihm das schuldig war. Irgendwie. Schließlich hatte sie ihm verboten, an der Staatlichen Kunstschule zu studieren. Seine erste große Leidenschaft: Das Malen. Wie manisch hatte er damals, in einem anderen Leben, an der Bewerbungsmappe für die Akademie gearbeitet. Wochenlang zeichnete er heimlich Tiere im Zoologischen Garten. Bei jedem Wetter war er da. Wenn es regnete, saß er mit einem aufklappbaren Schemel im Aquarium-Haus und zeichnete mit kräftigen Kohlestrichen Fische, Reptilien und Insekten, und bei Sonnenschein verbrachte er Stunden vor dem Affengehege, fertigte mit Bleistift feine Porträtskizzen der verschiedenen Affen an, um sie abends zu Hause in Öl nachzumalen.

Mit der Zeit konnte er sie allein an der Augenpartie voneinander unterscheiden.

Mit diesen Affenporträts bewarb er sich schließlich an der Akademie. Er nannte seine Mappe »Affen-Persönlichkeiten«. Denn das waren sie zwischenzeitlich für ihn: Persönlichkeiten. Und irgendwie auch Freunde.

Zu seiner Überraschung nahm ihn die Akademie an. Tatsächlich! Er wird nie vergessen, wie er mit bebenden Händen den Brief der Kunstschule geöffnet hatte und die Zusage darin fand. Sie bescheinigten ihm ein außerordentliches zeichnerisches Talent. Er war stolz. So stolz. Doch Frau Mama hatte es ihm verboten. Einfach so. Sie befahl ihm, in die Fußstapfen seines verstorbenen Vaters zu treten. Ihrer Meinung nach waren Künstler ein nutzloses Pack. Heute denkt er, dass sie vielleicht recht hatte.

Zu seiner Schande muss er gestehen, dass er sich damals nicht lange gewehrt hatte. Er machte wie immer das, was sie wollte. Ohne Widerstand. Wenn man von den paar Tagen absieht, in denen er schmollend und leidend seine Etage nicht verlassen und sich verschiedene Arten der Selbsttötung überlegt hatte. Doch als Frau Mama ihn in der Badewanne mit einem Küchenmesser erwischte und ihn anherrschte, was denn dieser Unsinn schon wieder solle, gab er zerknirscht auf.

Er begann noch im selben Jahr sein Ingenieursstudium, entwickelte eine fanatische Leidenschaft für Waffen, und mit jedem Tag vergaß er ein wenig mehr, dass er einmal hatte Künstler werden wollen.

Seither war er nie wieder in einem Zoo. Doch wenn er heute auf einem Foto einen Affen sieht, durchzuckt ihn eine seltsame Sehnsucht, von der er nicht weiß, woher sie kommt.

Aber so viele Affen gibt es in Tageszeitungen ja nicht zu sehen. Sein Zeichentalent nutzt er nun – wenn er nicht gerade Porträts von der Frau zeichnet, in die er verliebt ist – für technische Entwürfe. Und er ist zufrieden damit. Sehr zufrieden sogar. Vor allem, seit er hier in der Waffenfabrik teilhaben darf an der Entwicklung eines außerordentlichen Sturmgewehrs. Denn deshalb haben sie ihn aus Berlin hierher in die Provinz geholt.

Er soll mithelfen bei der Fertigstellung eines »Geräts« mit revolutionärer Verschluss- und Verriegelungstechnik: dem ersten als Rollenverschluss ausgeführten Masseverschluss. Von Stein ist sich sicher, dass diese bahnbrechende Entwicklung die Mutter aller künftigen Sturmgewehre sein wird. Und er ist dabei!

Vielleicht wird sein Name ja irgendwann mal in einem Atemzug mit den großen Ingenieuren genannt: Gottlieb Daimler, Rudolf Diesel, Otto von Guericke, Ferdinand von Stein – aber er träumt schon wieder.

Seine Vorgesetzten legen besondere Aufmerksamkeit auf die Teilegeometrie des Sturmgewehrs und fanden heraus, dass der Gaskolben ganz weggelassen werden kann. Durch dieses extrem reduzierte Design können die Herstellungskosten gesenkt und die Fertigungszeit reduziert werden. Womöglich ist das neue Gerät sogar die entscheidende Waffe für den Endsieg. Und alles streng geheim – versteht sich.

Er ist für die Produktion der ersten Prototypen verantwortlich. Sie werden in den nächsten Wochen damit starten. Also wird er sich gefälligst »zusammenreißen«, wie seine Frau Mama im fernen Berlin so schön sagen würde. Hastig legt er die Zeichnung unter seine Besprechungsunterlagen.

Als die Sitzung zu Ende ist, macht sich von Stein auf den Weg in sein Büro. Er muss die Unterlagen im Tresor einschließen, bevor er in die Kantine geht. Sicherheitsvorschrift. Leicht gebeugt, mit nach vorne fallenden Schultern, wie es großen Menschen oft eigen ist, geht er mit langen Schritten durch den Flur. Jeder Schritt quietscht auf dem blank polierten Linoleumboden. Er hofft, sie in der Kantine zu treffen. Zumindest einen kurzen Blick auf sie zu erhaschen. Und vielleicht, vielleicht lächelt sie ihm ja zu. Und vielleicht können sie nach dem Essen kurz miteinander reden. Belangloses. Wie immer. Aber das ist egal. Er versteht sowieso nur die Hälfte von dem, was sie sagt. Dieses Schwäbisch wird er vermutlich auch in hundert Jahren nicht lernen. Es reicht ihm aber, wenn er in ihre wundervollen blauen Augen schauen darf und ihr feines Lächeln aus nächster Nähe sieht, um es abends vor dem Schlafengehen aus der Erinnerung nachzuzeichnen.

Doch von Stein wird jäh aus seiner Schwärmerei gerissen. Der grelle Ton einer Sirene lässt ihn erschrocken zusammenzucken. Bombenalarm. Angst schnürt ihm die Kehle zu. Hilflos lehnt er sich gegen die kühle Wand des Flurs und hofft, dass die Attacke vorübergeht. Seine linke Hand beginnt unkontrolliert zu zittern. Seine Kollegen dürfen ihn so nicht sehen, so hilflos in seiner eigenen Angst gefangen. Doch er kann nichts dagegen tun. Es ist bei jedem Bombenalarm dasselbe. Er hasst sich für diese Schwäche.

Als die Türen links und rechts aufgerissen werden und seine Kollegen den Flur fluten, gibt er sich einen Ruck und schließt sich der Masse an.

Zusammen versuchen sie, mit beherrschten, schnellen Schritten Richtung Luftschutzstollen zu gehen. Geordnet. Wie schon so oft geübt. Jeder unterdrückt den natürlichen Impuls zu rennen. Panik ist unerwünscht in den heiligen Hallen der Waffenfabrik. Aber er kann ihn riechen. Diesen strengen, scharfen Geruch, der plötzlich wie eine Wolke über allem hängt. Angstschweiß. Panikschweiß. Der Mensch, zurückgeworfen zu seinen Ursprüngen. Trotz Anzug und Krawatte. Trotz Kostüm. Der Angstschweiß drückt sich durch alles. Dominant. Tierisch. Irgendwie vulgär. Und er selbst stinkt am meisten. Er ist froh, dass Frau Mama ihn so nicht sieht.

Von Stein geht schnell in eines der leerstehenden Büros und holt aus der Aktentasche den alten Flachmann seines Vaters hervor, in den er Wodka gefüllt hat. Den Wodka, den ihm seine Frau Mama aus Berlin schickt, aus ihren endlosen Vorräten, als sich Russland und Deutschland noch freundschaftlich gesinnt waren. Verstohlen schraubt er den Flachmann auf und nimmt einen schnellen Schluck. Wohltuend breitet sich eine scharfe Hitze auf seiner Zunge, im Hals und schließlich im Magen aus. Er fühlt ein angenehmes Kribbeln im Nacken. Er hustet. Das Zittern hört sofort auf und er fühlt, wie sich die Angst in einen kleinen zuckenden Ball in der Magengegend verwandelt. Er nimmt noch einen großen Schluck, hustet erneut, betrachtet versonnen den geschwungenen Schriftzug »In Liebe«, den seine Mutter vor vielen, vielen Jahren für seinen Vater auf der Vorderseite des Flachmanns eingravieren ließ, und geht zurück auf den Flur. Ohne zu wissen warum, bringt ihn der Schriftzug auf eine Idee: Der Alarm ist seine Chance. Dass er darauf nicht schon früher gekommen ist! Das ist die Gelegenheit, ihr endlich etwas näher zu kommen. Er muss sie finden, um mit ihr zusammen zum Luftschutzstollen zu gehen. Er kann sie beschützen, zumindest kann er so tun als ob, und vielleicht, ja vielleicht ... er atmet tief ein, nimmt allen Mut zusammen und kämpft sich gegen den Strom von Menschen, die alle in Richtung Luftschutzstollen ziehen. Laut lacht er auf. Er, der Hasenfuß, wird sich zum Beschützer aufspielen. Doch solange seine Wodkavorräte nicht zur Neige gehen, wird sie nicht bemerken, wie erbärmlich feige er eigentlich ist. Er lacht erneut. Laut und herzlich. Die ihm entgegenkommenden Menschen schauen ihn irritiert an. Er zwinkert ihnen zu. Sollen sie doch denken, was sie wollen. Adrenalin durchströmt seinen Körper, lässt ihn aufrecht, mit nach hinten gedrückten Schultern, wie ein Rammbock durch die Masse stoßen.

Mit seinen ein Meter fünfundneunzig kann er alles überblicken. Er geht mit langen Schritten in Richtung ihres Büros. Seine Augen mustern jeden Vorbeihuschenden, um sie ja nicht zu verpassen. Wo ist sie? Sie muss doch den Alarm auch gehört haben und schon auf dem Weg sein.

Doch nein, sie ist nirgends zu sehen. Er kämpft sich weiter. Langsam verebbt die Flut der trabenden Körper. Es wird Zeit. Er müsste schon lange auf seinem Platz im Stollen sein. In einem speziellen Raum für die leitenden Angestellten, in einer in den Fels gehauenen Höhle, gleich auf dem Firmengelände. Nirgendwo ist es sicherer. Fast verlässt ihn der Mut bei diesem Gedanken, entgleitet ihm die eben gewonnene Courage, und wäre er nicht just in diesem Moment vor Klaras Bürotür angekommen, hätte er auf der Stelle kehrtgemacht, seinen Plan verdrängt und sich so schnell wie möglich in Sicherheit gebracht. Aber nun ist er schon mal da. Zögernd legt er die Hand auf die Türklinke. Es ist nicht sehr wahrscheinlich, dass sie noch im Büro ist. Vermutlich ist sie schon lange im Schutzstollen und würde lachen, wenn sie wüsste, dass ein sehnsüchtig verliebter Ingenieur bei Bombenalarm um ihr Büro herumschleicht. Von Stein zieht nochmals den Flachmann hervor, nimmt einen schnellen Schluck, atmet hörbar aus, betritt kurz entschlossen das Büro und bleibt irritiert im Türrahmen stehen.

Klara sitzt hinter ihrem Schreibtisch mit erhobenem Bleistift und resigniertem Gesichtsausdruck. Vor ihr der alte Vizedirektor Ratzinger, der völlig versunken mit geschlossenen Augen an Formulierungen feilt, die Klara zu Papier bringen soll. Seine Hände dirigieren endlose Schachtelsätze. Klara sieht aus, als hätte sie den richtigen Moment verpasst, den uferlosen Textfluss mitzuschreiben, und hofft nun auf den Augenblick, in dem der alte Ratzinger von selbst den Faden verliert und unverrichteter Dinge den Raum verlässt.

Von Stein kennt den alten Ratzinger nur vom Sehen. Umso besser kennt er jedoch den Ruf, der ihm vorauseilt. Den Ruf eines unberechenbaren, eigensinnigen alten Mannes, der jeden und alles zusammenschreit, wenn ihm danach ist. Von Stein hat gewaltigen Respekt vor ihm. Nicht nur, dass er hierarchisch weit über ihm steht, nein, mit schreienden Menschen kann er schlicht und einfach nicht umgehen. Aber noch schreit Ratzinger ja nicht. Trotzdem weiß von Stein nicht, wie er sich verhalten soll. Soll er einfach ganz leise die Tür schließen, hoffen, dass die beiden ihn nicht bemerkt haben, und endlich in den Schutzstollen eilen? Ungelenk fährt er sich durchs Haar. Der Wodka stößt ihm scharf auf. Er muss husten. Da bemerkt ihn Klara und wirft ihm einen verzweifelten Blick zu. Das holt ihn in den Moment zurück. Er weiß wieder, warum er hier ist: »In Liebe …«. Sein Herz setzt für den Bruchteil einer Sekunde aus und er kann sie nur anstarren. Eine Haarsträhne hat sich aus ihrem straff nach hinten geflochtenen Zopf gelöst. Sie ist so schön! Er gibt sich einen Ruck: »Kommen Sie, wir gehen.« Und fügt unnötigerweise noch hinzu: »Wir haben Bombenalarm.«

Ratzinger erwacht aus seiner Komposition und funkelt ihn wütend aus kleinen Augen an: »Was erlauben Sie sich? Sie bleibt! Wir sind noch nicht fertig!«

Doch von Stein, gestärkt durch Liebe, Wodka und eine neu entdeckte Courage, lässt sich von der Dominanz des Alters, der Hierarchie, dem Starrsinn und möglichen Konsequenzen nicht einschüchtern. Kurzerhand nimmt er Klara bei der Hand, rennt mit ihr hinaus, durch den Flur, über den Hof, Richtung Stollen, begleitet von grellem Sirenengeheul und starkem Regen, der ihnen wie hundert kleine, spitze Nadeln ins Gesicht sticht. Wie von selbst sprudelt ein befreites Lachen aus der Tiefe seines Brustkorbs und lässt ihn übermütig prusten und kichern. Klara stimmt in das Lachen mit ein, drückt seine Hand, und Ferdinand von Stein war noch nie so glücklich wie in diesem Moment.

Sie sitzen nebeneinander, gleich hinter dem Eingang des Stollens. So nah, dass er ihre Körperwärme spüren kann. Weich, wohlig, erregend. Die schmalen, am Fels festgenagelten Holzbänke drücken von Stein unangenehm in den Hintern. Der Raum ist voller Menschen. Es stinkt nach Schweiß und nassen Kleidern. Einige flüstern, etliche schweigen, manche der Frauen kichern. Nervosität liegt über allem. Noch ist es kühl in den Räumen, doch er weiß aus Erfahrung, dass es aufgrund der vielen Menschen recht schnell warm und stickig werden wird.

Sehnsüchtig blickt er zu der geschlossenen Tür, hinter der seine Kollegen aus dem Kader bestimmt schon den Whisky kreisen lassen. Das hatte sich so etabliert. Wenn der Tod naht, wollten sie ihn stilvoll begehen. Er hätte jetzt auch gern ein Glas Whisky. Zumindest ein Glas Wodka. Doch den Flachmann kann er unmöglich vor aller Augen herausholen. Leider. Er könnte wirklich noch einen Schluck gebrauchen. Seine Angst, die eben noch als kleiner, träger Ball in der Magengegend schlummerte, verwandelt sich erneut in ein zuckendes, bösartiges Monster. Seine linke Hand zittert schon wieder. Von den Fingerspitzen bis zum Handgelenk. Mein Gott, was ist er bloß für ein Schwächling. Und dabei sitzt die bezauberndste Frau der Stadt neben ihm. Vorsichtig lehnt er sich näher zu Klara und atmet den Duft ihrer vom Regen nassen Haare ein. Sie riechen erdig und satt und ein wenig nach nassem Hund. Er muss lächeln. Augenblicklich ist sein Angstmonster ein wenig gezähmt, doch die Hand zittert weiter. Ihm ist nur zu deutlich bewusst, dass die Flakgeschütze, die einen Luftangriff abwehren sollen, von Schülern der HJ bedient werden. Die reguläre Mannschaft wurde schon vor Monaten für den Fronteinsatz abgezogen. Man stelle sich das vor: Schüler! Kinder! Und die sollen sie beschützen? Eine eher fragwürdige Verteidigungsstrategie. Aber als Zivilist darf er sich darüber kein Urteil erlauben. Kurzerhand schiebt er die Hand unter den Hintern. Das hält das Zittern erst mal in Zaum, auch wenn dafür die Blutzufuhr abgedrückt wird.

Um sich von seiner Angst abzulenken, betrachtet er im Schummerlicht verstohlen Klaras Profil. Sie streicht sich das Regenwasser aus den Haaren. Eine Lichtkante zeichnet die Kontur ihres Gesichts in einem vollendeten Schwung. Feine Härchen glänzen im Gegenlicht. Er findet, sie hat etwas Römisches mit ihrer geraden, schmalen Nase und der hohen Stirn. War dieser Landstrich nicht von den Römern besiedelt? Er kennt sich in Geschichte nicht so gut aus, doch das würde einiges erklären. Ihre Schönheit, ihre Anmut. Dabei ist sie nur ein einfaches Bauernmädchen, das durch den Krieg die Möglichkeit bekommen hat, ihre Herkunft abzustreifen und in der Stadt im Büro zu arbeiten. Fast schon bürgerlich. Dabei hat von Stein durchaus ein Faible für das Landleben. Er ist ein großer Anhänger von Jean-Jacques Rousseau, der die Rückkehr zu einer naturgemäßen Lebensweise lehrte. In Berlin nahm er regelmäßig an den Treffen der »Freunde der Freikörperkultur« teil. Das kann er in der Provinz natürlich vergessen. Wahrscheinlich käme er ins Gefängnis, wenn er hier nackt herumlaufen würde. Er mag alles, was natürlich ist. Solange diese Philosophie nicht mit seinem Hang zur Bequemlichkeit und seiner Faszination für moderne Technik kollidiert.

Klara merkt, dass er sie mustert. Schnell blickt er weg. Sie lacht und erzählt ihm leise etwas in diesem weichen, gutturalen Dialekt, der hauptsächlich aus den Lauten »oisch«, »woisch«, »doisch« zu bestehen scheint. Er versteht nur die Worte »Angst«, »nass« und »Danke«. Und auch das klingt sehr verschwommen. Aber das ist egal. Er legt sich in den Klang ihrer Stimme und sonnt sich in ihrem dankbaren Lächeln. Aber wenn er sie genauer betrachtet, scheint das Lächeln weniger dankbar, als vielmehr spöttisch zu sein. Und blitzt da nicht ein Schalk in ihren Augen, den er bisher noch nie wahrgenommen hat? Hat er sie unterschätzt? Ist sie gar nicht die junge, verängstigte Frau, die er retten muss?

Ein diffuses Unbehagen macht sich in ihm breit. Doch gleichzeitig stellt er fest, dass er sie, falls überhaupt möglich, dadurch noch attraktiver findet. Ihr Selbstbewusstsein hebt sein Begehren in eine neue Sphäre. Die Gewissheit beginnt sich von seinem Herzen über alle Eingeweide auszubreiten und bringt sein zuckendes Monster fast zum Schweigen: Er wird diese Frau heiraten. Auch wenn Frau Mama diese Verbindung ganz und gar nicht gutheißen wird. Dieses Mal, nur dieses eine Mal, wird er sich gegen sie durchsetzen. Er ist sich sicher. Dieses eine Mal nur.

Ein dumpfes, weit entferntes Brüllen, das den Boden erzittern lässt, reißt ihn aus seiner Zukunftsvision. Niemand redet mehr. Manche blicken starr vor sich hin. Die meisten haben die Augen geschlossen. Er hat das Gefühl, dass die Luft um ihn herum plötzlich dichter ist. Eng und erdrückend. Es scheint, als hätte jemand einen Schalter umgelegt. Noch ein Brüllen. Näher jetzt. Diesmal rieselt sogar Staub und Gestein von der Decke. Ein paar Frauen kreischen, die Sitzbank vibriert, er krallt sich im Holz des Sitzes fest und hofft, dass Klara nicht sieht, dass sich Schweißperlen auf seiner Stirn bilden. Als das Licht flimmert, um dann mit einem lauten Knall zu erlöschen, breitet sich das Zittern seiner Hand über das gesamte Bein aus. Nun sitzen sie in vollständiger Dunkelheit. Ängstlich hält er die Luft an. Plötzlich spürt er, wie sich eine warme Hand auf seine Schulter legt, fühlt Klaras Stimme wie einen Hauch ganz dicht an seinem Ohr. Ihr Atem kitzelt in der Ohrmuschel, er schließt die Augen, gibt sich hin, fühlt sich an einen anderen Ort getragen, an einen Ort, an dem es nur dieses Flüstern gibt, diesen Atem. Warm und sanft. Sie flüstert ihm zu, dass die Fabrik bisher noch nie ernsthaft getroffen worden sei, und dass das auch heute nicht geschehen würde. In diesem Stollen seien sie sicher. Absolut sicher. Das wiederholt sie sogar mehrfach, wie ein Mantra: Es ist hier sicher. Sie sind sicher. Er ist sicher.

Er weiß nicht, ob sie damit ihn beruhigen möchte oder sich selber. Aber das spielt auch keine Rolle. Sein Bein zittert nicht mehr.

Kapitel 04

Klara

Sie ist spät dran. Obwohl dieser von Stein sie mit dem firmeneigenen Automobil bis an den Ortsrand fährt, ist es schon dunkel, als sie beim Dorf ankommen. Schmatzend graben sich die schmalen Räder des Autos beim Bremsen in den Matsch des Straßenrands. Er will sie gerne bis vor die Haustür fahren, doch Klara lässt das nicht zu. Was sollen denn die Leute denken? Was soll ihre Mutter denken? Lieber steigt sie am Ortsrand zwischen den Feldern aus.

Sie ist froh, endlich aussteigen zu können. Ihre Hände sind kalt vom Fahrtwind und schmerzen, da sie während der gesamten Fahrt die Tür mit einem Strick zugehalten hatte, während sich das Vorderrad ihres Fahrrads im Hohlraum zwischen Rückbank und geöffneter Tür drehte. Sie will keine Minute länger als nötig in diesem Auto verbringen. Sie ist in ihrem Leben erst zweimal Auto gefahren. Und heute hätte sie gerne darauf verzichtet. Es war kalt, ungemütlich, es stank und war laut. So laut, dass sie sich nur schreiend unterhalten konnten und sich das Gespräch auf die Hinweise »links, rechts, nein, hier bitte abbiegen« beschränkte.

Sie steigt aus und versucht reibend ihre Hände aufzuwärmen. Verstohlen mustert sie von Stein, der ihr Fahrrad heraushebt. Sie weiß nicht, ob sie ihn mag oder ob sie sich vor seinem intensiven Blick fürchten soll.

Umständlich stellt er das Fahrrad auf dem Fahrradständer ab und gibt ihr linkisch, mit einem angedeuteten Diener die Hand. Da er so groß ist, muss er sich dafür tief nach unten beugen. Sie sieht im Scheinwerferlicht des Autos, dass seine Haare am Hinterkopf bereits schütter werden. Eigenartigerweise findet sie das rührend.

Schnell verabschiedet sie sich und hofft, dass niemand der Dorfbewohner im Dunkeln auf den Feldern ist und sieht, wie sie aus diesem Bonzenauto steigt. Sie radelt los. Der schmale Lichtkegel der Fahrradlampe weist ihr den Weg. Ihr rechtes Pedal quietscht bei jedem Tritt. Sie spürt von Steins Blicke noch in ihrem Rücken, als sie zu Hause ankommt.

Sie weiß nicht, was sie von ihm halten soll. Er ist so ganz anders, als all die Männer, die sie kennt. Er hat so etwas Zerbrechliches, Zartes. Als sie heute zusammen im Luftschutzstollen saßen, fühlte sie sich neben ihm unheimlich stark und mutig. Doch gleichzeitig ist er arrogant. Ein Snob aus Berlin. Sogar adlig. Er wirkt in mancher Hinsicht antiquiert, steif und spröde. Und doch hat sie erlebt, wie er mit ihr ausgelassen Hand in Hand über das Firmengelände zum Luftschutzstollen gerannt ist. Er hat gelacht, obwohl über ihnen die Sirenen dröhnten. Gelacht! Und da hat sie ihn zum ersten Mal gesehen. Richtig gesehen. Er war jung und voller Energie und Lebensfreude.

Und er muss ziemlich klug sein, wenn er nicht an der Front ist, sondern in der Fabrik arbeitet. Als Ingenieur. Das macht ihn natürlich interessant. Intelligenz hat sie schon immer angezogen. Zudem sind alle anderen Männer in der Firma steinalt. Er könnte theoretisch jede unverheiratete Frau in der Firma haben. Doch er hat sich von all den Frauen ausgerechnet in sie verliebt. Oh ja, das ist ziemlich offensichtlich. Er ist total verliebt. In sie. Das gefällt ihr.

Sie kommt in die Küche. Legt den Firmenordner, den sie versehentlich mitgenommen hat, auf das Küchenbuffet. Den muss sie morgen unbedingt wieder zurückbringen. Dass sich Firmenunterlagen außerhalb der Fabrik befinden, wird nicht gerne gesehen.

Ihre Mutter und Schwester sitzen noch am Abendbrottisch. Das Radio läuft. Zwei Kerzen erleuchten den Tisch. Sie haben ihr etwas übrig gelassen. Einen Viertel Laib Brot und eine Kante Speck liegen auf einem Holzbrett vor ihrem Platz am Küchentisch. Die beiden haben bestimmt auch noch Zwiebeln dazu gegessen. Ein schwacher säuerlich-scharfer Dunst liegt in der Luft, der sich angenehm mit dem Raucharoma des Specks und dem Duft von frisch gebackenem Brot mischt. Ihr läuft das Wasser im Mund zusammen. Sie hätte auch große Lust auf Zwiebeln. Doch seit sie jeden Tag ins Büro geht, muss sie ein wenig darauf achten, wie sie riecht. Sie will nicht der stinkende Dorfdepp sein. Sie ist immer noch peinlich berührt, wenn sie an den Gesichtsausdruck der Sekretärinnen denkt, als sie an ihrem zweiten Arbeitstag die frisch geräucherten Würste aus ihrer Tasche hervorholte. Pralle, nach Rauch und Zwiebeln duftende Würste. Angewidert verzogen diese Biester das Gesicht und verließen demonstrativ, mit zugehaltener Nase, den Raum. Klara saß alleine vor ihrem Mittagessen und musste die Tränen zurückhalten. Sie aß natürlich keinen Bissen mehr vom frisch Geräucherten. Als sie abends nach der Arbeit ihrer Mutter unterbreitete, von nun an keine stark riechenden Nahrungsmittel mehr zu sich nehmen zu wollen, schüttelte diese nur den Kopf. Es passt nicht in ihr Weltbild, gutes Essen abzulehnen, nur weil man es riechen könnte. Doch sie hält sich daran. Sie packt ihr keine stinkenden Würste mehr in die Vesperdose. Sie will der

Karriere ihrer Tochter nicht im Weg stehen. Zu stolz sind sie alle, dass Klara die Arbeitsstelle bekommen hat. Zwar nur als Hilfssekretärin und im Grunde als Mädchen für alles, doch sie ist klug und wird bestimmt ihren Weg machen. Und wenn es dafür nötig ist, auf gutes Essen zu verzichten – sei´s drum. Seither wird alles, was einen strengen Mundgeruch verursachen könnte, von ihr ferngehalten.

Klara setzt sich, schneidet hungrig den Speck in großen Stücken ab und erzählt kauend vom Bombenangriff. Davon, dass der alte Vizedirektor Ratzinger sie trotz Alarm nicht hatte gehen lassen wollen, dass dann aber zufällig einer der Ingenieure hereingeschneit sei und sie einfach mitgenommen habe. Er hatte sie aus den langen Monologen des Alten, die sie auf Papier hätte bringen sollen, befreit. Ja, befreit hatte sie sich gefühlt. Sie kichert. Näheres über den Ingenieur, der sie befreit hat, möchte sie nicht erzählen. Sie weiß ja selbst noch nicht, was sie von ihm halten soll, und was es mit dieser Befreiung überhaupt auf sich hat. War er tatsächlich nur zufällig zur rechten Zeit am rechten Ort? Wie auch immer. Sie beendet ihren Bericht damit, dass sie seltsamerweise keine Angst hatte, als die Bomben niedergingen. Dass diese Stollen, die als Luftschutzbunker dienen, wesentlich sicherer sind als der Keller bei ihnen zu Hause.

Dann stockt sie. Irgendetwas stimmt nicht. Normalerweise saugen die beiden jedes Detail ihres Tages in der Stadt auf. Sie schaut erst ihre Schwester an, die ihrem Blick ausweicht, dann ihre Mutter, sieht erst jetzt die geschwollene Nase.

Ihr wird kalt.

»Was ist passiert?« Sie flüstert.

Gertrude fängt laut an zu heulen. Ihre Mutter bedeutet ihr, leiser zu sein. Und dann erzählt ihre Mutter. Tonlos. Nur begleitet vom Nachrichtensprecher aus dem Radio. Klara hört ihr atemlos zu. Manchmal ballt sich ihre Hand zur Faust. Sie hat das Gefühl, die Welt gerate aus den Fugen. Und während eine Stimme im Radio etwas über den »Willen des deutschen Volkes, auszuhalten und zu kämpfen« bellt, sieht sie sich selbst, ihre kleine Schwester und ihre Mutter von oben. Ganz klein. Sie schwebt über dem Haus und unter ihr leuchtet der Pflaumenbaum mit seinem grausamen Geheimnis.

Nach der Erzählung nimmt sie die kleine Gertrude in die Arme und flüstert ihr ins Ohr, das habe sie gut gemacht. Sie habe nichts zu bereuen, man müsse sich wehren und einander beistehen. Und dass sie selbst es nicht hätte besser machen können. Darauf zieht Gertrude geräuschvoll die Nase hoch und versucht erfolglos, den Rotz abzuwischen, der auf Klaras Kleid getropft ist.

Gertrude erzählt, dass sie sich in die Hosen gepinkelt habe und sich deshalb so sehr schäme. Sie sei ja schließlich schon zehn. Klara muss lachen. Gertrude und Helene stimmen ein. Sie lachen, bis ihnen der Bauch weh tut, bis die Kehle schmerzt, bis sie fast keine Luft mehr bekommen, bis Helene plötzlich fragt: »Wo ist eigentlich sein Motorrad? Fuhr der nicht immer mit einem Motorrad? Er muss doch irgendwie hergekommen sein!«

Alle drei blicken sich an.

Klara fragt: »Du kanntest ihn?«

Helene atmet tief ein: »Er kam hin und wieder. Er war einer der Polizisten aus der Stadt. Er kam unter einem fadenscheinigen Vorwand und wollte meist ein Bier.«

Sie stockt, fährt aber sogleich fort: »Und die letzten Male hatte er versucht, mich zu küssen. Ich sagte ihm, dass er das lassen soll. Dafür wollte er dann einen Laib Brot. Oder eins der frisch geschlachteten Hühner. Ich gab ihm alles. Nur damit er ging. Und ...«, sie wird lauter, »... er kam mit einem Motorrad. Das stand sonst direkt vor dem Haus. Wo ist es?«

Klara versucht, ihre aufsteigende Panik zu unterdrücken.

»Wir müssen es finden und wegbringen. Weit weg, sodass kein Zusammenhang zwischen seinem Verschwinden und uns hergestellt werden kann.«

Sie mustert ihre Mutter mit der schrecklich geschwollenen Nase, ihr schönes Gesicht so erschöpft, so entstellt, und betrachtet ihre Schwester, die ihre Augen vor Müdigkeit fast nicht mehr offen halten kann. Sie gibt sich einen Ruck: »Geht ins Bett. Ich kümmere mich darum.«

Klara geht hinaus in die Nacht. Mond und Sterne senden ein fahles Licht für die Suche nach dem Motorrad. Einem Motorrad, das den Verdacht auf sie lenken könnte, etwas mit dem Verschwinden eines Polizisten zu tun zu haben. Sie muss es finden und am besten im Fluss versenken. Ja, das wäre die beste Lösung. Dieses Motorrad muss in den Fluss. Ohne Motorrad kein Polizist. Kein Verdacht. Klara fröstelt. Warum hat sie nicht an eine Jacke gedacht?

Sie versucht, logisch vorzugehen. Wo würde sie ihr Motorrad abstellen, wenn sie vorhätte, in einem Haus ein Verbrechen zu begehen? Denn das wird ihr immer klarer. Er hatte die Vergewaltigung geplant und wollte nicht gesehen werden. Das Motorrad musste er so abgestellt haben, dass es nicht sofort sichtbar, aber schnell zu erreichen wäre.

Klara dreht sich halb um die eigene Achse. Schaut sich um. Weit entfernt sieht sie Flakfeuer. Sehr weit entfernt. Nordnordost. Das könnte fast in Stuttgart sein. Schnell verdrängt sie die Gedanken an den Tod, den dieses Feuer bringt. Das spielt hier keine Rolle. Sie sieht das Bauernhaus gegenüber, das Haus ihres Nazi-Nachbarn, wie sie ihn nennen, etwa hundert Meter entfernt. Ihr Nazi-Nachbar, Herr Zimmermann, der in seinem Garten einen Bunker gräbt und mit Vorliebe unangekündigt mit strammem Hitlergruß in ihrer Küche steht.

Sie sieht hinüber zum kleinen Haus von Onkel Heinz. Onkel Heinz, der Bruder ihres Vaters, der erst vor ein paar Tagen körperlich versehrt, verrückt und mit schlohweißen Haaren aus dem Krieg zurückgekehrt ist. Sie sieht die Straße hoch, die ins Dorf führt. Große Kastanienbäume stehen links und rechts Spalier. Das Gerippe ihrer Äste streckt sich kahl gegen den nächtlichen Sternenhimmel.

Und sie sieht hinüber zum Schulhof, wo in der kleinen Turnhalle die Franzosen schlafen. Zwangsarbeiter fern ihrer Heimat, dazu verpflichtet den Dorfbewohnern bei der Arbeit zu helfen, schlafend in ihrem nächtlichen, vom Mondlicht silbern angestrichenen Gefängnis.

Und da weiß sie es. Sie weiß es einfach. Mit einem Ruck vollendet sie die Umdrehung und geht zu ihrem Haus zurück, geht am Außenabort vorbei und öffnet die Tür zum Hühnerstall. Der schwere, warme, leicht herbe Geruch der Hühner umfängt sie. Leise gackernd wird sie begrüßt. Das feine, kalte Licht des Mondes spiegelt sich im Metall des Motorrads wider. Staubpartikel tanzen ungerührt in der Luft.

Sie schließt die Hände um den kalten Lenker der Maschine, stellt sich vor, wie derselbe Lenker noch vor wenigen Stunden von dem Mann berührt worden war, der ihre Mutter vergewaltigen wollte. Kalter Hass durchströmt sie.

Aber er hat es nicht geschafft! Und er hat dafür bezahlt – dieses Schwein. Hörbar zieht sie die Nase hoch. Dankbar und gerührt denkt sie an ihre kleine, tapfere Schwester, die das Richtige getan hat. Hoffentlich hat ihre Seele keinen Schaden genommen. Sie ist noch so jung. Erbittert pustet sie eine Träne weg, die von ihrer Nasenspitze tropfen will. Weint sie etwa? Wütend spuckt sie auf den Lenker.

Mit einem Ruck versucht sie, das Motorrad von seinem Ständer zu heben. Es ist schwer. Schweiß rinnt ihr den Rücken hinunter. Sie holt tief Luft und versucht es ein zweites Mal.

Mit einem gedämpften Poltern setzen sich die Reifen auf den Strohboden des Hühnerstalls. Erschrocken flattern ein paar Hühner auf. Langsam sinkt es zur Seite. Klara stemmt sich mit aller Kraft dagegen. Es ist so schwer. Mit einem frustrierten Aufschrei lässt Klara es los. Doch es fällt nicht um. In dem Moment bemerkt sie, dass sie nicht alleine ist. Sie wirbelt herum. Und da steht er. Er hält das Motorrad hinten fest. Schiebt sie zur Seite und bugsiert es nach draußen.

Schweigend schieben sie es zusammen über die Wiesen zum Fluss. Er vorne, sie hinten. Sein Atem rasselt, seine weißen Haare hüpfen leuchtend durch die Nacht, wie ein körperloser, fliegender Geist. Sie weiß nicht, wie viel er weiß. Das ist aber auch egal. Er ist da, wenn sie ihn braucht. Onkel Heinz. Der verrückte Onkel Heinz. Erst seit ein paar Tagen aus dem Krieg zurück, mit rasselnden Lungen, und er hat noch kein einziges Wort gesprochen. Jetzt schaut er sie nicht einmal an.

Sie schieben das Motorrad zur höchsten Stelle. Da, wo das Ufer steil in den Fluss fällt. Da, wo ihr die Eltern als Kind verboten hatten zu spielen, weil es zu gefährlich sei. Sie stehen da, schauen hinunter auf den sonst trägen Fluss, der genau an dieser Stelle seltsame Schaumkronen aufwirbelt. Sie müssen das Motorrad nicht mal anstoßen. Nur loslassen. Und es rollt von selbst nach unten. Schmatzend umschließt die Strömung die schwere Maschine. Sie bäumt sich auf, als wollte sie gegen ihr Schicksal rebellieren. Aber nur kurz. Dann schließt sich das Wasser über ihr, als wäre sie niemals da gewesen.

Onkel Heinz rasselt schwerfällig und hält sich die Brust. Klara gibt ihm die Hand. Sie findet das irgendwie richtig. So stehen sie da. Ein kranker Mann, eine junge Frau, ein Handschlag, der einen Pakt schließt. Was der Pakt beinhaltet, weiß Klara nicht so genau. Seine Hand ist kräftig, rau und warm. Onkel Heinz verabschiedet sich mit einem Nicken und verschwindet wie ein Geist in der Dunkelheit. Auch er, als wäre er niemals da gewesen.

Klara geht langsam und erschöpft alleine zurück. Ihr Kleid klebt vom kalten Schweiß am Körper fest. Sie bleibt am Pflaumenbaum stehen. Stellt sich auf die umgegrabene Erde. Spricht ein kurzes Gebet. Nicht für den Polizisten, sondern für ihre Mutter, für ihre Schwester, für sich selbst. Sie geht rein und wäscht ihr schmutziges Kleid in der Küchenspüle aus, um es über dem lauwarmen Kohleherd über Nacht zu trocknen. Morgen braucht sie es wieder im Büro. Sie hat nur das eine.

Kapitel 05

Gilbert

Gilbert ist sauer. Worauf hat er sich gestern, in einem Moment der Schwäche, nur eingelassen? Merde. Sollen diese Deutschen doch machen, was sie wollen. Ohne ihn. Wütend gräbt er die Erde um.

Leider ist ihm heute Nacht, als er sich schlaflos hin und her geworfen hatte, noch eingefallen, dass das Grab des Nazis »unsichtbar« gemacht werden muss. Irgendwie. Das Rechteck aus aufgeworfener Erde, das momentan zwischen dem Gras heraussticht, ruft geradezu: »Ich bin ein Grab!« Und als er sich zum wiederholten Mal auf seiner Pritsche aufgesetzt hatte, den kühlen, rauen Stein der Wand im Rücken, kam ihm die Idee: Er musste nur auf der gesamten Fläche unter dem Pflaumenbaum ein Gemüsebeet anlegen und niemand würde mehr ein Grab erkennen.

Helene hatte nur genickt, als er ihr heute morgen vor der Arbeit, bei einem Marmeladenbrot und einem Glas Milch, mit Gesten und ein paar deutschen Wörtern erklärte, was getan werden muss. Er wollte eigentlich, dass sie das Beet selbst anlegt. Er wollte nichts mehr mit dem Mord zu tun haben.

Doch Helene machte den Eindruck, als wollte sie gar nicht so genau wissen, was nötig ist. Sie nickte, und ihr schönes Gesicht mit der geschwollenen Nase wurde ganz bekümmert. Es hatte sich ein Brillenhämatom gebildet. Rund um ihre Augen wurde alles grün und blau. Vielleicht verstärkte das den bekümmerten Gesichtsausdruck und den Schmerz in ihren Augen. Ja, so muss es wohl sein. Denn wie sie ihn so anblickte, hätte er alles für sie getan. Merde. Also gräbt er.

Der schwere Lehmboden unter dem Pflaumenbaum schmatzt bei jedem Spatenstich leise. Ein voller, erdiger Geruch steigt hoch und lässt Gilbert niesen. Der kommende, winterliche Frost wird die groben Schollen zerkleinern und ideal für die Bepflanzung vorbereiten. Er gräbt großzügig um den Baum, vermischt die aufgeworfene Erde von gestern Nacht mit den frischen Erdbrocken und bereitet dem fetten Nazi-Polizisten eine Grabstätte in Form eines Gemüsebeets.

Gilbert lacht bitter auf. Ein Nazi, der zu etwas Nützlichem mutiert und fortan Kartoffeln düngt. Sehr ironisch. Er kann sich zwar nicht vorstellen, dass eine der Trois Grâces die Kartoffeln essen will, die hier im nächsten Jahr wachsen werden, aber das kann ihm ja egal sein. Hauptsache, niemand kommt auf die Idee, dass hier unten ein toter Nazi-Polizist liegen könnte – merde, merde, merde. Er schickt ein kurzes Stoßgebet nach oben, zu diesem Gott, an den er eigentlich gar nicht glaubt, und gräbt verbissen weiter die Erde um. Hoffentlich hat niemand das Drama von gestern Abend beobachtet und stellt unangenehme Fragen. Er ärgert sich erneut über sich selbst. Er war gestern viel zu lange bei den Trois Grâces. Er wollte sie in ihrem Elend nicht alleine lassen. Merde. Bevor er endlich zurück in das Lager geschlichen war, hatte er noch die gebrochene Nase von Helene gerichtet, was ihn einige Überwindung gekostet hatte. Oh, là, là, es ist etwas ganz anderes, die Nase eines Kameraden zu richten, als im zarten Gesicht einer Frau das Nasenbein zurechtzurücken. Beherzt legte er die ausgestreckten Finger seiner Hände um ihren Nasenrücken, befühlte den Bruch, versuchte, ihre weit aufgerissenen Augen zu ignorieren, und schob mit einem Ruck die beiden gebrochenen Knochenenden zusammen. Es knackte und Helene schrie erschrocken auf. Danach war die Nase wieder gerade und sie trank mit tränenden Augen zwei Schnäpse. Er selbst brauchte drei.

Gertrude hatte die Prozedur interessiert beobachtet, und während er Schnaps trank, bestrich sie die Nase ihrer Mutter fürsorglich mit einer selbstgemachten Ringelblumensalbe. Als er ihr sagte, dass sie das zweimal täglich wiederholen solle, nickte sie eifrig. Langsam wich der gehetzte Ausdruck aus ihrem Gesicht. Dafür war er am dankbarsten. Gertrude schien langsam aus ihrer Schockstarre zu erwachen. Er hatte sie sogar zum Lachen gebracht, indem er so tat, als würde er auch ihre Nase richten. Er griff nach ihrer Nase und knackte dabei mit den Knöcheln seines Zeigefingers. Sie lachte und zog kichernd ihre Nase kraus. Darauf trank er noch zwei Schnäpse.

Später schlich er durch die Dunkelheit zurück ins Lager und versteckte die Pistole hinter einem losen Stein an der Außenmauer der Turnhalle. Er stellte die lehmigen Schuhe vor dem Bett ab und zog sich aus. Seine Kameraden taten so, als würden sie seine Schnapsfahne nicht riechen und die schmutzigen Kleider nicht sehen. Die meisten schliefen sowieso tief und fest. Ihr gutturales Schnarchen lies die Luft vibrieren. François, der jüngste, sprach leise im Traum und Pierre le Petit, sein Bruder, hielt von der benachbarten Pritsche aus im Schlaf seine Hand. Nur der alte Pascal hob fragend eine Augenbraue. Gilbert schüttelte stumm den Kopf. Vielleicht wird er ihm eines Tages alles erzählen. Es würde Pascal bestimmt amüsieren, dass sich die Nazis nun gegenseitig umbringen und einer davon

Kartoffeldünger wird. Vorerst ist es aber wohl besser, wenn niemand seiner Leute weiß, was passiert ist.

Gilbert gräbt, verflucht sich, die Erde schmatzt, und zum widerholten Mal fragt er sich, warum sie die Leiche nicht einfach in den Fluss geworfen haben. Dann müsste er jetzt nicht graben. Aber dafür würde womöglich bald eine Wasserleiche gefunden werden. Eine Leiche unter der Erde ist bestimmt sicherer. Arrêter. Nicht weiter darüber nachdenken.

Plötzlich hat Gilbert das Gefühl, nicht mehr alleine zu sein. Reflexartig umfasst er den Griff des Spatens fester und dreht sich um. Hinter ihm steht der alte Herr Zimmermann, der Nachbar von gegenüber, der ihn neugierig und lauernd beobachtet. Als Gilbert ihm in die Augen blickt, reißt Herr Zimmermann den rechten Arm hoch und brüllt »Heil Hitler«. Gilbert hebt die rechte Hand und nickt resigniert »Oui«.

»Grüßen sie gefälligst richtig!«

Ein gefährliches Glitzern hat sich in Zimmermanns Augen geschlichen. Ein Geäst aus tiefen Falten gibt seinem Gesicht einen heimtückischen Ausdruck. Gilbert würde ihm am liebsten den Spaten über den Schädel ziehen und ihn neben dem Polizisten vergraben. Sales Boches! Stattdessen lächelt er freundlich, hebt den rechten Arm und ruft laut und deutlich: »'eil 'itler«. Sein weißer Atem steigt in der kühlen Herbstluft, als visuelles Echo, rhythmisch nach oben.

Er wird dem Drecksack keine Angriffsfläche bieten. Zimmermann ist einer dieser Nazis, die ihre sadistischen Neigungen durch das Regime legitimiert sehen und regelmäßig den französischen Kriegsgefangenen die Überlegenheit der deutschen Rasse demonstrieren. Drecksack! Boche! Dass die Trois Grâces ihn ebenfalls abstoßend finden, macht sie Gilbert sehr sympathisch.

»Ja, ihr Franzosen könnt nicht mal richtig sprechen. Sag mal »H«, hörst du? »H«! Das heißt Heil und nicht ’eil, verdammt noch mal! Und was machst du da überhaupt? Ein Gemüsebeet direkt unter dem Baum? Du Franzosendepp! Da wächst doch nichts.«

Gilbert umfasst den Spaten so fest, das seine Knöchel weiß hervortreten. Doch er lässt sich nichts anmerken. Freundlich erwidert er: »Oui, oui, ja ’err Zimmermann.«

»Wi, wi.« Zimmermann faucht: »Langsam könntest du mal Deutsch lernen, Froschfresser!«

Gilbert nickt, eine Ader an seinem Hals pocht bedrohlich. Er drückt reflexartig einen Zeigefinger dagegen, um sich zu beruhigen. Wenn jemand kein richtiges Deutsch kann, dann ist das dieser Spätzlefresser. Mit ruhiger Stimme erwidert er: »Oui, oui, ’eil ’itler«.

Zimmermann wendet sich zufrieden zum Haus. »Ich werde Helene bitten, dass sie dich morgen zu mir schickt.« Zimmermann dreht sich nochmals grinsend zu ihm um, zwirbelt seinen grauen Bart und ergänzt süffisant: »Dann bring ich dir Deutsch bei.«

Gilbert stellt sich vor, wie er ihn packt, ihm langsam den Hals zudrückt und nebenbei auf Deutsch, auf Hochdeutsch, aus Goethes Faust zitiert:

»Des Menschen Tätigkeit kann allzuleicht erschlaffen, // Er liebt sich bald die unbedingte Ruh; // Drum geb ich gern ihm den Gesellen zu, // Der reizt und wirkt und muss als Teufel schaffen.«

Doch anstatt Zimmermann die Überlegenheit seiner humanistischen Bildung und körperlichen Kraft zu demonstrieren, spuckt Gilbert hinter ihm aus, und noch bevor Zimmermann Helenes Haus betritt, legt Gilbert den Spaten weg und spurtet los. Er kann Helene und vor allem Gertrude unmöglich mit dem Nazi-Nachbarn alleinlassen. Helenes geschwollenes Gesicht birgt viele Fragen und wer weiß, ob sie diesem hinterhältigen Mann schon gewachsen ist. Gilbert sieht nur eine Möglichkeit: Er muss den verrückten Onkel Heinz bitten, zu den Frauen zu gehen, um die Fragen abzufedern. Auch wenn Heinz nicht mehr spricht, seit er aus dem Krieg zurückgekommen ist. Es wird ihm schon etwas einfallen, wie er Zimmermann ablenken kann. Er hofft nur, dass Heinz ihm helfen wird. Doch warum sollte er nicht? Schließlich hatte Helene ihm eben beim Frühstück erzählt, dass Heinz gestern Nacht noch zusammen mit Klara das Motorrad im Fluss versenkt hatte. Auch wenn sie nicht so genau wissen, ob er etwas von dem toten Polizisten mitbekommen hat – er hat einfach mit angefasst. Gilbert spuckt nochmals aus und klopft an seine Tür. Alors. Verrückt hin oder her. Er soll einfach nochmals »mit anfassen«. Gilbert seufzt resigniert. Und schon ist er noch tiefer verwickelt in das Leben der Trois Grâces. Merde!

Onkel Heinz sitzt auf dem schweren, alten Sofa im muffigen Wohnzimmer. Das ehemals weiße Unterhemd steckt einseitig in der Hose, die Hände hat er zwischen die Knie geklemmt, über ihm hängt ein großes Porträt seines Schnauzer-Führers. Die Augen blicken starr zum Fenster gegenüber, scheinen Dinge zu sehen, die Gilberts Augen verborgen bleiben. Sein Atem rasselt. Er riecht nach Urin. Gilbert setzt sich vorsichtig neben ihn. Er sinkt tief in das weiche Polster des Sofas ein und kommt sich neben Heinz plötzlich sehr klein vor.

Gilbert weiß nicht genau, mit welchen Verletzungen Heinz aus der Armee entlassen wurde. Die Lunge scheint auf jeden Fall etwas abbekommen zu haben. Manche behaupten, er wäre einfach verrückt geworden und spreche nur noch mit den Pflanzen. Mag sein. Wer im Grauen des Krieges verrückt wird, hat auf jeden Fall Gilberts Sympathie. Egal, ob Freund oder Feind.

Gilbert versucht es erst auf Französisch, mit ein paar gut platzierten Brocken Deutsch. Sagt ihm, er solle schnell rübergehen zu den Frauen. Der Nazi-Nachbar sei bei ihnen und er, Gilbert, befürchte, dass sie seinem hinterhältigen Sadismus nicht standhalten würden. Nicht jetzt. Noch nicht. Nicht nach dem, was gestern passiert sei.

Heinz reagiert nicht. Gilbert streut noch ein paar weitere deutsche Worte ein. Endlich blickt Heinz ihn an, doch vergeblich sucht er Verständnis in seinem Blick. Ob er wirklich so verrückt ist, wie die Leute sagen? Verdammt. So viel Zeit haben sie nicht. Dann tut Gilbert etwas, das er seit Jahren nicht getan hat. Er spricht in einem vorzüglichen, akzentfreien Deutsch: »Herr Heinz, ihre Schwägerin und ihre Nichten brauchen Sie jetzt. Zimmermann von gegenüber ist bei ihnen. Gehen Sie zu ihnen und achten Sie darauf, dass sich die Frauen nicht verraten. Bitte. Sie wissen, was für ein perfides Schwein der Zimmermann ist.«

Mit der Reaktion, die seine Worte auslösen, hätte Gilbert allerdings nicht gerechnet. Heinz springt behände auf, geht ins Schlafzimmer und schlurft nur wenige Minuten später mit offener Uniformjacke und heruntergelassener Uniformhose ins Wohnzimmer zurück. Dürre Beine in einer fleckigen, langen Unterhose starren Gilbert an. Auf Heinz Brust prangen verschiedene Orden. Die hatte er offensichtlich nie entfernt. Gilbert kennt sich bei den deutschen Orden nicht genau aus, glaubt aber, das Verwundetenabzeichen zu erkennen und die Tapferkeitsmedaille. Von den vielen Hakenkreuzen, die die Orden zieren, wird ihm schlecht. Offenbar war der verrückte Heinz keine so kleine Nummer im System. Merde. Gilbert ist unangenehm berührt, doch was hat er eigentlich erwartet? Hat er wirklich geglaubt, Onkel Heinz wäre einer der wenigen guten deutschen Soldaten gewesen? Nur weil er jetzt verrückt ist? Weil er nicht mehr spricht? Weil er mit weißen Haaren aus dem Krieg zurückgekehrt ist?

Hat er sein Geheimnis, dass er die deutsche Sprache perfekt beherrscht, gerade einem Nazi verraten? Ach, scheiß drauf! Es ist, wie es ist. Gilbert knöpft Heinz die Uniformjacke zu und hilft ihm, die Hose hochzuziehen. Er muss dabei den Atem anhalten, um den intensiven Uringestank zu ertragen, und zieht ihm die blank polierten Stiefel an. Heinz steht sofort aufrechter. Erstaunlich, welche Wirkung eine Uniform hat. Hoffentlich reißt er jetzt nicht noch den rechten Arm hoch und schreit »Heil Hitler«. Aber wenigstens diese Sorge ist unbegründet. Herr Heinz nickt ihm unmerklich zu. Und zum ersten Mal sieht Gilbert, dass Onkel Heinz kein alter Mann ist, sondern ein Mann, der im besten Alter war, bevor der Krieg ihn gebrochen hat. Gemeinsam gehen sie nach drüben.

Schon durchs Fenster sehen sie Zimmermann breitbeinig am Küchentisch sitzen und auf Helenes Brüste starren. In der Hand ein Schnapsglas und eine selbstgedrehte Zigarette. Als Gilbert dicht hinter Onkel Heinz in die verqualmte Küche kommt, kippt Zimmermann gerade mit einem Schwung die klare Flüssigkeit hinunter. Er rülpst. Merde, wie uncharmant die Deutschen doch sind! Da sitzt Zimmermann mit einer der hübschesten Frauen im Umkreis von zehn, ach was, hundert Kilometern, und er kratzt sich an den Eiern und lässt sich bedienen. Wäre kein Krieg und er selbst nicht Zwangsarbeiter, würde er Helene pausenlos Komplimente machen. Und Klara natürlich! Sogar der kleinen Gertrude. Merde. Dabei hat er früher immer gedacht, die Deutschen wären ein feinsinniges Volk, eine Nation voll Poesie. Oui, tatsächlich. Sein Deutschlehrer am Lycée, Herr Weißbaum, war einer der gebildetsten und geistreichsten Männer, die er je kennengelernt hat. Gilbert hat ihn bewundert. Weißbaum hat ihm Goethe nahegebracht.

»Mein Sohn, was birgst du so bang dein Gesicht? // Siehst, Vater, du den Erlkönig nicht? // Den Erlenkönig mit Kron' und Schweif? // Mein Sohn, es ist ein Nebelstreif.«

Eine von Gilberts Lieblingsballaden. Unendlich traurig und wunderschön.

Gilbert dachte lange Zeit, alle Deutschen hätten eine romantische und melancholische Seele. Leider hat ihn Zimmermann eines Besseren belehrt, um nur einen dieser Sales Boches mit Namen zu nennen. Doch vermutlich war Herr Weißbaum nicht nur Deutscher, sondern auch Jude. Das würde manches erklären.

Als Zimmermann Onkel Heinz in Uniform und Orden sieht, springt er auf und brüllt »Heil Hitler«. Onkel Heinz hebt nur lässig den Arm, setzt sich aufrecht an den Tisch und blickt still zum Fenster hinaus. Seine weißen Haare scheinen mit dem Zigarettenrauch zu verschmelzen. Mit der Uniform und den blitzenden Orden wirkt er wie ein Fremdkörper in der einfachen Bauernküche.

Helene atmet erleichtert auf und deckt den Tisch. Gilbert wäscht sich Hände und Unterarme und hilft ihr. Zimmermann weiß nicht so recht, ob er sich wieder setzen kann oder ob er lieber gehen soll. Gilbert kann ein schadenfrohes Grinsen nicht unterdrücken. Es gibt also Leute, die diesen Sadisten verunsichern können. Oder ist es nur die Uniform? Wie dem auch sei.

Zimmermann faucht: »Warum darf der dreckige Franzose ins Haus?«

»Weil der Franzose den ganzen Vormittag ein Gemüsebeet für mich angelegt hat. Und«, fügt Helene trotzig hinzu, »weil er bestimmt sauberere Hände hat als du.«

Oh, là, là, der Dialog gefällt Gilbert. Damit niemand sein erneutes Grinsen sieht, dreht er sich schnell weg. Und da sieht er sie. Die Unterlagenmappe. Wie hypnotisiert starrt er darauf. Eine braune Mappe mit einem großen Logo der Waffenfabrik, direkt auf der Ablage des Küchenbuffets. Braun auf braun. Merde. Hat die etwa Klara mitgebracht? Da bekommt sie bestimmt Ärger. Aber wenn es so einfach ist, Unterlagen aus der Firma mitzubringen, wird er das für sich zu nutzen wissen. Zumal er jetzt alle Karten in der Hand hat. Wer hat denn geholfen, einen Mord zu vertuschen? Das ist die Gelegenheit, auf die er seit zwei Jahren wartet. Seit er anstatt in der Waffenfabrik versehentlich in diesem Dorf gelandet ist. Vorsichtig lehnt er sich mit dem Rücken gegen das Buffet, greift sich die Mappe von hinten und schiebt sie unter sein Hemd in den Hosenbund. Er murmelt etwas von »la toilette« und geht hinaus.

Aufgeregt schließt er die quietschende Tür zum Außenabort, setzt sich auf den geschlossenen Holzdeckel des Plumpsklos und öffnet die Mappe. »Ferdinand von Stein« steht gleich auf der ersten Seite. Wer ist das? Gilbert blättert weiter und kann sein Glück nicht fassen. Offensichtlich sind das die Unterlagen eines Ingenieurs. Eines Waffeningenieurs. Fantastisch! Arme Klara. Das gibt Ärger. Ein Besprechungsprotokoll, dazu Gesprächsnotizen. »Sturmgewehr« und »als Rollenverschluss ausgeführter Masseverschluss« sind mehrfach mit Bleistift eingekreist. Ein paar Namen. Leider keine technischen Zeichnungen. Gilbert blättert weiter. Der dumpfe Gestank der Sickergrube hüllt ihn ein. Gilbert wird langsam kalt in dem kleinen, engen Raum. Er atmet flach. Ganz zum Schluss, auf dem letzten Blatt, bleibt ihm fast das Herz stehen. Klara blickt ihn an. Direkt. Im Schummerlicht des Plumpsklos schaut Gilbert auf ein Porträt von Klara, eine Bleistiftzeichnung, so schön, so anmutig, dass Gilbert denkt, ein Blitz würde ihn treffen. Direkt ins Herz. Noch nie hat er Klara so gesehen. Natürlich, sie ist hübsch, mit Sicherheit das hübscheste Mädchen im Dorf, doch der Künstler hat etwas eingefangen, das ihm bislang verborgen geblieben war. Ihre Augen sprechen von einer Melancholie, wie sie Novalis nicht hätte besser beschreiben können. Ihr Mund lächelt. Ganz fein. Nur durch eine Schattierung im rechten Mundwinkel angedeutet. Geheimnisvoll. Hintergründig. Rätselhaft. Und doch warm. Gilbert hat das Gefühl, in ein Gesicht zu blicken, das dem Ideal der deutschen Romantik entsprungen scheint. Gilbert ist hingerissen und kann es nicht erwarten, die reale Klara wiederzusehen. Merde. Hat er sich gerade in eine Zeichnung verliebt? Oder besser – durch eine Zeichnung verliebt? Verwirrt legt er die Blätter in die Mappe zurück, versucht die Reihenfolge einzuhalten und sich den Inhalt zu merken. Die Produktion des Prototyps eines neuen Sturmgewehrs wird gestartet, Herr Bäumler, Herr von Stein, Klara, neue Verschluss- und Verriegelungstechnik, Klara, Rollenverschluss, Klara, Masseverschluss, Klara – Klara, Klara.

Gilbert öffnet die Mappe erneut und holt kurzerhand die Zeichnung wieder heraus. Betrachtet nochmals das Porträt, saugt jedes Detail mit seinem Blick auf, faltet das Blatt sorgfältig und schiebt es sich unter das Hemd. In die eingenähte Innentasche. Ganz nah am Herzen. Ein kleiner Anflug von Eifersucht regt sich in seiner Magengegend. Nur ein wenig. Nur eine Ahnung. Er fragt sich, wer diese Zeichnung angefertigt hat. Schnell verdrängt er den Gedanken wieder. Er hat schließlich gerade Wichtigeres zu tun. Er muss die Unterlagen wieder unbemerkt auf das Küchenbuffet legen, muss seinem Verbindungsoffizier Bericht erstatten und sich bis dahin die ganzen Inhalte merken. Sturmgewehr, Prototyp, Herr

Bäumler, Herr von Stein, Verschluss- und Verriegelungstechnik, Rollenverschluss, Masseverschluss.

Aber – wie das oft so ist, wenn sich der Geist einmal mit einem Thema beschäftigt, wenn die Gedanken anfangen zu kreisen, wenn eine Frage so präsent wird, dass sie alles andere überdeckt – wer verdammt noch mal hat diese Zeichnung gefertigt? Wer – wer hat Klara mit diesen Augen gesehen? Merde. Er wird ihn umbringen! Und gleichzeitig kann er nicht umhin, den Künstler zu bewundern. Mon dieu, wer kann eine ganze Welt in eine Bleistiftzeichnung legen? Wer hat so ein Talent?

Kapitel 06

Ferdinand von Stein

»... Neununddreißig, vierzig, einundvierzig ...« Von Stein hält mit durchgestreckten Armen inne und atmet schwer. Er ist sich nicht sicher, ob er heute die fünfzig schaffen kann. Seine Arme zittern bedenklich. »Zweiundvierzig, dreiundvierzig, vierundvierzig, fünfundvierzig.« Mit einem resignierten Stöhnen lässt er sich in das feuchte Gras fallen. Angenehm kühl bettet es ihn ein. Grashalme kitzeln ihn am Bauch. Er spürt, wie der beginnende Frost, der schneller kam als erwartet, durch die Haut in sein Inneres zieht. Er stellt sich vor, einfach so liegen zu bleiben, einfach zu warten, bis der Frost ihn vollständig überzieht, langsam in ihn eindringt und das Blut abkühlt, bis es dick und schwerfällig sein Herz zum Stillstand bringt. Und am nächsten Morgen, oder besser im nächsten Frühling, ein nackter, weißer Körper gefunden wird. Ausgestreckt im Gras auf einem Felsen oberhalb der Stadt. Vielleicht wäre der Krieg dann schon vorüber. Vielleicht würden die Leute sagen »Schaut, was für ein schöner Körper, wie schade, dass er tot ist.« Von Stein kichert leise. Er setzt sich auf, schlingt die Arme um die Knie und blickt, nackt wie er ist, über das dunkle Tal. Etwa einhundert Höhenmeter unter ihm liegt die verdunkelte Stadt und die Fabrik. Schwarz in schwarz, damit feindliche Flieger sie nicht orten können. Die Bevölkerung wurde sogar dazu angehalten, in der Dunkelheit keine Zigaretten zu rauchen. Aber das lässt sich von Stein nicht verbieten. Seit er dieses schreckliche Propagandaplakat gesehen hat, mit einem gezeichneten Skelett, das auf einem feindlichen Flugzeug reitend eine altertümlich anmutende Kanonenkugel auf eine nächtliche Stadt wirft, in der ein einziges Haus hell erleuchtet ist, würde von Stein in seinem Einzimmer-Appartement aus Trotz am liebsten auch die Fensterläden offen lassen. Auf dem Plakat stand in großen Lettern »Der Feind sieht Dein Licht!« Und, als wäre damit nicht alles klar, steht da ein zusätzliches lautes »Verdunkeln!«. Er findet, das Plakat spottet dem guten Geschmack und dem gesunden Menschenverstand. Aber Ferdinand von Steins trotzige Auflehnung gegen das Regime findet nur in Gedanken und im Kleinen statt. Und nur gelegentlich. Er zündet sich eine Zigarette an und atmet tief durch. Die Glut grüßt mit einem respektlosen Orange die Nacht.

Neben ihm streckt sich eine der zwei Seilsperren über das Neckartal. Von einer Hangkante zur anderen. Er ahnt sie mehr, als dass er sie im Dunkeln sieht. Es ist eine geniale Konstruktion, um die Tiefflieger abzuwehren, bestehend aus einem eintausend Meter langen Stahlseil, das im Abstand von zwanzig Metern mit senkrecht nach unten hängenden Seilen bestückt ist. Da fliegt garantiert kein Tiefflieger durch, um die Waffenfabrik anzugreifen. Etwas Ähnliches hat von Stein noch nie gesehen, und er ist erneut fasziniert von der Kreativität der Konstrukteure.

Doch das Werk ist auch mit weiteren Möglichkeiten der modernen Luftabwehr ausgerüstet. Rund um den Talkessel, in dem die Fabrik liegt, war ursprünglich eine schwere und eine leichte Flak installiert. Leider wurde Ende 1942 die gesamte schwere Flak samt Mannschaft für den Fronteinsatz abgezogen.

Übrig blieb die leichte Flak, die nun von Schülern der HJ bedient wird. Nicht sehr vertrauenerweckend. Zum Glück gibt es noch zusätzlich Fesselballone, Nebelverbände, eine Funkmess-Stellung und eben diese beiden genialen Seilsperren. Da kann auch ein pubertierender HJ-Junge nicht so viel falsch machen.

Ferdinand von Stein wird es allmählich kalt. Sorgfältig zieht er sich an und macht sich an den Abstieg hinunter in die Stadt. Er ist froh, dass es wieder früher dunkel wird. In den Sommermonaten konnte er seiner Freikörperleidenschaft nicht nachkommen. Würde man ihn dabei erwischen, wie er nackt über der Stadt thronend seine Leibesübungen macht, würde er hier in der Provinz, in der man noch nie von Jean-Jacques Rousseau gehört hat, wahrscheinlich eingesperrt werden. Mit ein bisschen Glück nur ins Gefängnis. Wenn er Pech hätte, würden sie ihn in die Nervenheilanstalt stecken. Und wenn man den Gerüchten glauben darf, würde er da vermutlich nicht mehr lebend herauskommen. Er wäre plötzlich »unwertes Leben«. Tja. In diesen Zeiten konnte es ganz schnell gehen. Vom anerkannten Waffeningenieur zum unwerten Leben.

Regt sich da etwa schon wieder ein Fünkchen Auflehnung in seinem Herzen? Nun ja, als denkender Mensch kann man nicht permanent die Augen verschließen. Auch wenn sich vieles zwischenzeitlich »normal« anfühlt. Oder etwa doch? Von Stein schüttelt sich. Anarchische Gedanken kann er gerade nicht gebrauchen. Er hat andere Probleme. Um genau zu sein – zwei.

Vorsichtig steigt er den schmalen, steilen Pfad nach unten. Nebel ist aufgekommen und hüllt ihn in feuchte, weiche Watte. Selbst die Tiergeräusche um ihn herum nimmt er nur noch gedämpft wahr. Der Schrei des Käuzchens und das Bellen des Fuchses klingen dumpf und matt. Von Stein schüttelt sich erneut wie ein Hund. Er hofft, dass Klara morgen seine Unterlagen mitbringt. Seine geheimen Unterlagen. Verdammt! Wie konnte er so blöd sein und die Unterlagenmappe nach der Besprechung nicht in den Tresor schließen. Ja, er weiß schon warum. Bombenalarm, Klara, Luftschutzstollen, ja ja. Das entschuldigt allerdings nicht, dass er die Mappe danach nicht weggeschlossen hat. Er hat Klara nach Hause gefahren, weil es so spät und dunkel war, und weil er vor ihr ein wenig protzen und sich als Mann von Welt zeigen wollte, der Auto fahren kann. Ja, seine verdammte Eitelkeit! Und dabei hat er die Mappe nach hinten auf den Rücksitz gelegt, zu Klara und dem Fahrrad. Und sie hat die Unterlagen dann vertauscht.

Er glaubt ihr, dass es ein Versehen war. Was sollte sie, das Bauernmädchen, auch mit den Unterlagen zu dem neuen Gerät anfangen. Sie war ganz durcheinander, als er sie heute Morgen darauf ansprach, wirkte fast verzweifelt, denn sie hatte ihre, respektive seine, Unterlagen zu Hause vergessen. Sie hatte Angst, dem alten Ratzinger unter die Augen zu treten. Ihre Erleichterung war fast mit Händen zu greifen, als er ihr seine, besser gesagt ihre, Unterlagen überreichte. Die Unterlagen mit dem dämlichen Diktat vom alten Ratzinger. Sie konnte also da weiter machen, wo sie gestern aufgehört hatte. Nur er stand mit leeren Händen da und musste hoffen, dass sie seine Unterlagen zu Hause auf ihrem Hof gut verwahrte. Hoffentlich würde niemand hineinschauen und zu allem Überfluss auch noch das Porträt von Klara entdecken. Bei dem Gedanken an das Bild schießt ihm vor Peinlichkeit die Hitze ins Gesicht.

Die Möglichkeit, dass es jemand sehen könnte, vielleicht sogar Klara selbst, findet er außerordentlich unangenehm. Warum sehen die Unterlagenmappen außen auch alle gleich aus? Braun mit dem großen Logo der Waffenfabrik. Wäre er Franzose, würde er ein sattes »Merde« herausfluchen. Aber seit der Franzose nach dem ersten Weltkrieg erneut zum

Erzfeind erklärt worden war, ist es besser, sich mit seinen Französischkenntnissen zurückzuhalten.

Früher, in Berlin, als sein Vater noch lebte, haben seine Eltern mit ihren Freunden oft Französisch gesprochen. Das war schick in den besseren Kreisen. Als Kind gefiel es ihm allerdings am besten, wenn sein Vater an jedem Satzende wie beiläufig ein »Merde« anfügte, was ihm den strafenden Blick seiner Frau bescherte. Das sagte man natürlich nicht. Aber es war lustig. Pflichtschuldigst lachten dann auch alle. Doch von Stein ist sich sicher, dass nur er und sein Vater es wirklich komisch fanden. Beim Gedanken an seinen Vater durchzuckt ihn ein wehmütiger Schmerz. Von oben nach unten. Kurz hat er das Gefühl, zerrissen zu werden. Doch er fängt sich schnell wieder. Er hat schon lange nicht mehr an seinen verstorbenen Vater gedacht. Ob er wohl stolz auf ihn wäre? Vermutlich. Schließlich ist er nun Ingenieur, wie er. Auch wenn sein Vater mit dem passiven Wesen seines Sohnes nie einverstanden war. Er fand ihn antriebslos und schwach. Sein Vater meinte damals, das hätte er von seinem Onkel Fred mütterlicherseits. Das sagte er in einem etwas bedauernden Ton, wobei er die linke Augenbraue hochzog. Dann fühlte sich Ferdinand ganz klein. Aber er war nun mal kein »Machertyp«. Nur Dinge, die ihm wirklich wichtig und anders nicht zu bekommen waren, ging er aktiv an. Doch meist hatte er ja seine Mutter, die die Dinge für ihn regelte.

Ja, und da drängt sich das zweite Problem in seine Gedanken. Seine Mutter. Er will, dass sie aus dem umkämpften Berlin zu ihm in die Provinz zieht. Sie weigert sich. Glaubt immer noch an den Endsieg. Sie sagt, der Führer schafft das. Sie verehrt ihn, den Führer. Von Stein versteht diese Verehrung zwar nicht, schließlich handelt es sich um einen kleinen, hässlichen Mann, der, und das würde von Stein niemals laut sagen, in der strategischen Kriegsführung ein paar gravierende Fehler gemacht hat, aber auf manche Frauen scheint er unheimlich anziehend zu wirken.

Wenn das sein Vater wüsste. Der hätte Hitler vermutlich verachtet. Als liberaler Sozialdemokrat, der immer sagte, ein Land brauche einen Kopf, der ruhig und überlegt Entscheidungen trifft, hätte er diesen kleinen, schreienden, ungebildeten Mann nicht ernst genommen. Was sich als fataler Fehler erwiesen hätte.

Und vielleicht gibt es den Endsieg ja doch noch. Vielleicht. Vielleicht durch das neue Sturmgewehr? Doch wenn bis dahin Grunewald auch zerbombt ist ... Von Stein schluckt. Er will nicht weiter darüber nachdenken, was dann passieren würde. Zum Glück war seine Mutter schon vor zwei Jahren aus ihrer Stadtwohnung in Berlin Mitte in die Villa nach Grunewald gezogen. Da standen die meisten Häuser noch. Im Gegensatz zu Berlin Mitte. Seine Mutter beschwert sich in ihren Briefen nur über die langen Schlangen von Juden, die an der Villa vorbei zum Bahnhof Grunewald marschieren. Mit Koffern und einem leuchtenden »Judenstern« auf dem Revers. Sie schreibt, dass die Juden in Eisenbahnwaggons weggebracht werden. Raus aus Berlin, aus Deutschland, in ein Lager nach Polen. Auschwitz. Und dass sie findet, das könnte auch dezenter geschehen. Sie will die Menschenschlangen vor ihrem Fenster nicht sehen. Sie fühlt sich in ihrem trotz Krieg behaglichen Leben durch den Anblick dieser Leute gestört. »Diese Leute«, wie sie die Juden nennt.

Das ist bisher die einzige Kritik, die von Stein von seiner Mutter über die Nazis gehört hat. Dass die Deportation von tausenden Männern, Frauen und Kindern für ihren Geschmack nicht dezent genug organisiert wird. Sein Vater wäre entsetzt gewesen. Über die Deportationen und über seine Frau. Schließlich hatten sie vor dem Krieg doch viele Freunde und Geschäftspartner jüdischen Glaubens. »Diese Leute« waren ein

Teil ihres Lebens. Ihres guten Lebens. Und was passierte nun mit ihnen?

Von Stein mag es sich nicht vorstellen und versucht an etwas anderes zu denken. Er geht schneller. Plötzlich kann er es kaum erwarten, nach Hause in die Geborgenheit seines Einzimmer-Appartements zu kommen.

Wie still es ist. Nur der hohle Klang seiner Schritte ist auf dem Kopfsteinpflaster zu hören. Feiner Nieselstaub in der Luft lässt die Haare nass nach oben stehen. Es herrscht Ausgangssperre. Kein Mensch ist zu sehen.

Eine kleine penetrante Stimme meldet sich wieder in seinem Kopf. »Wird Unrecht, wenn es per Gesetz legitimiert wird, zu Recht? Darf man als denkender Mensch die Augen verschließen und darauf hoffen, dass sich alles durch Wiederholung irgendwann ›normal‹ anfühlt?«

Von Stein schüttelt sich erneut und versucht, die Haustür aufzuschließen. Erst beim zweiten Versuch trifft der Schlüssel in seiner kalten, zitternden Hand das Schlüsselloch. »Passt sich Moral den Umständen an?« Von Stein stöhnt gequält auf. Er will, dass seine Gedanken aufhören, um etwas zu kreisen, das nichts mit ihm zu tun hat. Das er nicht ändern kann. Er braucht dringend einen Schluck Wodka. Oder zwei. Er schüttelt sich noch einmal wie ein nasser Hund und stellt sich Klaras römisch anmutendes Gesicht vor, ihre melancholischen Augen, das geheimnisvolle Lächeln.

Kapitel 07

Gilbert

Die Beine fühlen sich an, als hingen zwei Kilo Blei an ihnen, das Herz schlägt, als würde es ihm gleich aus dem Hals hüpfen, der Atem geht stoßweise und so schnell, dass es fast nicht zum Luft holen reicht. Gilbert tritt in die Pedale, als ginge es um sein Leben. Und eigentlich ist das auch so. Er ist sich nicht sicher, wer ihn verfolgt. Doch er weiß, dass ihn jemand verfolgt. Und das ist für einen französischen Zwangsarbeiter mit nächtlichem Ausgangsverbot mitten im Feindesland eine Angelegenheit dangereux. Oui, so kann man das wohl sagen.

Er hatte Helene um ihr Fahrrad gebeten. Und sie hatte es ihm ohne weitere Fragen ausgeliehen. Er stotterte noch etwas von einer jungen Frau, die er besuchen will, une affaire amoureuse, und schaffte es, anzüglich mit dem rechten Auge zu zwinkern. Bei dieser kleinen Lüge hatte er schon ein schlechtes Gewissen, doch als Helene ihm – froh, etwas für ihn tun zu können – ohne zögern ihr Fahrrad lieh, hatte sich sein schlechtes Gewissen in nagende Gewissensbisse verwandelt. Merde. Konnte Helene nicht einfach abstoßend und niederträchtig sein? Wenigstens ein bisschen? So wie man sich die Deutschen seit Hitler vorstellt? Mon dieu. Die Deutschen sind der Feind. Also ist Helene auch der Feind. Und Klara. Und die kleine Gertrude. Er sollte sich nicht so anstellen. Sie sind ihm alle etwas schuldig, und er braucht das Fahrrad, um Kontakt mit seinem Verbindungsoffizier aufzunehmen. Da sind Gewissensbisse völlig unangebracht. Merde.

Die nächtliche Hochebene fliegt an ihm vorbei. Schwarze Bäume, schwarze Büsche, die eine undurchdringliche Wand gegen den funkelnden Sternenhimmel bilden. Den holprigen Weg ahnt er mehr, als dass er ihn sieht. Seit er das Gefühl hat, verfolgt zu werden, fährt er ohne Licht. Nur der fahle Schein der Sterne weist ihm die Richtung.

Als die Straße schlechter wird, er immer öfter in Schlaglöchern hängen bleibt und dabei fast aus dem Sattel geschleudert wird, lenkt er das Rad mit einem resignierten Stöhnen von der Straße weg und lässt es einen Hang hinabrollen. Ginsterbüsche bremsen ihn aus. Unsanft fällt er vom Rad und landet im Gestrüpp. Schwer atmend bleibt er liegen und versucht, sich darüber klar zu werden, ob er sich etwas gebrochen hat oder ob die Schmerzen, die er überall spürt, von seinen überspannten Nerven stammen. Etwas Warmes läuft ihm über die Wange. Es brennt höllisch. Vorsichtig tastet er danach. Eine klebrige Flüssigkeit bleibt an seinen Fingern hängen. Merde. Offenbar hat er sich die Haut aufgerissen. Doch wenigstens scheint er sich nichts gebrochen zu haben. Das bisschen Blut wird er schon überleben.

Angestrengt hält er Ausschau nach seinen Verfolgern, beobachtet den Weg, duckt sich, macht sich klein. Wo sind sie? Das Fahrrad liegt neben ihm. Das Hinterrad dreht sich noch.

Die kreisenden Speichen reflektieren das schwache Sternenlicht im Rhythmus einer unbekannten Melodie.

Er versucht, seine Atmung und seinen Herzschlag zu kontrollieren. Er atmet langsam, noch langsamer, hält die Luft an und wird ruhig. Er schaut nach oben und hält mit einer Hand das sich drehende Rad fest. Stille. Nur ein aufkommender Wind flüstert durch die Äste, zieht kalt durch seine dünne Jacke, trocknet ihm den Schweiß, lässt ihn frieren – da: Stimmen! Sie flüstern. Flüstern mit dem Wind um die Wette. Gilberts Körper überzieht sich mit einer Gänsehaut. Erst die Arme, dann der Rücken, zum Schluss die Kopfhaut. Warum hat er nur die Pistole nicht mitgenommen? Die Pistole von Gertrudes Vater. Die Mordwaffe, die nun heimlich hinter einem losen Stein an der Außenmauer der Turnhalle ruht. Hätte er sie nur dabei.

Nun werden die Stimmen lauter. Streiten sie sich etwa?

»Du bist wahrscheinlich einem Hund hinterhergerannt. Blödmann. Hier ist niemand.«

Eine hellere Stimme antwortet »Blödsinn! Ich habe ihn doch gesehen!« Nun lauter, begleitet von einem hässlichen, kehligen Lachen: »Komm raus! Komm raus! Zeige dich, buhuuuu!«

Sind die beiden womöglich besoffen? Gilbert wagt nicht, sich zu rühren. Der schwache Strahl einer Taschenlampe fliegt unkoordiniert durch die Dunkelheit, schwebt nach oben zu den Sternen, bewegt sich tastend über die Büsche. Er duckt sich noch tiefer in den Ginsterbusch. Hofft, dass die Männer, wer immer sie auch sind, einfach weitergehen. Das stachelige Geäst zerkratzt sein Gesicht und seine Hände. Er reißt sich den Ärmel auf.

»Schau, da unten, wusste ich's doch, da liegt doch was im Gebüsch.«

Merde, sie sehen Helenes Fahrrad im Licht ihrer Taschenlampe reflektieren. Schwere Stiefel poltern den Hang hinunter. Gilbert macht sich bereit, spannt jeden Muskel an, ist entschlossen sich zu wehren. Plötzlich ertönt ein dumpfer Schlag, dicht gefolgt von einem Schrei, eher ein Kreischen: »He, was soll das?« Noch einer, diesmal nass, irgendwie saftig: »Ah, mein Kopf, ah, weg hier!« Und noch einer – Schreie, klatsch – Stiefel die wegrennen, klatsch – Stille.

Gilbert bleibt liegen. Er weiß nicht, wie er sich verhalten soll. Wer wirft da mit Steinen? Hilft ihm jemand, oder wird er auch gleich mit Steinen beschossen? Zielen kann sein Verteidiger jedenfalls. Gilbert wartet noch ein wenig. Zählt langsam bis hundert. Es bleibt ruhig. Vorsichtig steht er auf, klopft sich unsicher den Dreck von der Hose, dreht sich um und stößt fast gegen einen Berg von einem Menschen. Erschrocken hält er die Luft an. Schaut hoch, sieht Zähne blitzen. Ein schwammiges, gedehntes »Wasch machsch du da?« dringt als Frage aus dem Berg. Gilbert räuspert sich, überlegt, ob er dem Berg gegen das Schienbein treten und losrennen soll. Er verwirft den Gedanken, schließlich hat der Berg ihm geholfen, und vor allem ist er bestimmt stärker, also versucht er es mit der Wahrheit. »Ich will zu Frau Weiß.« Der Berg stößt ein gackerndes Lachen aus. Nur ganz kurz. Fast wie ein Motor, der nicht anspringt. »Komm!« Da gibt es wohl keine Diskussion. Gilbert hebt das Fahrrad auf und folgt dem Berg den Hang hinauf zur Straße.

Gemeinsam biegen sie auf einen alten, von den Römern angelegten Weg. Links und rechts wiegen sich riesige Pappeln im Wind. Nebelschwaden ziehen vom Talkessel über die Hochebene und werden vereinzelt vom böigen Wind zerfetzt. Gilbert denkt unwillkürlich an die Hexen von Macbeth. Er muss lachen. Shakespeare war mit seinen drei unheimlichen Schwestern nun wahrlich weit entfernt von der schwäbischen Hochebene. Oder vielleicht doch nicht? Weit vorne sticht die Silhouette einer alten Burgruine wie ein Scherenschnitt gegen den nächtlichen Himmel. Schwarz gegen schwarz. Erstaunlich, wie viel Gilbert plötzlich sehen kann, wie viele Schwarztöne es gibt. Der Wind hat gedreht, schiebt ihn nun von hinten über den Weg. Gilberts Jacke bläht sich auf und sein Rücken wird eiskalt.

Sein Begleiter, der Berg, streckt den Arm aus und zeigt auf eine scheinbar undurchdringliche schwarze Wand. Ja, das weiß Gilbert schon. Da vorne, im nahen Wald, auf einer dicht eingewachsenen, kleinen Lichtung ist die Hütte von Frau Weiß. Eine Deutsche. Kommunistin. Die Verbindungsfrau zu seinen Vorgesetzten. Er war noch nicht oft bei ihr. So viel hatte er bisher ja nicht zu berichten. Er hofft, dass sie noch lebt. Sie ist ziemlich alt. Und eigentlich nennen sie sie auch nicht Frau Weiß, sondern »La Sorcière Rouge«. Die rote Hexe. So sieht sie nämlich aus. Wie eine Hexe. Und »Rouge« natürlich wegen ihrer politischen Gesinnung. Sie hasst die Nazis, arbeitet seit der Machtübernahme Hitlers aktiv gegen das System und bot sich dem französischen Geheimdienst an. Seither wird sie in den Akten als »La Sorcière Rouge« geführt. Ihm soll's recht sein. Gilbert muss zugeben, dass er ein wenig Angst vor ihr hat. Aber nur ein wenig. Sie macht sehr leckeren Kuchen. An was erinnert ihn das nur?

Fast hätte sich Gilbert vor spontanem Lachen an seinem eigenen Speichel verschluckt. Ja, die Gebrüder Grimm sind auch in Frankreich bekannt. Gilbert kichert. Hänsel und Gretel. Wer von ihnen beiden wohl Gretel ist? Er oder der Berg? Gilbert kann vor Belustigung fast nicht an sich halten. Der Berg bleibt irritiert stehen. Gilbert klopft ihm beruhigend auf den Rücken. »Ja, schon gut, alles ist gut.« Gilbert kichert weiter. Irgendwie scheinen die Nerven mit ihm durchzugehen. Ein wenig bekommt er nun Angst vor sich selber. Merde. Kann er jetzt bitte aufhören zu lachen? Was ist er? Ein Spion ridikül? Ein bisschen würdelos! Scheißt sich vor Angst fast in die Hosen und bekommt einen Lachanfall. Merde.

Zielstrebig gehen sie auf die schwarze Wand zu. Der Berg scheint sich in der Dunkelheit bestens zurechtzufinden. Gilbert folgt ihm. Ganz dicht. Er schiebt das Fahrrad, dessen Pedal ihm bei jedem Schritt gegen das Schienbein schrammt.

Gilbert hofft, dass der Berg endlich weggeht, und gleichzeitig, dass er weiter an seiner Seite bleibt. Seit vielen Monaten hat er sich nicht mehr so sicher gefühlt. Dabei weiß er nichts über den Berg. Absolut nichts. Außer, dass er gut mit Steinen werfen kann und sehr groß ist.

Sie tauchen in die schwarze Wand ein, treten ein in die absolute Nacht. Der Geruch von Harz und Tannennadeln umhüllt sie, eine betäubende Stille drückt ihn nieder. Gilbert bleibt stehen. Weiß nicht mehr, wo oben und wo unten ist. Seine Ohren rauschen. Der Berg packt ihn an der Schulter und schiebt ihn über unsichtbare Wege. Ihre Schritte rascheln. Gilbert lässt das Fahrrad los. Die Schwärze verschluckt es. Gilbert stolpert weiter, hofft dass er das Fahrrad wiederfindet, hofft, dass er die rote Hexe antrifft, hofft, dass er aus dem Wald wieder herauskommt und dass es irgendwann wieder hell wird. Weiche Baumnadeln kitzeln ihn im Gesicht, hartes Reisig verfängt sich in der Hose. Gilbert strauchelt. Der Berg fängt ihn mit seinen langen Armen auf. Schnell löst sich Gilbert aus der seltsamen Umarmung und versucht ihm so dicht wie möglich zu folgen, ohne ihn zu berühren. Dieser Mann ist ihm unheimlich.

Endlich ein Licht. Eher eine Unterbrechung der Dunkelheit. Ein gelber, präziser Pinselstrich auf einer schwarzen Leinwand. Irgendwie abstrakt. Von Schritt zu Schritt wird er größer. Erst als sie direkt davor stehen, erkennt Gilbert, dass es ein schmaler Spalt in einer sonst hermetisch dichten Bretterwand ist. Eine Tür. Der Berg stößt sie auf. Vom Licht geblendet weicht Gilbert zurück.

Frau Weiß, die Sorcière Rouge, sitzt in Decken gehüllt vor einem kalten Kamin und starrt in imaginäre Flammen. Sie hebt langsam den Kopf, schaut ihn an, mit glänzenden Augen in einem alterslosen Gesicht. Sie mustert ihn lange, blickt auf den Grund seiner Seele, scheint darin zu rühren, hochzuheben, hinzulegen, abzudecken. Sie nickt unmerklich und wendet sich wieder dem Kamin zu.

Gilbert erwacht wie aus einer Hypnose und setzt sich unbehaglich auf die Kante eines Holzstuhls. Der Berg macht ein Feuer im Kamin, als wäre er hier zu Hause. Bedächtig zieht die Sorcière Rouge eine Pfeife unter ihren Decken hervor und hält sie dem Berg auffordernd hin. Der nimmt einen brennenden Scheit und gibt ihr Feuer. Dicker, stinkender Qualm steigt auf und hüllt das Gesicht der Alten ein, umwabert ihre hohlen Wangen, die sich auf groteske Weise rhythmisch aufpusten und wieder einfallen, bis die Pfeife gelassen glüht. Ein scharfer Geruch nach Tabak und undefinierbaren Gräsern breitet sich aus.

Der Berg kümmert sich wieder um das Kaminfeuer. Gilbert sieht ihn zum ersten Mal im Licht. Er ist überraschend jung. Lange, strähnige Haare fallen ihm fast bis zur Schulter. Geschäftig rühren seine muskulösen Arme in der Glut. Eine Hasenscharte verunstaltet sein Gesicht. Die Schneidezähne schimmern aus der Spalte, was ihm einen lauernden, tierischen Ausdruck verleiht. Deshalb war seine Aussprache wohl so schwammig. Wenn man sich die Hasenscharte wegdenkt, sieht er der Alten erstaunlich ähnlich. Ihr Sohn? Enkel?

Dann wendet sich die Sorcière Rouge in einem rauen, harten Französisch an ihn: »Ich kenne dich. Du bist doch der kleine Franzose. Hast du endlich etwas Interessantes zu berichten?«

Merde. Muss er sich jetzt vor der Alten rechtfertigen? Ihre Augen schimmern listig durch den weißen Rauch der Pfeife.

Gilbert nickt und lächelt ihr sicherheitshalber zu. Die Alte schüttelt bekümmert den Kopf. »Du bist viel zu hübsch für einen Spion, kleiner Franzose. Die deutschen Frauen haben sich bestimmt schon reihenweise in dich verliebt. Gib Acht, dass du dich nicht selbst verliebst.«

Mon dieu, was wird das hier? Gilbert lächelt tapfer weiter. Er sieht aus den Augenwinkeln, wie der Berg auf dem Holzboden ein paar Bretter wegschiebt, um das Funkgerät herauszuholen. Der Kontakt zu seinem Verbindungsoffizier. Er will das hier schnell hinter sich bringen. Seit wann ist die Alte so gesprächig? Und seit wann kann sie Französisch? Er kann nun unmöglich in ihrer Gegenwart über geheime Dinge sprechen! Auch wenn sie den Geheimcode nicht beherrscht, fühlt sich Gilbert seltsam gehemmt. Sie findet ihn also hübsch. So, so.

Als hätte sie seine Gedanken gehört, nickt sie dem Berg zu. Der hievt das tragbare Funkgerät mit einem Schwung heraus und bringt es in den Nebenraum. Er trägt es, als würde es nichts wiegen. Dabei wiegt das Tornisterfunkgerät mit Sender und Empfänger mindestens zwanzig Kilo. Die Alte fährt fort: »Ich will nicht wissen, was du zu berichten hast.« Sie lacht krächzend. »Dafür bezahlt ihr Franzosen mich nicht gut genug. Geh rüber und tu, was du tun musst.«

Erleichtert steht Gilbert auf und geht in den Nebenraum. Ein Schlafzimmer mit zwei Pritschen auf dem Boden. Es riecht abgestanden und sauer. Gilbert setzt sich auf eine der Pritschen, zieht angeekelt die fleckige Decke zur Seite und schiebt sich das Funkgerät zwischen die Beine. Konzentriert stellt er die Frequenzen ein. Eine Stimme meldet sich knisternd. Gilbert setzt seinen Text ab, in einer speziell entwickelten Kunstsprache. Es hatte lange gedauert, bis er sie beherrschte, und er kann sie nur ganz langsam sprechen, da er die Silbenzusammenstellung nach einer gewissen Logik kombinieren muss. Es ist mühsam, er müsste öfter üben. Gilbert fürchtet, Silben falsch zusammenzustellen und dem Gesagten dadurch einen anderen Sinn zu geben. Manchmal übt er während des Holzhackens. Mit einer fast schon diebischen Freude hackt er das Holz der Deutschen und übt die geheime Sprache, indem er Verse von Goethe übersetzt. Die Ironie daran gefällt ihm. Er stellt sich dann vor, dass er es ist, der die Nazis durch seine Spionagearbeit zu Fall bringen wird. Er sonnt sich in dem Was-Wäre-Wenn-Gedankenspiel. Was wäre, wenn er tatsächlich ein richtiger Spion wäre. Tja, dass er eines Tages tatsächlich etwas Wichtiges aus dem Kuhdorf mitzuteilen hat, hätte er nie gedacht.

Nun berichtet er über das neue, hochentwickelte Sturmgewehr, berichtet, dass die Produktion des Prototyps startet, nennt die Namen Herr Bäumler und Herr von Stein und fordert Befehle über das weitere Vorgehen an. Voilà. Mehr kann er im Moment nicht tun. Er muss warten, bis diese Information an die zuständige Stelle weitergeleitet wird. Das Funkgerät hat nur eine Reichweite von fünfundzwanzig Kilometern, und bis über die Zwischenstelle der Befehl zurückkommt, wie er weiter agieren soll, kann es dauern.

Seufzend geht er zurück zur Sorcière Rouge und ihrem entstellten Sohn. Das Kaminfeuer hüllt den Raum in eine angenehme Wärme. Die Tür zum Schlafzimmer lässt er offen, damit er sofort hört, wenn es wieder eine Nachricht gibt. Die Alte sitzt immer noch vor dem Feuer und saugt gelassen an ihrer Pfeife. Der Berg kocht das Abendessen. Es gibt Eintopf, der laut vor sich hinbrodelt und ein strenges Aroma in die Luft schickt. Kondenswasser tropft an den Fensterscheiben herunter. Gilbert schüttelt sich. Dass die Deutschen auch nicht kochen können! Merde. Ein bisschen Rosmarin, ein wenig Thymian, ein Hauch Knoblauch, all das fehlt. Und trotzdem läuft ihm das Wasser im Mund zusammen. Gilbert hat plötzlich einen unbändigen

Hunger. Hoffentlich wird er eingeladen. Er würde momentan alles essen.

Der Berg deckt den Tisch und verteilt den Eintopf auf drei Teller. Ein gutes Zeichen. Endlich legt die Alte ihre Pfeife weg. »Komm, kleiner Franzose, bekommst was richtig Gutes zu Essen.« Sie deutet seinen zweifelnden Blick falsch und fügt hinzu: »Keine Angst, das stelle ich deinen Freunden in Rechnung. Aber wasch dich erst mal. Du siehst aus, als hätte dich jemand verprügelt.« Wieder dieses krächzende Lachen. Gilbert fasst sich unwillkürlich ins Gesicht und bemerkt erst jetzt das dicke, getrocknete Blut an der Wange. Merde, das ist von seinem Sturz. Er hebt den Arm und sieht, dass der Ärmel seiner Jacke zerrissen ist. Seufzend zieht er die Jacke aus und wäscht sich mit einem Eimer Wasser. Als er sich endlich an den Tisch setzt, sind die beiden schon mit dem Essen fertig. Gierig schlingt er den restlichen Eintopf in sich hinein. Eine braune Pampe aus zur Unkenntlichkeit zerkochtem Gemüse. Ja, die Deutschen können nicht kochen. Doch heimlich muss er sich eingestehen, dass es auf eine fast perverse Weise gut schmeckt. Oui. Der Hunger veredelt eben jedes Mahl.

Gilbert bedankt sich nach dem Essen höflich und bittet, bleiben zu dürfen, bis er neue Anweisungen bekommt. Die Alte nickt. »Du musst aber gehen, bevor der Morgen graut. Egal, ob du eine Nachricht bekommen hast oder nicht.« Sie blickt zum Berg. »Mein Sohn wird dich durch den Wald zurück auf den Weg bringen.« Sie setzt sich wieder vor den Kamin. »Weiter kann er nicht. Er darf nicht gesehen werden. Offiziell ist er seit 1938 tot.« Sie zieht die Nase hoch und spuckt geräuschvoll in das Feuer im Kamin. Es zischt. »Das kannst du deinen Franzosenfreunden auch mal berichten: Bei den Nazis werden Menschen mit Behinderung in einer Anstalt weggeschlossen. Und niemand sieht sie je wieder.« Sie nickt ihrem Sohn zu. »Als die Polizisten gekommen sind, um ihn abzuholen, habe ich ihnen erzählt, er sei im Neckar ertrunken. Der Polizeihauptwachtmeister hat uns nicht geglaubt und kam immer wieder – dieses Schwein. Doch mit den Jahren ließ sein Interesse nach. Es gibt schließlich noch mehr ›unwertes Leben‹, das er wegsperren muss. Die Nazis haben Angst, ihre Herrenrasse könnte verunreinigt werden.«

Sie zieht abermals die Nase hoch, spuckt aus, es zischt erneut. »Der ideale Deutsche ist blond wie Hitler, flink wie Goebbels und schlank wie Göhring.« Sie lacht gackernd, ihr Gesicht zerknittert sich in tausend Falten und weiße Schaumbläschen bilden sich vor ihrem Mund. Der Berg stößt ein langgezogenes Brummen aus. Gilbert vermutet, dass es ein Lachen ist. Er ist sich sicher, dass die beiden schon oft über diesen Scherz gelacht haben. Und er muss zugeben, er ist ziemlich lustig. In diesem Moment rauscht das Funkgerät. Eine Stimme meldet sich. Gilbert stürzt in den Nebenraum.

Die Befehle, die er entgegennimmt, sind klar und präzise. Er soll Pläne und Skizzen des neuen Sturmgewehrs besorgen. Er bekommt bis Weihnachten Zeit, spätestens im neuen Jahr muss er die Pläne bei »La Sorcière Rouge« hinterlegen. Gilbert schluckt. Wie soll er als Zwangsarbeiter in diesem Kuhdorf an die Pläne kommen?

Nun ja, er hat eine Spur. Der Ingenieur, dessen Unterlagen er gelesen hat, dieser von Stein, besitzt vermutlich auch die Pläne des Sturmgewehrs. Zumindest hat er Zugang dazu. Und das Porträt, das dieser Künstler von Klara gezeichnet hat, lässt vermuten, dass er Klara gewisse Gefühle entgegenbringt. Vorausgesetzt, er ist tatsächlich der Künstler. Alors. Er kann über Klara an die Pläne kommen. Das wird sie aber nicht freiwillig tun. Gilbert läuft es kalt über den Rücken. Er stöhnt gequält auf. Die Sorcière Rouge sitzt am Feuer, näht seinen

Hemdsärmel und blickt ihn fragend an. Gilbert ignoriert sie. Er weiß, dass er Klara mit dem toten Polizisten erpressen muss. Seine Hand tastet unwillkürlich zu der zusammengefalteten Porträtzeichnung von ihr, die er immer noch in der Innentasche seines Hemdes trägt. Ganz nah am Herzen. Sie ist schwer wie Blei.

Kapitel 08

Polizei-Hauptwachtmeister Hägele

Das Baby plärrt und strampelt unkoordiniert mit den krummen Babybeinen. Das ist so ziemlich das Letzte, was Hauptwachtmeister Hägele im Moment gebrauchen kann. Eine Mutter mit vier schreienden Kindern auf der Wache. Hägeles Nerven sind schon angespannt genug. Seit Tagen muss er hier die Arbeit alleine machen. Der fette Unterwachtmeister Müller, der Vater dieser schreienden Brut, lässt sich nicht mehr blicken. Und offensichtlich war er auch nicht zu Hause. Nun ja, das wäre nicht das erste Mal, dass seine Frau ihn tagelang nicht sieht. Doch sie braucht Geld. Gestern war Zahltag. Und das ist wirklich seltsam. Normalerweise holt Müller sein Geld ab, besäuft sich, geht ins Puff und bringt das übrige Geld seiner Frau nach Hause. Was meistens nicht mehr viel ist. Doch dieses Mal kam er nicht. Nicht zum Zahltag, nicht nach Hause.

»Wo ist er? Du weißt doch sonst auch immer, wo er sich rumtreibt?« Ihre Stimme wird lauter. »Ist er bei dieser Frau? Sag es!«

Das Baby hat aufgehört zu schreien und streckt die feisten Arme nach außen, seine dicken, kurzen Finger scheinen im Greifen erstarrt. Es schaut ihn vom Arm der Mutter aus ebenso wütend an wie sie. Zwei Paar blaue Augen blitzen feucht und stechend, nehmen ihn in moralische Haft. Aber was kann er denn dafür?

Die drei anderen Kinder halten sich der Größe nach geordnet an der Hand. Alle schauen ihn an. Fragend. Ihre roten Haare leuchten in der dunklen Amtsstube wie frisch entzündetes Feuer, lodern, fast fröhlich, vor dem schwarz-weißen Porträt des Führers.

»Sag es.« Nun resigniert. Sie fängt an zu weinen. »Die Kinder haben Hunger. Und ich gehe nicht weg, bevor du mir nicht sagst, wo der Sauhund ist.« Sie setzt sich auf den einzigen Stuhl, der an der Wand steht, drückt das Baby an ihre Brust, gibt ihm zu trinken und hält eine Hand schützend vor Brust und Babykopf. Hägele schaut schnell woanders hin und dreht nervös den Bleistift in der Hand. Das Telefon klingelt. Hägele wird abgelenkt. Was die drei älteren Bälger sofort ausnutzen und sich auf der Wache verteilen. Wie Ungeziefer. Sie gucken in jede Schublade, glotzen hinter jeden Schrank. Hägele reicht es. Er hebt den Telefonhörer auf und knallt ihn wieder zurück auf die Gabel. Das Telefon ist still.

Er schreit: »Hierher. Sofort hierher!« Überraschend behände für einen Mann seines Alters springt er den Kindern hinterher.

»Du, du, und du.« Damit packt er alle drei am Arm und schiebt sie auf den Bürostuhl ihres Vaters. Setzt einen Jungen auf die Lehne links und einen auf die Lehne rechts und den Ältesten auf den Sitz. Eingeschüchtert sitzen sie still. Große blaue Augen schauen erbärmlich zu ihm hoch. Ihre Haare leuchten noch intensiver in verwirrendem Rot. Dem Kleinsten rinnt die Rotze von der Nase über die Mundwinkel und tropft in Zeitlupe nach unten. Seine Zunge schnellt in sein Nasenloch hoch. Hägele ekelt es.

Und wenn sie nun tatsächlich Hunger haben? Er packt sein Vesper aus. Große Brote, von seiner Frau dick mit Leberwurst bestrichen. Er reicht sie den Kindern, die gierig darüber herfallen. Innerhalb von Sekunden haben sie alles verschlungen.

»So, und jetzt zu dir.« Er wendet sich an die Frau, die mit geöffnetem Hemd ihr Baby stillt. Er räuspert sich und versucht, nicht auf ihre halb entblößte Brust zu starren. »Wann hast du ihn zuletzt gesehen? Von welcher Frau redest du? Wo geht er normalerweise hin, wenn er nicht zu Hause ist?«

Die Frau lacht bitter. »Gesehen hast du ihn wahrscheinlich zuletzt und wo er hingeht, weißt du wahrscheinlich auch besser als ich. Und welche Frau ...?« Sie schaut plötzlich wieder sehr wütend, pustet eine Träne weg. »Auch das weißt du eher als ich.«

Hägele hält inne. Überlegt. Ja, in letzter Zeit hatte der fette Müller oft von einer Frau gesprochen. Er war ganz hingerissen, scharf wie ein Rettich, fast verliebt. So kannte Hägele den Müller gar nicht. Aber sie ließ ihn nicht ran. Irgendwann hatte er nur noch davon gesprochen, dass sie ihren Stolz schon noch bereuen würde.

Hägele hatte nur gelacht. Wenn sie so schön war, wie Müller erzählte, konnte sie ganz andere Männer haben als den fetten, rothaarigen Müller. Polizist hin oder her. Noch dazu verheiratet. Da gab's nichts zu bereuen. Oder hatte er das ganz anders gemeint? Hägele stöhnt gequält auf. Der Kerl wird doch keinen Mist gebaut haben?

»Ich brauche Geld, hörst du?« In ihrer Stimme liegt ein drängender Unterton. »Besorg mir was.« Hägele schaut sie fragend an.

»Glaubst du vielleicht«, fährt sie fort, »ich weiß nicht, dass ihr im Nebenraum all die beschlagnahmten Gegenstände habt? Den Schmuck? Vielleicht auch Geld?«

Hägele weicht irritiert einen Schritt zurück. Verliert ein klein wenig die Contenance. Woher weiß die Alte das? Was hat Müller ausgeplaudert? Sie lacht. Siegessicher zieht sie das Baby von ihrer Brust weg. Weiße Milch mit Speichel vermischt, zieht für den Bruchteil einer Sekunde einen langen Faden zwischen Baby und Brustwarze. Der rothaarige Babykopf quengelt leise vor sich hin. Sie schließt seelenruhig die Knöpfe ihres Hemds.

»He, er hat damit angegeben, besoffen wie er war ... Er hat gesagt, die reichen Grünbaums sind jetzt nicht mehr reich. Nun sind wir reich.«

Hägele versucht, Haltung zu bewahren.

»Ja, aber das ist alles registriert und wird demnächst in die Zentrale nach Stuttgart überführt.«

»Willst du mich verarschen?« Sie wird laut. »Das glaubst du doch selbst nicht!« Das Baby schreit wieder in dem schrillem Babyton, der sich direkt auf die Nerven legt. »Willst du alles selbst behalten? Hä? Hast du was mit dem Verschwinden von meinem Müller zu tun?«

Auf ihrem Nasenrücken bilden sich zwei hässliche Falten. Hägele kann verstehen, dass Müller nicht so oft zu Hause ist. Sie schaukelt das Baby von links nach rechts. Ihr Oberkörper bewegt sich hektisch. Sie verlegt sich aufs Bitten. »Gib mir wenigstens etwas von dem Geld der Drecksjuden – nur ein wenig.« Nach langer Pause. »Bitte«.

Stumm steht Hauptwachtmeister Hägele auf, schließt das Nebenzimmer auf und sucht sich einen Weg durch die beschlagnahmten Gegenstände des ortsansässigen Juden. Alles da. Vom Telefon über ein Fahrrad bis hin zu Gemälden in Öl, irgend so ein altes Zeug, alles da. Registriert und abholbereit. Bis auf ein paar wenige Ausnahmen: Was sie gut gebrauchen können, behalten sie natürlich selber. Er schließt den Tresor auf und holt ein Bündel Geld heraus. Die gute, deutsche Reichsmark. Hägele findet, die hat beim Juden am allerwenigsten etwas verloren. Und davon ist nichts registriert. Gar nichts. Da hat die blöde Müllerin schon recht. Und der reiche Grünbaum Senior hatte bei der Deportation wirklich viel Bargeld im Haus. Hägele und Müller fanden, nun wären sie mal dran, reich zu sein. Seither liegt das ganze Geld hier im Tresor. Sie hatten sich noch nicht getraut, etwas davon auszugeben. Dass der blöde Müller auch nicht das Maul halten konnte. Zaghaft zählt Hägele fünf Scheine ab. Das sollte ja wohl erst mal reichen.

Sorgfältig verschließt er den Tresor und zieht die Tür hinter sich zu. Er atmet tief ein, bevor er zurück zur keifenden Frau Müller und ihren lauten Kindern geht. Die Jungs haben damit begonnen, sich unter Gejohle und Geschrei auf dem Bürostuhl ihres Vaters gegenseitig durch den Raum zu schieben. Mein Gott. Hägele ist froh, selbst keine Kinder zu haben. Auch wenn das dem Führer nicht so gut gefällt.

Er hält Frau Müller die Scheine hin. Schnell springt sie auf, das Baby auf der linken Hüfte balancierend, und reißt ihm das Geld aus der Hand. Siegessicher strahlt sie ihn an. »Ich wusst es doch!«

Mit ihrem kleinen, gierigen Spitzmund zählt sie langsam das Geld. Fast schon wollüstig. Hägele ist irritiert und schiebt sie zur Tür. Das Telefon klingelt wieder. Er ist gestresst und will sie nur noch draußen haben. Weg. Raus aus diesem Büro. Das Telefon klingelt weiter. »Raus jetzt. Alle. Raus jetzt.« Die Jungs kommen angerannt, schieben sich an ihrer Mutter vorbei durch den Eingang. Sie dreht sich nochmals um, steht ganz dicht vor ihm und haucht: »Danke.« Hägele ist verwirrt. Schnell will er sich umdrehen, die Tür schließen, da schiebt sie ihre Hüfte gegen seine. Hägele erstarrt. Sie blickt ihn von unten herauf an, mit einem blauen, leicht wirren Augenaufschlag. Und als Hägele schon denkt, sie würde ihn nun küssen, erbricht sich das Baby auf seine Uniform, schickt einen großen Schwall weißer, schleimiger Milch über die frischen, roten Schulterstücke und die hellgrüne Uniform. Hägele reicht es nun wirklich. Er schiebt sie hinaus auf den Flur, wo schon andere Leute warten, und schlägt laut die Tür hinter ihr zu. Das Telefon klingelt weiter. Hägele wischt es wütend vom Tisch.

Schwer atmend lehnt er sich gegen die Wand. Hinter ihm Führers Porträt. Sein breiter Brustkorb hebt und senkt sich. Bei jedem Ausatmen drückt sich seine Schulter gegen den Bilderrahmen, sitzt ihm Hitler im Genick. Sein Rücken tut weh. Dumpf drückt die Bandscheibe gegen einen Nerv. Hägele stöhnt. Er fühlt sich langsam zu alt für diese Arbeit. Leider geht es jetzt erst richtig los. Er muss diesen verdammten Müller finden. Aber wo soll er suchen? Wenn er nur wüsste, von welcher Frau er immer geschwärmt hatte. Das wäre ein Ansatzpunkt. Hätte er doch bloß mal nachgefragt. Vielleicht sollte er seinen Schreibtisch durchsuchen.

Er schwört sich, er wird Müller gewaltig in den Arsch treten, wenn er wieder auftaucht. Aber bis dahin muss er noch ein paar bürokratische Regeln einhalten. Er muss seine Vorgesetzten in Stuttgart über das Fehlen von Unterwachtmeister Müller unterrichten. Er hätte ihn eigentlich schon vor zwei Tagen als vermisst melden müssen. Aber wer ahnt auch schon, dass er tatsächlich vermisst wird und nicht einfach irgendwo säuft und hurt. Hägele presst beide Hände gegen die Bandscheiben und hofft, dass der Schmerz wieder vergeht. Um sich abzulenken, schreitet er das Büro ab. Genau zwölf Schritte in die eine Richtung, dann kehrt er um und macht zwölf Schritte zurück. Bei jedem Schritt quietscht der Boden. Der Geruch nach erbrochener Milch zieht ihm sauer von der Schulter in die Nase und weckt die Erinnerung an einen weißen Speichelfaden, der sich zwischen Brustwarze und Babymund zieht. Oh mein Gott. Sollte er jetzt für immer mit diesem unappetitlichen Bild gestraft sein, wenn er saure Milch riecht? Er geht zum Waschbecken und bürstet das Erbrochene aus.

Zudem hat er keine Lust, in Stuttgart anzurufen. Diese schneidigen SS-Typen machen ihm Angst. Seit 1936 ist Heinrich Himmler Chef der Deutschen Polizei. Ob es ihm gefällt oder nicht: Die Polizei ist heutzutage der SS unterstellt. Fieberhaft überlegt er sich Gründe, um nicht anrufen zu müssen. Es fällt ihm keiner ein. Er seufzt resigniert. Ach, scheiß drauf. Er hebt das Telefon vom Boden auf und macht in Stuttgart Meldung.

Kapitel 09

Helene

Langsam verblassen die bunten Farben in ihrem Gesicht. Es tut nicht mehr weh. Nur wenn sie versehentlich an ihrem juckenden Nasenrücken reibt, jagt ein spitzer Schmerz vom Nasenbein hinauf zur Stirn und scheint ihr den Schädel zu spalten. Und in diesem Moment, wenn der Schmerz am hellsten schreit, sieht sie das siegessichere, feiste, gierige Gesicht des rothaarigen Polizisten, fühlt noch einmal die Ohnmacht, die Angst, die Hilflosigkeit, den Ekel. Dann schließt sie die Augen und atmet tief durch. Tief ein und aus. Sie lässt die Luft bis ganz nach unten in ihre Lungen strömen, und langsam breitet sich Stille in ihr aus. Eine wunderbare, heitere Stille. Und wenn sie noch einmal durchatmet, wird die Stille von einem unbändigen Stolz auf ihre kleine Tochter abgelöst. Ihre kleine, mutige Tochter, die nicht gezögert hatte, ihr zu helfen. Und dann lacht sie. Sie kann nicht anders. Sie lacht, trotzig, frei und stolz, und hat das Gefühl, dass vielleicht doch noch alles gut werden wird.

Heute morgen kam Gilbert und hat ihr das Fahrrad zurückgebracht. Er hatte es geputzt und neu geölt und entschuldigte sich mit einem Strauß wilder Kräuter für die Kratzer im schwarzen Lack, die er durch einen Sturz verursacht habe. Er brachte ihr die Kräuter und versprach, ihnen allen damit sein Lieblingsgericht zu kochen. Wildes Kaninchen, mit einer Marinade aus Majoran und wildem Oregano, mit Knoblauch gespickt, in Speck angebraten und im Backofen gegart. Der Strauß duftete frisch nach Sommer und warmen, unbeschwerten Tagen und Helene war gerührt. Was würde sie nur ohne diesen fleißigen, fröhlichen Franzosen machen, der immer zur richtigen Zeit für sie und ihre Töchter da ist.

Heute will er auf der Schafweide den Zaun ausbessern und mit selbst gebauten Fallen Kaninchen jagen. Helene freut sich schon auf den Braten. Seit Gilbert regelmäßig für sie kocht und der Duft verschiedener Kräuter durch die kleine Bauernküche schwebt, ertappt sich Helene dabei, wie sie von fremden Ländern und Kulturen träumt. Da muss es doch noch mehr geben als diese kleine, enge Dorfwelt? Zu gerne würde sie Frankreich sehen, Gilberts Heimat, in der sogar Männer gelernt haben, so raffiniert zu kochen. Und sie würde gerne noch weiter reisen, viel weiter. Bis ans Meer. Sie würde gerne die endlosen Wassermassen sehen, die im Rhythmus der Gezeiten die Wellen ans Ufer schicken und wieder zurückholen, bis sie sich am Horizont verlieren.

Onkel Heinz hatte davon erzählt. Früher. Vor dem Krieg. Als er noch gesprochen hatte und zusammen mit seinem Bruder, ihrem Mann, davon träumte, weit, weit weg zu gehen.

Helene seufzt resigniert. Aber nun ist Krieg. Und es fühlt sich so an, als wäre schon immer Krieg gewesen und als würde dieser nie aufhören. Und das Schlimmste ist, es fühlt sich so an, als hätte es ihren Wilhelm nie gegeben. Als hätten sie nie geheiratet. Er ist nun schon seit einem Jahr vermisst. Helene spürt, wie die Tränen nach oben steigen, wie sie versuchen, sich aus ihren Augen zu pressen. Die Tränen, die sie sich verboten hatte. Schon seit vielen Monaten. Sie zieht die Nase hoch und erschrickt über den Schmerz, der sich sofort wieder vom Nasenbein zur Stirn hinaufzieht und ihr den Schädel zu spalten droht. Als das Gesicht des feisten Polizisten aufblitzt, schüttelt sie sich und denkt schnell an etwas anderes.

Sie packt frisch gebackenes Brot, frisch geräucherte Würste, einen großen, weißen Rettich und heißen Tee in einen Korb. Den wird sie nun Gilbert auf die Schafweide bringen. Wer viel arbeitet, soll viel essen. Sie weiß, dass in vielen Teilen Deutschlands Hunger herrscht. Vor allem in den großen Städten, doch hier auf dem Land haben sie mehr als genug zu essen. Zum Glück.

Sie zieht einen dicken Mantel über die Schürze und geht aus dem Haus, vorbei an ihrem Nachbarn Zimmermann, der an seinem Bunker gräbt. Der Wind ist sehr kalt geworden. Man spürt den nahenden Winter. Vereinzelt tanzen schon Schneeflocken in der kühlen Luft. Doch Helenes Mantel ist warm und das eingenähte Kaninchenfell trotzt jedem noch so kalten Wind. Zimmermann schaut kurz auf, nickt ihr zu und gräbt weiter. Helene ist froh, dass er sie nicht anspricht und diesmal auf den Hitlergruß verzichtet. Sie kann den Mann nicht leiden. Schlimmer. Sie hat ein wenig Angst vor ihm. Er ist unberechenbar. An manchen Tagen ist er über alle Maßen freundlich und zuvorkommend, bringt sogar Äpfel aus dem Garten mit, an anderen Tagen ist er herrisch und brutal. Und das Schlimmste: Es ist nicht nachvollziehbar, warum er wann in welcher Stimmung ist.

Schnell geht sie an ihm vorbei, den Hügel hinauf und über die Wiese, als er von hinten ruft: »Ach Helene, morgen will ich, dass dein dreckiger Franzose für mich arbeitet. Ich brauche Hilfe beim Bunker. Schick ihn zu mir rüber!« Helene tut so, als hört sie ihn nicht. Soll er doch morgen kommen, wenn er etwas will. Trotzig spuckt sie neben sich auf die Wiese und schreitet mit großen, kraftvollen Schritten voran. Ihr langer Rock flattert zusammen mit der Schürze raschelnd im Wind und legt sich stramm gegen ihre Beine.

Als sie auf der Schafweide ankommt, hat der Wind sogar noch zugenommen. Ihr Gesicht fühlt sich eiskalt an. Sie zieht die Schultern hoch und umfasst den Rock, damit er ihr nicht gegen die Beine schlägt. Sie stellt sich fröstelnd neben die Scheune, die zeitweise auch als Schafstall dient. Gilbert ist weit hinten und repariert den Zaun. Die Schafe stehen stoisch mit dem Hintern gegen den Wind. Sie haben einen Halbkreis um Gilbert geformt, fast als wollten sie ihn vor der eisigen Luft schützen. Die einzige Ziege in der Schafherde steht direkt neben ihm und knabbert neugierig an seiner Jacke. Er lässt es geschehen und hämmert ungerührt einen Nagel in den Bretterzaun.

Plötzlich blickt er hoch, als hätte er ihren Blick gespürt. Ein Lachen erhellt sein Gesicht. Er winkt ihr zu und bedeutet ihr mit einer Geste, dass er gleich zu ihr kommen wird. Helene ist immer wieder davon fasziniert, wie viel dieser französische Mann durch Gestik und Mimik ausdrücken kann. Dadurch ist es auch gar kein Problem, dass er die deutsche Sprache nur teilweise beherrscht. Irgendwie können sie sich immer verständigen. Und ein wenig, ein klein wenig versteht sie inzwischen sogar schon von seiner Sprache. Das verrät sie ihm aber nicht.

Sie setzt sich im Windschatten der Scheune auf einen Holzstapel und packt das Vesper aus. Der Geruch nach Schaf dringt übermächtig aus den Ritzen der Scheunenbretter. Helene mag den Geruch. Er ist irgendwie warm und lebendig.

»Salut belle femme, ça va bien? Geht es dir gut?« Sein Gesicht scheint von der Kälte rot zu glühen. Über seiner Schulter hängen zwei tote, kleine Kaninchen, schon ausgenommen und gehäutet. Die Fallen haben also funktioniert.

Er haucht sich in die Hände, reibt sie und setzt sich strahlend zu ihr. »Oh, j'ai froid!« Dankbar nimmt er ihr den Tee aus der Hand, der im Becher der Thermoskanne dampft. Bevor er mit kleinen Schlucken davon trinkt, wärmt er seine Hände daran. Er seufzt wohlig und schließt lächelnd die Augen. Helene muss unwillkürlich auch lächeln. Er ist so jung und wirkt so unschuldig mit seinem schmalen Gesicht und den dichten, langen Wimpern. Er kann nicht viel älter sein als ihre Klara und muss hier in Deutschland, beim Feind, Zwangsarbeit leisten, und trotzdem ist er immer gut gelaunt und immer da, wenn sie ihn braucht. Helene fühlt, wie das schlechte Gewissen an ihr nagt. Sie packt die Würste und das Brot aus, schneidet mit einem Taschenmesser den Rettich auf, und gemeinsam essen sie. Es ist nichts anderes zu hören als der Wind, der um die Scheune pfeift, und das Mahlen ihrer Zähne, wenn sie auf ein Rettichstück beißen. Bei jedem Schluck aus dem heißen Teebecher verursacht sein Kehlkopf ein lautes Schnalzen. Sie müssen beide darüber lachen und schauen kichernd den Schafen zu, die langsam zu ihnen trotten. Die Ziege mitten unter ihnen sticht heraus mit ihrem braunen, schmalen Kopf und scheint sie wissend zu beobachten.

»Gilbert, ich habe mich noch gar nicht bei dir bedankt – dafür, dass du mir die Nase gerichtet hast und dass du uns geholfen hast ...« Helene zögert. Es fällt ihr schwer, es auszusprechen. »... mit dem Polizisten, der ... – Danke.«

Gilbert schaut sie an, zuckt unbefangen mit der rechten Schulter und sagt in diesem singenden, leicht dreckigen Tonfall: »De rien. Avec plaisir!« Darauf lacht er jungenhaft.

»Nein wirklich, Gilbert – danke. Ich weiß nicht, wie wir das ohne dich geschafft hätten.« Helene seufzt. »Seit mein Mann im Krieg ist und ...«, sie schaut ihn von der Seite an, »... gegen euch kämpfen muss, hat sich niemand mehr so um uns gekümmert.«

Helene ist sich nicht sicher, wie viel er versteht. Aber das ist auch egal. Nun, da sie angefangen hat zu sprechen, kann sie nicht mehr damit aufhören.

»Ich fühle mich manchmal so alleine. So hilflos. Doch ich muss stark sein wegen der Mädchen. Zum Glück sind die beiden auch stark. Doch manchmal ist mir alles zu viel. Und als dieser Polizist, dieses Schwein, mich vergewaltigen wollte, habe ich gedacht, so, jetzt ist alles vorbei, aber dann ist es halt vorbei, ich hatte aufgegeben, und dann hat mich meine Tochter, meine kleine Tochter, eines Besseren belehrt. Nein, es ist nichts vorbei.« Helene atmet tief ein.

»Und dann bist du gekommen. Und du hast mich auch eines Besseren belehrt. Nein, es ist nichts vorbei. Es geht weiter. Immer weiter. Man muss es nur tun. Man muss einen Schritt vor den anderen setzen. Immer wieder. Immer weiter.«

Gilbert nimmt ihre Hand und tätschelt ihr etwas hilflos den Arm. Ihre Stimme ist ganz leise geworden.

»Aber was machen wir, wenn jemand herausfindet, dass wir diesen Polizisten ... ermordet haben? Wenn sie kommen, um ihn zu suchen?« Helene stockt. Atmet aus. »Ich habe Angst.«

Gilbert nimmt sie in seine Arme. So sitzen sie da. Unbeweglich. Der raue Stoff von Gilberts Jacke kratzt an ihrer wunden Nase. Ein kräftiger, warmer Geruch nach Schaf entströmt ihr. Und Gilbert flüstert mit starkem Akzent: »Man muss einen Schritt vor den anderen setzen. Immer wieder. Immer weiter.«

So sitzen sie noch ein Weilchen. Alles scheint plötzlich ruhig zu sein. Friedlich. Selbst der Wind hat aufgehört. Es ist still. Als Helene den Kopf von seiner Schulter hebt, sind sie umgeben von Schafen. Die Ziege blickt sie an, fixiert sie mit diesen seltsam querstehenden Pupillen.

Helene macht sich auf den Rückweg. Gedankenversunken stolpert sie über eine Grasnarbe und wäre beinahe gefallen. Sie muss ein wenig aufpassen und ihren Gedanken Einhalt gebieten, die unablässig um ihren vermissten Mann kreisen. Was er jetzt wohl macht? Ob er noch lebt? Was würde er zu ihrer seltsamen Freundschaft mit dem jungen Franzosen sagen? Vermutlich hätte er ihn genauso gern wie sie.

Ob es wohl Zufall ist, dass ihr Wilhelm ausgerechnet in Frankreich vermisst wird? Ob er womöglich gegen Freunde oder Verwandte von Gilbert gekämpft hat? Sie getötet hat? Ob vielleicht Freunde oder Verwandte von Gilbert ihn getötet oder gefangen genommen haben? Was ist das für eine perverse Welt, in der junge Männer auf andere junge Männer schießen müssen, nur weil sie unterschiedliche Nationalitäten haben? Junge Männer, die unter anderen Voraussetzungen Freunde hätten sein können? Was ist das nur für eine Zeit?

Helene streicht sich nachdenklich die Haare, die sich aus ihrem Zopf gelöst haben, aus dem Gesicht und seufzt. Wenn sie sich solche Fragen stellt, wird ihr nur allzu deutlich bewusst, dass sie eine kleine, ungebildete Bauersfrau ist, dass ihr die politischen und historischen Zusammenhänge fehlen, um die Dinge richtig einordnen und beurteilen zu können. Aber vielleicht braucht es das alles auch gar nicht, um zu wissen, dass es nicht richtig sein kann, wenn sich Menschen gegenseitig umbringen. Was haben sie, die Deutschen, überhaupt in diesen fremden Ländern zu suchen? Warum sind hier im Dorf mehr als drei dutzend Franzosen, die für sie arbeiten müssen? Warum wurde der einzigen jüdischen Familie im Nachbardorf sämtlicher Besitz weggenommen, und warum wurde sie anschließend deportiert? Warum wird all das einfach hingenommen oder noch schlimmer, warum machen alle mit?

Helene geht weiter, achtet nun auf den Untergrund, damit sie nicht mehr stolpert, und macht einen Umweg, um Zimmermann nicht noch einmal zu begegnen. Sie umrundet in großem Bogen einen trostlos ruhenden Kartoffelacker und kommt an einer Obstwiese vorbei, die Arme gegen die Kälte um den Körper geschlungen, den Korb am Ellenbogen baumelnd.

Sie hat das Gefühl, einer Antwort ganz nahe zu sein. Aber sie will ihr nicht einfallen. Um die Gedanken aus ihrem Kopf zu vertreiben, summt sie leise vor sich hin. Immer den gleichen Refrain. »*Ich weiß, es wird einmal ein Wunder gescheh'n …*«

Sie trägt die beiden Kaninchen von Gilbert, die sie in ihren leeren Korb gelegt hat. Sie will die Kaninchen in Buttermilch einlegen, um den strengen Wildgeschmack herauszuziehen. Gilbert hat ihr genau erklärt, was zu tun ist, auch wenn sie das selber schon wusste. Sie hat ihn erklären lassen, mit Händen und Füßen gestikulieren, und sich an seinem Eifer erfreut. »*Ich weiß, es wird einmal ein Wunder gescheh'n …*«

Auf der Obstwiese, kurz vor dem Bauernhaus bleibt sie wie angewurzelt stehen. Vor dem Hühnerstall steht ein Motorrad. Es ist genau dasselbe wie das des rothaarigen Polizisten. »*… und dann werden tausend Märchen wahr.*«

Schnell versteckt sie sich hinter einem der Apfelbäume, die blätterlos und knorrig dem Wind standhalten. Sie lehnt sich mit dem Rücken gegen den krummen Stamm und atmet tief durch. »*Ich weiß, so schnell kann keine Liebe vergeh'n …*« Ihr Herz rast. Im ersten Moment glaubt sie tatsächlich, der feiste rothaarige Polizist würde jeden Augenblick aus ihrem Haus treten, siegessicher lachend zu ihr herüberschlendern und sie festhalten. »*… die so groß ist und so wunderbar.*« Helene fühlt sich wie in einem Alptraum. Sie bekommt dieses Lied von Zarah Leander nicht mehr aus dem Kopf. Warum kennt sie plötzlich den gesamten Text? Vorsichtig späht sie am Baumstamm vorbei. Die Eingangstür öffnet sich und heraus kommt die kleine Gertrude, hinter ihr ein älterer Mann in Polizeiuniform, nicht der Rothaarige, natürlich nicht, und zum Schluss Onkel Heinz.

»*Wir haben beide denselben Stern …*« Helene schluckt trocken. Sie hat keinen Speichel mehr im Mund. Hintereinander, im Gänsemarsch, gehen die drei zum Motorrad. »*... und dein Schicksal ist auch meins.*« Dort bleiben sie stehen. Der Polizist spricht mit Gertrude und beugt sich dafür tief zu ihr herunter. Sein Gesicht ist Gertrudes Gesicht ganz nah. Er streicht ihr übers Haar. Helene möchte hinüberrennen, ihn anschreien, er solle ihre Tochter in Ruhe lassen. »*Du bist mir fern und doch nicht fern ...*« Doch sie kann sich keinen Millimeter bewegen. Dafür weicht Gertrude einen Schritt zurück, aber nur einen kleinen, und lacht. Sie lacht! Helene ist fassungslos. »*... und uns're Seelen sind eins.*« Der ältere Polizist richtet sich wieder auf, stützt sich mit beiden Armen den Rücken, als hätte er Schmerzen, sieht Onkel Heinz an, schmeißt die Hacken zusammen, steht stramm, und reißt den rechten Arm zum Hitlergruß nach oben. »*Ich weiß, es wird einmal ein Wunder gescheh'n ...*« Onkel Heinz hebt lässig den Arm und hilft dem Polizisten auf das Motorrad. Schwerfällig versucht dieser, die Maschine zu wenden. Onkel Heinz hält sie hinten fest, damit sie nicht umfällt. »*... und dann werden tausend Märchen wahr.*« Als er mit lautem Knattern zwischen den Kastanienbäumen hindurchfährt, winken Gertrude und Onkel Heinz ihm hinterher.

Bestürzt geht Helene zu den beiden, die nun alleine, mit hängenden Armen mitten auf der Straße stehen und immer noch dem schon entschwundenen Motorrad nachblicken. Ihre Beine fühlen sich taub an, und sie ist erstaunt, dass sie es trotzdem zu den beiden schafft. Plötzlich fühlt sie sich schwach und hätte sich nicht gewundert, wenn der aufkommende Wind sie einfach weggeweht hätte. Sie befürchtet, sie hätte sich ohne Gegenwehr wegtragen lassen. Weit, weit weg. Irgendwohin, wo es keine Polizisten gibt, irgendwohin, wo es keinen Krieg gibt.

Die beiden Kaninchen in ihrem Korb sind bleischwer.

»Was wollte er?« Ihre Stimme klingt hohl. Die beiden drehen sich überrascht um. Sie scheinen in Gedanken weit weg zu sein. Gertrude reagiert als Erste und wirft sich aufheulend in ihre Arme, klammert sich an ihr fest und schließt die Beine um ihre Hüfte. Der Korb ist zu Boden gefallen. Onkel Heinz hebt ihn auf und sein entrückter Ausdruck weicht einem Lächeln. Sie hat ihn schon lange nicht mehr lächeln sehen. Warum gerade jetzt?

Gertrude spricht ganz schnell an ihrem Ohr, verschluckt vor Aufregung ein paar Worte, versucht es erneut: »Er wollte wissen, ob wir seinen Kollegen gesehen hätten. Den mit den roten Haaren. Er wird nämlich vermisst. Er fragte, ob uns irgendetwas Seltsames aufgefallen ist.«

Sie zittert in ihren Armen. Helene weiß nicht, wie lange sie sie noch halten kann. Sie ist so schwer.

»Er wollte wissen, wer in unserem Haus wohnt und wo Klara ist. Ich habe ihm gesagt, dass Klara zum Arbeiten in der Stadt ist, und dann kam Onkel Heinz und hat ihm seine Orden gezeigt. Schau, schau, er hat sie in der Tasche.« Gertrude kichert leicht hysterisch und zeigt auf die Manteltasche von Heinz.

»Und ich habe ihm gesagt, uns ist nichts aufgefallen, und wenn uns etwas einfällt oder wir etwas sehen, dass wir es ihm melden. Alles.«

Atemlos redet sie weiter. »Darauf hat er mich angelächelt und mir über den Kopf gestrichen und gesagt, ich wäre ein kluges Mädchen. Schau, das hat er mir gegeben.« Sie hält eine Karte hoch mit dem Namen »Polizei-Hauptwachtmeister Hägele« und einer Telefonnummer. Helene schüttelt verwundert den Kopf, kann nur denken: »Wir haben doch kein Telefon, was denkt der sich denn?« Vorsichtig lässt sie Gertrude auf den Boden hinab. Sie atmet heftig. Bald ist Gertrude zu schwer, um noch auf dem Arm gehalten zu werden.

Die Schwäche ist einer bleiernen Müdigkeit gewichen. Sie könnte sich an Ort und Stelle auf die Straße legen und sofort einschlafen. Doch sie reißt sich zusammen. Sie muss stark sein. Sie versucht, ihre Gedanken zu ordnen. Sie weiß nicht, was sie von der Situation halten soll. Von ganz fern will sich wieder eine Melodie in ihrem Kopf einnisten. *»Ich weiß, es wird einmal ein Wunder gescheh'n ...«*

Helene erschaudert. Onkel Heinz nimmt schweigend ihre Hand. Er hat eine warme, feste, raue Hand. Er klemmt sich den Korb mit den Kaninchen unter den Arm, nimmt auch die Hand von Gertrude, und zu dritt gehen sie Richtung Haus. Kurz vor der Haustür, kurz bevor sie die Tür öffnen, um hineinzugehen, sagt Gertrude ganz leise, fast unhörbar: »Er hat gesagt, dass er wiederkommen wird ... Dass er wiederkommen wird, wenn Klara da ist. Und er hat gesagt, dass der Rothaarige Müller heißt. Unterwachtmeister Müller. So heißt der.« Helene öffnet die Tür. Als Gertrude flüsternd hinzufügt: »So hieß er ...« hat sie das Gefühl, als gefriere ihr das Herz.

An diesem Abend geht Helene spät ins Bett. Sie hat so lange an einem Pullover für den Winter gestrickt, bis das Feuer im Kohleherd keine Wärme mehr abgab. Nur gekleidet in ein dickes Nachthemd schließt sie die schweren Fensterläden. Gertrude und Klara schlafen schon. Jemand steht unter dem Pflaumenbaum. Es ist Onkel Heinz. Seine weißen Haare leuchten in der Dunkelheit. Eine Hand hat er an den Stamm gelehnt, den Kopf nach unten geneigt. Er scheint mit dem Baum zu verschmelzen. Zwei Baumstämme, die sich gegenseitig stützen. Ein Bild der Eintracht, der Harmonie, und ihr ist, als würden sich die beiden miteinander unterhalten.

Kapitel 10

Ferdinand von Stein

Das glatt polierte Holz ist warm, fast weich, es schmiegt sich in die rechte Hand und schmeichelt dem Kinn. In faszinierendem Kontrast dazu der kalte, harte Abzug. Er scheint sich in die Innenseite seines gekrümmten Zeigefingers zu brennen, inszeniert den Moment der Anspannung, bevor die Patrone hinausgeschickt wird, um den Tod zu bringen, bevor das Sterben seine Richtung nimmt.

Von Stein liegt bäuchlings im Gras, legt an und zielt durch das Zielfernrohr. Der Geruch nach poliertem Holz, Metall und Schießpulver lassen sein Herz schneller schlagen. Er drückt ab, nur ein kleiner Zug, eine kurze Kontraktion des Muskels und die Feder des Abzugs überschreitet eine exakt definierte Schwelle, Schießpulver beschleunigt die Messingpatrone, die durch das Rohr in eine rotierende Bewegung versetzt wird – und der Exitus beginnt.

Der Rückstoß ist, verglichen mit dem Karabiner 98k, nicht einmal halb so stark. Aber das sollte nicht der Vergleich sein. Sie müssen sich mit dem Sturmgewehr 44 vergleichen. Das neue Gerät ist ihre Antwort auf das Sturmgewehr 44, das von der

Konkurrenz entwickelt worden ist. Ein Selbstlader, der auch Salvenfeuer ermöglicht. Eine Kombination der Vorteile von Karabiner und Maschinenpistole. Aber zwischenzeitlich fehlen Rohstoffe wie Wolfram, Chrom und Nickel, mit denen hochfeste Stahllegierungen hergestellt werden können.

Und da kommen die Vorteile des neuen Geräts ins Spiel. Nach mehreren Entwicklungsschritten und vielen Tests fanden sie heraus, dass der Gaskolben ganz weggelassen werden kann. Durch das extrem reduzierte Design ist das Gewehr leichter und verbraucht fünfzig Prozent weniger Rohmaterial. Die Herstellungskosten können gesenkt und die Fertigungszeit reduziert werden. Von Stein ist sehr stolz.

Er schaut durch sein Fernglas, um festzustellen, ob er die Blechsoldaten getroffen hat, die in zweihundert Meter Entfernung ihre Köpfe aus dem Schützengraben stecken. Der Schießstand liegt außerhalb des Werks und ist abgesperrt, sodass kein Fremder ihre Fortschritte sehen kann. Nur zwei polnische Zwangsarbeiter kümmern sich darum, dass die Blechsoldaten in der richtigen Position stehen.

Bevor er erneut anlegt, mit langsamen Schritten auf den Schützengraben zugeht und ab einer Distanz von etwa fünfzig Metern auf Dauerfeuer schaltet, wirbelt er das Gewehr einmal um die Achse, um zu fühlen, wie leicht es ist. Von Stein ist zufrieden und wartet, bis die anderen kommen. Sie wollen heute noch testen, nach wie viel Schuss das Gewehr seine Präzision einbüßt.

Es hat angefangen zu regnen. Kalte, spitze Tropfen piksen sich in die Haut und stechen in die wollenen Mäntel. Von Stein hat das Gefühl, dass sein Nacken schon wund ist. Ein kaltes Rinnsal fließt ihm den Rücken hinunter. Schaudernd zieht er den Mantelkragen hoch und schiebt sich die Mütze tief ins

Gesicht. Die Lust am Schießen ist ihm vergangen. Sein neues Gerät schießt nicht mehr. Langsam wird es in dem trüben Herbstnachmittag dunkel. Sie sollten aufhören. Sobald die Blechkameraden im tristen Schützengraben nicht mehr richtig zu sehen sind, hat der Test keinen Sinn mehr.

Der Verschluss wird nach etwa fünfzig Schuss zu heiß und blockiert. Er geht nicht mehr vor und zurück, keine Patrone wird geladen. Totalblockade.

Während seine Mitarbeiter die akribisch notierte Testreihe besprechen, schreitet von Stein mit großen Schritten wütend einen imaginären Kreis ab. Jeder Schritt hinterlässt eine kleine Pfütze in Form seiner Schuhsohle. Am liebsten würde er mit dem Fuß aufstampfen. Aber das wäre nun doch zu kindisch. Dafür schreit er die Schützin an. Als könnte die etwas dafür. Seit alle wehrfähigen Männer, die schießen können, an der Front sind, nehmen sie Frauen zum Testschießen. Zugegebenermaßen hat sie ihre Sache gut gemacht. Bis, ja, bis der Verschluss blockiert hat. Von Stein schreit seinen ganzen Frust in ihr leicht zerknautschtes Bärengesicht, das eigentlich ganz hübsch oder zumindest süß wäre, würde es sich jetzt nicht vor verletztem Stolz und Ungerechtigkeit wie ein Blatt Papier zusammenknüllen. Das macht von Stein noch wütender. Er hasst sich dafür, dass er den Frust an der Frau auslässt. Aber er kann nicht anders. Seine Stimme überschlägt sich. Er packt das Gewehr, stellt es auf Dauerfeuer und rennt im Regen auf die Blechsoldaten zu. Er schreit. Wütend. Und das neue Gerät, sein Ideal, seine Vision, seine Geliebte, löst den Verschluss und katapultiert mit einer Mündungsgeschwindigkeit von 685 m/s fünf Kurzpatronen vom Kaliber 7,92 × 33 Millimeter aus ihrem fest im Gehäuse verschraubten 430 Millimeter langen Lauf Richtung Schützengraben. Sein Schrei verwandelt sich zum siegessicheren Lachen. Er wusste es! Sie kann es!

Er rennt zum Blechsoldaten, um zu sehen, wie präzise er getroffen hat, und bleibt wie angewurzelt stehen. Eine menschliche Gestalt scheint vom Oberkörper abwärts von der Schwärze des Schützengrabens verschluckt zu werden. Nur Füße in schlechten Holzschuhen und Beine, die in einem dieser schrecklichen grauen Drillichanzügen stecken, halten den Körper davon ab, vollständig in der Schwärze zu versinken. Von Stein wirft das Gewehr von sich und kniet sich vor den Körper. Greift den nassen Hosenstoff und zieht ihn aus dem Graben, weg von dem Schlund ins Nichts.

Behutsam legt er den Mann ins nasse Gras. Sein rasierter Kopf fällt zur Seite. Von Stein tastet ihn ab, sieht Blut aus dem Bauch strömen. Ein immer größer werdender Fleck frisst sich in den grauen, groben, billigen Drillichstoff. Er zieht sich den Mantel aus, knüllt ihn zusammen, presst ihn auf die Wunde und hält gleichzeitig Zeige- und Mittelfinger der anderen Hand an die Halsschlagader. Da, ein schwaches Pochen. Von Stein nimmt den Kopf des Angeschossenen und hält sein Gesicht in den Regen. Ein hohles, ausgezehrtes Gesicht, scheinbar hundert Jahre alt und doch alterslos. Seine tief in den Höhlen liegenden Augen öffnen sich langsam, schließen sich wieder, flattern, öffnen sich.

Ein Blick, aus weiter Ferne kommend, stellt sich langsam scharf und schaut ihn an. Von Stein drückt mit der anderen Hand weiter die Wunde ab und schreit nach Hilfe. Wo sind die anderen, verdammt noch mal, wo ist Hilfe?

Der Mann blickt ihn weiter an. Mit einem Ausdruck, den von Stein nicht deuten kann. Er muss einer der Zwangsarbeiter sein, die sich um die Schießanlage kümmern. Einer der Polen. Von Stein muss sich eingestehen, dass er noch keinen der beiden aus der Nähe gesehen hat. Was macht der denn während einer Testserie mitten auf der Schießbahn? Er muss wohl gedacht haben, sie wären fertig mit dem Test. Und das waren sie ja eigentlich auch. Bis er seinen Frust entladen musste. Von Stein tätschelt ihm schuldbewusst die bleiche, eingefallene Wange. Seine Hand hinterlässt nasse, blutige Schlieren. Er sagt ihm, das alles gut werden wird, dass gleich ein Arzt kommen werde. Der Mann blickt ihn weiter mit diesem seltsamen Gesichtsausruck an. Seine Lider zittern. Er stöhnt leise.

Endlich kommen zwei seiner Leute angerannt. Sie bleiben unschlüssig stehen und schauen ihn fragend an. Von Stein ist ungehalten. »Ja, los! Seht ihr nicht? Der Mann braucht Hilfe!«

Der eine rennt los, der andere tritt von einem Bein auf das andere. Wie ein Kind, das nicht weiß, was von ihm erwartet wird. Von Stein herrscht ihn an, er solle ihm helfen, das Blut abzudrücken.

»Aber der hat bestimmt Läuse!«

Von Stein ist perplex. »Habe ich richtig gehört? Der Mann ist angeschossen! Helfen Sie mir gefälligst!«

Angeekelt kniet sich sein Mitarbeiter hin und drückt halbherzig auf die Wunde. »Aber das ist doch nur ein scheiß Polacke, ein Untermensch!« Und da bekommt von Stein den zweiten Wutanfall des heutigen Tages. Er schlägt seinem Mitarbeiter mit der Hand mitten ins Gesicht.

Ungläubig starrt dieser ihn an. Drückt jetzt aber fester auf die Wunde. Von Stein steht auf und wartet abseits auf die Sanitäter. Er zündet sich eine Zigarette an und nimmt einen tiefen Zug. Wohltuend breitet sich das Nikotin in seinem Blutkreislauf aus. Ein kurzer, gnädiger Schwindel rauscht durch seinen Kopf. Er weiß nicht, was über ihn gekommen ist. Er hat noch nie jemanden geschlagen. Der Regen ist in Graupel übergegangen. Ohne den Schutz des Mantels fängt sein Körper an, heftig zu zittern. Von Stein bemerkt es nicht einmal.

Direkt neben der Kante des Schützengrabens liegt etwas. Von Stein geht hin, bückt sich, es ist eine blaue, billige Mütze.

Die Mütze des Polen. Er schnippt seine Zigarette in den Graben, hebt die Mütze auf und zerknüllt sie nervös in der Hand.

In dieser Nacht kann von Stein nicht schlafen. Er findet keine Ruhe. Ständig sieht er die Augen des Polen vor sich. Er glaubt, seinen Blick inzwischen deuten zu können. Es war Unglaube. Er konnte nicht fassen, dass ein Deutscher sich um ihn kümmert. Was läuft da schief? Von Stein hat sich noch nie Gedanken über die Zwangsarbeiter gemacht. Er fand sie immer recht nützlich. Im Werk arbeiten derzeit etwa sechstausend Zwangsarbeiter. Holländer, Russen, Polen, Italiener, Franzosen ... Klar, sie sind nur für die groben Arbeiten eingeteilt, doch ohne sie könnten sie die Produktion einstellen. Von Stein weiß natürlich, dass es innerhalb der Gruppe der Zwangsarbeiter Hierarchien gibt. Russen und Polen sind Untermenschen. Holländer, Belgier und Franzosen immerhin Arier. Entsprechend unterschiedlich werden sie behandelt. Von Stein ist das egal. Ob Untermensch oder Arier. Hauptsache, sie arbeiten und seine Vision kann im Werk fortgeführt werden. Egal von wem.

Und was heißt überhaupt Untermensch? Er hat sich noch nie etwas aus der Rassenideologie der Nazis gemacht. Er hat sie sogar belächelt, früher im fernen Berlin. Schließlich ist er selbst adlig. Wenn es einen Unterschied zwischen Menschen gibt, dann aufgrund des Standes und vielleicht der Bildung. Aber bestimmt nicht aufgrund ihrer Rasse. Der Zar ist zwar Russe, aber einem ungebildeten Nazi weit überlegen. Bei diesem Gedanken muss von Stein unwillkürlich grinsen.

Von Stein definiert die Rassenideologie der Nazis als die Ideologie der zu kurz Gekommenen, als hinterwäldlerisch und kleingeistig. Sogar ein wenig gefährlich. Das hat er aber bisher immer für sich behalten. Hauptsache, die Nazis hielten ihn selbst für einen Edelgermanen.

Und jetzt? Jetzt schämt er sich in Grund und Boden. Er hat diesen Mann angeschossen. Und warum? Weil er wegen »seinem« Sturmgewehr einen Wutanfall bekommen hat, sich abreagieren musste und einfach im Halbdunkel losgeballert hat. Unbeherrschtheit ziemt sich eher nicht für seinen Stand. Sein Vater würde sich im Grabe umdrehen. Er stöhnt gequält auf und wirft sich auf die andere Seite des Bettes. Es knarrt. Dumpf schlägt seine Stirn gegen die Zimmerwand. Ein brennender Schmerz zieht sich über die linke Gesichtshälfte und lässt seine Augen tränen. Von Stein zieht die Nase hoch und tut etwas, das er seit Jahren nicht getan hat. Er schickt ein Bittgebet in die Dunkelheit des Schlafzimmers. Er weiß nicht genau zu wem, denn an einen Gott glaubt er eigentlich nicht mehr. Aber vielleicht gibt es ja doch einen? Er starrt in die Dunkelheit und bittet darum, dass der Pole überlebt. Er kann unmöglich mit dieser Schuld leben. Und schon gar nicht einschlafen.

Kurz darauf fällt er doch in einen erschöpften, unruhigen Schlaf. Er träumt, dass er mit dem neuen Sturmgewehr durch die Nacht rennt. Durch eine Finsternis, in der er trotzdem irgendwie sehen kann. Das Gewehr ist lebendig und vibriert an der Haut. Es krümmt sich in seinen Händen und versucht nach ihm zu schnappen. Es wickelt sich um den Arm, schlängelt sich höher und höher und legt sich um seinen Hals. Es windet sich um den Kehlkopf, bis ihn die Mündungsöffnung anblickt. Ihr Auge blinzelt und eine Stimme raunt ihm zu, er solle abdrücken. Und er drückt ab. Doch anstatt sich selbst zu erschießen, fällt hinter ihm ein Körper in einen Abgrund. Ein Körper, der ihm irgendwie bekannt vorkommt. Er rennt hinterher, und als er unten ankommt, ist er plötzlich auf einer grünen Wiese, die Sonne scheint und Klara liegt wie tot vor ihm. Unter einem blühenden Pflaumenbaum. Ihr blaues Kleid färbt sich vom Bauch ausgehend in Sekundenschnelle blutrot. Als er sich neben sie kniet und beide Hände verzweifelt auf ihren Bauch drückt, schlägt sie die Augen auf, und ihr schönes, ebenmäßiges Gesicht verwandelt sich in das hohle, ausgezehrte Gesicht des Polen. Der Pflaumenbaum lässt die Blüten fallen. Sie segeln herab und verwandeln sich im Fall in überdimensionale Patronen, die ihn langsam unter sich begraben. Von Stein erwacht von seinen eigenen Schreien.

Am nächsten Tag fährt er nach der Arbeit mit dem Firmenautomobil in das Arbeitslager, in dem hauptsächlich Polen untergebracht sind. Er hat im Hospital nach dem angeschossenen Polen gefragt. Sie sagten, sie hätten ihm die Kugeln herausgenommen, zwei Stück, und ihn wieder ins Lager zurückgebracht. Sie wollten keine Polacken bei sich haben. Daraufhin hat von Stein eine der letzten Flaschen Wodka aus seinem Vorrat geholt und Brot und Käse eingepackt.

Im Schritttempo nähert er sich dem hohen Stacheldrahtzaun, der das Lager eingrenzt. Vor dem Eingang sitzen zwei große Schäferhunde und blicken wachsam. Die Hunde knurren. Speichelfäden hängen von ihren Lefzen. Ein Wachposten nickt ihm respektvoll zu und öffnet das Tor. Ungefragt kann er weiterfahren. Das Lager scheint menschenleer.

Er parkt das Auto zwischen den Baracken. Ein Mann hinkt mit gesenktem Blick an ihm vorbei. Auch er hat ein altersloses, verhärmtes Gesicht. Als von Stein ihn anspricht und nach dem Verletzten fragt, blickt ihn der Mann furchtsam an und deutet schweigend auf eine der Baracken. Von Stein will ihm zum Dank etwas Kleingeld zustecken, doch der Mann hastet mit panischem Gesichtsausdruck weiter, als wäre der Teufel hinter ihm her. Und irgendwie fühlt sich von Stein auch plötzlich so. Wie der Teufel persönlich.

Mit einem schalen Geschmack im Mund und einem immer dringlicher werdenden Schuldgefühl betritt von Stein die Baracke. Drinnen ist es kühl. Ein widerlicher Gestank von ungewaschenen Körpern, Schmutz, Rauch und Exkrementen, ein Geruch von Verzweiflung empfängt ihn. Der Raum ist dunkel und wirkt viel kleiner als von Stein es von außen vermutet hatte. Am liebsten würde er sofort wieder umdrehen. Was macht er überhaupt hier? Er versucht flach zu atmen, bloß nicht zu viel von diesem Gestank in seine Lungen aufnehmen. Womöglich ist Elend ansteckend?

Er zwingt sich weiterzugehen. Langsam gewöhnen sich seine Augen an die Dämmerung. Etwa zwanzig Betten stehen in vier Reihen nebeneinander. Ein Feuer flackert schwach aus einem Holzofen in der Mitte des Raumes. Rauchschwaden umwabern ihn und geben ihm einen mystischen Anstrich. Von Stein stolpert über einen Eimer. Der Blechdeckel fliegt scheppernd auf den Bretterboden und eine stinkende, zähe Brühe läuft heraus. Ist das etwa die Toilette? Von Stein springt schnell zur Seite, damit seine Schuhe nicht beschmutzt werden. Ihm wird übel, er sehnt sich nach frischer Luft. Mein Gott, was macht er hier nur? Bitter stößt ihm die Galle auf. Er will mit diesem Elend nichts zu tun haben. Er schluckt sein schlechtes Gewissen mit Gallensaft hinunter und wendet sich wieder zum Eingang. Bloß raus hier. Hektisch sucht sein Blick nach einem geeigneten Platz, um den Korb mit den Lebensmitteln abzustellen. Da erst bemerkt er eine Person, die neben einem der Betten sitzt. Eine Frau in Krankenschwestertracht. Er unterdrückt den Fluchtinstinkt und geht zögernd auf sie zu. Sie blickt ihm fragend entgegen.

Im Bett neben ihr liegt der Verletzte. Er hätte diesen kahlen Schädel, diese eingefallenen Augenhöhlen überall wiedererkannt. Er stellt sich unbeholfen neben die Frau.

»Wie geht es ihm?« Beschämt wird ihm klar, dass er nicht mal seinen Namen kennt. Die Krankenschwester schaut ihn überrascht an. »Schlecht. Er hat viel Blut verloren.«

Von Stein stellt den Korb mit Lebensmitteln neben das Bett. Er fühlt sich fehl am Platz. Absolut überflüssig. Um etwas zu sagen, fragt er: »Sie sind schon lange bei ihm?«

Die Frau blickt ängstlich nach unten. »Bitte verraten sie mich nicht. Ich dürfte eigentlich gar nicht hier sein. Aber er tat mir so leid, als sie ihn aus dem Krankenhaus geworfen haben ... Und meine Schicht war zu Ende, da dachte ich ...«

Sie tupft dem Kranken mit einem weißen Leinentuch den Schweiß von der Stirn. Sonderbar deplatziert wirkt das saubere Weiß des Tuches in dieser Umgebung. Von Stein seufzt resigniert. Er gibt sich geschlagen. Nun ist er schon mal hier, nun kann er auch noch ein paar Minuten bleiben, oder nicht? Er blickt sich im Raum um, sieht einen Hocker, schiebt ihn neben die Krankenschwester und setzt sich. Der Verletzte stöhnt vor Schmerzen. Ist aber noch bewusstlos.

Besorgt fragt von Stein: »Können sie ihm ein Schmerzmittel geben?«

Als sie den Kopf schüttelt, fügt er hinzu: »Ich bezahle es auch.«

Sie schaut ihn verwundert an. Zögerlich antwortet sie: »Ich könnte welches holen ... Wer sind Sie?«

Von Stein schüttelt den Kopf, ohne ihre Frage zu beantworten. »Können Sie sich ein wenig um ihn kümmern?« Von Stein zieht ein Portemonnaie aus seiner Mantelinnentasche und zählt ein paar Scheine ab. »Hier, nehmen Sie. Kaufen Sie, was nötig ist.« Er stockt. »Meinen Sie, er kommt durch?«

Die Krankenschwester schüttelt den Kopf. »Ich weiß es nicht, Sie sehen ja, wie es hier aussieht. Schon unter normalen Umständen wäre es fraglich, aber hier ...« Sie zieht resigniert die linke Schulter hoch. Verharrt in dieser unbequemen Stellung. »Von Hygiene keine Spur. Zudem ist er unterernährt ...«

Von Stein versucht, sich seine Betroffenheit nicht anmerken zu lassen. Als hätte er dem Verletzten und all den

Zwangsarbeitern in der Fabrik nicht angesehen, dass sie unterernährt sind. Doch er muss zugeben, es war ihm egal. Irgendwie. Jetzt fragt er: »Unterernährt? Aber sie arbeiten doch. Da müssen sie auch genügend essen. Warum gibt man ihnen nicht genug?«

Sie lässt die Schulter wieder fallen, bewegt sich unbehaglich auf dem Stuhl hin und her, scheint unsicher, was sie diesem Fremden erzählen darf, zögert, gibt sich einen Ruck. »Wissen Sie das nicht? Sie werden kurz gehalten. Sie bekommen nie genug. Um einigermaßen satt zu werden, fischen sie mit Stöcken Kartoffeln aus dem Dreck der Werkskantine. Am schlimmsten behandelt man die Russen und die Polen ... Die Untermenschen eben ... Ihnen gibt man die extra dreckigen und gefährlichen Arbeiten.« Sie schaut von Stein eindringlich in die Augen. »Oder was glauben Sie, warum er angeschossen wurde? Vermutlich hat einer der Angestellten bei den Schießübungen nicht aufgepasst. Oder es war ihm egal. Es schert ja niemanden, was mit einem Polen passiert.«

Von Stein hat das Gefühl, die stinkende Luft in dem Raum wird immer dichter. Unbehaglich steht er auf, betrachtet unschlüssig den Kranken, überlegt sich, ob er richtigstellen soll, dass es dem Angestellten ganz und gar nicht egal ist, dass er einen Zwangsarbeiter angeschossen hat, unterdrückt den Impuls, sich zu rechtfertigen, und weiß gleichzeitig, dass er nie wieder in der Werkskantine essen kann, ohne an diesen Polen und diese Krankenschwester zu denken.

Er murmelt eine Entschuldigung, wofür auch immer, und gibt ihr den Korb mit dem Schnaps und den Lebensmitteln. Er will nur noch raus hier. Noch nie hat er sich so schmutzig gefühlt. Innen und außen. »Hier, machen Sie damit, was Sie für richtig halten.«

Er hastet zur Tür. Wäre er nur nicht hergekommen. Doch bevor er hinausgeht, macht er noch einmal kehrt, geht mit großen Schritten zurück und legt die blaue Mütze auf das

Krankenbett. Er schaut die Krankenschwester verlegen an, sieht in ihr bekümmertes Gesicht. »Sagen Sie ihm, wenn er aufwacht ... Es tut mir leid.«

Von Stein eilt zum Auto und verlässt auf schnellstem Weg das Lager. Er will nichts mehr davon sehen und schon gar nicht riechen. Er ist erschüttert, weiß nicht, was er denken soll, weiß nicht, wie er auf das Leid des von ihm angeschossenen Polen, das humanitäre Verbrechen an all den Zwangsarbeitern, das er lange erfolgreich ignoriert hat, reagieren soll. Die Scham sitzt ihm wie ein glitschiges Tier im Nacken. Er will sie loswerden und versucht, an etwas anderes zu denken. An etwas Gutes, Schönes. Es gelingt ihm nicht. Seine Hand zittert auf dem Steuerrad. Aber was kann er tun? Was soll er tun? Was würde sein Vater tun?

Zum Glück muss er darüber nicht lange nachgrübeln. Als er durch das Firmentor fahren will, strömen ihm die Arbeiterinnen und Angestellten auf dem Weg in den Feierabend entgegen. Er bremst und wartet, bis der Weg wieder frei ist, und seine kühnste Hoffnung, vielleicht auch sein peinlichster Traum, wird erfüllt.

Er sieht Klara, ihr Fahrrad schiebend, mit zwei anderen jungen Frauen reden. Sie lacht und wirft dabei den Kopf nach hinten, sodass ihr langer Zopf in der Luft einen Kreis beschreibt. Er beobachtet, wie sie sich fröhlich und leicht von ihren Kolleginnen verabschiedet. Er sieht, wie sie sich auf das Fahrrad schwingt und mit wehendem Mantel an ihm vorbeiradelt. Ihr Gesicht ist nun konzentriert und nach innen gewandt. Über der geraden, römischen Nase hat sich eine angestrengte, vertikale Falte gebildet. Sie wirkt schmal und zerbrechlich und scheint irgendwie zu leuchten. Von Stein ist fasziniert. Eine Erscheinung wie aus der Zeit gefallen. Sie könnte genauso gut auf einem Pferd davongaloppieren.

Klara beachtet das Auto, das neben ihr wartet, überhaupt nicht, nimmt das sehnsüchtige Starren nicht wahr, scheint durch das Blech hindurchzusehen auf eine andere Realität. Von Stein kurbelt das Fenster herunter und ruft ihr hinterher. Es ist das erste Mal, dass er sie wiedersieht, seit sie ihm die Unterlagen wiedergegeben hat und das von ihm gezeichnete Porträt nicht mehr darin lag. Er weiß bis heute nicht, ob es ihr so gut gefallen hat, dass sie es behalten wollte. Er hat sie nicht gefragt. Aber wie sonst ist das Fehlen der Zeichnung zu erklären? Der Rest der Unterlagen schien unberührt. Was hat sie gedacht, als sie das Porträt von sich sah? Wusste sie, dass er es gezeichnet hat? Er muss es wissen. Wenn nicht jetzt, wann dann?

Er ruft nochmals. Verwundert, teils neugierig schauen die nach Hause Eilenden in seine Richtung. Nur Klara dreht sich nicht um, radelt einfach weiter. Er wendet den schwerfälligen Wagen, weicht den Fußgängern aus und fährt ihr kurzerhand hinterher. Der Fahrtwind kühlt sein erhitztes Gesicht und beruhigt sein aufgebrachtes Herz.

Als er auf ihrer Höhe ist, reduziert er die Geschwindigkeit und fährt neben ihr her, ruft ihr zu, dass er sie etwas fragen müsse, dass er ihr etwas zeigen möchte, dass sie nicht Nein sagen dürfe und – er weiß nicht, was ihn reitet – dass er nicht mehr ohne sie leben möchte.

Sie bremst, steigt vom Fahrrad und schaut ihn mit ihren hellblauen Augen verwundert an. Und als er mit hochrotem Kopf anfängt zu stottern, dass sie den letzten Satz einfach vergessen solle, er das nie, aber auch wirklich nie gesagt habe, sie nur seine Gedanken gehört habe, lacht sie und steigt zu ihm ins Auto.

Überrumpelt von ihrer Direktheit, lädt er ihr Fahrrad hinten ein und fährt, pausenlos über Belangloses redend, mit ihr zu seinem Lieblingsplatz über der Stadt. Er parkt etwa fünfhundert Meter entfernt und läuft mit ihr zu Fuß dorthin.

Noch ist es nicht ganz dunkel. Die Stadt und die Fabrik sind gut zu erkennen. Es ist ganz still. Der Nebel zieht langsam, vom Neckar kommend, über die Häuser. Ein verzauberter Moment. Kein Krieg. Keine anderen Menschen. Nur er und Klara. Die Zwangsarbeiter scheinen in einer anderen Welt zu leben. Dass er einen Menschen angeschossen hat, ist fast vergessen. Seine Schuldgefühle sind nur eine ferne Erinnerung. Nur sie beide sind real. Und die Stadt, die langsam vom Nebel verschluckt wird, zwinkert ihm verschwörerisch zu.

Alles ist still. Er sitzt in respektvollem Abstand neben Klara und erzählt ihr von seinem Leben. Er kann gar nicht mehr aufhören zu erzählen. Wie zufällig berührt er dabei hin und wieder ihre Hand. Sie zieht sie nicht zurück. Nur über drei Themen spricht er nicht. Über Politik, über Schuld und über die Porträtzeichnung. Und natürlich verrät er auch nicht, dass er sonst an genau dieser Stelle seine Leibesübungen macht. Und dabei ganz nackt ist.

Kapitel 11

Polizei-Hauptwachtmeister Hägele

Hägele ist nervös. Zum dritten Mal ist er nun schon auf der Toilette. Sein Darm spielt verrückt. Er hofft nur, dass er sich bis morgen wieder beruhigt hat. Heute kam die Funkmeldung aus Stuttgart, dass SS-Sturmbannführer Maurer morgen mit seiner Mannschaft anreist. Sie scheinen der Tatsache, dass Unterwachtmeister Müller seit Tagen vermisst wird, mehr Bedeutung beizumessen, als Hägele erwartet hatte. Nun weiß er nicht, ob er sich darüber freuen oder sich eher fürchten soll.

Stöhnend drückt er den Zeigefinger auf seine Hämorrhoide und hofft, dass sie endlich aufhört zu bluten. Mehrere Toilettengänge am Tag nimmt sie ihm übel. Die Keramikschüssel sieht aus, als hätte er ein Schwein geschlachtet. Fluchend wäscht er das Blut ab und geht wieder zurück ins Büro. Er braucht jetzt einen Schnaps. Zögernd nimmt er die Flasche aus dem Schrank, zieht den Korken heraus und schnüffelt daran. Ein Obstler. Eindeutig kann er die Birne herausriechen, vielleicht noch den Apfel und da, ganz hinten, schwebt noch ein anderer Geruch, süß und gleichzeitig rau. Eine Pflaume? Genießerisch schließt er die Augen. Er fühlt sich schon ein wenig besser. Ob er wohl etwas von ihm trinken darf? Schließlich ist er ein Beweisstück. Ach, scheiß drauf. Er nimmt einen großen Schluck und muss husten. Anerkennend schnalzt er mit der Zunge und nimmt noch einen Schluck. Ja, vom Schnapsbrennen verstehen diese Bauern etwas. Er hat den Schnaps im Spind von Müller gefunden. Er hatte den Drang, dem Rätsel um Müllers Verschwinden auf den Grund zu gehen. Vor allem wollte er nicht auf die Herren aus Stuttgart warten und hat deshalb selbst schon mal mit den Ermittlungen begonnen.

Er durchsuchte den Schreibtisch von Müller, fand darin jedoch nichts, woraufhin er kurzerhand den Spind aufbrach. Und siehe da, er fand diese Flasche Schnaps. Von Hand beschriftet mit dem Namen einer Obstwiese und dem Namen eines kleinen Dorfes, etwa sieben Kilometer von hier entfernt.

Nachdenklich fährt er mit dem Zeigefinger über die verblassenden Buchstaben auf dem Etikett und überlegt sich, zu wem die Handschrift wohl gehört und ob diese Person etwas mit Müllers Verschwinden zu tun hat. Natürlich bekommt Müller von allen möglichen Leuten Schnaps. Schnaps ist ein beliebtes Zahlungsmittel, und dieser Schnaps könnte theoretisch schon über verschiedene Ecken getauscht und dann erst bei Müller gelandet sein. Aber der Name des Dorfes und der Obstwiese ist zumindest ein Anhaltspunkt. Sein einziger.

Also fuhr er mit dem Motorrad in das Dorf und befragte ein paar Dorfbewohner nach der Obstwiese und wem sie gehöre, so konnte er den Radius der Suche einschränken. Er erfuhr, dass die Obstbäume der Dorfgemeinde gehören und theoretisch jeder die Äpfel und Birnen pflücken konnte.

Er fuhr daraufhin in die Straße, die genau neben der Obstwiese liegt, und klopfte die Bewohner aus ihren Häusern, um sie zu befragen. Insgeheim findet er all das zwar überflüssig, weil er nach wie vor davon überzeugt ist, dass der fette Müller irgendwo seinen zehnten Rausch ausschläft oder rumhurt oder beides, doch die Ermittlungsarbeit machte ihm überraschend viel Spaß. Er ist sogar ein wenig stolz auf sich. Er fühlt sich sehr schlau mit dieser analytischen Vorgehensweise.

Leider ergab die Frage nach dem rothaarigen Müller keine Spur. Einer Intuition folgend fragte er nach einer besonders hübschen Frau, die womöglich in der Nähe dieser Obstwiese wohnen könnte, schließlich war Müller ja verliebt. So etwas ähnliches jedenfalls. Es verdichtete sich der Hinweis auf einen kleinen Bauernhof in unmittelbarer Nähe. Das konnte kein Zufall sein. Oder doch?

Dort traf er leider nur ein kleines Mädchen und einen Kriegsveteranen mit schneeweißen Haaren an. Beide wirkten harmlos. Das Mädchen sehr aufgeweckt, der ehemalige Soldat etwas verwirrt. Aber er erfuhr, dass das Mädchen noch eine ältere Schwester hat, die tagsüber in der Waffenfabrik arbeitet. Doch wann sollte Müller diese junge Frau getroffen haben, um sich in sie zu verlieben? Schließlich hat Müller keinen Zugang zur Waffenfabrik. Die liegt in einer anderen Stadt und hat eine andere Verwaltung. Hägele ist ratlos, will aber kommendes Wochenende wieder hinfahren, um die junge Frau direkt zu befragen. Das wird er diesem SS-Sturmbannführer Maurer aber nicht erzählen. Diese SS-ler bringen vermutlich mehr durcheinander, als ihm lieb ist. Und sollte an der Spur etwas dran sein, will er selbst die Lorbeeren dafür einkassieren.

Hägele lehnt sich auf dem Stuhl zurück, legt die Beine auf den Schreibtisch, prostet dem Porträt des Führers zu und nimmt noch einen Schluck aus der Schnapsflasche. Das muss aber der letzte sein, es soll ja noch ein wenig von dem »Beweismittel« übrigbleiben. Als Hägele sieht, dass das Etikett mit dem Blut seiner Hämorrhoide beschmiert ist, kichert er. Angenehm steigt ihm der Schnaps in den Kopf und macht ihn schläfrig. Doch gerade, als er in einen sanften Schlummer hinübergleiten will, fällt es ihm ein. Verdammt! Die Nebenkammer ist noch immer voll mit beschlagnahmten Gegenständen des Juden Grünbaum, die er und Müller nicht registriert haben – verdammt! Die muss er vor SS-Sturmbannführer Maurer in Sicherheit bringen. Er stöhnt gequält auf. Schon allein bei der Vorstellung, wie er die Gegenstände heute Nacht in den Keller seines Hauses transportieren muss, schmerzt sein Rücken unerträglich. Schlecht gelaunt spuckt er auf den Boden. Der Schnapsgeschmack bereitet ihm plötzlich Übelkeit. Er muss schon wieder auf die Toilette.

Kapitel 12

Gilbert

Es ist noch dunkel. Er füttert die Schweine, die sich mit lautem Grunzen über die Kartoffelschalen hermachen. Er mag den Moment, wenn das gierige Grunzen in ein zufriedenes Schnauben und Schmatzen übergeht. Gerne schaut er dann über den aus grobem Holz gezimmerten Lattenzaun den Schweinen beim Fressen zu. Ihre Ringelschwänze wedeln aufgeregt, so wie Hunde es tun, wenn sie sich freuen.

»Bonjour Gilbert, schaust du wieder den Schweinen zu?« Klara lacht.

Gilbert dreht sich erschrocken um und hätte fast die Mistgabel umgestoßen, die neben ihm steht. Aber die Tür zum Stall schließt sich schon wieder, ohne dass er mehr als ihren schwingenden Mantel gesehen hat.

Schnell reißt er die Tür wieder auf und sieht, wie Klara zur Arbeit davonradelt. Er rennt ihr ein paar Schritte hinterher: »Bonjour Claire! Einen schönen Tag!« Und etwas leiser: »Pass auf dich auf.«

Klara dreht sich nochmals um und winkt ihm zum Abschied. Einer ihrer schweren Zöpfe fliegt ihr vom Fahrtwind ins Gesicht. Ungeduldig wirft sie ihn mit einer Handbewegung nach hinten und radelt kraftvoll und gleichzeitig mit der ihr eigenen Eleganz durch die Kastanienbäume. Gilbert findet, sie hat etwas von einer Tänzerin.

Er blickt ihr sehnsüchtig nach, bis sie zwischen den Häusern des Dorfes verschwunden ist. Eine kleine, helle Kugel scheint in seinem Magen zu pulsieren und ist im Begriff, sich überall in seinem Körper auszubreiten. Das darf er aber nicht zulassen. Mon dieu. No! Er darf sich nicht noch mehr verlieben.

Seit Tagen schläft er schlecht. Unablässig drehen sich seine Gedanken um dasselbe Thema. Wie kommt er an die geheimen Unterlagen über die neue Waffe, ohne dass er Klara da hineinziehen muss. Es fällt ihm nichts ein. Sein Unbehagen geht so weit, dass er Klara schon ausweicht, obwohl jede Faser seines Körpers ihr nahe sein will. Er fühlt sich wie ein pubertierender Jugendlicher, schleicht um sie herum, und sobald sie ihn bemerkt und mit ihm redet, entschuldigt er sich und hat vermeintlich etwas Besseres zu tun.

Doch bei jeder Gelegenheit zieht er die Porträtzeichnung heraus und betrachtet sie. Nur die Angst, die Zeichnung zu verwischen, hält ihn davon ab, seine Lippen auf das Papier zu drücken. Mon dieu, er ist verrückt. Total verrückt.

Doch die Zeit läuft ihm davon. Der Winter steht vor der Tür. Er hat den klaren Befehl, die Unterlagen bis Weihnachten zu besorgen. Und dem will er gerne nachkommen. Wenn er dadurch Hitlerdeutschland einen Schlag versetzen kann, dann sollte ihm jedes Mittel recht sein. Sollte.

Was bedeuten schon die Freundschaft zu dieser kleinen Familie und seine Schwärmerei für Klara? Im Gesamtzusammenhang mit der politischen Lage? Rien – rien du tout. Also. Sobald der richtige Moment gekommen ist, wird er Klara davon überzeugen, dass es für sie und ihre Familie besser ist, wenn sie ihm die Unterlagen aus der Waffenfabrik besorgt.

Plötzlich reißt ihn eine Hand an der Schulter herum. »Komm! Genug getrödelt! Du baust mir jetzt den Bunker fertig.« Gilbert kann sich gerade noch zurückhalten. Fast hätte er im Affekt die Hand von seiner Schulter gestoßen und Zimmermann einen Fausthieb ins grinsende Gesicht verpasst.

Stattdessen sagt er nur: »'Elene, isch muss ihr 'elfen, sie braucht misch.« Zimmermann hat kein Recht, seine Arbeitskraft einzufordern. Auch nach Naziregeln nicht. Er ist den Trois Grâces zugeteilt. Das muss auch Zimmermann klar sein.

»Nein, braucht sie nicht. Nicht heute. Heute leihe ich dich aus.« Zimmermann lacht schallend.

»Hier, die Schaufel. Ein Pickel liegt drinnen im Bunker.« Damit führt er ihn auf sein Grundstück.

»Ich brauche noch zwei zusätzliche Meter untertunnelt. Also mach schon.« Zimmermann geht zu seinem Wohnhaus, dreht sich aber nochmals um und ruft: »Und wenn du bis Mittag einen Meter schaffst, bekommst du vielleicht auch was zu essen.«

Gilbert spuckt neben sich auf den Boden, flüstert ihm ein »Sale Boche« hinterher und steigt die mit Lehm geformten Treppen in den Bunker hinab, durch einen mit Holzbrettern abgestützten Eingang. Merde, dann baut er eben heute für diesen Drecksnazi einen Bunker.

Innen ist es düster und riecht nach Erde. Nach frischer, satter Erde. Wie ein Getreideacker, der umgegraben wird, oder ein frisch geschaufeltes Grab. Gilbert schluckt. Eine Ahnung von drohendem Unheil streift ihn. Er versucht, sie zu ignorieren.

Tastend findet er sich zurecht. Der Lichtstrahl, der durch den Eingang fällt, erlaubt nur eine vage Orientierung. Ah, eine Petroleumlampe und daneben Streichhölzer. Wenigstens kann er Licht machen. Er zündet die Lampe an, doch das warme Petroleumlicht gibt dem Raum nicht unbedingt mehr Charme. Er ist klein und eng, aber wenigstens nicht mehr düster.

Gilbert muss zugeben, dass Zimmermann saubere Arbeit geleistet hat. Wände und Decke sind mit Holzbalken abgestützt. Es gibt auch schon eine grob gehauene Holzbank, die an der Wand entlang aufgestellt ist. Gilbert hat kurz die Vision, wie er sich darauf legt und erst mal ein Schläfchen macht. Das traut er sich dann aber doch nicht.

Resigniert beginnt er mit dem Pickel die hintere Wand zu bearbeiten. Schaufelt die lockere Erde in einen dafür bereitstehenden Eimer und schüttet diesen draußen auf einen Haufen.

In dem flackernden Licht der Petroleumlampe sieht er das Gesicht seiner kleinen, klugen Schwester vor sich und erinnert sich, wie er mit ihr in den Schulferien, während dieser unendlich langen, heißen Sommerwochen auf den Wiesen und Feldern seines Heimatdorfes, zusammen mit den anderen Dorfkindern gespielt hat. Die Luft war erfüllt vom Zirpen der Zikaden und dem schweren Geruch reifer Früchte und des Lavendels, und sie streiften nach der Hofarbeit zusammen mit den anderen Kindern aus dem Dorf durch die Gegend, auf der Suche nach Spaß und Abenteuern. Obwohl seine Schwester viel jünger ist als er, waren sie une équipe parfaite – ein perfektes Team. Er hört immer noch ihr triumphierendes Lachen, wenn sie durch ihren Scharfsinn die Kinder des Nachbardorfs im immerwährenden Wettstreit übertrumpften.

Gilbert ist stolz auf seine kleine Schwester. Sie sollte, wie er, ein Stipendium nach Marseille bekommen. Doch sein Vater war dagegen. Er brauchte ihre Hilfe auf dem Hof. Er konnte nicht noch auf ein weiteres Kind verzichten. Vor allem als sein älterer Bruder, der den Hof übernehmen sollte, gleich nach der Machtübernahme 1940 nach Norden zur Résistance gegangen war. Sein Bruder wollte sich nicht mit dem Vichy-Regime arrangieren, das die Politik der deutschen Besatzungsmacht umsetzt.

Mit Wehmut denkt Gilbert an seinen Bruder, der ihn bespuckt hatte, als er, Gilbert, sich freiwillig zur »Zwangsarbeit«

nach Deutschland gemeldet hatte. Niemals wird er seinen Gesichtsausdruck vergessen. Erst Unglaube, dann bittere Enttäuschung, die sich in Hass verwandelte, und Gilbert wird auch nie den Schmerz vergessen, den er dabei fühlte.

Er durfte niemandem anvertrauen, dass er genauso wenig ein Kollaborateur war wie sein Bruder, dass er ebenso die Nazis bekämpfte. Schließlich sollte er unter Charles de Gaulle, der den Widerstand des »Freien Frankreichs« gegen die deutsche Besatzung anführte, als Spion eingesetzt werden. Gilbert hofft, dass sie alle lange genug leben, damit er seinem Bruder eines Tages, in einer befreiten Welt, die Wahrheit erzählen kann. Umso wichtiger, dass er endlich etwas für sein Land tut. Er muss diese Unterlagen aus der Waffenfabrik besorgen. Koste es, was es wolle.

Gilbert streicht sich eine Haarsträhne aus den Augen. Eimer um Eimer wird der Erdhaufen vor dem Eingang höher und der Bunker breiter. Es ist eine mühsame und schmutzige Arbeit. Gilbert rinnt der Schweiß in Strömen über Gesicht und Körper. Und natürlich hat Zimmermann ihm nichts zu trinken bereitgestellt. Er nimmt den Eimer, verlässt den Bunker und überlegt sich, ob er bei Helene um etwas zu trinken bitten soll oder ob er den Eimer am Hausbrunnen von Zimmermanns Hof füllen kann. Kurzerhand geht er zum Brunnen und pumpt frisches Wasser in den Eimer. Darauf beugt er sich unter den Wasserstrahl und trinkt durstig.

Ein dumpfer Schlag gegen die linke Schulter lässt ihn das Gleichgewicht verlieren und er stürzt vornüber auf den Brunnenrand. Seine Schulter brennt höllisch. Empört dreht er sich, halb über dem Brunnen liegend, um. Zimmermann steht über ihm. Drohend, mit erhobenem Knüppel, und zischt: »Dieb! Dich werde ich lehren, was es heißt, mein Wasser zu stehlen.«

Gilbert will schützend den Arm vor das Gesicht heben, doch seine Schulter und sein linker Arm sind von dem Schlag taub. Er kann sie nicht bewegen. Der Knüppel saust erneut herab und lässt das Wasser des Brunnens wie eine Fontäne aufspritzen. Kalt und ernüchternd schwappt es über ihm zusammen. Er ist tropfnass. Wütend springt er auf, packt den Knüppel mit der rechten Hand, steht Auge in Auge mit Zimmermann, als ihm jemand von hinten eine Hand auf die Schulter legt. Er wirbelt herum. Onkel Heinz steht vor ihm und schüttelt nur leicht den Kopf. Seine blauen Augen strahlen mit den weißen Haaren um die Wette. Gilbert ist augenblicklich ernüchtert.

Er atmet aus und die Wut strömt wie durch einen Blasebalg aus ihm heraus. Zurück bleibt kalte Berechnung. Dieser Drecksnazi Zimmermann wird ihn nicht dazu bringen, dass er ihn zusammenschlägt und dafür erschossen wird. Gilbert spuckt aus. Ohne sich nochmals nach Zimmermann umzudrehen, nimmt er den Wassereimer und geht nass und fröstelnd zurück zum Bunker. Er wird jetzt diesen verdammten Bunker fertig bauen. Bevor er hinabsteigt, sieht er, wie Onkel Heinz Zimmermann den Knüppel abnimmt.

Seine linke Schulter ist immer noch taub. Mit dem rechten Arm klopft er die Wände des Bunkers mit einem flachen Holzbrett fest. Die satte, weiche Erde lässt sich gut festdrücken. Er entnimmt dem Eimer noch etwas Wasser und klopft die lehmige Masse erneut fest. Als provisorische Befestigung muss das so erst mal reichen. Kurz überlegt er, ob er in den Eimer pinkeln soll, doch die Vorstellung, dass sein Urin den alten Nazi bei einem Bombenalarm schützt, hält ihn zurück.

Plötzlich sagt hinter ihm eine Stimme in einem harten, sehr speziellen Französisch: »Das hast du aber hübsch gemacht. Ob der alte Zimmermann das auch zu würdigen weiß?« Gilbert wirbelt herum. Auf der Holzbank sieht er im Gegenlicht des offenen Eingangs die Silhouette einer schmalen, kleinen Frau sitzen. »La Sorcière Rouge«. Merde! Wie kommt die denn hier herein? Jetzt kann er sie auch riechen. Ein saurer, abgestandener Geruch, der Gilbert seltsam vertraut vorkommt.

Die Alte lacht gackernd: »Tja, da staunst du, was?« Sie wartet keine Antwort ab. »Du hast Glück, der Weißhaarige scheint dich zu mögen. Nicht nur, dass er dich davon abgehalten hat, etwas Dummes zu tun, nein, er hat auch den anderen davon abgehalten, dich bei der Polizei anzuzeigen.«

Gilbert schnaubt. »Warum soll er mich anzeigen? Weil ich sein Wasser getrunken habe?«

Die Alte schüttelt den Kopf. »Nein, weil du dich nicht hast verprügeln lassen, Hornochse. Aber mach dir keine Sorgen. Der hat zu viel Respekt vor dem Weißhaarigen. Der wird dich nicht mehr anrühren. Und wenn doch ...« Ihre Stimme wird leiser. »... lässt du dich gefälligst verprügeln!«

Was will die Alte? Gilbert kann eine scharfe Antwort gerade noch zurückhalten. Doch er muss zugeben, sie hat recht. Er sollte sein südfranzösisches Temperament ein wenig in den Griff bekommen.

Die Alte fährt fort. »Wir haben einen Funkspruch abgehört. Die SS kommt aus Stuttgart. Ein gewisser SS-Sturmbannführer Maurer und seine Mannschaft wollen das Verschwinden des rothaarigen Unterwachtmeisters Müller untersuchen. Der fehlt seit einigen Tagen. Ich kenne ihn. Ein widerlicher Mann. Von mir aus kann der auch mit einem Strick am Hals und einem Stein daran im Neckar liegen. Aber ...« Die rote Hexe zieht geräuschvoll die Nase hoch »... wenn sich die SS hier herumtreibt und die Nase in alle Angelegenheiten steckt, ist das gefährlich ...«

Sie macht eine Kunstpause und flüstert: »Gefährlich für uns alle.« Sie spuckt aus. »Hast du etwas damit zu tun, kleiner Franzose? Oder einer deiner Freunde?«

Gilbert schweigt. Blickt sie nur an. Die Alte fährt fort: »Achte darauf, dass keiner redet. Keiner, der irgendetwas über dich weiß, oder darüber, was du tust, darf lebend der SS in die Hände fallen. Sie würden alles aus ihm herausbekommen.«

Gilbert dreht sich um, greift sich den Pickel mit der rechten Hand und bearbeitet die hintere Wand, haut Dreck und Gesteinsbrocken heraus. Seine linke Schulter schmerzt dabei erbärmlich. Doch das ist ihm egal. Die rote Hexe zischt: »Hörst du? Dafür ist dein Auftrag zu wichtig. Ich hoffe du weißt, was zu tun ist.«

Gilbert hat das Gefühl, als wäre keine Luft mehr in dem kleinen Raum. Der saure Geruch, der die Alte einhüllt, lässt ihn würgen. Er haut noch dreimal mit dem Pickel gegen die Wand. So stark, dass ihm der Dreck schmerzhaft gegen Kopf und Körper spritzt. Woher weiß die Alte überhaupt, was sein Auftrag ist? Und seit wann beobachtet sie ihn schon?

Als er sich zu ihr umdreht, um ihr zu sagen, sie solle sich um ihre eigenen Angelegenheiten kümmern, ist die Holzbank leer. Nur ihr saurer, undefinierbarer Geruch hängt wie eine Mahnung im Raum. Oder wie eine Drohung.

Kapitel 13

Polizei-Hauptwachtmeister Hägele

»Heil Hitler!« Drei nach oben gerissene rechte Arme. »Zeigen sie uns, was sie bisher herausgefunden haben!« Kein weiteres Wort zur Begrüßung, keine Vorstellung der Personen, keine einleitenden Sätze. Ohne Umwege auf den Punkt. Hägele kann diese Männer jetzt schon nicht leiden. SS-Sturmbannführer Maurer starrt ihn überheblich an. Hägele ist verunsichert. Sein Auge zuckt. Diese arroganten schwarzen Vögel aus Stuttgart. Was denken die denn, wer sie sind. Kommen zu dritt angefahren und behandeln ihn wie einen Dorfdeppen. Aber er ist schließlich Polizei-Hauptwachtmeister und verantwortlich für diese Stadt und die dazugehörigen Dörfer.

Trotzdem fühlt er, wie sein Hemd unter den Achseln feucht wird, und er weiß, dass in weniger als zehn Minuten dunkle Schweißränder seine frisch gebügelte Uniform verunstalten werden. Er stammelt etwas von »seit Tagen verschwunden« und »er wisse auch nicht«. Doch SS-Sturmbannführer Maurer unterbricht ihn unwirsch. »Das wissen wir schon. Vertrödeln sie nicht unsere Zeit. Sie haben also noch nichts Neues herausgefunden?« Dabei blickt er ihn fast mitleidig an.

Hägeles Unbehagen steigert sich ins Unermessliche. Diese selbstgefälligen Affen. Aber als Depp will er auch nicht dastehen. Und ehe er sich versieht, erzählt er, was er herausgefunden hat. Erzählt von der Schnapsflasche und nennt den Namen des Dorfes und der Straße, die an die Obstwiese grenzt. Nur von seiner Vermutung, dass sich Müller in ein schönes Bauernmädchen verliebt hat, das womöglich sogar direkt neben der Wiese wohnt, erzählt er nichts. Zu vage, zu weit hergeholt ist diese Vermutung. Und irgendwo regt sich auch ein gewisses Verantwortungsgefühl in ihm. Was, wenn er falsch liegt? Dann würde er einem jungen Mädchen die SS auf den Hals hetzen.

SS-Sturmbannführer Maurer klopft ihm jovial auf die Schulter. »Geht doch. Dann fahren wir da jetzt zusammen hin.« Dabei blickt er ihn mit kaltem, spöttischem Blick an. Als würde er von seinem Hinweis sowieso nichts halten. Hägele versucht sich aufzurichten, damit dieser Mistkerl ihn nicht so von oben herab angucken kann, doch sein Rücken schmerzt zu sehr. Schnell sackt er wieder in sich zusammen.

Kapitel 14

Gertrude

»Frère Jacques // Frère Jacques // Schläfst du noch? // Schläfst du noch?«

Gertrude klatscht vor Begeisterung in die Hände.

»Bruder Jakob // Bruder Jakob // Dormez-vous? // Dormez-vous? Sonnez les matines // Hörst du nicht die Glocken? // Ding, deng, dong // Ding, deng, dong!«

Die tiefe Stimme von Pascal folgt der hellen Stimme von Gertrude nach dem letzten »Dormez-vous«, und im zweistimmigen Kanon fliegen sie vom Schulgelände über das Dorf bis nach Frankreich zu einem kleinen Kloster mit großen Kirchenglocken und landen beim letzten »Dong« wieder sicher auf dem Schulhof im schwäbischen Dorf beim Holzhacken. Gertrudes Gesicht leuchtet. »Encore une fois! Noch mal! Noch mal!«

Als Pascal lachend den Kopf schüttelt, fängt Gertrude einfach wieder an: »Frère Jacques // Frère Jacques // Dormez-vous?

// Dormez-vous?« Gutmütig folgt ihr der alte Pascal mit tiefer Stimme: »Frère Jacques // Frère Jacques …« Und als sie sich gerade wieder erheben wollen zum melodischen Flug über alle Grenzen hinweg, werden sie von einer scharfen Stimme abgefangen und zum Sturz gebracht.

»Was soll das?« Frau Bäcker aus dem Oberdorf steht mit einem Korb Holz auf dem Rücken am Rand des Schulgeländes und herrscht Gertrude an. Pascal beachtet sie gar nicht.

»Ein deutsches Mädchen singt keine französischen Lieder. Hast du mich gehört?« Erbost funkeln ihre Augen aus dem Schatten ihres gepunkteten Kopftuchs. »Geh nach Hause! Treib dich nicht immer bei diesen dreckigen Franzosen rum.« Sie hebt ihren rechten Arm und sticht mit dem Zeigefinger wie mit einem Dolch in die Luft. »Und sag deiner Mutter, sie soll besser auf dich aufpassen. Sonst müssen wir mal ein Wörtchen mit ihr reden.«

Jäh ist Gertrude aus der Zauberwelt des kleinen Liedes gerissen. Sie ist sprachlos und fühlt die Tränen in ihren Augenwinkeln brennen. Was hat sie denn Unrechtes getan? Hilfesuchend blickt sie zu Pascal. Aber der hat schon wieder angefangen, Holz zu hacken, und tut so, als würde er nichts von dem Gekeife mitbekommen. Aber natürlich. Was sollte er auch tun. Er ist ja der Gefangene. Das vergisst sie immer wieder. Besser, wenn er sich unsichtbar macht und keine Angriffsfläche bietet.

Gertrude zieht erbittert die Nase hoch. Sie schluckt eine feindselige Antwort hinunter, verschluckt sich daran, muss husten und spuckt in die Späne des gehackten Holzes. Zornig blinzelt sie die letzten Tränen weg. Sie schaut hoch, um Frau Bäcker wenigstens mit den Augen zu zeigen, dass sie Unrecht hat. Doch diese schlurft bereits selbstgerecht und aufrecht mit ihrem Holzkorb und dem gepunkteten Kopftuch weiter die Straße entlang. Gleich verschwindet sie zwischen den

Kastanienbäumen. Gertrude ballt die Fäuste und will ihr nun doch hinterherrufen, will ihr sagen, wie ungerecht sie ist, dass das gar nicht stimmt und Pascal überhaupt nicht »dreckig« ist. Im Gegenteil. Dass sie, Frau Bäcker, die dreckige ist, doch Gertrude fehlen die Worte dafür. Sie weiß nicht, wie sie diese Gefühle in Sätze kleiden soll. Dafür fließen wieder die Tränen. Nun völlig ungehemmt.

Pascal legt ihr seine große, schwielige Hand auf die Schulter. Streichelt ihr unbeholfen übers Haar und sagt ihr, dass es tatsächlich besser wäre, sie würde jetzt gehen und ein paar Tage nicht mehr herkommen.

Gertrude hat das Gefühl, dass sie nun auch von ihrem Freund verraten wird. Er schickt sie weg. Einfach so. Sie solle erst mal nicht wiederkommen. Es fühlt sich an wie ein Schlag in die Magengrube. Ja wirklich. Wie damals, als ihr in der ersten Klasse, an ihrem ersten Schultag, ein Junge aus der zweiten Klasse die Faust in den Bauch gerammt hat. Einfach so. Sie weiß bis heute nicht warum. Ihr bleibt die Luft weg und ein kalter Schmerz zieht den Magen nach innen, verknotet ihn und lässt sie japsend in ihrer Hilflosigkeit zurück. Sie rennt los. Weg. Einfach weg. Sie sieht die Welt nur noch durch einen Tränenfilter, der wässrig die Proportionen verschiebt und das Licht durch verschiedene Flüssigkeitswaben bricht.

Schluchzend sitzt sie in der obersten Gabel des Kastanienbaums. Ihr Geheimplatz. Ihre Zuflucht. Hier oben kann sie alles überblicken, aber niemand kann sie sehen. Eng an den dicken Stamm geschmiegt, streicht sie zart über die raue Borke und verschmilzt in ihrem graubraunen Kleid mit dem Graubraun des Baumes. Die Äste wiegen sich fast unmerklich im aufkommenden Wind. Hin und her. Hin und her.

Gertrude fallen die Augen zu. Als sie sie wieder öffnet, noch schlaftrunken, sieht sie es: Ein Automobil. Schwarz. Glänzend. Fremd. Erst jetzt hört sie auch sein dunkles, bedrohliches Brummen. Gertrude bekommt eine Gänsehaut. Das Auto biegt in die Straße ein, holpert unter ihr vorbei und hält mitten auf dem Weg. Gertrude duckt sich unwillkürlich, obwohl sie weiß, dass man sie hier oben nicht sehen kann.

Zwei Männer in langen schwarzen Ledermänteln und glänzenden schwarzen Stiefeln steigen aus. Eine Aura der Macht umgibt sie. Eine Aura der Kälte, der Gefahr. Mit ausdruckslosen Gesichtern blicken sie sich um. Zum Schluss steigt ein Mann in Polizeiuniform aus. Gebeugt, als hätte er Rückenschmerzen. Gertrude hält die Luft an. Sie kennt ihn. Das ist doch der Polizist, der erst vor zwei Tagen nach dem Rothaarigen gesucht hat. Langsam atmet sie aus. Ihr wird es ganz kalt ums Herz.

Mit schneidigen Schritten marschieren die schwarzen Männer auf den Hof der Hippelers. Einen Bauernhof, größer als ihrer, mit vielen Kindern. Gertrude spielt oft mit ihnen. Wenn sie nicht gerade bei »ihren« Franzosen ist. Erst jetzt wird ihr bewusst, dass die anderen Kinder nie mit den Franzosen spielen. Nur sie. Bisher fand sie das ganz selbstverständlich. Schließlich waren es »ihre« Franzosen. Doch vielleicht war es den anderen verboten?

Gertrude kommt nicht dazu, weiter darüber nachzudenken, denn nun hämmern die Männer gegen die Tür und Oma Hippeler öffnet ängstlich. Die Männer halten ihr ein Blatt Papier, vielleicht ein Foto vors Gesicht. Oma Hippeler reibt sich die Hände an ihrer Schürze sauber, greift nach dem Blatt und betrachtet es eingehend. Gertrude weiß, dass Oma Hippeler fast blind ist und wundert sich, dass diese, ohne zu wissen, was sie sieht, sehr überzeugt den Kopf schüttelt. Das hilft ihr aber nichts. Die Männer schieben sie einfach zur Seite, entreißen ihr das Blatt Papier und gehen ins Haus.

Bange Minuten passiert gar nichts. Bis plötzlich Hartmut, der Kleinste der Hippelers, aus dem Haus rennt und schreit: »Die SS ist bei uns, die SS ist bei uns!« Doch niemand beachtet ihn. Er rennt die Straße hoch und verschwindet zwischen den Häusern des Dorfes.

Gertrude ist unsicher, was sie tun soll. Ob sie gleich ihrer Mutter Bescheid geben muss? Oder soll sie noch abwarten, was passiert? Vielleicht fahren die Männer ja einfach weiter. Nach weiteren zehn nervenaufreibenden Minuten, in denen Gertrude nervös mit ihren Fingernägeln die Baumrinde ritzt, kommen die Männer wieder heraus und setzen sich in den Wagen. Erst jetzt sieht Gertrude, dass der Fahrer die ganze Zeit über im Auto gewartet hat. Durch die Spiegelung der Fenster sieht sie ihn nur undeutlich. Er trägt eine Mütze. Gertrude ist froh, nicht vom Baum gestiegen zu sein. Er hätte sie bestimmt gesehen.

Der Wagen fährt an, lässt den Dreck der Lehmstraße aufspritzen und hält fünfzig Meter weiter auf dem Hof des Nazi-Nachbarn. Eine Katze mit einem Jungen im Maul quert den Hof und macht einen großen Bogen um die schwarzen Stiefel, die zackig auf die Haustür zugehen. Als die zwei SS-Männer an die Tür klopfen, rennt die Katze wieder in großem Bogen zurück, um gleich darauf mit einem weiteren Jungen im Maul zurückzukommen.

Als niemand öffnet, klopfen sie erneut an die Tür und rufen etwas. Gertrude kann die Worte nicht verstehen, doch die Stimmen klingen herrisch und befehlsgewohnt. Da sieht Gertrude, wie Herr Zimmermann ganz still im Eingang seines frisch gebauten Bunkers steht. Man sieht nur seinen Oberkörper, als wäre er aus dem Boden gewachsen. Unschlüssig knetet er seine Mütze und beobachtet heimlich die SS-Männer, die nochmals an die Haustür klopfen. Lauter nun. Die Katze rennt wieder zurück. Einer der Männer tritt nach ihr. Doch sie ist schneller, faucht und verschwindet durch eine Öffnung in den Viehstall.

Gespannt beobachtet Gertrude Herrn Zimmermann. Ob er sich vor den Männern versteckt? Plötzlich geht durch seinen Körper ein Ruck, er wischt sich entschlossen die Hände an der Hose ab, hält seine Mütze fester und geht hinüber zum Haus. Er bleibt in respektvollem Abstand vor den Männern stehen, schmeißt die Hacken zusammen und reißt gleichzeitig den rechten Arm nach oben, die Hand gestreckt, in perfekter Verlängerung des Armes. So grüßt er stramm. Die Fersen leicht nach oben gehoben, als hätte er sein ganzes Leben für diesen Auftritt geübt. Die SS-Männer mustern ihn gelassen, fast gelangweilt, und erst als sein Arm anfängt zu zittern und sich seine Knie bedenklich nach innen neigen, erlauben sie ihm, sich zu rühren. Zimmermann sackt zusammen, als hätte man die Luft aus ihm herausgelassen, und wischt sich verstohlen die Stirn. Gertrude kann ein schadenfrohes Grinsen nicht unterdrücken.

Sie sprechen miteinander. Weiße Atemwolken formen sich rhythmisch vor den Köpfen in der kühlen, spätherbstlichen Luft. Zimmermann nickt beflissen. Nun steigt auch der Polizist aus dem Wagen. Er hält Zimmermann ein Papier vor die Nase. Herr Zimmermann schüttelt den Kopf. Sie sprechen weiter, zeigen mit ausgestrecktem Zeigefinger auf das Haus von Gertrude und fuchteln wage die Straße hoch. Herr Zimmermann schüttelt erneut den Kopf. Als der Polizist aber nicht locker lässt, ein zweites Mal auf ihr Haus zeigt und Zimmermann zögerlich nickt, fühlt Gertrude, wie sich eine eiserne Klammer um ihren Brustkorb legt und kalte Panik ihr die Luft abschnürt. Die Männer dürfen nicht bei ihnen an die Tür klopfen und ihre Mutter mit dem bunt gefärbten Hämatom um die gebrochene Nase sehen. Sie muss ihre Mutter unbedingt warnen. Doch als Gertrude versucht, vom Baum zu klettern, kann sie ihre Finger nicht vom Stamm lösen, so krampfhaft krallt sie sich daran fest. Entschlossen beißt sie sich in die rechte Hand, der jähe Schmerz öffnet ihre Finger und sie klettert eilig den Baumstamm hinunter, springt vom untersten Ast und landet mit gebeugten Knien auf der Lehmstraße.

Sie duckt sich instinktiv und rennt in großem Bogen von hinten kommend zum Hof. Am Pflaumenbaum bleibt sie auf der umgegrabenen, leicht angefrorenen Erde stehen, legt eine Hand an den Stamm und schickt ein Schutzgebet in die kahlen Äste des Baumes. Sie weiß auch nicht, warum sie so betet, sich weder hinsetzt noch die Hände faltet, wie sie es gelernt hat, aber es fühlt sich richtig an. Sie wendet sich vom Baum ab, hüpft mit einem großen Satz über die Stelle, unter der sie den Leichnam des rothaarigen Polizisten vermutet, und rennt ins Haus.

Sie trifft ihre Mutter in der Waschküche. Sie steht vor einem großen Holztrog, die Ärmel hochgekrempelt, und rührt große Leinentücher mit einem langen Holzstab durch Seifenwasser.

Der ganze Raum ist erfüllt von weißem Dampf, und Gertrudes warme Wollkleidung wird augenblicklich feucht. Sie bekommt ein schlechtes Gewissen, das fast die Panik vor den SS-Männern überlagert. Sie hätte ihrer Mutter doch beim Waschen helfen sollen. Wie konnte sie das nur vergessen?

Doch anstatt mit ihr zu schimpfen, lächelt ihre Mutter sie an und sagt ihr, dass sie schon auf sie gewartet habe. Ihr Gesicht, in dem die Farben des Hämatoms allmählich verblassen, glänzt fiebrig vor Hitze und Anstrengung. Die zwar abgeschwächten, aber immer noch breiten bunten Ringe des Brillenhämatoms unter den Augen verleihen ihrem Gesicht etwas Fremdes und Dauermüdes. Gertrude ist so aufgeregt, dass sie ein wenig stottert: »M-m-mama, da sind M-m-männer von der SS.« Sie reibt sich die schmerzende Bisswunde an ihrer Hand. »Und der

Polizist ist auch wieder da. Ich glaube, sie suchen nach dem R-r-rothaarigen.«

Ihre Mutter lässt den Holzstab in den Bottich fallen. Dicke Tropfen spritzen Gertrude nass. Sie beugt sich zu ihr herunter und packt Gertrudes Oberarme mit feuchten Händen, drückt sie so stark, dass es weh tut. Ihre Gesichter sind nur wenige Zentimeter voneinander entfernt.

»Wo? Wo sind die Männer?«

Gertrude kann nicht antworten. Ihre Kehle ist wie zugeschnürt. Sie sieht das Grün in der Iris ihrer Mutter, das sich an den Außenrändern mit braunen Schlieren mischt. Sich selbst sieht sie als Umriss in der Schwärze der Pupille und kommt sich plötzlich ganz klein und hilflos vor. Sie gibt sich einen Ruck. »Du musst dich verstecken. Sie dürfen dein buntes Gesicht nicht sehen.«

Helene schüttelt den Kopf und nimmt Gertrude bei der Hand. Sie rennen die Treppen hoch, hinterlassen feuchte Fußspuren, und stellen sich vorsichtig ans Fenster des Treppenhauses. Von da können sie die Straße überblicken, ohne von außen gesehen zu werden.

Das schwarze, glänzende Automobil steht Wache haltend noch am selben Platz wie zuvor. Die zwei SS-Männer sind mit Zimmermann ein Stück von der Haustür weg zur Straße hochgelaufen. Sie stehen nur ein paar Meter von Gertrudes Grundstück entfernt, sprechen mit Zimmermann, der beflissen um sie herumhüpft, und beobachten ihr Haus. Lauernd wie zwei schwarze Adler, die gleich ihre Schwingen öffnen, um das Kaninchen zu packen. Gertrude schluckt. Sie weiß, wer das Kaninchen ist.

Was tut der Zimmermann? Führt er die SS direkt zu ihrem Hof? Und wo ist der Polizist? Da! Er schleicht um Zimmermanns Grundstück, bleibt beim Bunker stehen, läuft um ihn herum, bückt sich, dreht sich um und blickt genau zu ihnen herüber. Genau in das Fenster des Treppenhauses.

Gertrude und ihre Mutter stehen ganz still. Sie atmen im selben Rhythmus. Ihre feuchten Hände sind ineinander verknotet, und dann passiert etwas Unerwartetes. Ihr Nazi-Nachbar, Herr Zimmermann, der so diensteifrig um die schwarzen Männer tanzt, lenkt die beiden unmerklich in eine andere Richtung. In die Richtung, aus der nun die Zwangsarbeiter von ihrer Arbeit bei den Bauern nach Hause kommen. Erst vereinzelt, dann in Scharen kommen sie zwischen den Kastanienbäumen zurück zur Turnhalle, in ihr Lager. Und da vorne ist auch Gilbert. Verwundert sieht Gertrude, dass er den linken Arm in einer Schlinge trägt, die um den Hals gebunden ist. Seit wann ist er verletzt? Niemand hat ihr etwas erzählt. Doch sie kann sich nicht lange wundern. Denn nun zeigt Zimmermann auf die Zwangsarbeiter und sagt etwas. Die Antwort der SS-Männer wabert als weiße, unheilvolle Wolke aus ihren Mündern. Plötzlich steigt auch der Fahrer aus. Die Tür des Autos lässt er offen stehen. Er hat ein Maschinengewehr im Anschlag. Gertrude fängt leise an zu beten: *»Vater unser im Himmel …«* Dann rennt sie los.

Kapitel 15

Polizei-Hauptwachtmeister Hägele

Hägele wollte sich nur ein wenig umschauen, solange die zwei Arschlöcher den alten Bauern befragen. Er fühlt sich überflüssig und findet das unterwürfige Gehabe des Bauern abstoßend. Irgendetwas stimmt mit dem Burschen nicht. So etwas hat Hägele im Gefühl. Zu schnell kommen seine Antworten, zu blumig ausgeschmückt, wie einstudiert, und dabei blinzelt er unentwegt. Hägele kennt solche Typen. Der hat etwas zu verbergen. Aber das sollen diese arroganten SS-Arschlöcher schön selber herausfinden. Doch vermutlich lassen sie ihn lieber noch einmal stramm stehen, bis er zittert. Hägele könnte kotzen. Er geht langsam zu dem Bunker im Garten des Mannes. Er weiß nicht, was er da zu finden hofft, doch wenn er sich ein wenig umschaut, kann das nicht schaden. Und gebraucht wird er bei der Befragung ja offensichtlich nicht.

Der Bunker ist einfach gebaut. Ein Loch im Boden, das mit Brettern abgestützt ist. Ob er einem Bombenangriff wirklich standhält? Aber er ist ja noch nicht ganz fertig. Aufgeworfene Erde liegt überall herum. Hägele beugt sich hinunter, um tiefer in das Innere zu blicken, hält aber vor Schmerz ruckartig inne.

Dieser verdammte Rücken. Schwerfällig dreht er sich um und betrachtet das Haus gegenüber. Das Haus, in dem die junge Frau wohnt, von der er glaubt, Müller wäre in sie verliebt.

Bewegt sich da etwas hinter dem oberen Fenster? Vielleicht ist sie heute zuhause? Ob er hinübergehen und der Dame einen Besuch abstatten sollte?

Doch plötzlich öffnet sich quietschend die Tür des Autos, mit dem er und die Männer hergekommen sind. Der Fahrer, der dritte SS-Mann, steigt aus und zückt ein Maschinengewehr. Hägele weicht erschrocken zurück. Die Lage scheint ernst zu werden. Sein Blick wandert zu den beiden anderen SS-Männern. Was haben sie vor? Sie stehen sprungbereit da, wie kurz vor einem Angriff. Hägele blickt sich um, versucht zu ergründen, woher diese plötzliche Anspannung kommt. Er sieht, wie mehrere Arbeiter, vermutlich Zwangsarbeiter, die Straße herunterkommen. Sie scheinen harmlos zu sein. Sie kommen von der Arbeit und wollen vermutlich einfach in Ruhe ihren Feierabend begehen. Ob er die Situation entschärfen soll und den SS-Arschlöchern sagen, sie sollen mal »halblang« machen? Unsicher hebt er die Hand und öffnet den Mund. Doch gerade als er etwas sagen will, fängt sein rechtes Auge an zu zucken. Sollte das eine Warnung sein? Nun gut. Er bleibt lieber still und sagt nichts zu seinen Kollegen von der SS. Denn wenn er ehrlich ist, muss er zugeben, dass er Angst vor ihnen hat.

Kapitel 16

Helene

Die Zwangsarbeiter müssen sich in einer Reihe aufstellen, die vom Eingang der Turnhalle bis auf die Straße reicht. Alle einunddreißig Männer stehen schweigend, fast regungslos da, ungeordnet, wie falsch montierte Orgelpfeifen. Sie sehen müde aus, manche ängstlich, die meisten resigniert. Es ist verstörend still. Alles. Die Straße, das Dorf. Man hört nicht mal die Kühe im Stall muhen, die zu dieser Zeit eigentlich gemolken werden wollen. In die Stille hinein knallen die mit Eisen beschlagenen Sohlen der SS-Männer, die mit glänzenden Stiefeln die Reihe ablaufen. Sie schreien Befehle, wohl prononciert, brüllen Fragen, machen Angst. Große Angst. Diese SS-Männer erinnern Helene an schwarze, heiser bellende Hunde. Schwarze Dobermänner. Schlank, muskulös, unberechenbar, auf eine fast elegante Art bedrohlich.

Helene hat eine Gänsehaut am ganzen Körper. Der kalte Wind zieht durch die feuchte Waschkleidung und lässt sie zittern. Wann ist es nur so kalt geworden? Es riecht sogar nach Schnee.

Sie ist mit Gertrude hinausgerannt. Sie konnte sie nicht zurückhalten. Und sie wollte sie natürlich auch nicht alleine lassen. Sie hat sich im Laufen ein Kopftuch um Mund und Nase geschlungen, damit man nicht sofort die Hämatome sieht.

Nun hält sie Gertrude umschlungen, fühlt, wie sie bebt, wärmt sich an der fiebrigen Hitze, die dem kleinen Körper entströmt, und will sie eigentlich wieder hineinschieben ins Haus, weg von diesen Furcht erregenden Männern. Doch Gertrude sperrt sich mit aller Kraft, die in ihrem schmalen Körper ist, dagegen. Helene resigniert, bleibt stehen, schaut hilflos zu Gilbert, der mit den anderen in der Reihe steht und ihr mit einer Kopfbewegung bedeutet, sie solle gehen. Er hat ja recht. Doch was soll sie tun? Sie bekommt Gertrude nicht ohne Aufmerksamkeit zu erregen ins Haus. Beklommen schaut sie zu der geöffneten Turnhallentür, durch die zwei der SS-Männer verschwunden sind, um das Lager zu durchsuchen. Man hört es klappern, wenn sie drinnen etwas auf den Boden werfen.

Nach und nach kommen noch andere Leute aus dem Dorf und versammeln sich in großem Bogen um die Reihe der Zwangsarbeiter. Die einen scheinen neugierig, die anderen besorgt. Alle schweigen. Onkel Heinz stellt sich neben Helene und Gertrude. Die Hippelers stehen gleich hinter ihnen. Alle sind nervös. Frau Bäcker vom Oberdorf reibt sich unentwegt die Hände.

Abseits steht eine kleine, schwarz vermummte alte Frau, die aufmerksam das Geschehen beobachtet. Helene hat sie noch nie gesehen und wundert sich, warum eine Fremde hier im Dorf ist. Unerwartet stellt sich Zimmermann neben Helene, verdeckt den Blick auf die Fremde und nickt Helene verschwörerisch zu. Sie nickt zögernd zurück, ist irritiert. Was will er? Zitternd drückt sie Gertrude noch fester an ihre Brust. Als sie an Zimmermann vorbei wieder zu der Stelle blickt, an der sie eben noch die alte, unbekannte Frau gesehen hat, ist diese verschwunden. Ein abgestandener, saurer Geruch liegt in der kalten Luft.

Plötzlich kommen die beiden SS-Männer mit einem Mantel aus der Turnhalle zurück. Einem schwarzen, schweren Ledermantel, der ihren eigenen ähnelt. Helene sieht den überraschten Gesichtsausdruck von Gilbert, der sich in Entsetzen verwandelt. Sie sieht, wie er aufspringen, wie er etwas rufen will, doch er wird vom alten Pascal zurückgehalten. Der SS-Anführer hält den schweren Ledermantel hoch, schreitet die Reihe der Zwangsarbeiter ab und brüllt die stummen, ängstlichen Gesichter an. Er will wissen, wer den Mantel versteckt hat, er will wissen, wo der rothaarige Polizist ist. Er bleibt vor jedem stehen und starrt ihm in die Augen. Die meisten senken schnell den Kopf, manche erwidern den Blick mit flatternden Lidern, nur um ihn Sekunden später doch zu senken.

Da tritt plötzlich François aus der Reihe, der jüngste der Gruppe. Er stammelt, dass er den Mantel unter seinem Bett entdeckt und sich gefreut hätte, für den Winter einen Ledermantel zu haben.

Helene ist fassungslos. Das muss der Mantel des Rothaarigen sein. Doch sie kann sich nicht erinnern, dass er ihn getragen hatte. Und wenn doch, wie um Himmels Willen ist er unter das Bett von François gekommen?

Der andere SS-Mann packt François, legt ihm Handschellen an und schiebt ihn in Richtung Auto. Sein Bruder, Pierre le Petit, nur ein Jahr älter als François, tritt aus der Reihe, rennt dem SS-Mann hinterher und ruft, dass sie ihn nicht mitnehmen sollen, dass er doch noch so jung sei. Er weint.

Der SS-Mann mit dem Maschinengewehr stellt sich drohend zwischen ihn und seinen Bruder. Pierre le Petit streckt den Arm aus, als wollte er nach seinem Bruder greifen. Darauf zieht der SS-Mann den Lauf des Maschinengewehrs ein wenig höher, nur ein wenig, und fünf schnelle, laute Knalle lassen Pierre le

Petit zusammensacken wie eine Marionette, deren Fäden abgeschnitten werden.

Ein Aufschrei geht durch die Menge. Wie aus einem Mund. Eine kollektive Klage des Entsetzens, die sich ebenso schnell wieder in ängstliche Stille verwandelt. Aus fünf Löchern in Pierre le Petits Brust quillt eine glänzende Flüssigkeit. Erst Sekunden später wird Helene klar, dass es Blut ist. Dickes, helles Blut, das sich schnell auf dem Boden ausbreitet, einen See bildet, der sich in fünf Flüsse verzweigt, um langsam die abschüssige Straße hinabzufließen. Ein überraschter Ausdruck liegt auf Pierre le Petits Gesicht. Als könnte er auch im Tod noch nicht glauben, dass sein Bruder in Handschellen abgeführt wird. Helene will nach vorn stürzen, dem Jungen helfen, wo es nichts mehr zu helfen gibt. Gilbert schüttelt den Kopf. Unmerklich. Sie soll ruhig sein, stillhalten, nichts sagen, vergessen.

Es schneit. Erst zögerlich, dann immer dichter flattern große, fluffige Kristalle vom Himmel. Fröhlich läuten die tanzenden Flocken den beginnenden Winter ein und legen sich weiß und leise wie ein lebendiges Leichentuch auf den toten Jungen. Langsam saugt sich sein Blut von unten durch die Kristalle und zeichnet ein abstraktes, rot-weißes Bild des Grauens. Eine Katze schleicht in großem Bogen um die betroffen schweigenden Menschen und hinterlässt kleine, runde Pfotenabdrücke im frischen Schnee.

Winter 1944/45

Kapitel 01

Onkel Heinz

Der Baum ist stattlich. Wahrlich stattlich. Die Nadeln sind dicht und strahlen in einem so satten, kräftigen Grün, dass sich der Ausdruck »voll im Saft stehen« in ihnen zu manifestieren scheint. Heinz glaubt, in ihm einen alten Kameraden wiederzuerkennen. Doch es gelingt ihm nicht, sich an einen Namen, geschweige denn, an ein Gesicht zu erinnern.

Erst ist es nur eine leise Ahnung, der Hauch einer fernen Erinnung, doch je länger er ihn betrachtet, desto sicherer ist er sich, dass er ihn kennt. Doch woher nur?

Er ist mit den Mädchen in das Waldstück gegangen, das seit vielen Jahrzehnten der Familie gehört, ihm und seinem Bruder, dem Vater der Mädchen. Klara und Gertrude sind auf der Suche nach einem Weihnachtsbaum, den sie mit dem Beil fällen wollen. Ihre Wahl fällt auf einen kleinen Baum. Einen schmächtigen, kläglichen. Die Mädchen finden, er sieht so verloren aus. Heinz findet sein Aussehen passend zum Jahr 1944 und zu dem Unglück, das der Größenwahn dieses kleinen, dreckigen Österreichers über sie gebracht hat. Dieser Österreicher, dem er so überaus beflissen und sogar mit einem »Hurra – für Gott und Vaterland« gefolgt war.

Den Mädchen tut der Baum leid und sie fangen an, die unteren dürren Zweige der Tanne zu entfernen, damit das Beil einen sauberen Platz für den Hieb findet. Heinz erholt sich derweil auf einem Baumstamm von den Strapazen der kleinen Waldwanderung, seine Gedanken schweifen ins Nichts, wie es ihm seit seiner Rückkehr so oft passiert, als sein Blick an diesem stolzen, schönen Baum hängen bleibt, der ihm sofort seltsam bekannt vorkommt.

Er zeigt auf den prachtvollen Baum, räusperte sich, bis die beiden Mädchen innehalten und ebenfalls zu dem Baum hinüberblicken, der etwa zwanzig Meter entfernt im ersten Sonnenstrahl des Tages seine satt-grünen Nadeln herüberleuchten lässt. Heinz nickt zufrieden. Er ist perfekt. Nicht zu klein, aber auch nicht zu groß, gerade gewachsen mit nahezu symmetrischen Ästen und diesem, wie schon gesagt, unglaublich lebendigen Grün.

Klara sagt, dass der Baum zwar sehr schön sei, aber leider nicht auf ihrem Grund und Boden stehe, sondern dem Bauern Häckele gehöre, dessen Grundstück direkt an ihres grenzt. Unwirsch schüttelt sie den Kopf. Sie will diese Angelegenheit zu Ende bringen und wieder nach Hause gehen. Es wartet noch genügend Arbeit auf sie.

Doch die kleine Gertrude ist ebenfalls von dem Baum angetan. Sie rennt zu ihm, stellt sich vor ihn, nimmt einen dicht benadelten Zweig in die kleine Hand und schüttelt ihn, als würde sie ihn begrüßen. Ein wenig Schnee, eher Graupel, tanzt von den Nadeln herunter und verleiht Gertrude im Sonnenlicht einen glitzernden Heiligenschein. Ihr junges, unschuldiges Gesicht leuchtet vor Freude, und Heinz hält ergriffen die Luft an, als ob er diesen verzauberten Moment dadurch ein wenig länger festhalten könnte. Ob sie in dem Baum ebenfalls einen Kameraden erkannt hat? Heinz will es gerne glauben.

Klara schüttelt den Kopf und bekommt eine strenge Falte zwischen den Augen, aber es ist beschlossen. Klara ist überstimmt. Sie werden die prachtvolle Tanne als Weihnachtsbaum in ihr Heim holen und damit dem Anlass die passende Symbolik geben. Leider fällt Heinz nicht mehr ein, welche Symbolik das war. Das ist aber auch egal. Heinz wird mit der Tanne einen zusätzlichen Kameraden um sich haben. Dieser Gedanke macht ihn froh.

Zu dritt – Klara vorne, er in der Mitte und Gertrude hinten – tragen sie »ihren« Christbaum nach Hause. Als sie schließlich mit vor Kälte steifen Gliedern ankommen, stellen sie Helene stolz die Tanne vor, deren Duft nach grünen Nadeln, frischem Holz und ätherischem Harz sich in dem kleinen Wohnzimmer ausbreitet und einen lebendigen, warmen Frohsinn in ihr Heim bringt. Helene freut sich und bittet Heinz, den Baum zu schmücken. Weder er noch die Töchter verraten Helene, dass sie die Tanne von Bauer Häckele geklaut haben.

Nun steht Heinz im Wohnzimmer seiner drei Mädchen, wie er sie heimlich nennt, legt die Hand um einen Zweig des Baumes, schüttelt ihn zur Begrüßung, wie es Gertrude schon im Wald getan hat, und bittet ihn um Erlaubnis, ihn schmücken zu dürfen.

Als der Baum ihm zustimmend zuzwinkert, beginnt er, ihn mit Äpfeln, Nüssen, drei weißen Engelsfiguren mit abgebrochenen Flügeln, einem rot-gelb-weißen Weihnachtsmann auf einem Schlitten und ein wenig knittriger Lametta festlich herauszuputzen.

Geld für diesen neumodischen Nazischmuck, die roten Glaskugeln mit dem schwarzen Hakenkreuz auf weißem Kreis oder den beliebten SA-Mann in brauner Uniform und ausgestrecktem Arm zum Hitlergruß, der den Stern von Bethlehem als Christbaumspitze ablösen sollte, haben sie nicht. Zum Glück, wie Heinz findet.

Konzentriert und emsig arbeitet sich Heinz langsam nach oben. Bis zur Spitze, die besagter Stern von Bethlehem krönen soll. Schon lange hat sich Heinz nicht mehr so zufrieden gefühlt und ist froh, dass er sich von Helene hat überreden lassen, den Baum zu schmücken. Das ist nun wirklich keine Männerarbeit, aber warum eigentlich nicht? Heutzutage, nachdem fast alle Männer an irgendeiner Front kämpfen oder tot sind, haben sich die Rollen zu Hause sowieso verändert. Mitten im Krieg fragt keiner mehr nach solchen Klischees.

Doch was heißt hier mitten im Krieg? Nach Heinz Einschätzung ist er demnächst zu Ende. Das sagt er aber keinem. Wie sollte er auch. Er spricht nicht mehr. Er will nicht mehr. Er kann aber auch nicht mehr. Sobald seine Gedanken versuchen, über den Mund nach außen zu dringen, versagt das Zusammenspiel von Zunge, Gaumen und Stimmbändern. Sie gehorchen ihm einfach nicht mehr. Seit, ja seit ... doch darüber kann er nicht einmal mehr nachdenken. Sobald er sich an den Tag erinnert, an dem er von einem Moment auf den anderen seine Sprache verloren hat, gehorcht auch sein Gehirn nicht mehr. Die Gedanken verknoten sich, hüpfen hoch, purzeln einzeln wieder herunter und zerspringen in tausend Scherben. Manchmal versucht er, aus den Gedankenscherben ein Bild zusammenzulegen wie ein Mosaik, doch was er darauf teilweise erkennen kann, lässt ihm das Blut in den Adern gefrieren, und er rettet sich schnell in das Vergessen.

Gertrude bringt ihm ein paar von den Plätzchen, die sie schon vor Tagen gebacken haben. Es fehlen viele Zutaten in diesem sechsten Kriegsjahr. Selbst auf dem Land. Doch sie sind erfinderisch. Anstelle von Mandeln nehmen sie einfach das Innere der Pflaumenkerne, und als Rosinenersatz dienen getrocknete Pflaumen. Schon Mitte des Jahres begannen sie mit der Bevorratung für Weihnachten. Für den traditionellen Christstollen wurden schon ab Mai Lebensmittelmarken für Mehl, Butter und Zucker aufgespart.

Nun zieht seit Tagen der verführerische Duft nach all den Leckereien durchs Haus und lässt Heinz noch öfter an ihrem Küchentisch sitzen als bisher, mit geschlossenen Augen, lautlos schnüffelnder Nase und einem Gefühl von Behaglichkeit im Bauch. Seinen Mädchen scheint es nichts auszumachen, dass er so oft bei ihnen ist. Im Gegenteil. Kommt Zimmermann dadurch doch um so seltener unangekündigt mit strammem Hitlergruß vorbei.

Heinz vermutet, dass Zimmermann ein wenig Angst vor ihm hat. Und wenn er wüsste, was für ein Mann er in Wirklichkeit ist, hätte Zimmermann auch allen Grund dazu. Aber vermutlich sollte Heinz auch »seinen Mädchen« nicht allzu nahe kommen, denn wer weiß schon so genau, ob Schuld nicht vielleicht ansteckend ist? Aber das schafft er nicht. Wie könnte er ihnen fernbleiben? Seiner einzigen Familie?

Aber da passiert es wieder. Gerade eben wusste Heinz nur zu genau, warum er glaubt, dass man vor ihm Angst haben sollte oder er mit »Schuld« infiziert sein könnte, und im nächsten Moment verglüht das Wissen darüber so schnell wie es aufleuchtete. Sein Herz rast, seine Gedanken sind wirr, seine Gefühle aufgebracht. Er schließt die Augen und versucht sich zu sammeln. Sein linkes Augenlid zuckt. Selten lichtet sich der Schleier der Vergangenheit so deutlich vor seinen Augen, und nun, einen Moment später, ist er wieder fest verschlossen und vollkommen undurchdringlich. Er seufzt erleichtert und ist froh über den Nebel des Vergessens. Er will beileibe nicht wissen, warum er nicht mehr sprechen kann. Meistens jedenfalls.

Umständlich setzt er sich unter den Tannenbaum und atmet tief durch. Er ist schweißgebadet. Das Hemd klebt ihm nass am Rücken. Zum Glück beruhigt ihn die Nähe des Baumes. Ist das nicht ein alter Bekannter von ihm? Aber woher kennt er ihn bloß?

Die kleine Gertrude setzt sich arglos neben ihn, bemerkt nichts von seinem inneren Aufruhr, reicht ihm Weihnachtssterne mit Zimt, und gemeinsam essen sie Besinnlichkeit und atmen weihnachtliche Vorfreude. Heinz hält den »Stern von Bethlehem« ganz fest in seinen Händen. Gleich wird er ihn auf die Spitze des Baumes stecken. Als finalen Schmuck für seinen Kameraden, den Baum, damit er voll Glanz und Gloria das Christkind begrüßen kann. Doch als Heinz auf seine Hände blickt, bemerkt er, dass er dem Stern eine Zacke abgebrochen hat.

Kapitel 02

Gilbert

Oh, là, là. Auf was hat er sich da nur wieder eingelassen? Doch im selben Moment wird ihm klar, dass er sich nun seit Wochen immer dasselbe fragt. Es wird Zeit, entweder etwas anderes zu machen, oder eben nicht mehr darüber zu jammern. Fini.

Gilbert schielt aus den Augenwinkeln zu Ferdinand von Stein, der mit Gertrude unter dem Tannenbaum sitzt. Sie zeigt ihm stolz die selbstgemachte Weihnachtskrippe. Von Stein nimmt jede der geschnitzten Figuren in seine langen aristokratischen Nazigriffel und befingert jede einzeln. Dabei gibt er lobende Worte von sich. Mit dieser nervenden Kindchen-Tonlage, die sich manche Erwachsene im Gespräch mit Kindern zulegen. Doch Gertrude scheint das nicht zu stören. Im Gegenteil. Sie scheint ihm vielmehr neugierig zuzuhören.

Am liebsten würde Gilbert ihm die Figuren aus den Händen reißen. Was will der hier? Gilbert kann sich niemanden denken, der weniger hierher passen würde. Außer vielleicht die Königin von England. Und ausgerechnet Klara hat ihn mitgebracht. Mon dieu. Darüber will Gilbert eigentlich am allerwenigsten nachdenken. Was ist, wenn er sie mit diesen langen

Fingern genau so ... Merde! Aufhören! Dann bricht er sie ihm eben – voilà!

Alle waren ganz aufgeregt, als Klara verkündet hat, dass sie einen Kollegen zu Weihnachten eingeladen habe. Einen der Ingenieure. Aus Berlin. Der sonst ganz alleine zu Hause wäre. Ferdinand von Stein. Sie sollten alle nett zu ihm sein. Es war wie eine Bombe. Ein Adliger in ihrem Haus! Gilbert hätte kotzen können. Andererseits war das die Gelegenheit, auf die er schon lange gewartet hatte.

Ferdinand von Stein. Diesen Namen würde er nie vergessen, seit er ihn auf der ersten Seite der Unterlagenmappe zu dem neuen Sturmgewehr gelesen hatte und seit er dessen Porträtzeichnung von Klara am Herzen trägt. Der Ingenieur. Der Künstler. Oh, là, là. Wie steht Klara zu ihm? Gilbert fühlt einen kleinen Stich in der Bauchmitte. Dort, wo sonst der helle Ball der Verliebtheit pulsiert. Mais non! Davon darf er sich jetzt nicht beeinflussen lassen.

Endlich wird er diesen Mann kennenlernen, der ihm die geheimen Unterlagen besorgen kann. Gilbert ist sich über die Strategie, wie er das anstellen wird, noch nicht so ganz im Klaren. Er ist sich aber sicher, dass er seinem Ziel vermutlich nie wieder so nahe sein wird. Bisher hat er es nicht übers Herz gebracht, Klara zu erpressen. Oui – er weiß, es ist Weihnachten und er hat es nicht hinbekommen – merde.

Seine Vorgesetzten sind darüber auch wahrlich nicht begeistert. Er hat ihnen aber versprochen, spätestens bis Februar Pläne und Skizzen der neuen Waffe zu besorgen. Merde. Um diesen Aufschub auszuhandeln, musste er nochmals zu der alten Hexe gehen und ihr Funkgerät benutzen. Der Besuch war ihm sehr unangenehm. Doch was hätte er machen sollen. Er hat es nicht geschafft, über Klara an die Unterlagen zu kommen. Er konnte sie nicht erpressen. Er konnte es einfach nicht. Lieber hat er sich von der alten Hexe erneut mit ihrem Gestank und ihren

Drohungen einnebeln lassen, ihren Hohn hingenommen, ein Versager zu sein, und mit seinen Vorgesetzten einen kleinen Aufschub ausgehandelt. Wie er allerdings zum Ziel kommen sollte, war ihm damals noch unklar.

Oft war er kurz davor, Klara zu sagen, dass er diese Unterlagen braucht und sie am Besten alles daran setzt, sie zu besorgen, denn lag da nicht ein ermordeter Polizist in ihrem Garten? Doch seit Pierre Le Petit von den SS-Schweinen erschossen wurde, hat sich seine Freundschaft mit den »Trois Grâces« verändert. Auf einmal sind sie »Verbündete« gegen einen gemeinsamen Feind.

Hinzu kommt ihr aller schlechtes Gewissen. Schließlich hätten sie sich nur stellen müssen und kein Unschuldiger wäre erschossen worden. Oder vielleicht doch?

Nun, zum Glück konnte er Helene von einer Selbstanzeige abhalten. Nicht auszudenken, was die SS mit den »Trois Grâces« und ihm machen würde. Zusammen mit Klara, die bei der Erschießung nicht dabei war und sich dadurch irgendwie weniger schuldig fühlte, redeten sie auf Helene ein, die Füße still zu halten, nichts zu sagen, zu vergessen. Und das macht ihn und Klara zusätzlich zu »Kameraden«. Noch nie ist er ihr so nahe gewesen. Die Zeit der lustigen, oberflächlichen, unverbindlichen Flirterei ist vorbei. Nun sind sie Vertraute. Verbündete. Von seiner Liebe zu ihr ganz zu schweigen. Wie könnte er sie jetzt noch erpressen?

Seine Vorgesetzten hat er um Aufschub gebeten. In der Hoffnung, das Schicksal würde ihm eine Gelegenheit schenken, an die Unterlagen zu kommen, ohne seine Liebe zu verraten. Manchmal denkt er auch daran, Klara einfach ins Vertrauen zu ziehen. Sie offen um die Unterlagen zu bitten. Wer weiß. Vielleicht würde sie ihm ja helfen? Und wenn nicht, kann er sie ja immer noch erpressen … doch was dann? So oder so könnte er ihr nie wieder unter die Augen treten. Und dafür ist er einfach nicht bereit. Noch nicht.

Nun ist dieser von Stein hier. In einem Raum mit ihm. Wenn das keine Gelegenheit ist? Sie haben sogar auf Französisch ein paar Artigkeiten ausgetauscht. Sein Französisch ist gar nicht mal so schlecht. Das macht ihn aber nicht sympathischer. Was es Gilbert wiederum erheblich leichter machen wird, ihn zu bedrohen, zu erpressen, zu ... was auch immer.

Doch womit könnte er ihn bedrohen? Oder gar erpressen? Rien. Rien. Rien. Ihm bleibt nur, ihn mit vorgehaltener Waffe ins Werk zu begleiten und ihn zu zwingen, die Unterlagen herauszugeben. Und dann zu verschwinden. Und das am besten heute Nacht. Aber mal ehrlich, das ist eine Scheißidee. Viel zu viele unberechenbare Variablen. Und Klara würde er dann auch nie wiedersehen. Er sollte sich jetzt mal zusammenreißen und dieses Wirrwarr aus seinem Kopf vertreiben. Merde. Er will ein Spion sein? Nazideutschland stürzen? Es diesen Boches heimzahlen? Dabei ist er doch nur ein kleiner, kopfloser Südfranzose mit Chaos im Herzen und Liebe im Bauch.

Gilbert beobachtete von Stein schon nachmittags beim Weihnachtsgottesdienst. Er und die anderen Zwangsarbeiter saßen zusammen ganz hinten, was ihm einen guten Überblick verschaffte. Hoch aufgerichtet, die Dorfbewohner überragend, saß von Stein neben Onkel Heinz auf der »Männerseite« in der kleinen, spartanischen evangelischen Dorfkirche. Nachdem von Stein den Hut abgenommen hatte, sah Gilbert voll Schadenfreude das dünne, helle am Hinterkopf bereits schüttere Haar, das ihn älter erscheinen lässt als er ist. Gilbert vermutet, dass er nur wenige Jahre älter ist als er selbst.

Die männlichen Dorfbewohner auf der rechten Seite der kleinen Kirche tuschelten: »Ein Fremder«! Die Frauen auf der linken Seite flüsterten: »Ein Fremder im heiratsfähigen Alter!« Oui, Tatsache ist, dass von Stein zwar schütteres Haar hat, dass er aber den Altersdurchschnitt auf der Männerseite erheblich senkte. Kriegsbedingt sind schließlich alle jüngeren Männer zum Sterben in fremde Länder gefahren. Und zwischen den alten Männern wirkte von Stein überaus attraktiv. Wenn die Frauen auch noch gewusst hätten, dass er ein »von« vor dem Nachnamen stehen hat, hätte er sich vor Angeboten wahrscheinlich nicht mehr retten können.

Gilbert beobachtete ihn argwöhnisch von hinten, während der Kinderchor, in dem auch Gertrude mitsingt, vor dem Altar Weihnachtslieder zum Besten gab. Zum Glück sangen sie die Weihnachtslieder in ihrer Originalversion und nicht in der abgeänderten nazi-ideologisch optimierten Ausführung. Als sie »...holder Knabe mit lockigem Haar...« sangen, zwinkerte Gertrude ihm und Pascal heimlich zu und schnitt Grimassen, was ihr eine Kopfnuss vom Pfarrer eintrug. Das Orgelspiel untermalte die Szenerie und setzte mit kleinen Misstönen ungewollt Akzente. Gilbert hat noch nie jemanden so schlecht Orgel spielen hören. Onkel Heinz rückte während des Liedes unmerklich von von Stein ab. Seine Körperhaltung sprach nicht unbedingt von Sympathie für seinen Nebensitzer. Gilbert konnte sich ein zufriedenes Grinsen nicht verkneifen.

Nach dem Gottesdienst spazierten die »Trois Grâces«, Onkel Heinz und ihr Gast gemeinsam nach Hause. Von Stein dicht neben Klara, als würde er zu ihr gehören. Scheinbar bemerkten sie nicht, wie die anderen Dorfbewohner sie flüsternd beobachteten, wie sie ihnen genügend Gesprächsstoff für einen langen Weihnachtsabend boten. Gilbert trottete zusammen mit Pascal und den anderen Zwangsarbeitern hinter ihnen durch den Schnee. Er ignorierte das Dorfgerede und brannte von Stein mit eifersüchtigen Blicken Löcher in den geraden, aufrechten

Aristokratenrücken. Und fast war es Gilbert, als stiege ein klein wenig Rauch zwischen von Steins Schultern empor.

»Mon ami, ici un cadeau pour vous!« Erschrocken blickt Gilbert auf. Zwei Köpfe über ihm lächelt von Stein freundlich zu ihm herunter. Mit zweiunddreißig blitzend weißen Zähnen. Muss dieser Mann so groß sein? Und dann noch dieses tadellose Nazigebiss. Von Stein bietet ihm eine Zigarre an. Ein Geschenk? Gilbert fühlt sich augenblicklich noch schlechter. Er versucht zu lächeln. »Merci, c'est très aimable à vous!«

Von Stein hat »richtige« Geschenke mitgebracht. Geschenke, die sich die »Trois Grâces« nicht mal vor dem Krieg hätten leisten können. Champagner und einen Blumenstrauß für Helene. Wo hat er im Winter Blumen her? Zigarren für Onkel Heinz und ihn. Der Bastard beschenkt sogar den Froschfresser. Die kleine Gertrude bekommt eine richtige Puppe. Mit richtigen Augen und richtiger Kleidung. Und Klara, mon dieu, Klara bekommt Handschuhe, die über den Ellenbogen hinausgehen, solche wie sie die Damen in Berlin oder Paris tragen. Merde, soll sie damit den Stall ausmisten? Fehlt nur noch, dass er ihr Zigaretten mit Zigarettenspitze anbietet. Gilbert hasst ihn.

Schnell geht er in die Küche, um sich um das Weihnachtsessen zu kümmern. Dafür ist er eigentlich da. Nicht um Geschenke anzunehmen. Helene hat ihn gebeten, einen traditionellen französischen Gänsebraten zuzubereiten. Ihrem adligen Gast wollte sie nicht die üblichen Würstchen mit Kartoffelsalat vorsetzen. Zum Glück hatten sie die Gans »Rosi« hinter dem Hühnerstall versteckt, um sie nicht wie die anderen Gänse für die Militärversorgung abliefern zu müssen. Rosi wurde seit dem Sommer heimlich für »eine besondere Gelegenheit« gemästet. Nun, diese Gelegenheit ist jetzt gekommen. Nicht Heiligabend, sondern der Besuch eines Adligen war eine Gans wert – c'est la vie, adieu Rosi.

In der kleinen Küche läuft Gilbert der Schweiß in Strömen übers Gesicht. Die Küche hat sich durch den Backofen enorm aufgeheizt. Er legt ein wenig Holz nach, damit der Ofen später die richtige Temperatur für die Gans hat, und beginnt die in Butter gedünsteten Kastanien zusammen mit der Gänseleber feinzuhacken. Das ergibt anschließend mit gehacktem Schweinefleisch, Knoblauch, Zwiebeln und wilden Kräutern die Füllung. Es war nicht einfach, an die Kastanien zu kommen. Doch er hat es geschafft. Und das ist wichtig. Denn eine Gans ohne Esskastanien ist keine traditionelle französische Gans. Die nussige Würze der Kastanien, die sich mit dem erdig-öligen Duft des Knoblauchs, dem bitteren Aroma der Leber und dem rauchigen Geruch des Herdfeuers mischt, versetzt Gilbert in seine Kindheit, in die Küche seiner Mutter, in das kleine Bauernhaus aus Stein, wo er seiner Mutter zusah, wie sie eine Gans genau so zubereitete. Und wie von selbst steigt die leise Melodie des Liedes aus seiner Brust, das seine Mutter beim Kochen immer gesungen hat, und wie damals läuft Gilbert auch jetzt das Wasser im Mund zusammen. Die Vorfreude auf das köstliche Mahl legt sich samtig und weich auf seinen schwellenden Zorn und lässt alle anderen Gefühle in den Hintergrund treten. Die Welt reduziert auf zwei Sinne, auf die Freuden des Gaumens und das Entzücken der Nase. Und Gilbert fühlt, wie zum ersten Mal seit Wochen eine schwere Last von seinen Schultern fällt.

Helene kommt herein und will ihm helfen. Sie ist es nicht gewohnt, dass jemand ihre Arbeit macht. Doch er scheucht sie wieder hinaus. Sie soll diesen Abend genießen, an etwas anderes denken, und es funktioniert. Ihre Augen leuchten. Von der gebrochenen Nase ist nichts mehr zu sehen. Helene ist so schön wie vorher. Vielleicht noch ein wenig schöner. Gilbert weiß aber nicht, woran es liegt. Natürlich hat sie ihr schönstes Kleid für heute Abend angezogen, doch das war es nicht alleine. Sie scheint heute von innen heraus zu leuchten. Zu strahlen. Sie ist bezaubernd. Und, wie Gilbert heute schon pikiert feststellen musste, hat das auch Herr von Stein bemerkt. Mehr als einmal hat er sie eingehend betrachtet, mit diesem besonderen Connaisseur-Blick, von dem Gilbert immer dachte, dass ihn nur die Franzosen beherrschen. Dieser Conard! Der soll mal aufpassen. Und wenn ihn Onkel Heinz nicht an seinen kleinen Nazi-Eiern packt und rausschmeißt, tut er es. Oui. So machen das nämlich die Südfranzosen. Gilbert grinst vor sich hin, füllt die Gans mit der köstlichen Kastanienmischung, näht sie mit großen Stichen wieder zu und erwischt sich dabei, wie er gut gelaunt das Lied seiner Mutter summt.

»Das kannst du aber gut! Vielleicht solltest du auch meine Strümpfe nähen?«

Ein warmer Champagner-Atem kitzelt ihn am Hals. Gilbert bleibt ganz ruhig stehen, schließt die Augen, saugt den fremden, erregend-warmen Geruch in sich ein und lächelt still, während sein Herz so schnell pocht, als würde es gleich selbstständig durch die Küche tanzen. Als er die Augen wieder öffnet, perlt ein volles Champagnerglas vor seiner Nase.

»Hier, stoß mit uns an!« Klara strahlt ihn an, nimmt seine Hand und will ihn mit ins Wohnzimmer zu den anderen ziehen. Doch Gilbert hält sie fest, zieht sie zu sich heran und küsst sie mitten auf den Mund. Magnifique.

So stehen sie da. Lippen auf Lippen. Unbeweglich. Fühlen sich, riechen sich, und die Welt steht still. Magique.

»Klara, wo bleibt ihr? Gilbert?« Die Rufe der Anderen aus dem Wohnzimmer. Schnell gehen sie hinüber, ohne sich noch einmal anzublicken, werden empfangen vom behaglichen Licht flackernder Christbaumkerzen und den warmen Blicken wohlwollender Menschen.

»Prost und Santé!«, ruft von Stein, Gertrude beginnt mit heller Stimme »Oh Tannenbaum« zu singen und alle stimmen ein. Bis auf Onkel Heinz. Der sitzt in einer Ecke zurückgelehnt in einem Sessel, zieht an seiner Zigarre und fixiert Gilbert durch den dicken weißen Rauch hindurch mit eindringlichem Blick. Gilbert ist beunruhigt. Merde, er sollte ein bisschen vorsichtiger sein. Vielleicht packt Onkel Heinz ihn ja sonst an seinen kleinen Franzosen-œufs und schmeißt ihn hinaus.

Während die Gans brät und einen verführerischen Duft durch das Haus schickt, liest Helene die Weihnachtsgeschichte aus der Bibel vor. Gemeinsam beten sie für ihren vermissten Mann und alle Verwandten und Bekannten und unbekannten Soldaten an der Front. Gilbert betet mit. Schließlich benennt Helene nicht explizit nur die deutschen Soldaten in ihrem Gebet. Angesichts der Anwesenheit von Steins unterlässt sie es, für Frieden zu beten, wie sie es sonst vor dem Essen zu tun pflegt. Wer weiß, wie nazitreu dieser Mann ist.

Gilbert sucht immer wieder den Blick von Klara. Hat sie diese Magie auch gespürt? Bildete er sich etwas ein? Mon dieu, er will sie nochmal küssen. Doch sie gibt ihm keinen Hinweis, lässt sich nicht anmerken, was sie denkt, was sie fühlt. Merde. Gilbert fühlt sich wie ein Hund, der auf die Zuneigung seines Herrn wartet, die aber nicht kommt.

Hin und wieder tauscht Klara die Baumkerzen aus, die schlecht abbrennen. Gilbert und von Stein springen gleichzeitig auf, um ihr zu helfen. Sie schickt sie lachend wieder zurück auf ihre Plätze.

Klara hat die Kerzen selbst gemacht, da normale Wachskerzen für die Notbeleuchtung während der Stromsperren gebraucht werden. Sie hat alte Kerzenstummel in einer Blechform geschmolzen und einen Wollfaden in der Mitte eintrocknen lassen, der allerdings bei manchen Kerzen unsauber abbrennt. Als wieder eine der Kerzen erlischt, springt Gilbert gleichzeitig mit Klara auf und schafft es, ihre Hand wie zufällig zu berühren. Klara zieht sie schnell zurück und lässt das Streichholz fallen, mit dem sie die neue Kerze anbrennen wollte. Gilbert hebt es auf und entzündet die Kerze für Klara. Hell leuchtet sie auf. Er spürt erneut den tadelnden Blick von Onkel Heinz im Nacken.

Die Gans ist ein voller Erfolg. Gilbert ist selbst überrascht, wie gut sie ihm gelungen ist. Außen knusprig, innen zart und saftig, und die Füllung, die als Beilage gereicht wird, aromatisch und duftend. Dazu reicht er eine Sauce aus entfettetem Bratensaft, den er mit Fleischbrühe hat aufkochen lassen, abgerundet mit einem Schuss Champagner aus seinem Glas, den er extra dafür aufgehoben hat. Genau so, wie es seine Mutter auch immer getan hat. Jeder Bissen schmeckt nach ihr. Nach zu Hause. Nach Frankreich. Die Gespräche um ihn werden leiser, das Licht gedämpfter, und irgendwie sitzen nun seine Mutter, sein Vater, seine Schwester und sein Bruder an diesem Tisch und blicken ihn auffordernd an. Und als ihm so ist, als würde ihn seine Mutter aufmunternd auf die Wange küssen, weiß er wieder, was er zu tun hat. Wohin er gehört.

Nach dem Abwasch, bei dem ihm Helene hilft, setzt sich Gilbert zu Gertrude, die das Wunschkonzert des Deutschlandsenders hört. Sie hat wie alle anderen in der Schule kleine Frontpakete mit Plätzchen und selbstgestrickten Handschuhen gepackt. Einige der Absender dieser Weihnachtspakete werden während der Sendung, zwischen Grüßen der Frontsoldaten an ihre Lieben, namentlich genannt.

Während Gertrude gespannt lauscht, ob auch ihr Name fällt, beobachtet Gilbert Klara und von Stein, die zusammen mit Helene am Esstisch sitzen geblieben sind. Er will wissen, wie sie zu ihm steht, will sehen, ob sie sich diskret berühren, ob sie sich heimlich Vertrautheiten zuflüstern.

Einerseits wünscht er sich, dass das so wäre, dann könnte er beide ohne schlechtes Gewissen erpressen, gleichzeitig wünscht er sich von ganzem Herzen, dass nichts zwischen ihnen ist. Dass von Stein einfach nur ein Kollege ist, der an Weihnachten nicht alleine zu Hause bleiben wollte. Aber Gilbert ist sich unsicher. Von Stein parliert charmant mit Helene und Klara. Ganz Mann von Welt, verteilt er seine Aufmerksamkeit gerecht an beide. Und sie scheinen sich mit ihm wohl zu fühlen. Es wird viel gelacht. Mon dieu. Gilbert hasst ihn wirklich.

Plötzlich spürt Gilbert eine schwere, schwielige Hand auf seiner Schulter. Onkel Heinz. Mais oui. Onkel Heinz hat ihn beobachtet, wie er beobachtet. Onkel Heinz findet, dass es nun reicht, nickt ihm auffordernd zu, nicht unfreundlich aber bestimmt, dass es nun Zeit sei zu gehen. Alors. Er hat ja recht. Soll er weiterhin Löcher in die beiden starren? Zumal er seinen Zwangsarbeiterkameraden auch nicht so viel Spekulationsmaterial geben will. Es ist ja schon außergewöhnlich genug, dass er Weihnachten nicht zusammen mit ihnen, sondern mit einer deutschen Familie gefeiert hat. Vermutlich gilt er unter ihnen ohnehin schon als Nazifreund. Alors – sollen sie doch glauben, was sie wollen.

Er steht auf, zieht zum Abschied die kleine Gertrude an einem ihrer Zöpfe, was diese kichernd abwehrt, und geht leise hinaus, um die anderen nicht zu stören. Vor der Tür hört er noch das enttäuschte Schnauben von Gertrude, weil ihr Name im Radio immer noch nicht genannt worden ist. Gilbert hätte es ihr gegönnt.

Durch die angeordnete Verdunkelung ist außerhalb der Häuser alles in Finsternis getaucht. Es hat wieder angefangen zu schneien. Kalt und mitleidlos schlagen ihm die Flocken ins Gesicht. Gilbert fühlt sich ganz elend, einsam und alleine, und er hat entsetzliches Heimweh nach seiner Familie in Frankreich. Frustriert kickt er gegen die Stoßstange des Automobils von von Stein, das protzig und wie selbstverständlich in der Einfahrt des Hofes steht.

Plötzlich hört er, wie jemand seinen Namen flüstert. Er dreht sich um und da steht Klara. Er ahnt sie mehr, als dass er sie sehen kann. Zwischen ihnen nur Schneegestöber und Dunkelheit. Mit zwei Schritten ist er bei ihr. Nimmt ihre Hände, flüstert ihren Namen, spürt ihre Aura, riecht sie, und ihm wird leicht ums Herz.

Sie sagt, dass sie sich nur bei ihm bedanken wolle für das köstliche Essen, das sie nie vergessen würde, und dass er doch nicht einfach ohne Abschied gehen könne. Darauf küsst sie ihn auf die eiskalte, von geschmolzenem Schnee feuchte Wange und rennt zurück ins Haus. Gilbert bleibt mit pochendem Herzen zurück und könnte die Nacht vor Freude umarmen. Erst als ihm zu kalt wird, dreht er sich um und schlurft langsam Richtung Lager.

Er riecht sie, bevor er sie in der Dunkelheit sieht. Niemals wird er diesen abgestandenen, sauren Geruch vergessen. Und dann explodiert ein greller Schmerz in seiner linken Gesichtshälfte. Er stürzt zu Boden. Landet im Schnee, nur um sofort wieder an den Armen nach oben gezogen und wie ein Kind hingestellt zu werden. Gilbert keucht, reibt sich die schmerzende Wange, fühlt sich überrumpelt und hilflos. Vor ihm zwei Schatten. Ein sehr großer und ein kleiner, stinkender. Das müssen sie sein. Die Sorcière Rouge, die rote Hexe, und ihr Sohn, der Berg. Gilbert presst wütend heraus: »Was soll das? Habt ihr am Heiligabend nichts Besseres zu tun?«

»Die Frage ist, ob du nichts Besseres zu tun hast?«, flüstert die Hexe. »Für uns ist die Weihnachtsnacht eine der wenigen Nächte, in denen wir unbehelligt zusammen spazieren können. Mein Sohn und ich. Kein Mensch ist auf den Straßen. Aber du ...« Sie kommt ihm ganz nah, so nah, dass er denkt, er müsse sich gleich übergeben. »Du hast hier draußen nichts zu suchen, es sei denn, du hast die Unterlagen besorgt.« Gilbert spürt, wie sich ihre kalten Finger in sein Haar krallen. »Hast du?« Sie gibt ihm keine Zeit zu antworten. »Oder sollen wir mit deinem neuen aristokratischen Freund und deiner schwäbischen Freundin heute Nacht noch in die Waffenfabrik fahren und die Unterlagen zusammen holen?«

Gilbert japst »Nein! Lasst sie! Ich mache das, ich kümmere mich. Lasst sie in Ruhe.« Die Alte lässt ihn los.

»Das würde ich dir auch raten.« Die beiden wenden sich ab, gehen in die Nacht, als der große Schatten nochmals zurück kommt. Der Berg nuschelt durch seine Hasenscharte mit lang gedehnten Vokalen: »Üüübrigensch, du muscht keine Aaangst mehr davor haben, dass dein fraaanzöschischer Kollege der SS etwas verrät. Er hat sich in seiner Zelle aaaaufgehängt.«

Kapitel 03

Polizei-Hauptwachtmeister Hägele

Nervös schneidet Hägele seinen Gefangenen von den Gitterstäben. Angestrengt schaut er dabei an die Decke, um nicht die herausquellenden Augen und die heraushängende Zunge sehen zu müssen, was sich überaus schwierig gestaltet, da sich Hägeles Kopf auf Augenhöhe mit dem toten Franzosen befindet. Hägele flucht. Mit einem seltsamen Fauchen durchtrennt sein Messer endlich das Leder des Gürtels und der tote Körper schlägt dumpf auf dem Boden auf.

Was für eine Sauerei. Hägele setzt sich erschöpft auf den Stuhl, auf dem er eben noch stand, und lässt den durchtrennten Gürtel mit der Gürtelschnalle hin und her pendeln. Vor und zurück. Vor und zurück.

Verstohlen schielt er zu dem zusammengesackten Körper, dessen Glieder durch den Sturz unnatürlich abstehen. Was soll er bloß tun? Die Herren von der SS werden ihn fertigmachen, sie werden ihm die Schuld geben. Er hätte ihm schließlich den Gürtel abnehmen müssen. Doch Hägele kann sich nicht erinnern, dass er überhaupt einen Gürtel getragen hat. Trug er einen? Nun, vermutlich schon, immerhin hat er sich damit erhängt.

Hägele räuspert sich, räuspert sich erneut, ist ratlos. Morgen sollte der Junge nach Stuttgart abtransportiert werden. Zur Verhandlung und sofortigen Vollstreckung des Urteils. Er hat alles zugegeben: Er habe den Unterwachtmeister Müller zusammen mit seinem Bruder umgebracht. Wegen des Ledermantels – wer's glaubt … Hägele hält von diesem Geständnis nicht viel, denn er weiß, wie es zustande kam.

Nachdem sie den jungen Franzosen verhaftet hatten, brachten sie ihn auf die Hauptwache. Der Junge weinte pausenlos und zitterte am ganzen Leib. Hägele saß auf der Fahrt neben ihm. Er tat ihm leid. Traute sich aber nicht, ihn aufzumuntern. Aber ganz ehrlich, er hätte auch keinen Ton herausgebracht. Ihm hatte es angesichts der unnötigen Brutalität seiner Kollegen aus Stuttgart die Sprache verschlagen.

Während des Verhörs flüsterte der Junge unentwegt: »Mon frère, mon frère …« Daraufhin schlugen sie ihn. Hägele ging raus und hielt sich die Ohren zu. Er wollte sich das nicht ansehen und auch nicht anhören. Er war sich sicher, dass aus dem Jungen nichts Brauchbares herauszuholen war. Nicht nachdem er mit ansehen musste, wie sein Bruder vor seinen Augen erschossen wurde.

Doch er hatte sich getäuscht. Nach einer Stunde kamen die Herren zufrieden lächelnd aus dem Verhörraum und verkündeten, sie hätten ein Geständnis. Das war's. Hatten sie diesem Dorfpolizisten mal gezeigt, wie man so etwas macht. Am nächsten Tag reisten sie wieder ab und ließen den Jungen vorübergehend in seiner Obhut zurück.

Doch Hägele zweifelt an dem Wahrheitsgehalt des Geständnisses. Wenn er selbst hätte zusehen müssen, wie sein Bruder erschossen wird, und er danach von zwei SS-Männern gefoltert worden wäre, hätte er auch alles zugegeben. So ein

Unsinn. So bekommt man doch nicht die Wahrheit heraus. Aber den Herren von der SS hatte es gereicht.

Und nun erwarten sie, dass er sich auf die Suche macht, um die Leiche von Müller zu finden! Die will der Junge im Fluss versenkt haben. Er wusste aber nicht mehr genau wo. Und jetzt, nachdem sich der Junge erhängt hat, wird die Suche nach Müller auch nicht einfacher. Mist. Und es ist Winter. Die Suche muss bis zum Frühjahr warten. Aber das scheint die Herren von der SS nicht weiter zu interessieren.

Vielleicht taucht Müller ja auch quietschfidel und nach Alkohol stinkend wieder auf. Vielleicht. Schon um den arroganten SS-Arschlöchern ihren Fahndungserfolg ad absurdum zu führen, würde sich Hägele das wünschen.

Obwohl, wenn Hägele ehrlich zu sich selbst ist, glaubt er inzwischen nicht mehr daran. Nein. Dafür ist er zu lange verschwunden. Er ist sich nur nicht sicher, ob das Geständnis des Franzosen stimmt. Vielleicht zum Teil? Was ist mit der ominösen Frau? Hägele hält sich den erneut schmerzenden Rücken und tastet mit den Fingerspitzen der rechten Hand nach der Stelle, auf die er drücken muss, um sich ein wenig Linderung zu verschaffen.

Er hofft nur, dass die Stuttgarter es nicht für nötig befinden, nochmals herzukommen, um ein wenig herumzuschnüffeln. Dann müsste er sich womöglich ein neues Versteck für die von den Juden beschlagnahmten Gegenstände suchen. Sein Keller ist ihm auf Dauer zu unsicher. Eigentlich wollte er nach Weihnachten alles wieder in die Kammer im Polizeirevier bringen und die Gegenstände nach und nach von einem Mittelsmann verkaufen lassen. So ein Schlamassel. Die sollen bloß weg bleiben.

Hägele seufzt und schielt abermals auf den verdrehten Körper des Franzosen. Mist. Vermutlich werden sie ihm das Gehalt kürzen, weil er nicht richtig aufgepasst hat. Mist.

Er lässt den durchtrennnten Gürtel erneut hin und her pendeln. Vor und zurück. Vor und zurück. Und zum ersten Mal schaut sich Hägele den Gürtel genauer an. Es ist ein einfacher, grob genähter Ledergürtel, wie es ihn überall gibt. Er hält die beiden durchtrennnten Hälften aneinander, zieht das Gürtelende durch die Schlaufe und stutzt. Der Gürtel ist viel zu groß für den schmalen Franzosen. Hägele misst die Gürtellöcher ab. Das letzte Loch ist viel zu weit vorne. Niemals hätte der schmale Junge diesen Gürtel als Hosenhalter benutzen können. Aber wie kommt der Gürtel dann in die Zelle? Hägele hat das Gefühl, als müsse er sich übergeben.

Kapitel 04

Klara

Der dicke, zähe Teig der großen, runden Brotlaibe vibriert bei jeder Unebenheit. Fast sieht er so aus wie der Bauch eines fetten Mannes. Sechs runde, dicke Bäuche, die dicht gedrängt auf dem Leiterwagen im selben Rhythmus wackeln. Unterstützt wird dieser Eindruck von der kleinen Kuhle in der Mitte des Teiges, die Gertrude heimlich mit dem Finger als »Bauchnabel« hineingedrückt hat.

Um das Schütteln und Rütteln des »Bauches« besser sehen zu können, zieht Gertrude das Leinentuch, das als Schutz für die Laibe dient, ein wenig zur Seite, und betrachtet hingerissen die weißliche, pralle, mit Mehl bepuderte, schwingende Wölbung.

Klara weiß nicht, was daran so spannend sein soll, doch sie ist es leid, Gertrude zu schimpfen und sie aufzufordern, das Leinentuch wieder über den Teig zu legen. Solange Gertrude aufpasst, dass kein Brotkorb und kein Backblech aus dem Leiterwagen fällt, soll es ihr recht sein.

Angestrengt zerrt sie den Wagen an seiner Deichsel über die gefrorene Lehmstraße und verdreht genervt die Augen über

Gertrudes ausgelassene Jauchzer, wenn der »Bauch« besonders schön wackelt, sobald sie mit den Holzrädern über einen Eisklumpen ruckeln.

Und sie ruckeln oft über Eisklumpen. Es ist bitterkalt. Zum Glück sind es nur noch wenige hundert Meter zum öffentlichen Backhaus des Dorfes. Sie müssen sich beeilen. Wenn sie nicht zur vereinbarten Zeit da sind, rückt der Nächste nach, und sie können sich in der Reihe hinten anstellen.

»Klara, warum darf ich nicht mehr zu meinen Franzosen?«

Von einem Moment auf den anderen ist die Fröhlichkeit aus Getrudes Stimme gewichen. Eben noch hell und klar, klingt sie nun heiser und gepresst. Klara wird es vor Mitgefühl schwer ums Herz. Diese Stimmungsschwankungen bemerkt sie in letzter Zeit oft an ihr. Eigentlich seit, ja seit dieses Dreckschwein versucht hatte ... Klara will den Gedanken nicht zu Ende denken und versucht, sich auf Gertrude zu konzentrieren, will ihr helfen, ihr beistehen, weiß aber nicht wie. Gertrude quengelt weiter.

»Das ist so ungerecht. Ich habe nichts Schlimmes getan.«

Klara bleibt stehen und dreht sich zu ihr um. »Ich weiß. Aber Mama hat es dir doch erklärt. Wir wollen keine Aufmerksamkeit auf uns ziehen. Und dass du ständig im Lager der Zwangsarbeiter bist, hat schon viel zu viel Aufmerksamkeit auf uns gezogen. Manche hier im Dorf sehen das nicht gerne ...«

Gertrude tritt wütend gegen eines der Räder des Leiterwagens und stößt aus tiefstem Herzen hervor: »Das ist so blöde, das ist so dumm. Gilbert ist so nett und Pascal«, Gertrude schluchzt, »ist mein bester Freund.«

Eine Träne läuft Gertrude über die Wange. Klara kniet sich vor sie hin, nimmt ihre Hand. »Hör mir zu, hör mir genau zu. Irgendwann wird dieser schreckliche Krieg vorbei sein, irgendwann wird Vater wieder da sein, und dann ... dann dürfen wir zum Freund haben, wen wir wollen. Aber jetzt ...«, Klara drückt Gertrudes Hände so fest, dass diese kurz aufschreit, »... jetzt dürfen wir keine Aufmerksamkeit auf uns ziehen. Ist das klar?« Gertrude nickt und zieht die Nase hoch.

Sie kommen gerade noch rechtzeitig am Backhaus an. Oma Hippeler trägt zusammen mit zwei ihrer Enkel zufrieden die fertig gebackenen Brote nach draußen. Der Duft nach Rauch, Reisig und frisch gebackenem Brot sowie ein Hauch von Zwiebeln und Speck umhüllen das Backhaus, den Vorplatz und die davor wartenden Frauen und spielenden Kinder. Klara läuft das Wasser im Mund zusammen und sie fühlt sich sofort milder gestimmt. Sie grüßt, hält ein kurzes Schwätzchen mit den ihr am nächsten stehenden Frauen, wehrt die neugierigen Fragen nach dem fremden, jungen Mann beim Weihnachtsgottesdienst mit einem Achselzucken ab, stellt den Leiterwagen direkt vor die Eingangstür des Backhauses und trägt zusammen mit Gertrude die rohen Brotlaibe und die Zwiebelkuchen ins Innere des Backhauses.

Innen ist es dunkel, rauchig und wohlig warm. Klara öffnet zwei der eisernen Backofentüren und überprüft die Hitze. Der heiße Stein glüht und zufrieden schiebt Klara mit einer langen, vorne abgeflachten Holzschaufel den Teig in den Ofen. Hinten die Brotlaibe, vorne der Zwiebelkuchen. Gertrude legt den Teig nach, sobald Klara die leere Schaufel aus dem Ofen zieht, und so schieben sie zusammen einen Brotlaib nach dem anderen in den Ofen. Es ist heiß und wunderbar wohlriechend. Klara mag diese Arbeit. Wenn sie hier ist, hat sie das Gefühl in einer sicheren, warmen Höhle zu sein, die kalte Welt bleibt draußen, und sie fühlt einzig und allein die Vorfreude auf frisch gebackenes Brot.

Als sie fertig sind und der Ofen voll ist, schickt Klara Gertrude nach draußen, um mit den anderen Kindern zu spielen.

Sie lässt sich auf der kleinen Holzbank nieder und wartet, bis die hinteren Brotlaibe fast fertig gebacken sind und sie die halbgaren Laibe mit den vorderen, die etwas weniger Hitze abbekommen haben, austauschen kann. Den Vorgang wiederholt sie zweimal, bis alle Brote gleich gebacken sind.

Durch die beiden kleinen schmutzigen Fenster des Backhauses, die mit Kondenswasser beschlagen sind, strömt nur wenig Tageslicht herein. Klara lehnt sich auf der Holzbank zurück und lauscht dem Zirpen der Zikaden, die unter den Öfen wohnen und durch die Hitze um ihre Winterstarre gebracht werden. Sie wischt sich mit ihrer Schürze den Schweiß aus dem Gesicht und hat zum ersten Mal seit Tagen ein wenig Ruhe. Heute ist Samstag und Silvester. Nachher werden sie alle gemeinsam baden und sich auf den Abend vorbereiten. Dieses Mal werden sie eine kleine Runde sein. Von Stein ist bei seiner Frau Mama, die gestern aus Berlin angereist ist. Und Gilbert ... nun, sie weiß es nicht. Sie hat ihn seit Weihnachten nicht mehr gesehen.

Klara weiß nicht, was sie denken soll. Was sie fühlen soll. Seit Gilbert sie geküsst hat, sieht sie ihn ständig vor sich. Seine halb geschlossenen Augen mit den dichten, langen Wimpern und dem entrückten, hingebungsvollen Gesicht.

Ja, dieser Ausdruck ist es, der sie so berührt hat. Und sein Geruch. Zum ersten Mal war sie ihm so nah. Er roch würzig und gleichzeitig frisch und irgendwie nach einem frühen Sommermorgen. Kann man das so sagen? Kann jemand nach einem Sommermorgen riechen? Doch ein besserer Vergleich fällt ihr nicht ein. Aber was sie noch viel mehr beschäftigt: Kann man sich in den Geruch eines Menschen verlieben? Klara weiß es nicht.

Sie weiß gar nichts mehr. Nach Silvester soll sie Ferdinand von Steins Frau Mama kennenlernen. Ihr ist etwas mulmig bei diesem Gedanken. Von Stein hatte ihr noch vor Weihnachten einen Heiratsantrag gemacht. Sie war überrascht, geschmeichelt und irgendwie gerührt. Sie mag ihn. Auf eine neugierige, freundschaftliche Art. Er hofiert sie, er huldigt ihr, er verehrt sie. Und ja, natürlich gefällt ihr das. Und ja, natürlich ist ihr bewusst, dass er ihr ein Leben bieten kann, das sie vor dem Krieg nicht für möglich gehalten hätte. Trotzdem hat sie nicht sofort »Ja« gesagt. Sie hat ihn um etwas Zeit gebeten, es sich überlegen zu können.

Aber wie kann sie sich mit einem Mann verloben, wenn sie dauernd an einen anderen denken muss? Sie denkt an Gilbert, wie sie eigentlich an von Stein denken sollte. Aber hat Gilbert nicht eine Freundin? Hat er nicht regelmäßig das Fahrrad ihrer Mutter ausgeliehen, um zu eben dieser Freundin zu fahren?

Klara seufzt und holt den fertig gebackenen Zwiebelkuchen aus dem Backofen. Eigentlich haben sie ja auch wirklich größere Probleme als ihre verwirrten Gefühle. Es ist Krieg, ihr Vater wird vermisst, ihre Schwester hat einen Polizisten getötet, der ihre Mutter vergewaltigen wollte, und dafür wurde ein Unschuldiger erschossen. Klara spuckt gegen die heiße eiserne Ofentür, es zischt und in wenigen Augenblicken ist der Speichel verdampft. In erster Linie muss sie an ihre Mutter und an ihre Schwester denken. Und was ist das Beste für die beiden? Bestimmt nicht, dass sie sich in einen französischen Zwangsarbeiter verliebt.

Ihr Haar ist noch feucht. Ein dickes Baumwollhandtuch schlingt sich wie ein Turban um ihren Kopf nach oben. Die Hitze des Raumes drückt schwer und nass auf ihre Schultern. Sie hat als Erste gebadet. Nun sitzt Gertrude in der kleinen

Wanne. Der Wasserdampf formt geheimnisvolle, sich schnell verflüchtigende Figuren über der Wasseroberfläche und vermittelt ein Gefühl der Reinheit. Gertrude hat darauf bestanden, ihr eigenes, frisches Wasser zu bekommen. Sie wollte nicht in demselben Wasser baden wie Klara. Klara hat ihr zwar gesagt, dann müsse sie eben schmutzig ins neue Jahr gehen, doch ihre Mutter hatte schon den Kessel mit heißem Wasser neu aufgesetzt.

Klara findet, ihre Mutter ist in manchen Dingen viel zu nachsichtig mit Gertrude. Doch auch sie musste lächeln, als Gertrude laut prustend und zufrieden in ihr eigenes, frisches, heißes Badewasser hüpfte. Manchmal denkt sie, dass Kinder ein grauenhaftes Erlebnis vielleicht doch besser verdrängen können als Erwachsene, und ist sehr froh darüber.

Klara setzt sich neben den Waschkessel und trocknet ihr Haar in seiner Hitze. Sie nimmt dafür den Turban herunter und schlingt ihn erneut durch die Haare nach oben. Gertrude erzählt ihr, was sie sich alles für das neue Jahr wünscht, als es an einem der Fenster klopft, das mit dem Verdunkelungsvorhang abgehängt ist. Erschrocken blicken sie sich an. Es klopft noch einmal. »Claire, Claire, bist du da?«

Wie ein heißer Nadelstich bohrt sich Gilberts Stimme in ihren Magen und lässt ihr Herz aufgeregt rasen. Sie schaut zu Gertrude und legt den Zeigefinger an die Lippen. Schnell zieht sie ihr Kleid über, zupft den Turban zurecht, schlüpft in die dicken, viel zu großen Gummistiefel ihres Vaters und schlurft vor die Tür.

»Gilbert? Was ist passiert?« Gilbert steht dick eingemummt vor ihr. Von seinem Gesicht ist durch die Kapuze des Mantels nur ein schmaler Ausschnitt zu sehen. Seine langen Wimpern und dichten Augenbrauen sind weiß vom Raureif. Er sieht aus wie einer der Eskimos aus den Bilderbüchern von Gertrude. Klara muss lachen.

Er nimmt sie bei der Hand und zieht sie in den Hühnerstall. Da ist es ein wenig wärmer. Sie setzen sich nebeneinander auf das Gestänge der Futterkrippe. Gilbert hält ihre Hand und betrachtet sie ernst und irgendwie traurig. Klara ist verunsichert, sie würde gerne an ihm riechen, um zu prüfen, ob er wirklich riecht wie ein früher Sommermorgen, traut sich aber nicht. Sie fühlt sich seltsam gehemmt, versteht nicht, warum ihr Herz bis in den Hals klopft und geniert sich dafür, dass ihre Hand, die Gilbert in der seinen hält, ganz feucht wird. Die Hühner gackern leise vor sich hin und sitzen mit aufgeplustertem Gefieder auf ihrer Stange. Obwohl es im Hühnerstall wärmer ist als draußen, dampft ihr vom Baden erhitzter Körper aus Kleid und Turban in die kalte Luft. Langsam beginnt sie zu zittern. Gilbert zieht seinen Mantel aus und legt ihn ihr um die Schultern. »Claire, isch muss mit dir sprechen …«

Seine Stimme bekommt etwas Entschlossenes. »Es gibt da quelque chose, que …« Gilbert räuspert sich und redet in perfektem Deutsch weiter.

»Es gibt da etwas, was ich von dir brauche, etwas, was nur du mir besorgen kannst.« Klara schaut ihn überrascht an.

Gilbert fährt fort: »Ich brauche die Unterlagen, Skizzen und Pläne des neuen Sturmgewehrs, das in der Waffenfabrik von deinem Freund von Stein mitentwickelt wird. Ich brauche alles darüber.«

Klara weiß im ersten Moment nicht, was sie denken soll. Sie ist sich nicht einmal sicher, ob sie richtig gehört hat. Hat Gilbert da eben in perfektem Deutsch gesprochen? Und hat er tatsächlich das gesagt, was sie glaubt, gehört zu haben? Klara entzieht ihm ihre Hand, als hätte sie sich verbrannt, und blickt ihn ungläubig an. »Gilbert, wer bist du?«

Gilbert atmet tief ein. Sein Mund bekommt einen harten Zug, den Klara noch nie an ihm gesehen hat. »Ich bin Franzose und ich arbeite für mein Land. Besorge mir diese Unterlagen.«

Sie starren sich an, schweigend, bis Gilbert den Blick abwendet. Klara schüttelt den Kopf. »Gilbert, ich glaube das nicht, das bist doch nicht du!«

Gilbert packt ihren Arm, zieht ihren Kopf zu sich, sodass sie ihm direkt in die Augen sehen muss. »Doch! Das bin ich, Klara. Ich bin ein Franzose und ihr Deutschen habt mein Land überfallen. Wir führen Krieg gegeneinander.«

Klara beginnt zu weinen. Sie kann nicht anders, auch wenn sie sich dafür verflucht. Wütend sagt sie: »Ich führe keinen Krieg gegen dich. Und meine Mutter auch nicht. Und Gertrude erst recht nicht.«

Gilbert springt auf, stellt sich vor Klara und schreit: »Aber dein Vater! Und dein Führer! Und all die blöden Arschlöcher hier in diesem Dorf, die denken, sie könnten uns wie Sklaven benutzen!«

Klara springt ebenfalls auf, stellt sich vor ihn und schlägt ihm mit der flachen Hand ins Gesicht. Gilbert lässt es geschehen. Sie schlägt nochmals zu.

»Ich dachte, du bist mein Freund! Ich dachte ...« Schluchzend setzt sie sich wieder. »Und wenn ich es nicht mache?«

Gilbert geht langsam zur Tür, öffnet sie und sagt ganz leise, fast unhörbar: »Dann wird die SS erfahren, dass unter dem Pflaumenbaum ein toter Polizist liegt und dass Gertrude ihn erschossen hat.«

Klara weiß nicht, wie lange sie schon draußen durch die Dunkelheit irrt mit den übergroßen Stiefeln und dem Badetuch als Turban um ihren Kopf. Den Mantel von Gilbert hat sie irgendwo abgeworfen und im Schnee liegen lassen. Sie will nichts von Gilbert an ihrem Körper tragen, auch wenn es noch so kalt ist. Als sie endlich wieder ins Haus zurückkehrt, ist ihr feuchtes

Haar an der Kopfhaut und am Stoff des Baumwollhandtuchs festgefroren.

Der Silvesterabend ist freudlos. Alle merken, dass mit Klara etwas nicht stimmt. Schweigend und betrübt sitzt sie dicht vor dem Volksempfänger und hört den täglichen Wehrmachtsbericht. Helene spielt mit Gertrude und Onkel Heinz Doppelkopf.

Es sieht nicht gut aus an der Front, die immer näher kommt. Sogar Joseph Goebbels räumt in der Silvesteransprache ein, dass sich die Kriegslage 1944 erheblich verschlechtert hat. Doch er versucht, aus den Niederlagen eine Siegesansprache zu machen:

»Das kann doch nicht ohne Sinn sein, es müssen doch hinter dieser immer wieder bewiesenen Lebenskraft unseres Volkes eine Idee und ein Lebenswille stehen, die unzerstörbar sind. Wenn das vergangene Jahr uns nicht erschüttern konnte, was sollte uns dann überhaupt noch zu erschüttern vermögen? Noch stehen uns seine Monate Juli, August, September und Oktober in schauriger Erinnerung: Beginn der feindlichen Invasion im Westen, Großoffensive und Durchbruch der Sowjets an der Mittelfront, die Heimat unter pausenlosem Bombenhagel der feindlichen Luftwaffen, ein verruchter Sprengstoffanschlag auf den Führer mitten in der kritischsten Entwicklung des Krieges, Durchbruch der Anglo-Amerikaner bei Avranches, Abfall Rumäniens, Bulgariens und Finnlands, Verlust der besetzten Westgebiete, und Vorstoß der Sowjets bis über die ostpreußische Grenze hinweg. In diesen wilden Stürmen stand unser Volk wie ein Fels im Meer ...«

Klara stößt ein angewidertes Schnauben aus und setzt sich zu den Dreien, um mit ihnen Karten zu spielen. Keiner von ihnen hat noch Lust dazu, doch sie wollen bis um zwölf Uhr durchhalten, um das neue Jahr zu begrüßen.

Als das neue Jahr endlich von einer kleinen Glocke des Kirchturms eingeläutet wird, wecken sie Gertrude auf, die mit dem Kopf auf dem Schoß ihrer Mutter eingeschlafen ist. Sie prosten sich mit Birnenschnaps zu und wünschen sich gegenseitig Gesundheit und Glück, immer genügend zu Essen und Frieden auf Erden.

Hitlers Rede zum Jahreswechsel wird kurz nach Mitternacht ausgestrahlt. Sie ist voll ermüdender Propaganda-Phrasen – nach wenigen Minuten schaltet Helene das Gerät aus, schickt Onkel Heinz nach Hause und ihre Mädchen zu Bett.

Kapitel 05

Polizei-Hauptwachtmeister Hägele

»Er ist tot?« Ihre Stimme überschlägt sich. »Er ist tot?« Hägele steckt sich zwei abgeschnittene Radiergummis in die Ohren. Einen links, einen rechts. Müllers Frau ist nicht auszuhalten. Ihre grelle Stimme ist sicher auch noch auf der Straße zu hören. Die Kinder heulen. Sapperlot. Das hat sich Hägele auch anders vorgestellt. Genervt dreht er sich zu seinem Schreibtisch um und tut so, als würde er wichtige Unterlagen studieren. Die kann ihn mal. Die können ihn alle mal.

Natürlich war es seine Aufgabe, sie von den Ermittlungsergebnissen der Kollegen aus Stuttgart zu unterrichten, ihr zu sagen, dass ihr Mann tot ist. Ermordet von zwei Zwangsarbeitern. Aber diese Theatralik ist ihm nun doch zu viel. »Und wo ist er, wo ist er, mein Müller?« Sie wird immer lauter. Unwirsch antwortet Hägele: »Keine Ahnung.« Er wird einen Teufel tun und ihr von dem Fluss berichten. Sonst besteht die noch darauf, dass er jetzt im Winter mit der Suche beginnt.

»Aber du wirst ihn rächen, ja? Du wirst diese Zwangsarbeiterbrut ausräuchern!« Hägele verdreht genervt die Augen, zieht die unnützen Radiergummis wieder aus den

Ohren. »Die sind schon tot. Das habe ich dir doch eben gesagt.« Dass es da noch andere Zwangsarbeiter gibt, dass er wegen des Gürtels den Verdacht hegt, dass sich der Junge nicht alleine umgebracht hat, dass ihm sein Gefühl sagt, er sollte mal mit dieser jungen Frau aus dem Dorf sprechen, und dass für ihn die Sache noch nicht vorbei ist, sagt er ihr lieber nicht. Und den Herren aus Stuttgart auch nicht.

Plötzlich steht sie ganz dicht vor ihm, blinzelt die letzte Träne weg, ihre blauen Augen haben einen unnatürlichen Glanz, ihr Mund verzieht sich zu diesem abstoßenden, gierigen Zug, den er schon einmal bei ihr gesehen hat, und sie zischt ganz leise: »Ich will seinen Anteil. Hörst du? Ich will seinen Anteil von eurer Judenbeute. Mein Müller hat mir, als ich ihn das letzte Mal lebend gesehen habe, versprochen, dass wir nun reich sind.«

Kapitel 06

Ferdinand von Stein

Sie hat sich bei ihm untergehakt, ihre Elle um seine Elle. Er muss sich dafür ein wenig herunterbeugen und den Rücken krumm machen. Sie geht sehr aufrecht neben ihm, und reicht ihm trotzdem nur bis zur Brust. Ihre Hände sind fest verschränkt in dem Muff aus Nerz, der sie vor der Kälte schützt. Er hat das Gefühl, gefangen, an sie gekettet zu sein, nie wieder von ihr los zu kommen. Und das schlimme ist, er fühlt, wie sein Widerstand schwindet. Und dabei ist sie erst seit ein paar Tagen da.

Ihre Flucht hat drei Wochen gedauert. Sie nennt es immer noch »Reise« und spricht nicht darüber. Von Stein hat keine Ahnung, wie seine Mutter es geschafft hat, mit ihrer Haushälterin Martha, dem Nerz und immerhin einem Teil ihres Schmucks zwischen den Strömen der Vertriebenen aus den Ostgebieten sicher bei ihm anzukommen.

Er vermutet, dass es etwas mit einem Herrn von Klöpke zu tun hat, von dem sie hin und wieder spricht. Ein Oberst, den sie während ihrer Flucht kennengelernt hat. Nun ja. Sie hat schon immer an den richtigen Stellen Männer gefunden, die ihr weitergeholfen haben.

Sie ist sehr schmal geworden, grau und alt. Er hat versucht, sich seinen Schreck nicht anmerken zu lassen, als er sie das erste Mal nach Monaten wieder gesehen hat. Er weiß allerdings nicht, ob es ihm gelungen ist. Doch ihr Wille ist immer noch ungebrochen. Eisern glaubt sie an den Endsieg und lässt sich nicht davon abbringen. »Ihr« Führer weiß schließlich, was er tut, und wird es der Welt noch zeigen. Von Stein behält seine Meinung zu diesem Thema lieber für sich und schweigt. Doch er wundert sich, wie verbohrt ein Mensch sein kann. Dabei sind die Tatsachen so offensichtlich: Berlin geht zugrunde. Die Bomber der Alliierten leisten ganze Arbeit. Ein Großteil der bebauten Fläche liegt in Trümmern, fast eine Million Menschen sind obdachlos, zigtausende Bewohner sind tot und keiner weiß, wie es weitergeht.

Aber erst jetzt, wo im Herbst alle Theater und Varietés geschlossen haben, wo kein Mensch mehr ins Museum geht, wo Banden während der Luftangriffe Geschäfte und Wohnungen plündern, wo das soziale Leben praktisch nicht mehr existent ist, erst jetzt hat sich seine Mutter dazu entschlossen, zu ihm zu kommen. Und – so vermutet von Stein, ohne dass sie je mit ihm darüber gesprochen hätte – seit sie so etwas Ähnliches wie Hunger kennengelernt hat. Erst da war sie zu dem Schritt bereit.

Sie nennt es »Besuch«. Sie macht einen Besuch in der langweiligen Provinz bei ihrem Sohn, wie sie ihren wenigen verbliebenen Bekannten in Berlin erzählt hat. Dass die meisten ihrer Bekannten auch gerne in diese »langweilige« Provinz kommen würden, ignoriert sie. Hier auf dem Land ist es im Vergleich zu Berlin oder Hamburg oder auch Stuttgart sehr sicher. Es hat zwar auch hier Luftangriffe gegeben, aber der bisher entstandene Schaden ist nichts, absolut gar nichts im Vergleich zur

Verwüstung in den großen Städten. Und ein weiterer klarer Vorteil der Gegend hier: Russland ist weit, weit weg.

Jetzt wirft sie ihm vor, sie habe gehört, dass die Straßenbahnen in Berlin noch fahren würden und sie deshalb auch noch hätte bleiben können. Von Stein kommentiert diese Aussage mit einem genervten Schnauben. Die Straßenbahnen fahren zwar noch, doch die Endstation ist oft ein Bombenkrater, in dem die Gleise verschwinden. Die Hauptstadt ist das »Reichstrümmerfeld«. Der gemeine Berliner nennt Charlottenburg nun »Klamottenburg«, Lichterfelde »Trichterfelde« und Steglitz »Stehtnix«, wie ihm seine Mutter, empört über soviel Respektlosigkeit, erzählt. Dass aus Verzweiflung ein fatalistischer Humor erwachsen kann, kommt ihr nicht in den Sinn.

Für den »Besuch« seiner Mutter hat er eine große Wohnung angemietet. In einem Jugendstilhaus mitten in der Stadt. Keine hundert Meter von seiner kleinen Wohnung entfernt. Etwas pikiert stellt sie fest, dass hier alles »etwas« kleiner ist als in ihrem Berlin. Sogar die Deckenhöhe der Wohnung. Aber seit ihre Haushälterin Martha die Wohnung richtig durchgeputzt, die Möbel von den weißen Laken befreit und die Kristallgläser poliert hat, findet sie die Wohnung »recht angemessen« – für einen »Besuch«.

Das war der Moment, in dem von Stein sich das erste Mal seit ihrer Ankunft erbost von ihr abwenden musste, weil er sie sonst womöglich angeschrien hätte. Schließlich liegt die Wohnung im ehemaligen Privathaus eines der wohlhabendsten Männer der Stadt. Eines Juden, der deportiert worden ist. Und von Stein hat sich ziemlich ins Zeug legen und den Einfluss seines Vorgesetzten in Anspruch nehmen müssen, um diese Wohnung für seine Mutter anmieten zu können. Ganz zu schweigen davon, dass er sie sich eigentlich gar nicht leisten kann. Doch er hat sich etwas Geld zurückgelegt und hofft, dass seine Mutter auch noch etwas zur Miete beitragen kann. Später.

Vielleicht. Falls sie noch etwas hat. Sie soll erst einmal ankommen und akzeptieren, dass Berlin für sie verloren ist. Für die nächste Zeit. Vermutlich.

Währenddessen versucht er, ihren Aufenthalt so angenehm wie möglich zu gestalten. Deshalb hat er heute nur ein paar Stunden gearbeitet, sich dann freigenommen, ihr die Stadt gezeigt, für sie einen Schal als verspätetes Weihnachtsgeschenk gekauft und ist mit ihr auf dem vereisten Neckar Schlittschuh gelaufen.

Es hat ihr gut gefallen. Zumindest hat sie nicht gemeckert. Und nun steuert sie zielstrebig ein Café an. Sie schiebt ihn über das vereiste Kopfsteinpflaster mit dem Wunsch, bei Kaffee und Kuchen und vielleicht einem kleinen Likör die »Mühen« ihrer Reise zu vergessen, und ist guten Willens ihren »Urlaub« in der Provinz zu genießen. Von Stein ist immer noch irritiert darüber, wie sehr seine Mutter die Realität ausblendet. Aber vielleicht ist Verdrängung ja ihre Art, mit dem Grauen des Krieges zurechtzukommen.

In dem etwas heruntergekommenen Café werden sie von einer schlecht gelaunten Kellnerin mit Pferdegebiss bedient, die den kleinen runden Bistrotisch mit Kaffeetassen, Kännchen und Streuselkuchen vollstellt, und seine Mutter beschwert sich darüber, dass der Kuchen nicht mit Butter gebacken sei, was ihr von der Kellnerin nur ein gelangweiltes Schulterzucken einbringt, welches seine Mutter überraschenderweise ignoriert. Nachdem die Kellnerin wieder gegangen ist, stellt Frau Mama die Frage, auf die von Stein schon lange ängstlich gewartet hat.

»Und diese junge Frau, von der du immer sprichst, aus was für einer Familie kommt die nochmal?«

Er ignoriert die Frage. Würde er ihr die Wahrheit erzählen, dass Klaras Eltern einfache Bauern sind, würde seine Frau

Mama sie nicht einmal kennenlernen wollen. Doch das ist sein Plan. Dass Frau Mama Klara kennenlernt und von ihr genauso bezaubert sein wird wie er. Einen besseren hat er nicht.

Doch je länger seine Mutter hier ist und je länger er Klara nicht gesehen hat, desto unwahrscheinlicher fühlt es sich an, dass dieser Plan funktionieren könnte. Von Stein befürchtet, dass nicht einmal der Krieg seiner Mutter den Standesdünkel hat austreiben können, und er ist sich nicht sicher, wie er reagieren wird, wenn Frau Mama Klara ablehnt. Aber diesen Gedanken verdrängt er erst einmal, denn heute Abend wird Klara kommen. Er wird sie endlich wiedersehen und sie seiner Mutter als seine Verlobte vorstellen. Ja, das wird er tun. Er ist sich sicher.

Zum Glück besteht seine Mutter nicht auf einer Antwort. Viel zu sehr ist sie im Moment noch mit sich selbst beschäftigt.

»Weißt du noch«, wechselt sie das Thema, »vor dem Krieg sind wir immer in die Sommerfrische gefahren, kannst du dich erinnern, damals an der Ostsee, wie schön das war, dein Vater, du und ich?« Sie lächelt sinnierend in den schalen Kaffee. »Ja, und heute bin ich eben zur Winterfrische im Schwarzwald.« Ihr perlendes Lachen lässt von Stein aus seinen Gedanken aufschrecken. »Ob wir uns wohl Skier ausleihen können?«

Von Stein unterlässt es, seine Mutter darauf hinzuweisen, dass die Menschen hier andere Probleme haben als Ski zu laufen, dass sie selbst gar nicht Ski fahren kann und Sankt Moritz einige hundert Kilometer unerreichbar Richtung Süden in der Schweiz liegt. Er ist froh, wenn sie ein wenig vor sich hin plaudert, keine Kellnerinnen beleidigt und keine Antwort von ihm erwartet. So kann er wenigstens seinen eigenen Gedanken nachhängen. Er muss unablässig an Klara denken, und ihm wird langsam mulmig bei dem Gedanken an den kommenden Abend. Die ganzen Wochen über war er sich so sicher, dass Klara die Frau seines Lebens ist, dass sie die Mutter seiner Kinder sein soll, dass er mit ihr alt werden will. Ihre gemeinsame Zukunft erstrahlte vor seinem inneren Auge in den schillerndsten Farben. Alles schien so einfach und so klar. Und jetzt sitzt ihm seine Mutter gegenüber und plötzlich ist gar nichts mehr einfach und erst recht nicht klar.

Dabei könnte alles so leicht sein, wäre seine Frau Mama nur nicht so starrköpfig. Er dachte ja viele Jahre lang, eigentlich bis vor kurzem, das wäre normal. Mütter wären so. Doch seit er die Mutter von Klara getroffen hat, weiß er, dass es auch andere Mütter gibt. An Weihnachten hat er sie kennengelernt und war von ihrer Schönheit und ihrem Liebreiz beeindruckt.

Klara sieht ihr zwar überhaupt nicht ähnlich, aber beide sind schön auf ihre eigene Art. Er konnte an diesem Abend nicht umhin, sie ständig miteinander zu vergleichen. Sie beide sind ganz einfache Menschen, ihre Tischmanieren sind fragwürdig, Bildung ist ein Fremdwort, und ihr Schwäbisch ist grauenhaft – auch das. Doch unter dem Eindruck ihrer natürlichen Anmut, ihrer Wohlgestalt, Herzlichkeit, Wärme und ihres Stolzes sind das nur Nebensächlichkeiten. Sie haben ihn ganz selbstverständlich an Weihnachten in ihren Kreis aufgenommen und ihm das Gefühl gegeben, ein gerngesehener Gast zu sein. Sogar ein bisschen mehr als ein »Gast«. Vielleicht sogar ein Freund. Von Stein ist bezaubert und glaubt, bisher nur wenigen Frauen begegnet zu sein – auch nicht auf den Bällen der »besseren Gesellschaft« in Berlin, auf die er regelmäßig eingeladen war, um eine standesgemäße Frau kennenzulernen – die so eine selbstverständliche Eleganz und gleichzeitig diese warme Herzlichkeit ausgestrahlt haben. Er hofft nur, dass seine Frau Mama das heute Abend genau so sehen kann und »Herkunft« dadurch zweitrangig wird.

Am meisten fürchtet er sich vor der Unterhaltung. Da seine Mutter kein Wort Schwäbisch versteht, wird er übersetzen müssen. Aber vielleicht ist das ja auch ein Vorteil. Womöglich kann er dadurch Einfluss auf das Gesagte nehmen.

Von Stein nimmt einen letzten Schluck Kaffee und kippt heimlich ein wenig Wodka aus seinem Flachmann in die Tasse. Auch wenn seine Hände noch nicht zittern, es hilft ihm, die beginnenden Nervosität in Schach zu halten.

Seine Mutter plaudert weiter über längst vergangene Ferien. Ein Sonnenstrahl lässt die graubraunen Polster des Cafés noch schäbiger erscheinen, Staubpartikel tanzen in der Luft und die Bedienung mit Pferdegebiss schaut nun schon zum wiederholten Mal auf die große Standuhr. Sie wartet auf ihren Feierabend und von Stein will eigentlich auch endlich gehen. Da sieht er sie.

Sie geht an dem großen Schaufenster des Cafés vorbei, ohne hineinzublicken. Sie sieht gehetzt aus. Überarbeitet. Vermutlich kommt sie von ihrem Dienst im Krankenhaus: Die Krankenschwester, die er am Bett des verletzten Zwangsarbeiters kennengelernt hat. Gut, er muss präzisieren – die Krankenschwester, die den von ihm angeschossenen Polen gepflegt hat. Hoffentlich.

Er springt auf, ohne sich bei seiner Mutter zu entschuldigen, und rennt hinaus, der Krankenschwester hinterher. »Hallo, hallo, warten Sie!«

Überrascht dreht sie sich um: »Sie? Ich hätte nicht gedacht, sie jemals wiederzusehen.« Von Stein steht vor ihr, schlingt die Arme um sich, die Kälte lässt ihn zittern, er hat seinen Mantel im Café vergessen, und fragt leise: »Wie geht es ihm? Hat er überlebt?«

Sie schüttelt zögernd den Kopf. »Ich weiß es nicht ...«

Sie senkt den Blick. »Ich habe ihn noch ein paar Tage gepflegt, nach der Arbeit war ich bei ihm, habe ihm Schmerzmittel und Antibiotika gegeben, von Ihrem Geld ... habe ihm zu Essen gebracht, aber dann ...« Sie zögert. »... dann hat einer der leitenden

Oberärzte gefragt, was ich mit den Medikamenten vorhätte … ich habe es ihm gesagt.«

Sie schnieft. »Er sagte, ich solle damit aufhören, er würde mich nicht verraten, aber wenn es jemand anderes herausfinden sollte, würde ich vermutlich eingesperrt … und ich, und ich …« Sie schluchzt. »Ich habe doch eine Tochter, ich kann doch nicht ins Gefängnis.«

Sie kramt in ihrer Tasche, zieht ihr Portemonnaie heraus. »Hier, wollen Sie Ihr Geld zurückhaben? Es ist noch etwas übrig.«

Von Stein schüttelt den Kopf und weicht vor der Frau zurück. Das ihm inzwischen wohl bekannte, niederdrückende Gefühl der Schuld setzt sich rittlings auf seine Schulter und flüstert ihm hämische Worte ins Ohr. Er hat gedacht, er könne sich mit Geld freikaufen. Doch so einfach ist das offenbar nicht. Er schüttelt nochmals den Kopf und geht ohne Abschied ins Café zurück. Zurück zu Kaffee und Kuchen, zur Frau Mama, die sich in der Winterfrische wähnt. Hätte er sich noch einmal umgedreht, dann hätte er eine leise schluchzende Frau mit hängenden Schultern und kleinen schlurfenden Schritten davongehen sehen.

Klara ist da. Die erste Viertelstunde war ein voller Erfolg. Von Steins Mutter war gut gelaunt und aufgeräumt und ausgesprochen charmant zu Klara. Das hätte ihm eigentlich verdächtig vorkommen müssen. Doch er war einfach nur froh, dass seine Mutter nicht sofort über Klara hergefallen ist und sie mit Haut und Haaren verspeist hat. Das tut sie dafür jetzt.

Martha, Frau Mamas Haushälterin, tischt Königsberger Klopse auf. Sein Lieblingsessen. Und Klara begeht den ersten gravierenden Fehler. Sie hilft Martha, den großen Suppentopf, in dem die Klopse serviert werden, auf den Tisch zu stellen.

Springt sogar mitten in einem Monolog seiner Mutter über den Scharfsinn des Führers auf, um Martha mit dem schweren Topf zu helfen. Dabei stößt sie versehentlich eines der zarten Kristallgläser um, das auf Wein wartend rechts oberhalb ihres Tellers steht. Von Stein schließt vor Angst darüber, was nun kommen wird, die Augen. Aber es kommt nichts. Nicht sofort. Seine Mutter wischt das Geschehene mit großer Geste beiseite, schwadroniert noch darüber, dass im Krieg ja viele Dinge anders sind und sie heutzutage sogar auf die Vorspeise verzichten, warum sollte man da nicht auch den Bediensteten helfen und dabei Gläser umwerfen, um dann präzise und immer noch charmant, mit einem nachsichtigen Lächeln auf den beleidigenden Punkt zu kommen.

»Ja, und warum sollte man heutzutage nicht auch mit Menschen aus einem anderen Kulturkreis den Tisch teilen?«

Sie lächelt. Immer noch. Von Stein glaubt, im Erdboden versinken zu müssen. Klaras Wangen färben sich rot. Verunsichert sucht sie seinen Blick. Er weicht ihr aus und schüttelt nur betreten den Kopf.

Seine Mutter fährt fort. »Ach, und sagen Sie, wie haben Sie noch gleich meinen Sohn kennengelernt?«

Klara erzählt, dass sie beide in der Waffenfabrik arbeiten und sie sich eigentlich im Luftschutzstollen zum ersten Mal nähergekommen seien. Frau von Stein wendet sich an ihren Sohn: »Ferdinand, was hat sie gesagt? Ich verstehe dieses Schwäbisch nicht.«

Klaras Wangen färben sich dunkelrot. Ein verletzter Gesichtsausdruck lässt sie hilflos erscheinen. Und gekränkt. Von Stein ist geschockt. Seine Mutter legt es also darauf an, Klara zu demütigen. Er versucht, die Situation zu retten.

»Ach Mama, ja, Schwäbisch ist nicht ganz einfach. Warte ein paar Tage, dann verstehst du es bestimmt ganz wunderbar. Mir ist es ebenso ergangen.«

Er lächelt verbindlich zu Klara. »Ich hoffe es stört dich nicht, wenn ich manche Sätze übersetze? Weißt du, für meine Mutter ist Schwäbisch eine Fremdsprache – noch!«

Klara schaut unsicher zu ihm und nickt zögerlich. »Also Mama, Klara erzählte eben, dass wir uns zum ersten Mal im Luftschutzstollen nähergekommen seien, das stimmt so aber nicht ganz.« Charmant lächelt er Klara an und wendet sich wieder seiner Mutter zu: »Ich habe sie zuvor gerettet.«

Er kichert. »Gerettet aus den Fängen des alten Vizedirektors Ratzinger, der sie trotz Fliegeralarm nicht gehen lassen wollte und ihr immer weiter Texte diktiert hat.«

Seine Mutter zieht spöttisch die Augenbrauen hoch: »Ich wusste gar nicht, dass du so ein Held bist. Wenn das nur dein lieber Vater hätte erleben können. Er wäre endlich stolz auf dich.«

Betreten essen sie weiter. Schweigend. Von Stein findet, die Königsberger Klopse schmecken nach Stroh, die Soße nach Essig, die Salzkartoffeln nach Demütigung. Man hört nur das Besteck klappern. Verstohlen beobachtet von Stein seine Mutter, schielt zu Klara, aufmerksam wie ein Tier, das bei aufziehender Gefahr schnell das Weite suchen wird. Und das will er auch tun, sollte seine Mutter über Klaras Tischmanieren eine Bemerkung fallen lassen. Oder wird er wie ein Kaninchen in der Falle sitzen bleiben? Er weiß es noch nicht.

Er ist gefangen. Gefangen zwischen zwei Frauen, die unterschiedlicher nicht sein könnten. Klara, frisch und jung und unbedarft und unsicher. Seine Mutter alt und zickig und durchzogen von einem Standesdünkel, der alles rechtfertigt. Noch nie kam ihm seine Mutter so alt und arrogant vor. Klara tut ihm leid. Doch was kann er machen? Er ist gefangen. Noch nie war ihm das so sehr bewusst wie jetzt. Seine Hände zittern und er kann kaum die Gabel zum Mund führen. Er braucht dringend einen Wodka. Nur einen Schluck. Bitte.

Er entschuldigt sich, geht ins Badezimmer und holt auf dem Weg dorthin den Flachmann aus der Manteltasche. Verstohlen schraubt er die Flasche auf und nimmt einen schnellen Schluck. Wohltuend breitet sich eine scharfe Hitze über seine Zunge, den Hals, bis in den Magen aus. Er wartet auf das Kribbeln im Nacken. Als es sich angenehm ausbreitet, hört das Zittern sofort auf.

Jetzt fühlt er sich besser. Gerüstet. Wofür auch immer. Zurück am Tisch hört er noch die Worte seiner Mutter: »... und Sie wollen ihn heiraten?« Von Stein spürt, wie sich sein Magen vom Wodka und vom Gift in der Stimme seiner Mutter schmerzhaft zusammenzieht. Schnell sagt er etwas. Irgendetwas. Er will nur, dass seine Mutter das Thema wechselt. Doch diese lässt sich nicht ablenken.

»Sie wissen«, fährt sie an Klara gewandt fort, »dass mein Ferdinand aus einer großen, bedeutenden Familie kommt? Und seine Söhne den Namen »von Stein« weitertragen werden, mit allem was dazu gehört? Und dafür brauchen sie eine Mutter, die aus demselben Holz geschnitzt ist, nicht wahr, Ferdinand?« Sie tätschelt die Hand ihres Sohnes. »Wie Josef Mengele uns lehrt. Das Blut darf nicht verunreinigt werden. Sonst ...« Sie macht eine wegwerfende Geste und flattert dabei mit den Fingern, so als würden all die hervorragenden Gene ihres Sohnes unnütz verfliegen. Von Stein ist fassungslos. »Mutter, es reicht!«

Frau von Stein blickt ihren Sohn unschuldig an. »Was hast du denn? Im Krieg müssen wir alle zusammenhalten, nicht wahr? Und da muss man auch Wahrheiten aussprechen dürfen.«

Doch sie hat nicht mit Klaras wiedererwachtem Stolz gerechnet. Von Stein sieht, wie etwas in ihren Augen blitzt. Er bekommt Angst. Ihre Augenbrauen ziehen sich nach oben. In einem durchaus verständlichen Hochdeutsch antwortet Klara: »Ja, da haben Sie vollkommen recht.« Sie lächelt sogar. »Im Krieg müssen wir alle zusammenhalten. Sind Sie nicht mit einem der Flüchtlingskonvois aus den für das Reich verlorenen Ostgebieten gekommen?« Das Lächeln der Mutter gefriert. Und Klara setzt noch eins drauf: »Da müssen Sie viel Leid gesehen und mit vielen Menschen aus einem anderen Kulturkreis den Tisch geteilt haben. Ich bewundere Sie.«

Und als wäre das nicht genug, setzt sie zum Todesstoß an: »Wie gut, dass wir hier im Schwäbischen, auf dem Lande, in diesem Kulturkreis noch genügend zu Essen für euch Flüchtlinge aus dem Osten haben.«

Stille. Klara steht auf, sehr aufrecht. »Ach und übrigens, auch gutes Blut muss hin und wieder gemischt werden« Sie legt die Serviette auf den Tisch. »Sonst verursacht Inzucht äußerst unangenehme Erbkrankheiten.« Sie lächelt diabolisch. »Das kennen ›wir‹ aus diesem Kulturkreis aus der Schweinezucht. Aber ›Ihnen‹ und ›Ihren‹ Adelsfreunden kommt das sicherlich auch bekannt vor.«

Sie stolziert aus dem Zimmer. Das Haupt erhoben. Von Stein hat Klara noch nie so sehr geliebt wie in diesem Augenblick. Frau Mama schaut konsterniert zu ihrem Sohn: »Ferdinand, was hat sie gesagt?«

Von Stein springt von seinem Stuhl auf und rennt hinter Klara her. An der Tür dreht er sich noch einmal zu seiner Mutter um: »Sie sagt, dass du es zu weit getrieben hast mit deinen Beleidigungen. Und sie hat bewiesen«, fügt er stolz hinzu, »dass sie eine durchaus ernstzunehmende Gegnerin ist, was deine Bosheiten betrifft.«

Kapitel 07

Onkel Heinz

Schwerfällig setzt er sich unter den Tannenbaum, der nun, nachdem Weihnachten vorbei ist, samt Christbaumständer in seinem kleinen Garten im Schnee steht. Helene wollte den Baum nach Weihnachten klein hacken und mit ihm den Ofen anfeuern, ihm einen zweiten Nutzen geben. Aber er konnte doch seinen Kameraden nicht zerstückeln und in Schutt und Asche legen lassen. Nein, sein Kamerad soll ihm noch eine Weile Gesellschaft leisten und kann so lange bei ihm bleiben, wie er will. Die Nadeln sind immer noch grün, nur ein paar Spitzen beginnen trocken und braun zu werden, und er trägt stolz den Stern von Bethlehem auf seiner Spitze, dem allerdings eine Zacke fehlt. Heinz kann sich nicht mehr erinnern, warum.

Heinz lehnt sich gegen den Baum, zieht die Jacke enger um sich und schließt die Augen. Hier, bei seinem Kameraden, fühlt er sich wohl. Seine Gedanken schwirren nicht wie aufgescheuchte Hummeln durch den Kopf. Im Gegenteil. Sie lassen sich manchmal gezielt auf eine Blume setzen, manchmal kann er sie auch über eine Wiese lenken, und wenn es ihm besonders gut geht, fliegen sie mit ihm zum Meer, zur endlosen Weite eines unbekannten Ozeans.

Doch wenn es ihm schlecht geht, was in einer Woche etwa sechsmal der Fall ist, dann werden aus Hummeln Patronen, und diese schießen Löcher in seinen Kopf und in seine Erinnerungen. Sie schießen und schießen und Schreie hallen durch den Gehörgang, das Rückenmark, die Hände und Beine bis hinunter zu den Zehen. Aber nicht, wenn er bei der Tanne ist. Bei ihr fühlt er sich weniger durcheinander, fast kommt er ein wenig zur Ruhe. Doch warum sollte er unruhig sein? Was hat er getan? Und warum sitzt er hier, mitten im Winter in seinem Garten unter einem Weihnachtsbaum? Ist Weihnachten nicht schon vorüber? Wie war das noch mal mit den Hummeln und den Blumen? Verdammt. Seine wirren Gedanken erschöpfen ihn. Er seufzt. Vielleicht sollte er hinüber zu den Mädchen gehen und Helene um einen Schnaps bitten. Er sollte sowieso bei ihnen nach dem Rechten sehen. Seine Mädchen glauben zwar, er würde nichts mitkriegen, doch da täuschen sie sich. Nur weil er nicht redet, nicht reden kann, sieht er doch, wenn etwas nicht stimmt. Und mit Klara stimmt etwas ganz und gar nicht. Er weiß nur noch nicht genau, was ihr Problem ist. Doch er wird es herausfinden. Vermutlich hat es etwas mit diesem »Franzosen« zu tun. Er hat sehr wohl gesehen, wie er Klara am Weihnachtsabend fixiert und beobachtet, wie er brennende, eifersüchtige Blicke nach diesem von Stein geworfen hat, und seine Sehnsucht nach Klara ist beinahe mit Händen zu greifen gewesen.

Heinz wundert sich nur, dass es den anderen offenbar verborgen geblieben ist. Vor allem diesem von Stein, der ein echter Ignorant sein muss, wenn er nicht bemerkt hat, wie er von qualvollen, heißen Blicken fast in Flammen gesetzt wurde.

Und wenn er den »Franzosen« nicht so gut leiden könnte, hätte er ihn an seinen œufs gepackt und rausgeschmissen.

Jawoll. Doch wenn er ehrlich ist, dann beneidet er Gilbert um seine Gefühle, die ihm so echt und unverfälscht vorkommen. Heinz fragt sich, ob er selbst jemals wieder so leidenschaftlich wird fühlen können. Wie damals, als er noch jung war, als der Krieg begann und er Hanna gebeten hatte, auf ihn zu warten. Ja, Hanna. Seine Hanna. Wie lange ist jetzt schon Krieg? Seit wann ist er wieder zurück? Oh, Hanna, so lange ist das alles noch gar nicht her.

Er wollte sie nicht sehen, nachdem er zurückgekehrt war. Sie sollte ihn so nicht sehen, mit den weißen Haaren, und er glaubte auch nicht, dass er ihre Liebe noch verdiente. Denn der Krieg tötet nicht nur Menschen, der Krieg tötet auch das Recht auf Liebe. Auf das Schöne, das Reine. Der Krieg macht schmutzig. Der Krieg verdirbt. Der Krieg kehrt das Schlechteste des Menschen nach außen. Davon ist Heinz überzeugt.

Doch seine Liebe zu Hanna blitzt noch immer auf. Manchmal. Wenn die Hummeln es zulassen – und dann tut es weh: Das Verpasste, das Verlorene. Und er wünscht seinen zwei Mädchen, Klara und Gertrude, dass sie in ihrem Leben niemals so etwas fühlen müssen.

Und falls sich Heinz für seine Klara einen Mann wünschen könnte, dann diesen leidenschaftlichen, energiegeladenen, klugen Franzosen. Der ein perfektes Deutsch spricht, anpacken kann und mehr als einmal seine Loyalität ihnen gegenüber bewiesen hat. Heinz ahnt zwar, dass irgendein Geheimnis an ihm nagt, aber was soll's. An ihm selbst ja schließlich auch. Es ist Krieg. Jeder hat ein Geheimnis. Aber da fängt das Problem an. Es ist Krieg. Immer noch. Der »Franzose« ist Zwangsarbeiter und gehört einer feindlichen Nation an. Klara muss ihm fernbleiben.

Und dieser Adlige, dieser von Stein? Nun, Heinz hält ihn für einen Waschlappen. Er ist nett, charmant, großzügig, aber ein Waschlappen bleibt ein Waschlappen. Heinz vermutet, wenn es hart auf hart kommt ... Er hofft, Klara weiß, was sie tut. Heinz' Gedanken fangen wieder an zu kreisen ... Wenn es hart auf hart kommt ... Seine Gedanken kreisen, summen, wogen nach oben, fluten nach unten. Auf und ab. Ab und auf. Wenn es hart auf hart kommt ... Verdammt! Was denn nur?

»Ach, da bist du! Schau, Mama hat einen Hefezopf gebacken, und da du heute nicht zu uns gekommen bist, hat sie gesagt, ich soll nach dir schauen und dir ein Stück davon bringen. Was ist mit dir?« Klara beugt sich zu ihm herunter. »Hast du geschlafen? Du bist ganz kalt.« Sie nimmt behutsam seine Hand, greift ihn unter dem Ellenbogen und versucht, ihn nach oben zu ziehen.

Heinz blinzelt. Hat er geschlafen? Unter der Tanne? Es ist fast dunkel. Er ist so müde. So müde. Und ihm ist kalt, sehr kalt. Dankbar lässt er sich von Klara ins Haus führen.

Im Wohnzimmer macht Klara im kleinen Kachelofen Feuer an, zieht ihm den feuchten Mantel aus, setzt ihn auf das Sofa, kümmert sich um ihn. Sie macht ihm einen heißen Tee, setzt sich zu ihm und schaut ihm zu, wie er ein Stück Hefezopf isst und den heißen Tee trinkt. Ein paarmal setzt sie dazu an, ihm etwas zu erzählen. Sie räuspert sich, fängt wieder an. Bleibt stumm. Heinz nimmt ihre Hand, die nun ganz warm ist, und drückt sie aufmunternd. Sein Haar leuchtet fremd und hell in der grauen Stube und gibt ihm die Aura eines Geistes. Eines guten Geistes. Klara hat das Gefühl, irgendwo ganz anders zu sein. In einer anderen Zeit, in einer anderen Welt. Und dann platzt es aus ihr heraus: »Onkel Heinz, sag, was würdest du tun, wenn die Familie in Gefahr wäre?«

Sie macht eine Pause. »Würdest du nicht alles tun, was zu tun ist, um diese Gefahr abzuwenden? Egal, ob es andere, vielleicht das eigene Land, richtig finden?« Sie schaut ihn angespannt an.

Heinz nickt. Mehrfach. Seine weißen Haare wippen nachdrücklich. Erleichtert atmet sie auf. »Gut. Und noch eine Frage.« Sie räuspert sich erneut. »Was würdest du mit einem Menschen tun, von dem du dich verraten fühlst?«

Heinz schaut sie an, lange, dann fährt er mit dem Daumen, als wäre er ein Messer, langsam über die Kehle.

Kapitel 08

Klara

Sie ist in seinem Büro, das er sich mit einem Kollegen teilt, und wartet auf ihn. Sie schwitzt vor Aufregung. Heute wird sie die geheimen Unterlagen, die Gilbert von ihr fordert, an sich nehmen. Sie muss nur von Stein dazu bringen, den Tresor zu öffnen, in dem er, das hofft sie, alle Informationen zur neuen Waffe verschlossen hat. Und sie wird kein schlechtes Gewissen dabei haben. Oh, nein. Kein bisschen. Sie wird tun, was nötig ist, um ihre Familie zu beschützen.

Dass sie ihn dabei verrät? Nun, sie muss Prioritäten setzen. Und hat er sie nicht auch verraten, indem er sie der Bosheit seiner Mutter ausgesetzt hat? Nun ja, fairerweise muss sie zugeben, dass er sich dafür entschuldigt hat. Mehrfach. Und sein »Verrat« im Vergleich zu dem, was sie nun vorhat, nicht wirklich als Verrat bezeichnet werden kann. Vielleicht als Vergehen oder als Schwäche. Aber nicht als Verrat. Was nicht heißt, dass sie ihm einfach so vergeben kann, vergeben will.

Sie wird immer nervöser, geht angespannt auf und ab. Wo bleibt er nur? Sie schaut aus dem Fenster auf den Innenhof. Eine Gruppe Zwangsarbeiter, Polen vermutlich, vielleicht auch Russen, kommen von der Nachtschicht und gehen im Gänsemarsch über den Hof zurück in ihr Lager. Manche tragen nicht einmal Schuhe, sondern haben sich Stofflappen um die Füße gebunden. Sie schlurfen hintereinander her mit gebeugten Rücken und grauen Gesichtern. Ihre Körper dampfen in der Kälte.

Klara schaut schnell weg. Sie kann ihr Leid nicht sehen, will es nicht sehen, blickt wieder hin, wird wütend. Warum kann man die Zwangsarbeiter nicht anständig behandeln? Im Dorf geht das doch auch. Sie blickt wieder weg, beobachtet, wie ein Tropfen Kondenswasser innen an der Fensterscheibe herunterläuft, direkt vor den Eisblumen, die sich an der Außenseite hochgefressen haben. Ein hübscher Kontrast.

Einer der Zwangsarbeiter hebt den Kopf und schaut direkt zu ihr hoch, als hätte er ihren Blick gespürt. Verlegen macht sie einen Schritt zurück, weg vom Fenster, und dreht sich um. Sie will nicht gesehen werden. Sie schämt sich plötzlich. Schämt sich, dass sie hier oben im Warmen steht, eben ein Vesperbrot gegessen hat, satt ist. Schämt sich dafür, dass sie dieses Unrecht einfach so hinnimmt und es eigentlich gar nicht sehen will. Warum ist das so? Warum drehen sich alle weg? Warum unternimmt niemand etwas dagegen? Warum? Es wäre doch einfach, ihnen richtige Schuhe zu geben, richtiges Essen, richtige Häuser, sie anständig zu behandeln. Warum diese Menschenverachtung? Klara schämt sich noch mehr. Atmet tief durch, verdrängt das Gefühl. Sie konzentriert sich auf das, was sie gleich tun muss. Denn, wie Gilbert ihr klargemacht hat, sie führen Krieg. Und er hat recht. Im Krieg kämpft nicht allein eine Nation gegen die andere, nein, jeder kämpft gegen jeden. Vom Großen ins Kleine und wieder zurück. Was schert es sie also, wenn polnische Zwangsarbeiter schlechter behandelt werden als Tiere? Klara ist übel.

Sie geht zum Schreibtisch. Die eine Seite für den einen, die andere Seite für den anderen Ingenieur. Sauber getrennt und doch irgendwie intim.

Ihr Blick wandert über weißes, unbeschriebenes Papier, über Bücher, Stifte, einen Füllfederhalter, alles akkurat im rechten Winkel platziert. Staubfrei, antiseptisch. Wer kann denn nur so ordentlich sein? Wer ist Ferdinand von Stein? Ihr wird bewusst, dass sie das eigentlich gar nicht interessiert. Im Moment jedenfalls nicht. Doch ist das ihm gegenüber fair? Sie schüttelt den Kopf, verdrängt den Anflug von schlechtem Gewissen und konzentriert sich erneut auf den Schreibtisch. Vielleicht gibt es noch etwas Interessantes zu finden, etwas, das sie vorher übersehen hat? Doch da ist nichts außer langweiliger Strenge. Ob sie eine der Schubladen öffnen soll? Sie traut sich nicht.

Sie wendet sich zu dem großen Zeichenbrett, betrachtet ein paar unverständliche Skizzen und rätselhafte Berechnungen. Ob das etwas mit der neuen Waffe zu tun hat? Soll sie die Blätter des Zeichenbretts hochheben? Nach hinten schauen? Doch nein, das kann sie sich sparen. Geheime Unterlagen sind im Tresor zu verschließen, das ist Firmenanordnung. Und sie hat immer noch keine Idee, wie sie von Stein dazu bringen kann, diesen Tresor zu öffnen. Vielleicht fragt sie ihn einfach?

»Klara!« Von Stein kommt mit großen Schritten auf sie zu. »Wie schön, dich zu sehen!« Er will sie in die Arme nehmen, sie macht einen Schritt zurück. Sie kann das jetzt nicht. Nicht nach dem Fiasko mit seiner Mutter, und nicht vor dem, was sie heute tun muss.

Er lässt zerknirscht die Arme sinken und schaut leidend zu ihr herab. »Ach Klara, es tut mir so leid. Alles. Was kann ich tun, damit du mich wieder magst?« Er sieht aus wie ein kleiner Junge, der gescholten wurde. Klara hat erneut ein schlechtes Gewissen. Schnell schüttelt sie es ab, und plötzlich weiß sie, was sie sagen muss, um an ihr Ziel zu kommen: »Ferdinand, deine Mutter hat mich tief verletzt. Das weißt du, das habe ich dir ja auch schon gesagt, als du mich nach dem Abendessen – nach der Katastrophe«, sie macht eine kleine Kunstpause, »nach Hause gefahren hast, und ...«

Er unterbricht sie, nimmt ihre Hand: »Klara, ich bitte dich nochmals um Entschuldigung. Wenn ich gewusst hätte ...«

Sie entzieht ihm die Hand. »Ferdinand, sie hat mich zutiefst gedemütigt. Sie will nicht, dass wir zusammen sind. Sie will definitiv nicht, dass du mich heiratest. Wie soll das mit uns weitergehen?« Ferdinand kniet vor ihr nieder, nimmt ihre Hand. »Heirate mich! Sie muss es ... sie wird es akzeptieren!«

Klara atmet tief durch. Heute wird sie die Unterlagen stehlen und sich dabei vielleicht selbst die Seele rauben. Na und? Sie muss ihre Familie schützen. Schnell, bevor sie es sich anders überlegt, schluckt sie die Übelkeit nach unten und drückt seine Hand. »Dann dürfen wir keine Geheimnisse voreinander haben. Ich will alles von dir wissen, hörst du? Alles!« Als sie das hoffnungsvolle Leuchten in seinem Gesicht sieht, kommt die Übelkeit mit aller Macht zurück. Was tut sie da? Sie muss sich setzen.

Er schiebt ihr den Stuhl zurecht und kniet sich vor sie hin. Selbst kniend ist er fast einen halben Kopf größer als sie. Er nimmt erneut ihre Hand, sagt zärtlich: »Alles, was du wissen willst, meine Schöne!«

Klara sieht ihm direkt in die Augen. Sie sind nussbraun. Das ist ihr vorher noch gar nicht aufgefallen. »Ich will dich besser kennen, als deine Mutter dich kennt. Erzähle mir von deiner Arbeit. Darüber weiß sie bestimmt nichts. Erzähl mir, was du entwickelst, wie du es machst, zeig es mir! Und ich kann mich das nächste Mal deiner Mutter überlegen fühlen.«

So, jetzt ist es raus. Wie es nun wohl weitergeht? Vielleicht zeigt er sie ja bei der Gestapo an? Bekümmert schaut er sie an. »Das darf ich nicht – du weißt doch, das ist geheim.« Klara springt auf und geht rasch zur Tür. »Gut, dann kann es dir ja nicht so wichtig mit uns sein. Offensichtlich vertraust du mir nicht.« Schnell folgt er ihr: »Bleib! Komm, ich zeige dir alles. Ich würde dir mein Leben anvertrauen.«

Er öffnet die Tür, schaut in den Flur, schließt sie ab, damit sie nicht von seinem Kollegen überrascht werden, und geht an den Tresor. Er öffnet ihn, holt einen Ordner heraus, greift nochmals hinein und holt eine Papierrolle heraus. Es liegen noch weitere Papierrollen drin, Klara kann es sehen, doch sie fragt nicht danach. Sie wartet mit klopfendem Herzen, was er ihr zeigen und erzählen wird. Wider Erwarten ist sie sehr gespannt, an welchen geheimen Konstruktionen er arbeitet. Er breitet alles vor ihr aus, schiebt dafür die Gegenstände auf seinem Schreibtisch beiseite, zeigt ihr, erklärt, bekommt vor Eifer rote Wangen, spricht davon, dass das eine der Geheimwaffen sein könnte, die den Krieg vielleicht doch noch zu ihren Gunsten entscheidet. Er kommt in Fahrt und referiert mit strahlenden Augen über die Vorteile des Sturmgewehrs.

Klara staunt. Sie hat solch ein Gewehr schon mal gesehen. Hier in der Fabrik. Das soll so besonders sein, dass Gilbert seine Freundschaft dafür verrät? Für sie sieht es aus wie jedes andere Gewehr auch. Doch sie kommt nicht umhin, von Stein für sein Wissen und seine Leidenschaft zu bewundern. So leidenschaftlich hat sie ihn noch nie gesehen. Und mit großem Bedauern stellt sie sich die Frage, ob sie ihn vielleicht doch hätte lieben können.

Er lächelt sie an, fragt, ob sie weitere Fragen habe, sagt ihr, dass er stolz auf sie sei, dass diese Dinge sie interessierten, dass sie wahrlich die Frau sei, die er heiraten wolle. Er sagt ihr auch, wie stolz er schon beim Abendessen mit seiner Mutter auf sie gewesen sei, denn noch nie habe es jemand gewagt, seiner Mutter in dieser Form Paroli zu bieten, und dass sie seither mit kühlem Respekt von ihr sprach.

Klara hört ihm gar nicht richtig zu, beobachtet mit aufkommender Panik, wie er die Unterlagen in den Tresor zurücklegt und denkt fieberhaft nach, wie sie die Unterlagen an sich nehmen könnte, ohne dass er es bemerkt. Und da fällt ihr die nächste List ein, und sie weiß, dass sie nun endgültig ihre Seele verraten wird. Sie greift sich an die Stirn, setzt sich wieder und bittet ihren verliebten Ferdinand um ein Glas Wasser. Wie erwartet, lässt er alles stehen und liegen und eilt zur Tür hinaus, um ihr etwas zu trinken zu holen.

Schnell holt sie die Mappe und die Papierrolle wieder aus dem Tresor, legt dafür eine Mappe vom Schreibtisch hinein, zieht eines der unteren Blätter auf dem Zeichenbrett heraus, rollt es zusammen, legt es ebenfalls im Tausch in den Tresor, nimmt ihre Beute und versteckt diese hinter einem Vorhang. Sie wird sie später holen. Erschöpft setzt sie sich wieder auf den Stuhl. Sie hasst sich für das, was sie tut. Umso mehr, als sie Ferdinands besorgtes Gesicht sieht, als er mit dem Glas Wasser hereinkommt, sie auf die Stirn küsst und ihr sagt, dass er sie liebe. Wie kann sie jemals wieder einem ehrlichen Menschen unter die Augen treten? Angeekelt springt sie auf und übergibt sich.

Kapitel 09

Helene

Es dampft. Wie jeden Samstag wird aus der Waschküche ein Badezimmer. Die Verdunkelungsvorhänge sind vor die Fenster geschoben und das Wasser in dem großen Heizkessel blubbert behaglich. Helene wirft in regelmäßigen Abständen Holz hinein. Das Feuer zaubert beim Öffnen der schweren Eisentür warme, orange flackernde Schatten an die Wände und auf ihre Mädchen, die ihr samstägliches Baderitual begehen.

Gertrude sitzt in dem Wäschebottich, der als Badewanne dient, und Klara sitzt auf einem Stuhl direkt hinter ihr, wäscht ihr die langen Haare, spült sie mit klarem Wasser aus und seift sie erneut ein. Gertrude prustet, Klara gibt ihr einen liebevollen Klaps auf den Hinterkopf und spült ihrer pausenlos kichernden Schwester die Haare aus.

Es riecht nach Holzfeuer und Seife, Sauberkeit und Gemütlichkeit. Helene fühlt, wie zum ersten Mal seit Tagen die Schwere von ihren Schultern gleitet und sich im Wasserdampf verflüchtigt. Sie hat sich bis auf ihr Unterkleid ausgezogen und genießt den Schweißfilm auf der Haut, der ihr das Gefühl gibt, von innen nach außen sauber zu werden.

Fast zufrieden klemmt sie sich eines der Hühner, die sie heute Morgen geschlachtet hat zwischen die Beine, rupft ihm die Federn aus und erzählt ihren Mädchen die Neuigkeiten aus dem Dorf. Alles scheint friedlich und harmonisch und irgendwie richtig.

Helene liebt diese Momente. Dann vergisst sie sogar, dass Krieg ist, ihr Mann noch vermisst wird, sie einen Polizisten erschossen haben und ihr kleines Glück jeden Moment in sich zusammenfallen kann wie ein Kartenhaus oder eher auseinanderbersten wie ein Haus aus Glas, in das ein Stein geworfen wird.

Helene versucht, die Bilder von zerbrochenen Häusern, die ihr fragiles Glück symbolisieren, zu verscheuchen und rupft das Huhn umso energischer. Die weißen Federn, feucht durchtränkt vom Wasserdampf, schweben schwerfällig zu Boden.

Helene erzählt ihren Töchtern, dass sie für ihren Badetag heute den alten Weihnachtsbaum verfeuern wollte. Den Weihnachtsbaum, der dürr und fremd im Garten von Heinz steht – doch Heinz hat ihn nicht hergegeben. Er hat sich schützend vor ihn gestellt und eindeutig signalisiert, dass er nicht angefasst werden darf. »Heinz sah aus wie ein weißhaariger Schutzengel.« Sie lacht. »Oder vielleicht eher wie ein Racheengel.« Natürlich hat sie ihm seinen Baum gelassen. Sie hat sich zwar geärgert, denn sie konnte dieses Weihnachtsrelikt nicht mehr sehen, doch wenn er ihm so wichtig war, sollte er ihn halt behalten.

Sie schildert, wie Heinz darauf in den Wald ging, um neues Holz zu schlagen. »Er ist mit einem neuen Baum zurückgekommen und hat das Holz mit der Axt zerkleinert. Er musste sich nach jedem zweiten Axtschlag setzen, so anstrengend war die Arbeit für ihn. Aber er hat sie sich lieber aufgehalst, als »seinen« Baum herzugeben. Natürlich ist das frische Holz noch zu feucht zum Verbrennen. Das macht aber nichts.« Helene erzählt, dass sie immer noch gerührt ist von Heinz' eigenartiger Fürsorglichkeit und Loyalität, mit der er es allen recht machen will. Seiner Familie und einem alten Weihnachtsbaum, den er, so seltsam es auch ist, als Freund betrachtet. Sie würde gerne wissen, was in seinem Kopf vorgeht. Sie würde gerne wissen, was ihm widerfahren ist, warum er so geworden ist, wie er nun ist. Doch sie sind sich einig, dass sie das vermutlich nie herausfinden werden und dass das vielleicht auch besser ist.

Als Gertrude sauber ist, die Haut vom Schrubben rot und das frottierte Haar schon wieder gekräuselt, schickt Helene sie nach oben, um das Abendbrot vorzubereiten. Klara lässt das inzwischen lauwarme Wasser aus der »Badewanne« ab, sieht den Seifenschlieren zu, die auf der Wasseroberfläche wirbeln, sich gruppieren, neue Formen bilden und unaufhaltsam auf den Abfluss zufließen, schüttet heißes Wasser nach und legt sich mit einem wohligen Seufzen in die Wanne mit frischem Wasser.

Das Wasser schwappt über den Rand auf den Steinboden und bildet einen kleinen See, dann einen verzweigten Fluss, bis es im Abfluss verschwindet.

Sie öffnet ihr Haar und taucht unter. Das Wasser schließt sich mit einem leisen Glucksen über ihrem Kopf, das lange Haar bewegt sich träge auf der Wasseroberfläche. Hin und wieder steigt eine Luftblase auf. Stille. Noch eine Luftblase. Stille. Dann entsteigt dem Wasser lange Zeit keine Luftblase mehr. Allmählich wird es Helene unheimlich.

Fahrig legt sie das Huhn zur Seite und flüstert leise: »Klara?« Dann lauter: »Klara!« Sie springt auf, packt ihre Tochter an den schwebenden Haaren und reißt ihren Kopf aus dem Wasser.

Klara prustet und starrt ihre Mutter mit weit aufgerissenen Augen an. »Mama! Was ist denn los?«, kreischt sie vorwurfsvoll. »Du tust mir weh!«

Helene lässt los, muss dafür ihre Finger erst aus Klaras Haar herauszwirbeln. Sie stammelt: »Entschuldigung ... Du hast mir

Angst gemacht.« Und dann wütend: »Was soll das? Was denkst du dir dabei? Willst du dich umbringen?«

Sie starren sich an. Blaue Augen in grüne Augen. Helene denkt: »Wie die Augen ihres Vaters.« Sie flüstert: »Ich hatte Angst um dich.« Da wird ihr zum ersten Mal bewusst, dass sie schon seit einigen Tagen Angst um ihre Tochter hat, sie beschützen will und nicht weiß, was mit ihr los ist, wie sie an sie herankommen soll. Irgendetwas stimmt nicht mit ihr. Eigentlich ist ihr das schon kurz nach Weihnachten aufgefallen. Da wollte sie aber noch nichts sagen. Sie hat gedacht, es geht vorüber. Aber das tut es nicht. Sie lacht weniger, spricht weniger, scheint in sich gekehrt. Helene hat Angst um sie. Was ist mit ihr? »Klara«, sagt Helene zögerlich, »du bist so verändert. Ich mache mir Sorgen.« Dann sanft: »Erzähl's mir.«

Klara schließt die Augen, legt sich wieder in die Wanne zurück und bittet fast flehentlich: »Wäschst du mir die Haare?«

Helene setzt sich auf den Stuhl, auf dem vorhin noch Klara gesessen hat, rückt ihn zurecht, nimmt ein Stück Seife und zerreibt sie im nassen Haar ihrer Tochter. Sie spült Wasser nach, knetet, zieht und taucht ihre langen Strähnen ein. Es schäumt, sie massiert Klaras Kopfhaut und merkt, wie sich ihre Tochter endlich entspannt. Helene ist zufrieden mit der Harmonie, die sie wieder umgibt, der intimen Eintracht, und will eigentlich gar nichts wissen, nichts hören, hat Angst vor dem, was Klara ihr gleich erzählen wird.

»Ich war so dumm, Mama, so schrecklich dumm.« Sie schluchzt. Helene massiert ihr weiter die Kopfhaut »Und ich habe betrogen und gelogen.« Nun bricht ihre Stimme vollständig ab. Ihre Schultern schütteln sich so stark, dass Wasser über den Rand der Wanne schwappt. Helene streichelt ihr unbeholfen übers Haar, ist betroffen, lässt sie weinen, fühlt sich hilflos.

Endlich, als das Wasser bereits kühl wird und sie heißes nachgießen muss, beginnt Klara zu erzählen. Sie erzählt von

Gilbert, wie sehr sie sich, wie sehr sie alle sich in ihm getäuscht haben. Erzählt, was er von ihr verlangt, erzählt, dass er sie erpresst, dass er sie tatsächlich alle verraten will, wenn sie ihm diese Unterlagen nicht besorgt.

Helene hat das Gefühl, der Boden sinke unter ihren Füßen weg. Sie ist sprachlos, ungläubig, denkt: »Das kann nicht sein! Redet sie von Gilbert? Ihrem Gilbert, der ihnen geholfen, sie getröstet, sich um sie gekümmert hat?« Und doch weiß sie genau, dass ihre Klara so etwas nicht erfinden würde. Wie kann man sich in einem Menschen nur so täuschen?

Ihre Hände umklammern Klaras Hände, ihre Finger krampfen sich ineinander. Auch Helene ist jetzt nass. Das ist egal. Klara erzählt weiter. Erzählt, wie sie die Unterlagen geklaut hat, wie sie dafür den armen von Stein belügen musste, ihn schändlich betrogen hat, und dass sie sich so schrecklich schämt und nicht weiß, ob sie sich jemals wieder »sauber« fühlen kann.

Da erst findet Helene ihre Stimme wieder: »Du hast es für uns getan, Klara, nur das zählt.«

Sie räuspert sich: »Wo sind denn die Unterlagen?«

Klara setzt zu einer Antwort an, als ihr Blick am Fenster gegenüber hängenbleibt. Ihr Körper versteift sich, dann dringt ein gellender Schrei aus ihrem Mund. Helene hat so einen Schrei von Klara noch nie gehört. Erschrocken folgt sie dem Blick ihrer Tochter und sieht ein Gesicht oder eher nur ein Auge zwischen einem Spalt in den Verdunkelungsvorhängen.

Sie springt auf, rennt zur Tür, greift sich im Lauf den Spaten, der schon seit Wochen neben dem Eingang lehnt, schiebt den Riegel der Tür beiseite und rennt hinaus. Hinaus in die Dunkelheit, durchbrochen nur vom warmen Schein, der aus der Waschküche fällt. Helene schreit: »He! Wer ist da?«

Sie umklammert den Griff des Spatens fester und ist bereit, zuzuschlagen. Vorsichtig geht sie ums Haus, den kalten Schnee unter ihren nackten Füßen spürt sie nicht, ebensowenig die Kälte der Nacht, die nach ihrem leicht bekleideten Körper greift. Langsam gewöhnen sich ihre Augen an die Dunkelheit. Da! Ein Schatten kauert neben dem Pflaumenbaum. Sie rennt, den Spaten fest in der Hand, auf ihn zu und schreit: »He du, wer bist du? Was willst du?«

Der Schatten springt auf und flieht in die Nacht. Da erst bemerkt Helene, dass sie barfuß im Schnee steht, fühlt, wie ihr nasses Unterkleid schon zu gefrieren beginnt. Plötzlich zittert sie heftig. Sie wirft den Spaten neben sich in den Schnee und rennt zurück in die Waschküche, schiebt den Riegel vor, reißt sich das steife Unterkleid vom Leib und stellt sich zitternd vor den Heizkessel. Ihre kalten Füße kribbeln, stechen, rebellieren gegen die Hitze und kommen nur langsam zur Ruhe. Sie zittert nun nicht mehr vor Kälte, sondern vom nachlassenden Adrenalin.

Klara schiebt sie in die Badewanne. Sie soll sich beruhigen, aufwärmen, den Schreck abwaschen. Klara fragt, ob sie sehen konnte, wer da gewesen ist. Gemeinsam grübeln sie, wer in Frage kommt. Gilbert? Einer der anderen Franzosen? Etwa Onkel Heinz – nein, das würde er nie tun! Der Nazi-Nachbar? Ein Fremder? Was wollte der Beobachter? Ein Spanner? Wollte er nackten Frauen beim Baden zuschauen? Oder wollte er Geheimnisse hören? Kann man vor dem Fenster hören, was drinnen geredet wird?

Zusammen gehen sie nach oben in die Küche. Sie finden Gertrude auf der Küchenbank, schlafend, neben dem gedeckten Vespertisch. Helene ist froh, dass Gertrude nichts von all dem mitbekommen hat.

Mit überraschend großem Appetit essen sie das Abendbrot. Helene hat den Eindruck, dass durch ihr Gespräch eine Last von Klara gefallen ist. Sie kann sogar wieder mit Gertrude scherzen. Dafür fühlt Helene die Last der Erkenntnis und die Trauer über den Verrat umso schwerer auf sich. Gilbert, Gilbert, warum hast du das getan?

Plötzlich geht die Küchentür auf und der Nazi-Nachbar, Herr Zimmermann, steht in der Küche. Er reißt den Arm zum Gruß hoch, schreit zackig: »Heil Hitler« und bleibt abwartend vor ihnen stehen. Klara springt vom Tisch auf, stellt sich wütend vor ihn und schreit ihn an: »Mensch, Zimmermann, du sollst nicht immer ohne anzuklopfen hier hereinstürmen!«

Irritiert macht Zimmermann einen Schritt zurück. Es ist das erste Mal, dass er von Klara offen konfrontiert und zurechtgewiesen wird.

Er stammelt: »Ja, aber ...« Klara faucht: »Nichts ja aber, du kannst nicht einfach in unser Haus kommen!«

Helene sagt begütigend: »Klara, ist ja gut, er hat es verstanden.« Dann an Zimmermann gewandt: »Was willst du?«

Zimmermann fängt sich schnell wieder, blickt Helene herausfordernd an: »Ich wollte bei euch den Wehrmachtsbericht hören, mein Volksempfänger ist defekt. Und heute soll es eine Rede vom Führer geben.«

Helene nickt. »Geh schon mal ins Wohnzimmer und schalte das Radio an. Wir kommen nach.«

Zimmermann zieht geräuschvoll die Nase hoch, wirft Klara einen bissigen Blick zu und zischt: »Du solltest ein wenig netter zu mir sein ...« Dann geht er mit raschen Schritten hinüber ins Wohnzimmer. Warum sie ein wenig netter sein sollte, lässt er offen. Sie hören die Stimme des Nachrichtensprechers durch die Wände dröhnen.

Helene flüstert zu Klara: »Was sollte das? Du weißt, dass man ihm nicht trauen kann. Nachher holt er noch die Gestapo oder diese Schweine von der SS.«

Klara schnaubt und sagt ebenso leise: »Ach Mama, der holt gar niemanden. Weißt du nicht, dass der bis über beide Ohren in dich verliebt ist?«

Helene schaut sie ungläubig an. Klara fährt flüsternd fort:

»Der würde alles für dich tun. Was denkst du, wer dem armen François den Ledermantel untergejubelt hat?«

Helene japst überrascht: »Wie bitte?« Sie presst die Hand gegen ihren Mund. »Woher weißt du das? Und weshalb hätte er das tun sollen?«

Klara schüttelt den Kopf. »Ich weiß das nicht, ich vermute es. Nur so ergibt das alles einen Sinn.«

Sie richtet sich auf: »Ich glaube, er wollte den Verdacht von uns, von dir ablenken.«

Sie zögert. »Vermutlich war er es auch, der uns eben beobachtet hat, und nun will er testen, ob wir ihn verdächtigen.«

Helene wird unruhig. »Das wissen wir nicht, Klara. Wir wissen nicht, ob er das mit dem Ledermantel war. Aber wenn es so ist, wie du sagst, dann weiß er, dass wir etwas mit dem Tod des Polizisten zu tun haben.« Sie schüttelt nachdenklich den Kopf. »Er hat nie etwas erwähnt.«

Klara zuckt mit den Schultern. »Vielleicht wartet er auf die richtige Gelegenheit.«

Gertrude mischt sich ein. »Er hat Angst vor Onkel Heinz. Er würde nie etwas sagen. Und«, fügt sie hinzu, »ich glaube, er hat auch Angst vor Gilbert.«

Klara nickt. »Ich glaube, du hast recht. Doch falls er wirklich weiß, dass wir etwas mit dem Tod des Polizisten zu tun haben, ist er gefährlich für uns und wir müssen etwas unternehmen.«

Helene schließt die Augen. Sie weiß, dass Klara recht hat. Sie nimmt Gertrude in die Arme und flüstert ihr zu, dass sie sich keine Sorgen zu machen braucht. Aber eigentlich flüstert sie sich das selbst zu.

Über Gertrude hinweg betrachtet sie nachdenklich ihre älteste Tochter. Helene ist stolz auf Klara. Sie hat das Gefühl, sie ist stärker geworden, unabhängiger. Sie lässt sich nichts mehr gefallen, ist aufrecht und selbstbewusst. Sie hätte sich nur für Klara gewünscht, dass es für diese Entwicklung nicht so viel emotionale Zerrissenheit gebraucht hätte. Doch sie hat keine Angst mehr um sie. Sie weiß, dass Klara ihren Weg machen wird.

Helene wendet sich an Gertrude: »Und du sagst keinem etwas, verstanden?« Gertrude nickt heftig. Aber natürlich. Helene weiß, sie hätte das nicht extra sagen müssen. Auf Gertrude kann sie sich verlassen. Ebenso wie auf Klara und auf Onkel Heinz – und sonst auf niemanden. Traurig und wütend denkt sie an Gilbert.

Gemeinsam gehen sie hinüber ins Wohnzimmer zu Zimmermann, der sich einen Stuhl geholt hat und direkt vor dem Volksempfänger sitzt. Mit andächtigem Gesichtsausdruck lauscht er den Worten des Führers. Adolf Hitler ruft zum »Endsieg« auf und verweist auf den Einsatz von »Wunderwaffen«. Als die Parteihymne erklingt, steht Zimmermann stramm und streckt den rechten Arm aus. Helene und die Mädchen verzichten darauf und gehen leise zurück in die Küche.

Kapitel 10

Polizei-Hauptwachtmeister Hägele

»Kein Mensch will im Moment Silberbesteck kaufen!« Das vernarbte Gesicht des alten Ganoven bekommt einen trotzigen Ausdruck. »Und Ölgemälde erst recht nicht.«

Hägele packt ihn am Revers, zieht ihn dicht an sich heran, riecht den fauligen Atem und lässt ihn schnell wieder los. »Und der Schmuck? Was hast du für den Schmuck bekommen?«

Hägele umrundet seinen Schreibtisch, stellt sich dahinter, stützt sich mit beiden Armen auf, blickt ihn drohend an und flüstert: »Und bescheiß mich nicht!«

Der Ganove kommt beflissen näher. »Nein, nein, wie könnte ich Sie bescheißen!« Er greift in seine Innentasche und zieht ein dickes Kuvert heraus: »Hier, das ist für die Perlenkette und das Diamantenarmband ... und den Ring!« Als er den drohenden Blick Hägeles sieht, sagt er jammernd: »Den restlichen Schmuck habe ich noch. Das geht nicht so schnell ... nicht in diesen Zeiten.« Er übergibt Hägele eifrig das Geld. »Für den restlichen Schmuck muss ich weiter weg. Vielleicht in die Schweiz. Das kann etwas dauern.«

Hägele nimmt das Geld, zählt es ab, gibt ihm zwei Scheine zurück. »Hier, nimm das für deine Mühen – und lass dich nicht mit dem Schmuck erwischen. Wenn doch ...« Hägele hält sich den Zeigefinger an die Schläfe und zieht den Zeigefinger durch, als würde er den Abzug einer Pistole drücken. Der Ganove wird bleich. »Ich schweige wie ein Grab!« Hägele schaut ihn nachdenklich an. »Ich weiß.«

Hägele ist unzufrieden. Für den Schmuck konnte das Narbengesicht zwar mehr Geld erzielen, als er erwartet hat, aber er will vor allem die Ölgemälde loswerden. Die sperrigen großen Bilder, die so schwer zu verstecken sind. Momentan stehen sie wieder dick eingewickelt im Nebenzimmer. Doch er muss einen besseren Platz finden. Das ist zu unsicher.

Seine Freunde von der SS wollten jemanden schicken, der den Tod des gefolterten Zwangsarbeiters untersucht. Das hat er zum Glück abwenden können. Er hat ihnen versichert, dass es am Selbstmord keine Zweifel gebe. Auch wenn er sich dessen selbst nicht so sicher ist. Doch das ist eine andere »Baustelle«. Eine, um die er sich noch kümmern muss.

Die Herren von der SS haben ihn angebrüllt, ob er Stroh im Kopf habe, dem Häftling einen Gürtel zu geben – wie könne er nur! Dass von einem Dorfpolizisten aber auch nicht mehr zu erwarten sei. Allerdings brauche Hägele nicht zu glauben, in seinem Polizistenleben jemals wieder befördert zu werden.

Tja. Hägele hatte das so hingenommen. Lieber ein Anschiss als so ein schnüffelndes SS-Arschloch, das zufällig über seine »Beute« stolpern könnte. Denn falls auffliegen sollte, dass er und Müller sich die eigenen Taschen voll gestopft hatten, dann wäre so ein Anschiss und die Drohung, in seiner Karriere nicht mehr aufzusteigen, sein kleinstes Problem.

Und dann hat er zu allem Überfluss auch noch die keifende Witwe von Müller am Hals, die Geld sehen will. »Ihren« Anteil. Die blöde Kuh denkt tatsächlich, dass sie jetzt reich ist.

Nun gut. Bekommt sie halt einen Teil vom Schmuckgeld. Damit ist sie erst einmal ruhiggestellt. Doch er weiß, dass sie spätestens in zwei Wochen wieder vor der Tür steht und mehr will. Aber das Problem wird er lösen, wenn es soweit ist. Eins nach dem anderen.

Kapitel 11

Ferdinand von Stein

Er wartet auf dem Feldweg. Es ist noch dunkel. Er weiß, jeden Moment muss Klara mit dem Fahrrad auf dem Weg zur Arbeit hier entlangkommen. Er hat sich lange überlegt, ob er sie einfach so auf offenem Feld abpassen soll. Doch ihm ist kein besserer Ort eingefallen, um sie zur Rede zu stellen.

Die Unterlagen zum Sturmgewehr sind weg. Um ihn an der Nase herumzuführen und die Tat zu vertuschen, sind dafür leere Blätter in den Tresor gelegt worden. Und er kann sich noch so sehr wünschen, dass es vielleicht jemand anderes gewesen sein könnte – leider hatte nur Klara die Möglichkeit dazu.

Seit er sich das eingestanden hat, fühlt er nichts mehr. Er ist wie tot. Nicht mal wütend. Nur leer. Er musste seinen ganzen Willen zusammennehmen, um hierher zu fahren und sie zur Rede zu stellen.

Eigentlich hat er, nachdem ihm klar war, dass nur Klara ihn beklaut haben konnte, seine Sachen packen und nach Berlin fahren wollen. Einfach alles zurücklassen. Doch Berlin gibt es nicht mehr. Zumindest nicht das Berlin, das er einmal gekannt hat. Und auch sonst gibt es keinen Platz auf der ganzen Welt, wo er hin könnte. Es ist Krieg, jeder kämpft gegen jeden. Wie konnte er so blöd sein und trotzdem an die Liebe glauben?

Von Stein raucht schon die vierte Zigarette und bläst den Rauch aus dem halb aufgeklappten Seitenfenster in die kühle Morgenluft. Wo bleibt sie nur? Da. Vor ihm taucht ein Schatten in der Morgendämmerung auf. Ist das Klara? Ohne Fahrrad? Langsam schlurfend wird der Schatten größer und formt sich zu einer kleinen, schmalen, gebeugten Person. Auf seiner Höhe angekommen, grinst ihn eine alte Frau an. Sie klopft ans Wagenfenster. »Hier riecht es köstlich nach Zigarettenrauch. Hast du auch eine für mich? Wäre ich der Feind, hätte ich dich schon auf fünfhundert Meter gerochen.«

Von Stein kurbelt das Seitenfenster herunter und hält ihr seine Zigarettenpackung hin. Ein widerlicher, saurer Geruch schlägt ihm entgegen. Er unterlässt es, ihr zu sagen, dass der Feind auch sie auf fünfhundert Meter riechen könnte. Sie greift in die Packung und zieht zwei Zigaretten heraus.

»Für mich und meinen Sohn. Vergelt's Gott.« Und schon ist sie verschwunden. Von Stein hat das Gefühl, einem Geist begegnet zu sein.

Er lehnt sich auf dem Sitz zurück, lässt das Fenster offen, begrüßt fröstelnd die kalte Luft und zieht den Mantelkragen höher.

Ob er Klara verpasst hat? Hätte er mal die Alte gefragt, ob sie eine junge Frau auf einem Fahrrad gesehen hat. Langsam wird ihm die Warterei zu blöd. Er könnte ja einfach der Gestapo melden, dass eine Spionin im Werk tätig ist. Wahrscheinlich würde er sogar einen Orden dafür bekommen. Wenn ihm bei dem Gedanken nur das Herz nicht so unendlich schwer würde. Dabei hat er doch gerade eben rein gar nichts gefühlt?

»Ferdinand, was machst du denn hier?« Endlich. Als er ihre Stimme hört, klopft sein Herz wie wild und sein Mageninhalt macht einen aufgeregten Sprung. So viele Gefühle in kürzester

Zeit, und das, obwohl er eben noch dachte, er wäre wie tot und könne nie wieder etwas fühlen.

Er steigt schnell aus. »Klara, wir müssen reden.« Sie sagt nichts, schaut ihn nur an. Ihre Augen glitzern im beginnenden Morgengrauen. Schweigend hebt er ihr Fahrrad ins Auto, sie setzt sich neben ihn und er fährt los.

Und dann kommt alles ganz anders, als er erwartet hat. Anstatt dass er sie zur Rede stellt, redet sie, erzählt ihm, dass sie die Unterlagen geklaut habe und dass sie sich schäme, dass es ihr leid tue, ihn derart betrogen zu haben, erklärt ihm, dass Gilbert sie erpressen kann und sie es deshalb getan hat. Sie sagt ihm allerdings nicht, womit er sie erpressen kann. Das ist aber auch egal. Anstatt wütend zu werden, sie zu verachten, enttäuscht von ihr zu sein, vielleicht auch entsetzt, flackert seine Liebe wieder auf, höher und heller als je zuvor.

Als Klara mit den Worten endet: »So, jetzt weißt du alles, das meiste jedenfalls. Was machst du jetzt mit dem Wissen? Zeigst du mich an?«, hält er am Straßenrand und nimmt sie in die Arme.

Er fragt sie, ob sie die Unterlagen schon übergeben habe, und als sie verneint, erklärt er ihr seinen Plan. Er würde die Konstruktion neu zeichnen, aber ein paar Fehler einbauen. So könne sie ihrer »Verpflichtung« nachkommen und gleichzeitig würden sie ihr Land nicht verraten. Von Stein lacht. »Bis die Franzosen herausgefunden haben, dass da ein Fehler in den Berechnungen ist, ist der Krieg bereits zu Ende.«

Klara sagt leise: »Vielleicht wäre es besser, wenn die Franzosen die richtigen Pläne bekommen, dann wäre der Krieg vielleicht noch schneller zu Ende.«

Von Stein schaut ihr ernst in die Augen. »Du weißt, das ist Hochverrat. Für so einen Satz kannst du erschossen werden.«

Klara erwidert seinen Blick. »Sollte man nicht alles tun, was man in der Hand hat, um diesen Krieg zu beenden?«

Von Stein lehnt sich im Autositz zurück. »Weißt du, mein Vater war Oberst im Ersten Weltkrieg. Er fand den Krieg damals nicht richtig, trotzdem hat er für sein Vaterland gekämpft. Das hat seine Ehre von ihm verlangt.«

Er räuspert sich. »Ich, und das sage ich zum ersten Mal laut, ich verachte die Nazis. Ich finde es widerwärtig, was sie tun und wie sie agieren. Doch ich kann mein Vaterland nicht verraten. Nicht so.« Er schüttelt den Kopf. »Es würde auch nichts mehr ändern. So oder so ist der Krieg für uns verloren.«

Klara schaut ihn überrascht an. »Das ist jetzt aber auch Hochverrat, was du da sagst, und wehrkraftzersetzend. Dafür kannst du auch erschossen werden.«

»Tja«, von Stein schmunzelt, »dann haben wir beide uns jetzt auch noch gegenseitig in der Hand.«

Sie fahren weiter und von Stein kann kaum glauben, wie glücklich man sich in so einer verworrenen und gefährlichen Situation fühlen kann.

Kurz vor den ersten Häusern der Stadt fängt es an. Bombenalarm. Der grelle, klagende Schrei der Sirene hallt aus dem Talkessel die Serpentinen hinauf, die von Stein zusammen mit Klara hinunterfährt. Und dann, fast zeitgleich, hören sie das Brummen von Propellermaschinen. Klara zischt: »Kehr um, fahr nicht hinein in den Bombenkessel.«

Von Stein nickt, ist überraschend ruhig und konzentriert. Er macht eine Vollbremsung und fährt rückwärts bis zu der Waldeinfahrt, an der sie eben vorbeigefahren sind. Der Waldweg ist voll Schnee. Ein zäher, nasser, schwerer Schnee. Von Stein gibt Gas und befährt den Waldweg, bis die schmalen Räder des Autos auf dem unbefestigten Untergrund durchdrehen. Sie steigen aus dem Auto, von Stein nimmt Klaras Hand und gemeinsam rennen sie den ansteigenden Waldweg entlang, rutschen aus, rennen weiter und arbeiten sich im Schneematsch keuchend die Anhöhe hinauf.

Durch die Baumwipfel sehen sie die Maschinen. Wie übergroße Insekten brummen sie über die beiden hinweg. Sie sehen nur Fragmente durch die Bäume schimmern, hier eine Tragflächenspitze, da ein rotierender Propeller an einer gelben Schnauze, das verkürzte Dreieck eines Seitenruders.

Es ist unmöglich zu sagen, wie viele feindliche Flugzeuge über ihnen sind. Das tiefe Brummen der Propeller, bei dem man das Gefühl hat, dass es die Zahnplomben erzittern, die Knochen vibrieren, das Blut kochen lässt, hüllt sie ein, durchdringt sie, scheint von überall herzukommen. Ein Requiem des Todes, das Konzert des Krieges. Direkt aus dem Himmel. Unausweichlich.

Von Stein führt Klara unbewusst zu seiner Lieblingsstelle über der Stadt. Hier, auf diesem Felsvorsprung, kauern sie sich in den Schatten der Bäume und beobachten im Schutz eines Felsens, wie sieben, nein acht Jagdflugzeuge wie ein Schwarm Insekten über die Stadt schwirren. Zum Greifen nahe. Von Stein hat das Gefühl, er müsste nur die Hand ausstrecken, um sie zu berühren, sie zu fassen und herunterzuklatschen – so wie man es mit Insekten tut. Schaut da nicht ein Pilot aus seinem Glascockpit direkt zu ihm herüber?

Es sind Amerikaner. Der fünfzackige helle Stern auf dunklem kreisrunden Grund leuchtet bedrohlich und machtvoll. Die Flugzeuge überfliegen die Stadt, drehen ab, kommen wieder zurück, breiten sich aus wie ein Fächer, steigen in die Höhe, und plötzlich fällt aus dem Bauch eines jeden Insekts ein dickes, längliches, schwarzes Ei herab.

Die Eier schweben zu Boden, ganz leicht, ganz sanft, und man denkt, sie würden einfach auf der Erde abprallen oder zerplatzen wie Seifenblasen. Stattdessen verwandeln sie sich beim Aufprall in rauchende Krater die alles verschlingen, was eben noch da war. Die brutale Wucht der Detonation lässt die Erde erzittern.

Klara und von Stein halten sich die Ohren zu und umklammern sich. An acht Stellen raucht es, einige Feuerherde breiten sich aus. Von Stein glaubt, in dem allgemeinen Chaos menschliche Schreie zu hören. Sie lassen ihm das Blut in den Adern gefrieren. Und trotzdem ist er erleichtert. Das Haus seiner Mutter scheint noch zu stehen, und auch die Waffenfabrik scheint unbeschadet zu sein.

Die Jagdflugzeuge kommen wieder zurück, tiefer nun, knapp über der Seilsperre und beschießen die Stadt mit Bordwaffen. Die schweren Maschinengewehre rattern systematisch und effizient über die Stadt. Parallel. Von einer Seite zur anderen und wieder zurück.

Und dann, als wäre nichts gewesen, drehen sie ab. Fliegen knapp an von Stein und Klara vorbei. Nur wenig höher. Von Stein streckt ihnen die Faust entgegen. Ungerührt fliegen sie weiter und werden immer leiser.

Er brüllt ihnen hinterher, dass sie feige Hunde wären. Klara stimmt ein und gemeinsam schreien sie ihre Angst, ihre Erleichterung, ihr Glück, dass sie noch am Leben sind den immer kleiner werdenden schwarzen Punkten hinterher.

Als diese nicht mehr zu sehen sind, schauen sich von Stein und Klara an und fallen sich lachend und schluchzend in die Arme. Von Stein fühlt den festen Körper von Klara gegen seinen gepresst, fühlt durch die dicke Kleidung ihre Brüste und zieht sie noch enger an sich. Wie von selbst finden sich ihre Münder, wie selbstverständlich öffnen sich ihre Kleider. Überschwängliche Worte der Liebe und die fahrige Hektik der Leidenschaft lassen sie beide kichern. Keiner von ihnen denkt mehr an Zurückhaltung, oder an irgendwelche unsinnigen Anstandsregeln, die der Krieg sowieso ad absurdum geführt hat, denn wer weiß schon, ob sie morgen noch leben.

An den Baumstamm einer Tanne gelehnt, gleiten sie langsam nach unten auf den Waldboden. Eng umschlungen lernen sich ihre Körper kennen, sprechen miteinander, fragen, antworten und erst die Kälte der nassen, groben Schneekristalle, die ihm wie Nadeln unter sein geöffnetes Hemd piksen, reißen ihn jäh aus diesem Zauber, zurück in die Wirklichkeit: Seine Mutter! Oh mein Gott! Ob sie noch lebt? Mit aller Macht bricht die Angst über ihn herein und lässt seinen Körper gefrieren.

Ernüchtert und ein wenig beschämt rücken sie ihre Kleidung zurecht und klopfen sich gegenseitig den Schnee und den Schmutz des Waldbodens ab. Voll Sorge machen sie sich an den Abstieg.

Von Stein hofft, dass seine Mutter sofort, als der Alarm eingesetzt hat, in den Keller gegangen ist. Er weiß, dass sie in Berlin manchmal aus Trotz im Bett liegen blieb. Der Feind kann eine von Stein nicht einschüchtern, wie sie ihm damals stolz in einem Brief schrieb. Er hatte sie in seinem Antwortbrief gebeten, nein bekniet, so etwas nie wieder zu tun. Worauf sie ihm zurückschrieb, dass er schon immer ein wenig ängstlich und schwächlich gewesen sei.

Rutschend und stolpernd erreichen sie das Auto, das wie ein erstarrter schwarzer Käfer auf sie wartet. Klara schiebt das Auto von vorne an und von Stein lenkt es rückwärts zurück auf die Straße. Trotz der Sorge um seine Mutter, glüht von Stein geradezu von innen. Seine Lippen sind vom Küssen geschwollen und seine Kehle ist von seinen Schreien und Drohungen gegen die Jagdflieger noch ganz rau. Wann hatte er sich jemals so gehenlassen, hatte unbeherrscht geschrien und getobt und geküsst? Noch nie! Mein Gott, war das ein befreiendes Gefühl. Und das zusammen mit Klara. Er tastet nach ihrer Hand und nimmt sie fest in seine. Sie erwidert den Druck. Er fühlt sich eng mit ihr verbunden.

In der Stadt regiert das Chaos. Die Straßen sind beherrscht von Panik, von Angst und Wut und dem Gefühl der Ohnmacht, des Ausgeliefertseins. Die Menschen löschen Brände, irren durch die Gassen und rufen angstvoll die Namen ihrer Lieben, die sie irgendwo verloren haben. Die Eisenbahnunterführung ist zerstört, dort kommen sie nicht durch. Sie stellen das Auto ab und holen Klaras Fahrrad heraus. Kurzerhand setzt sich Klara auf den Sattel und von Stein tritt stehend die Pedale. Irgendwie schaffen sie es mit vielen Umwegen zum Haus seiner Mutter. Die ehemals schöne Jugendstilfassade ist von Löchern durchsiebt. Die meisten Fenster sind zerbrochen. Auch die Fenster in der Etage, in der seine Mutter ihre Wohnung hat. Die Angst um sie wird übermächtig. Sie greift nach seinem Herz und lässt ihn schwer atmen. Er steigt vom Fahrrad ab, bittet Klara, auf ihn zu warten und rennt die Treppen hoch. Eine Nachbarin kommt ihm mit verquollenem, verweintem Gesicht entgegen. Er fragt sie nach seiner Mutter. Sie schüttelt stumm den Kopf und geht weiter.

Vor der Wohnungstür bleibt von Stein stehen, atmet tief durch und klopft gegen die Tür: »Mama, Mama, bist du in der Wohnung?«

Niemand antwortet. Er klingelt und klopft nun gleichzeitig »Mama, Mama?« Doch sie scheint nicht da zu sein. Darauf rennt er, immer zwei Stufen auf einmal nehmend, die Treppen hinunter in den Keller. Er findet mehrere Hausbewohner im Dunklen kauernd, sagt ihnen, dass sie wieder hoch könnten, es vorbei sei und fragt nach seiner Mutter. Niemand hat sie gesehen.

Ratlos läuft er zurück auf die Straße, dreht sich unschlüssig im Kreis und hat keine Vorstellung, wo seine Mutter in dieser ihr fremden Stadt sein könnte. Klara versucht ihn zu beruhigen, sagt ihm, dass seine Mutter vermutlich noch ganz andere Angriffe in Berlin erlebt und überlebt habe, und bestimmt genau wüsste, was in solch einer schlimmen Situation zu tun sei. Von Stein ist sich dessen nicht so sicher.

Da ihm nichts Besseres einfällt, rennt er erneut nach oben. Klopft nochmals gegen die Eingangstür, legt sein Ohr an das dicke Holz und lauscht angestrengt. Ist da nicht ein Summen zu hören? Eine Melodie? Er ruft: »Mama, du bist doch da! Ich kann dich hören! Öffne sofort die Tür.«

Als sie immer noch nicht öffnet, macht er einen Schritt zurück und wirft sich mit aller Kraft gegen die Tür. Ein heller Schmerz explodiert in seinem Arm. Die Tür gibt nicht nach. Er macht nochmals einen Schritt zurück, reibt sich den schmerzenden Arm, überlegt es sich anders, und tritt mit einem schnellen Stoß neben den Türknauf. Krachend öffnet sich die Tür. Holzsplitter fallen herunter.

Er findet seine Mutter im Morgenmantel am Esstisch im Wohnzimmer sitzend. Die Haare sind frisiert und die Lippen leuchten hell geschminkt. Vor ihr steht eine Tasse Kaffee. Sie schaut nicht auf und summt einfach weiter.

»Mama!« Von Stein ist mit zwei Schritten im Zimmer. Er kniet sich vor sie und umfasst ihre Hände, die parallel auf der Tischkante liegen. Sie sind eiskalt. Unbeholfen streichelt er über ihren Handrücken und ist betroffen, als er die vielen Altersflecken darauf entdeckt. Warum hat er die früher nie gesehen? Sanft fragt er: »Mama, was ist mit dir?«

Frau von Stein hebt den Kopf, unterbricht das Summen, sieht ihren Sohn überrascht an und sagt tonlos »Schau bitte mal nach Martha, die dumme Frau wollte die Katze des Nachbarn vom Dach gegenüber scheuchen.« Frau von Stein verzieht spöttisch den Mund. »Sie dachte, die würde von da oben sonst noch herunterfallen.« Verschwörerisch zieht sie ihren Sohn zu sich heran. »Dabei weiß doch jeder, dass Katzen sieben Leben haben.«

Von Stein geht mit großen Schritten ins Nebenzimmer und findet die Haushälterin mit dem Gesicht nach unten vor dem offenen Fenster liegen. Er kniet sich neben sie und dreht sie um. Blut glitzert fremd und falsch in ihrem Mundwinkel und tropft träge auf den Fußboden. Sie ist tot. Ein Querschläger hat sie getroffen. Von Stein schließt ihr die weit aufgerissenen Augen, die starr der Unendlichkeit entgegenblicken. Als er aus dem Wohnzimmer ein helles, auf- und abschwellendes Wimmern hört, das nur von seiner Mutter kommen kann, hat er das Gefühl, als würde ihm das Blut in den Adern gefrieren. Klara hat er ganz vergessen.

Kapitel 12

Onkel Heinz

Die Ziegen stehen einfach nur auf der Weide. Sie stecken den Kopf hin und wieder in das Stroh, das aufgehäuft im Schnee liegt, kauen, sehen sich aufmerksam um und tun, was Ziegen eben so tun. Heinz betrachtet sie, beneidet sie. Er würde sich gerne zu ihnen gesellen und sich mit ihnen, in stiller Eintracht, dem trägen Augenblick hingeben.

Doch als er gerade den Zaun zur Weide übersteigen will, hält er irritiert inne. Etwas stimmt nicht. Seine Nackenhaare stellen sich auf. Schnüffelnd wie ein Hund hält er die Nase in die Luft und fühlt, wie ein tiefes Brummen seine Eingeweide erzittern lässt. Die Vibration scheint direkt aus seinem Körper zu kommen, nach außen zu schwingen und zieht fast schmerzhaft die Poren zu einer Gänsehaut zusammen.

Er spürt sie, bevor er sie sieht. Nur tieffliegende Flugzeuge lassen die Luft so bedrohlich erzittern, dass ihr Druck körperlich fühlbar ist. Entsetzt weicht er zurück auf den Feldweg, und plötzlich sind sie über ihm. Ein ganzes Geschwader. Es sind acht Jagdflugzeuge. Amerikaner. Eines der Jagdflugzeuge bricht aus der Formation aus, prescht über die Weide und scheucht die ganze Herde auf. Nur eine Ziege bleibt stehen. Sie kaut ungerührt weiter. Heinz hält den Atem an.

Harte, kalte Maschinengewehrsalven lassen die Ziege straucheln. Ihre Vorderbeine sacken zusammen, dann knicken ihre Hinterbeine ein und sie fällt in den Schneematsch – einfach so. Der Flieger zieht wieder hoch, schließt sich seinem Geschwader an und fliegt weiter als wäre nichts gewesen. Die Herde beruhigt sich und tut, was Ziegen eben so tun. Abseits liegt warm und unbeachtet der Kadaver ihrer Herdengenossin, inmitten von rotem Schnee.

Für Heinz steht die Zeit still. Er steht regungslos auf dem Feldweg, gefangen in wirren Gedanken. Gedanken, die sich nicht greifen lassen, die ihn aber dumpf und brutal malträtieren, ihn schlagen und stoßen und schütteln. Er muss sich übergeben. Würgend liegt er auf dem Boden und der Schnee schmilzt langsam unter ihm.

Und dann plötzlich, er weiß nicht wie viel Zeit vergangen ist, plötzlich, als hätten sie es sich anders überlegt, kommen die Jagdflugzeuge zurück. Acht Stück. Sie ziehen einen Kreis um die Weide und fliegen tief und bedrohlich auf ihn zu. Ihr dunkles Brummen lässt ihn erneut erzittern. Die Ziegenherde schreckt auf und rennt panisch durcheinander. Braune, aufgeregte Flecke vor weißem Hintergrund durchbrechen den Weidezaun. Heinz hört Maschinengewehre rattern und sieht die Ziegen fallen. Unter ihren Körpern färbt sich der Schnee rot. Die Jäger steigen wieder auf und fliegen davon, als wären sie gesättigt. Stille bleibt zurück und ein metallischer Geruch nach Blut hängt in der Luft.

Heinz macht zwei Schritte auf die Kadaver zu, bleibt stehen, sieht um sich herum Einschusslöcher im Schnee und fragt sich, warum er nicht getroffen wurde, warum er noch lebt und weiß nicht, was er tun soll. Er ist starr vor Grauen. Und plötzlich, erst ganz langsam, dann mit aller Macht, überfluten ihn

Bilder aus der Vergangenheit. Sie schwappen über ihm zusammen und lassen ihn nach Luft japsen.

Erinnerungen, unheilvoll dem Vergessen entstiegen. Eine nach der anderen. Er sieht, wie Körper fallen, Junge und Alte, Frauen und Kinder. Er sieht, wie alles rot wird, dann gelb und dann schwarz. Er hört die Schreie, die Bitten, das Flehen, riecht den Schwefel der den Gewehren entströmt und den metallenen Geruch von Blut – als hätten sich die Schleusen der Hölle geöffnet, als hätte sie ihre willigen Diener entlassen, um der Welt das Böse zu bringen. Und er ist einer davon.

Die Schuld wirft ihn zu Boden, neben die toten Ziegen, sie lässt ihn sich winden im roten Schnee und drehen und jammern und weinen. Er muss sich nochmals übergeben. Doch es hilft nichts. Fest und brutal umklammert sie seine Brust und frisst sich in seinen Kopf. Und er weiß, er wird sich nie wieder in die Dunkelheit des Vergessens retten können. Und er weiß, es ist die Zeit gekommen, um zu handeln.

Kapitel 13

Klara

Klara steht nun schon zum wiederholten Mal vor dem Spiegel. Sie beugt sich vor, zieht die Lippen nach, pudert ein wenig Rouge auf ihre Wangen und zupft sich die Haare zurecht.

Oh, vermutlich wird er sie fast nicht wiedererkennen. Sie sieht aber auch wirklich völlig verändert aus. Sie hat sich die Haare abschneiden lassen und trägt jetzt einen neumodischen Pagenkopf. Es war ein spontaner Entschluss. Einen Tag nach dem Bombenangriff ist sie in der Stadt zum Friseur gegangen, hat auf das Foto einer Filmschauspielerin in einer der Illustrierten gezeigt, und schon waren ihre langen blonden Zöpfe Vergangenheit.

Während des Schneidens hatte sie die Augen fest verschlossen und als sie sie wieder öffnete, saß eine fremde Frau auf ihrem Stuhl. Eine fremde, aparte Frau. Sie konnte es nicht fassen, dass sie das war, mit dem langen Hals, der geraden Nase, dem entschlossenen Mund, den stechend blauen Augen und dieser modischen Frisur. Sie sah aus wie aus einem dieser Magazine entstiegen. Ihr erster Gedanke war, ob sie wohl so ihrer Mutter unter die Augen treten könne. Doch ihre Sorge war unbegründet. Ihre Mutter war erst sprachlos, doch dann lächelte sie, und sagte zögernd, mit einem irgendwie traurigen und gleichzeitig stolzen Tonfall, dass ihr jetzt vielleicht das Dorf zu klein werden würde. Klara weiß nicht genau, was sie damit meinte. Sie fragte aber auch nicht nach.

Zufrieden dreht sie den Kopf, betrachtet sich von links und nochmals von rechts, und atmet tief durch. Langsam wird sie nervös. Gleich ist Übergabe. Gleich wird sie Gilbert die Pläne und Skizzen der neuen Waffe übergeben und ihn danach hoffentlich nie, nie wiedersehen.

Von Stein hat alles für sie vorbereitet, hat in die Berechnungen kleine Fehler gemogelt und hat alles neu gezeichnet. Alles in zwei Nächten, sodass niemand in seinem Büro etwas bemerkt hat. Und das, obwohl seine Frau Mama, die alte Hexe, nach dem Tod ihrer Haushälterin nicht mehr alleine in ihrer Wohnung sein wollte. Von Stein hatte kurzerhand eine Krankenschwester engagiert, die nachts bei seiner Mutter blieb. Wie er die Krankenschwester so schnell auftreiben konnte, hatte er ihr nicht verraten. Klara vermutet, dass er sie schon seit einer Weile kennt und spürt zum ersten Mal so etwas wie Eifersucht, die sie aber so schnell wie möglich zu verdrängen versucht.

Es klopft. Klara erschrickt. Er ist schon da! Sie zählt leise rückwärts »Zwanzig, neunzehn, achtzehn ...« schluckt, zählt weiter »... siebzehn, sechzehn, fünfzehn ...« Es klopft noch einmal »... vierzehn, dreizehn, zwölf, elf ...« Er soll warten. »... vier, drei, zwo, eins.«

Sie öffnet die Eingangstür und Gilbert steht vor ihr. Sie starren sich an. Seine Augen werden groß »Mon dieu, Claire ...«

Klaras Herz klopft ihr bis zum Hals. Sie hätte nicht gedacht, dass seine Anwesenheit sie emotional nochmal so überrumpeln könnte. »Claire, bist du schön!«

Klara ignoriert seine Worte, macht einen Schritt zurück und lässt ihn herein. Sie geht voraus in die Küche. Auf dem

Küchentisch liegen die Unterlagen. Schnippisch sagt sie zu ihm: »Hier. Alles, was du wolltest. Alles zu dem neuen Sturmgewehr.«

Schnell geht er hin, öffnet den Ordner, entrollt die Zeichnung, blättert die Unterlagen durch und schaut dabei immer wieder zu Klara. Er mustert sie mit einem Blick, den sie nicht deuten kann, um sich gleich darauf wieder auf die Unterlagen zu konzentrieren.

Auch Klara mustert ihn. Sie hat ihn seit dem grauenhaften Abend, an dem er sie verraten hat, ihr gedroht hat, sie erpresst hat und ihr gesagt hat, dass sie Feinde sind, nicht mehr wirklich gesehen. Sie ist ihm aus dem Weg gegangen. So gut es eben ging. Sie hatte ihm lediglich zweimal, auf sein Drängen hin versichert, dass sie ihm die Unterlagen besorgen würde.

Sie betrachtet ihn mit unterschiedlichen Gefühlen. Er ist schmal geworden. Seine dichten, langen Wimpern umschatten beim Lesen die eingefallenen Wangen. Um den Mund hat sich eine Falte gebildet, die sie vorher noch nie gesehen hat. Und ein Gefühl der Zärtlichkeit überrumpelt sie. Sie versucht, es abzuschütteln. Mein Gott! Dieser Mann hat sie und ihre Familie bedroht! Sie versucht dieses unangebrachte Gefühl zu unterdrücken und versucht in ihre Stimme so viel Kälte wie möglich zu legen »Und? Alles zu deiner Zufriedenheit? Lässt du uns nun in Frieden?«

Gilbert schaut von den Unterlagen auf, schaut sie an und sagt leise »Claire, es tut mir leid wie alles gekommen ist.«

Er geht auf sie zu, zögert. »Bevor ich gehe, möchte ich dir noch etwas sagen.« Er atmet tief durch. »Weißt du, in einer anderen Zeit, in einem anderen Leben, wären wir beide ...«, er schluckt, »... Claire ...«

Klara unterbricht ihn: »Sei still, Gilbert!« Sie macht einen Schritt auf ihn zu und fährt empört fort: »Wir waren Freunde! In diesem Leben und zu dieser Zeit!«

Sie wird noch wütender. »Wir waren Freunde, das dachte ich jedenfalls, bis du mir und meiner Familie den Krieg erklärt hast. Und jetzt nimm diese verdammten Unterlagen und geh! Geh und komm nie wieder.« Sie fügt hinzu: »Ich hoffe die Unterlagen waren es wert!«

Betroffen, mit hängenden Armen steht Gilbert vor ihr. »Ich werde gehen und ich werde nicht wiederkommen. Doch ich weiß«, er schluckt, »ich weiß, jede Nacht bevor ich einschlafe, werde ich dein Gesicht vor mir sehen.«

Beinahe ist es Klara so, als würde der Hauch eines warmen Sommermorgens zu ihr herüberwehen, sie glaubt, ihn riechen zu können. Dieser Geruch! Sie hält ihre Hände schützend vor ihre Brust. Sie will sich nicht in diesem Gefühl verlieren. Aufgewühlt schüttelt sie den Kopf, sie möchte das Gefühl vertreiben. Seine Stimme wird zärtlich und sanft: »Wenn es Nacht wird, wirst du bei mir sein.«

Sie starren sich an. Klara ist sprachlos. War das eine Liebeserklärung oder eine Drohung? Bevor sie sich darüber klar werden kann, ob sie ihn beschimpfen soll, oder vielleicht doch küssen, geht plötzlich die Küchentür auf. Zwei Fremde kommen herein. Junge Männer, eigentlich noch Kinder.

Mit großen, ängstlichen Augen stehen sie erschrocken vor Klara und Gilbert. Ihr Blick wandert durch die Küche und bleibt auf den Unterlagen hängen. Schnell schauen sie woanders hin, nehmen ihre Mützen ab und kneten sie in den Händen. Sie stammeln, dass sie Hunger hätten und dass sie nicht gewusst hätten, wohin und dass es ihnen leid tue, dass sie einfach so hier hereinplatzen. Sie sehen verwahrlost aus, gekleidet in einer Mixtur aus Uniform und Zivilkleidung, der Jüngere trägt die Füße mit Lumpen umwickelt. Sie riechen unangenehm nach ungewaschenem Körper und hungrigem Magen. Klara vermutet, dass es Fahnenflüchtige sind.

Gilbert packt schnell die Unterlagen auf dem Tisch zusammen, steckt sie in seinen Rucksack, schultert ihn und geht zur Tür hinaus. Er blickt sich nicht mehr um.

Klara atmet tief durch, sammelt sich, schreit die jungen Männer an, was das soll, ob sie immer einfach so in Häuser einbrechen würden, und dass sie gefälligst sofort verschwinden sollen. Doch als sie die betroffenen, ratlosen Gesichter sieht, überlegt sie es sich anders. Hat sie nicht gerade eben einem französischen Spion die Unterlagen für ein neu entwickeltes deutsches Sturmgewehr übergeben? Gut, manipulierte Unterlagen, aber darauf kommt es im Zweifel auch nicht an. Da kann sie auch gleich noch ein paar Fahnenflüchtigen helfen.

Sie herrscht die Jungs an, sie sollen sich die Hände waschen und sich überhaupt mal waschen, weil sie stinken würden wie die Pest. Sie führt sie in die Waschküche und lässt sie alleine. Oben in der Küche setzt sie sich an den Küchentisch und weint. So findet Helene sie kurze Zeit später.

In knappen Worten erzählt Klara, dass sie Gilbert die Unterlagen übergeben habe und er nun weg sei. Für immer. Und dass sich unten zwei Fahnenflüchtige waschen und ziemlich hungrig aussähen. Ja, und jung seien. Schrecklich jung. Und dass sie ihr Leid tun würden. Klara hofft, dass ihre Mutter ruhig bleibt und die Jungs nicht sofort auf die Straße schickt. Doch Helene hat sich schnell gefasst. Sie trägt ihrer Tochter auf, den Tisch zu decken und geht hinunter.

Helene hat die beiden Flüchtigen eingekleidet. Mit alten Sachen ihres Vaters. Klara findet es seltsam, an ihnen den braunen Mantel und die schwarze Hose zu sehen, die sie das letzte Mal gesehen hat, als ihr Vater sie trug und sie ein kleines Mädchen war. Aber natürlich. Warum sollten sie die alten Sachen nicht tragen? Wer weiß, ob ihr Vater jemals wieder nach Hause kommt. Und wenn doch, wird er diese uralten Kleider sowieso nicht mehr tragen. Die stinkende, teils zerrissene Kleidung der Fahnenflüchtigen warf Helene in der Waschküche in den Heizkessel. Sie werden sie nachher verbrennen.

Die jungen Männer sitzen am Küchentisch und essen gierig Speck und Brot. Man sieht, dass sie seit längerem nichts Richtiges mehr zu Essen hatten. Klara findet es eklig, wie sie das Brot in den Mund stopfen, schämt sich für dieses Gefühl und schaut schnell woanders hin.

Sie versuchen, die Jungs zum Reden zu bringen. Woher sie kommen, wohin sie wollen, warum sie geflüchtet sind, doch die Jungs schauen bei jeder Frage nur erschrocken auf und lächeln schüchtern.

Sie finden immerhin heraus, dass die Beiden schon seit Tagen unterwegs sind und Richtung Südosten fliehen. Sie wollen nach Hause, nur nach Hause, wie ihnen der Ältere mit Tränen in den Augen erzählt. Und der Jüngere fügt hinzu, dass sie es nicht mehr ausgehalten haben. Auf die Frage was genau, schüttelt er schweigend den Kopf, blickt auf die abgeschnittene Speckrinde neben seinem Vesperbrett und haucht: »Das Töten.«

Gertrude kommt nach Hause und macht große Augen, als sie die beiden fremden jungen Männer am Küchentisch essen sieht. Helene gibt ihr den Auftrag aufzupassen, dass niemand ins Haus kommt. Vor allem nicht Herr Zimmermann.

Keine zwei Minuten später kommt Gertrude allerdings schon mit Onkel Heinz zurück. Klara herrscht sie an, sie solle weiterhin nach Zimmermann schauen. Sie nickt erschrocken und geht schnell wieder nach draußen.

Onkel Heinz setzt sich schwer atmend zu ihnen. Klara findet, er sieht verändert aus. Sie weiß aber nicht so genau warum. Irgendetwas ist anders an ihm. Sein Gesichtsausdruck?

Onkel Heinz mustert die beiden Jungs der Reihe nach, dann sagt er ganz ruhig mit tiefer Stimme zu ihnen: »Ihr müsst jetzt gehen.« Er räuspert sich. »Hört ihr?« Seine Stimme klingt brüchig, als müsse sie erst wieder in Gang kommen.

Die Jungs starren ihn kauend an. Sie schieben sich, wie nebenbei, Brot in den Mund, lassen Onkel Heinz dabei aber nicht aus den Augen. Haben sie Angst vor ihm? Klara vermutet, er muss ihnen mit seinen weißen Haaren und der brüchigen Stimme sehr seltsam vorkommen.

Die Jungs schielen hilfesuchend zu Helene, doch diese hat nur noch Augen für Onkel Heinz. Er hat gesprochen – Onkel Heinz hat gesprochen!

Er steht auf, atmet schwer, und weist den Jungs die Tür. »Ich bringe euch jetzt in den Hühnerstall. Da bleibt ihr, bis es dunkel ist.« Seine Stimme bricht ab, er hustet, fährt fort. »Und dann geht ihr und kommt nie wieder. Ist das klar?«

Die beiden nicken eifrig, klauben sich noch schnell eine Speckkante und einen halben Laib Brot vom Tisch und gehen mit Onkel Heinz nach draußen, sehr darum bemüht den Abstand zu ihm so groß wie möglich zu halten.

Klara und ihre Mutter schauen sich an. Sie sind beide verblüfft. Onkel Heinz spricht! Und Klara weiß nun auch, was sie so verändert in seinem Gesicht findet: der Blick ist nicht mehr sanft umwölkt, nein, sondern irgendwie ... Klara mag es nicht denken ... Sie gibt sich einen Ruck und sagt zu ihrer Mutter: »Was ist mit ihm? Sein Blick? Ist er verrückt... Ich meine, nun wirklich verrückt?«

Doch als sie es ausspricht, weiß sie dass das auch nicht passt. Denn dafür wirkt er zu gefasst. Aber was ist es dann?

Bevor Helene antworten kann, kommt Onkel Heinz zurück. Er setzt sich zu ihnen. Sie schweigen. Alle drei. Man hört sie nur atmen.

Helene ist die erste, die das Schweigen bricht. »Heinz, du sprichst wieder?«

Er nickt zögernd, fasst sich an die Schläfen, sagt aber nichts mehr. Er sitzt einfach nur da und schaut auf die Tischplatte. Ein Schauer geht durch seinen Körper. Er blickt auf. »Ich muss handeln, ich muss etwas dagegen tun.«

Helene packt ihn an den Schultern. »Wogegen, Heinz, wogegen?«

Onkel Heinz schüttelt nur den Kopf und seine Augen bekommen wieder einen sanften, umwölkten Schimmer.

Kapitel 14

Gilbert

Gilbert hat sich versteckt und wartet, lauert – belauert die Jungs im Hühnerstall. Sie haben gesehen, dass auf dem Küchentisch Konstruktionspläne lagen. Und als Soldaten wissen sie auch, dass es sich um ein Sturmgewehr handelt. Er kann sie nicht einfach gehen und dieses Wissen womöglich weitererzählen lassen. Das wäre zu gefährlich. Vielleicht weniger für ihn selbst, als vielmehr für Klara. Für seine Trois Grâces. Er hat ihnen schon genug angetan. Er muss sie nicht noch zusätzlich einer Gefahr aussetzen.

Er will diese Sache hier erledigen und sich dann absetzen. Er will seinen Vorgesetzten die geheimen Unterlagen übergeben, die hoffentlich sein Ticket nach Hause sind. Er kann nicht mehr hier bleiben. Und er hat die Schnauze voll. Gestrichen voll. Vom Krieg, vom Zwangsarbeiterleben, von den Deutschen sowieso, von seinen Vorgesetzten, und erst recht von der roten Hexe, die er – wenn alles so läuft wie geplant – heute, spätestens morgen das letzte Mal sehen muss. Ach, er hat einfach von allem die Schnauze voll. Er will seine Ruhe, will seine Wunden lecken, seiner verlorenen Liebe nachtrauern. Merde – Klara! Wie soll er jemals eine andere Frau lieben können?

Er hat sich nicht einmal von Helene verabschiedet. Wenigstens konnte er Gertrude adieu sagen. Sie saß eine Weile bei ihm, hinter dem Hühnerstall. Sie wusste, dass es ein Abschied ist, und hat ihm ein Bild geschenkt. Gezeichnet mit Bleistift auf einem fleckigen Papier. Darauf ihre Mutter, Klara, sie selbst und dazwischen ein kleiner dunkler Mann. Das sollte wohl er sein. Sie halten sich alle an den Händen. Gilbert war gerührt. Das Bild ist nun gefaltet, zusammen mit der Porträtzeichnung von Klara in der Innentasche seiner Jacke. Ganz nah an seinem Herzen.

Da. Es geht los. Die Jungs machen sich auf den Weg.

Er folgt ihnen aus dem Dorf, über brachliegende Felder und über eine Weide, deren Zaun durchbrochen ist. Seine Schritte knirschen im Schnee und er schleicht über unheimliche, dunkle Flecken, die im fahlen Mondlicht wie schwarze Krater aussehen. Er weiß, dass es Blut ist.

Die Weide war im Dorf Gesprächsthema Nummer Eins. Tiefflieger haben eine kleine Herde Ziegen ausgemerzt. Einfach so. Nachdem sie die Stadt bombardiert und beschossen hatten, haben sie sich einen Spaß daraus gemacht.

Die Kadaver sind von dem alten Bauern, dem die Herde gehörte, sofort von der Weide geholt und verarbeitet worden. Das halbe Dorf hat dabei geholfen. In diesen Zeiten darf nichts verschwendet werden. Auch wenn manche sagten, es bringe Unglück, dieses Fleisch zu essen.

Die Dorfbewohner munkeln, dass Heinz mitten unter der Herde war und nicht getroffen wurde. Manche sagen sogar, die Ziegen hätten sich für ihn geopfert. Das sind die Gutwilligen. Die Böswilligen sagen, Heinz hätte die Herde verhext, sodass sie sich zu seinem Schutz vor ihn gestellt hätte. Und dass es vielleicht besser gewesen wäre, wenn die Tiefflieger ihn und nicht die Ziegen erwischt hätten. Ja, Dorfbewohner können grausam sein.

Gilbert glaubt, Heinz hatte unglaublich viel Glück, dass die Tiefflieger ihn nicht getroffen haben. Und er ist froh darüber. Er mag den weißhaarigen, verrückten Veteran. Und in einem anderen Leben, zu einer anderen Zeit ... Ach was soll's. Gilbert spuckt in den Schnee und folgt den beiden Fahnenflüchtigen, die leider in diesem Leben zu dieser Zeit am falschen Ort waren. Doch Gilbert nimmt sich vor, kein Mitleid zu haben.

Die Pistole von Helenes Mann, die seit dem Tod des fetten Nazi-Polizisten hinter einem losen Stein an der Außenmauer der Turnhalle gewartet hat, drückt im Hosenbund kalt und dumpf gegen seinen Rücken. Er ist froh, sie aus ihrem Versteck geholt zu haben. Sie gibt ihm Sicherheit, auch wenn er sie nicht benutzen will.

Ein heftiger Wind ist aufgekommen. Er peitscht ihm kalte Böen ins Gesicht und rüttelt an seinen Kleidern. Der fahle Mond gibt der Nacht einen kalten, erbarmungslosen Anstrich. Gilbert ist vorsichtig, duckt sich hinter jede Kuhle, jedes Gebüsch und arbeitet sich hinter Baumstämmen langsam zu den Jungs vor.

Sie sind schnell. Zwei Schatten, die durchs Mondlicht huschen. Ein Größerer und ein Kleinerer. Zwei junge Männer, die nach Hause wollen. Weg vom Krieg, weg vom Töten. Auch sie haben die Schnauze voll. Je länger Gilbert ihnen folgt, desto seelenverwandter mit ihnen fühlt er sich. Er versucht, das Gefühl zu verdrängen, versucht, gar nichts mehr zu denken und zu fühlen, denn sonst kann er nicht tun, was er tun muss.

Die zwei gehen schnellen Schrittes auf die schwarze Wand des Waldes zu. Gilbert ahnt sie mehr, als dass er sie sieht. Und plötzlich sind sie weg. Verschluckt vom Wald. Verschmolzen mit der Dunkelheit. *Merde*!

Gilbert bleibt stehen und bewegt sich nicht. Aus ihrer Perspektive, aus der Dunkelheit des Waldes heraus steht er hier draußen wie auf einem Präsentierteller. Er steht still, zählt langsam bis hundert, lässt den Wind an seinen Haaren zerren und ihm die Tränen in die Augen treiben, dann geht er los. Bis zu der Stelle, an der er ihren Eintritt in den Wald vermutet.

Der Wald empfängt ihn wie einen alten Bekannten. Die Tannenwipfel peitschen im Wind, ächzen und knarren und erzählen sich Geschichten wie seit Anbeginn der Zeit.

Unten am Waldboden ist es still, nur hin und wieder verirrt sich eine Windböe nach unten, lässt ihn frösteln, fliegt wieder nach oben und weckt in Gilbert den Wunsch, einfach mit ihr wegzufliegen. Weit, weit weg, dahin, wo es keine Fahnenflüchtigen gibt und keine Pflicht.

Gilbert lehnt sich an einen Baumstamm. Sein Rucksack, bepackt mit den Konstruktionsplänen des Sturmgewehrs, drückt ihm unangenehm ins Kreuz. Er will nicht tun, was er tun muss. Er will diese Jungs nicht töten. Warum geht er nicht einfach zurück über die Felder und Wiesen bis zur Hütte der roten Hexe und übergibt die geheimen Unterlagen – kauft sich frei, frei für ein Leben ohne Schuld. Gilbert schüttelt den Kopf, schüttelt den Gedanken weg. Er ist nicht in der Position, sich etwas zu wünschen. Er muss seine Pflicht erfüllen. Er muss Klara schützen.

Der Wald drückt auf seine Seele, der Geruch nach Nadeln und Harz überwältigt ihn. Und da ist noch ein anderer Geruch, was ist das nur?

Langsam gewöhnen sich seine Augen an die veränderten Lichtverhältnisse. Durch das Licht des Mondes werfen die Tannen Schatten, die sich vermischen, verschmelzen und sich zu einer geheimnisvollen, schwarzen Masse vereinigen. Wo sind die Jungs? Wo sind sie?

Der seltsame Geruch, den er nicht zuordnen kann, verdichtet sich, eine Erinnerung, die sich nicht fassen lässt, blitzt auf, und plötzlich hat Gilbert das Gefühl, seine Mutter stünde neben ihm. Sein Herz setzt zwei Schläge aus. Die vermeintliche Nähe seiner Mutter lässt ihn straucheln, und plötzlich explodieren grelle Sterne vor seinen Augen.

Er denkt noch, seine Mutter hätte ihn zu dem Feuerwerk mitgenommen, dem Feuerwerk, das jedes Jahr im Nachbardorf von fahrenden Gauklern zur Sommersonnenwende gegeben wird, erst dann kommt der Schmerz. Und mit ihm auch die Gewissheit, dass er kein Kind mehr und seine Mutter weit weg ist, und dass er gerade angegriffen wird. Er rutscht am Baumstamm entlang nach unten, dann kommt der zweite Schmerz. Sein Magen explodiert, nimmt ihm den Atem und lässt ihn nach Luft japsen. Bevor der dritte Schlag auf ihn niedergeht, ihn vermutlich vollständig niederstreckt, lässt er sich auf den Boden fallen. Er hört, wie knapp über ihm Holz gegen Holz donnert. Dumpf. Hart. Es splittert.

Schweiß rinnt ihm die Schläfe herunter, sammelt sich in seinem Mundwinkel und schmeckt metallisch. Blut? Er spuckt es aus und tastet nach dem Messer, das er im Stiefel an seinem Fußknöchel befestigt hat. Er zieht es heraus und sticht gegen den schwarzen Schatten, der sich über ihn beugt. Ein überraschter Aufschrei. Er hat ihn verletzt. Wo genau, weiß er nicht. Schnell packt er den Angreifer, erwischt seinen Mantel, zieht ihn daran zu sich herunter und stößt mit einer fließenden Bewegung das Messer in die Stelle, an der er den Hals vermutet.

Der Körper sackt auf ihm zusammen und gurgelnde Laute dringen aus dem Mund seines Opfers. Gilbert stößt das Messer noch tiefer, der Körper zuckt und eine warme Flüssigkeit ergießt sich über Gilberts Gesicht und seine Hände. Gilbert krallt sich an dem Körper fest, bis er still ist. Still, ohne Leben – keine Gefahr mehr.

Erst dann robbt Gilbert unter ihm hervor und wischt sich mit dem Ärmel die warme, zähe Flüssigkeit aus dem Gesicht. Es riecht nach Metall, gleichzeitig süßlich, irgendwie nach Tod. Er übergibt sich. Kotzt alles aus sich heraus, bis die Säure der Galle jedes Gefühl weggeätzt hat.

Instinktiv blickt er auf. Da ist noch ein Schatten. Ein Schatten, der einen Arm mit einer Pistole ausstreckt.

»Peter?« Dann lauter: »Peter?«

Gilbert richtet sich auf. Der Schatten schreit ihn an: »Bleib liegen!«

Dann leiser: »Peter?« Er schluchzt: »Peter, was ist mit dir?«

Gilbert antwortet »Er ist tot.«

Der Schatten stammelt: »Hast du ihn umgebracht?«

Gilbert versucht, seiner Stimme Kraft zu geben, räuspert sich, schafft es nicht, sagt leise: »Er wollte mich umbringen.«

Der Schatten richtet plötzlich eine Taschenlampe auf ihn, geblendet zuckt Gilbert zurück.

»Du bist das? Du warst doch in der Küche! Du hast uns verfolgt?«

Der Schatten weint: »Warum? Was haben wir dir getan?«

Seine Pistole reflektiert wackelnd das Licht der Taschenlampe. Sie ist nach unten auf den Waldboden gerichtet. Gilbert tastet nach hinten, zieht aus seinem Hosenbund die Pistole heraus, nur zur Sicherheit. Er will dem Jungen nichts tun. Er hat schon genug getan.

Gilbert sagt tonlos: »Ihr wart zur falschen Zeit am falschen Ort.«

Der Junge heult auf, schreit: »Dafür wirst du büßen!«

Er reißt die Pistole wieder hoch, doch Gilbert ist schneller. Der Knall zerreißt ihm fast das Trommelfell, reißt seinen Arm zurück und lässt ihn keuchen. Es riecht nach Schwefel. Da, wo eben noch der Schatten des Jungen stand, ist nur noch die

Dunkelheit des Waldes. Sie breitet sich aus, wird immer dichter und flutet über Gilbert zusammen. Alles wird schwarz.
Als er wieder aufwacht, hat er rasende Kopfschmerzen. Er bleibt liegen und will nie wieder aufstehen. Er hört den Geschichten der Tannenwipfel zu, die der Wind hin und her peitscht. Er hört ihnen zu, wie sie ächzen und knarren und stöhnen und glaubt, sie zu verstehen. Sie erzählen eine Geschichte von falsch verstandener Pflicht, unnötiger Rache und alles erdrückender Schuld.

Eine Windböe verirrt sich zu ihm auf den Waldboden und lässt ihn erschauern. Er zieht die Jacke enger um sich. Sie ist ganz feucht und klebrig. Seine Zähne klappern. Er ist erschöpft. So erschöpft. Da vorne, steht da nicht jemand? Da, weit vorne zwischen den Baumstämmen?

Gilbert seufzt und schließt erschöpft die Augen. Er täuscht sich bestimmt. Doch kurz, bevor er einschläft, ist er sich sicher, dass vorne, weit vorne, zwischen den Baumstämmen seine kleine Schwester steht und ihm zuwinkt. Er will zurückwinken, doch er kann die Arme nicht mehr heben. Sie sind so schwer. Und plötzlich ist der seltsame Geruch von vorhin wieder da, und er fragt sich, ob Schuld wohl einen Geruch hat?

Kapitel 15

Helene

Es ist sehr früh am Morgen. Helene öffnet die Fensterläden, schickt die Nacht hinaus und atmet den neuen Tag ein. Sie lässt ihn tief ein in die Lungen und weckt ihr kleines Mädchen.

Gertrude, die neben ihr im großen Ehebett schläft, murmelt vor sich hin, zieht die Decke über den Kopf und ist sofort wieder eingeschlafen. Helene zupft sanft an ihrem großen Zeh, der unter der Decke hervorschaut. Als Gertrude nicht reagiert, hebt sie die Decke etwas an und kitzelt sie an der Innenfläche ihres Fußes. Kichernd zieht Gertrude ihren Fuß zurück, wirft sich auf die andere Bettseite und versichert ihrer Mutter, dass sie wach sei, wirklich wach, und dass sie gleich aufstehen werde.

Helene geht nach nebenan und öffnet die Tür zu Klaras Zimmer einen Spaltbreit. Licht fällt hinein. Das reicht schon. Klara ist sofort hellwach und springt aus dem Bett. Helene ist immer wieder überrascht, wie unterschiedlich ihre beiden Mädchen sind. Und doch so ähnlich.

Helene zündet das Feuer im Herd an, damit es in der Küche bald warm wird, und bereitet summend das Frühstück vor.

Gertrude rennt laut kreischend durch den kalten Flur zur Außentoilette, Klara hinterher. Sie hört die beiden streiten, wer als Erstes hinein darf. Helene muss unwillkürlich lächeln. Als die Milch im Topf brodelt, waschen sich die Mädchen auch schon neben ihr im Schüttstein und ziehen sich an.

Helene muss seit dem Aufwachen an die zwei Fahnenflüchtigen denken. Sie ist froh, dass sie etwas für diese jungen Männer tun konnte. Sie denkt an sie und wünscht ihnen, dass sie unbemerkt und sicher zu ihren Familien nach Hause kommen.

Sie sind so jung. Eigentlich noch Kinder. Was ist das für ein Land, das seine Kinder zum Töten schickt? Das ist ein unmenschliches Land. Das ist ein Land, zu dem sie eigentlich nicht gehören möchte. Sie hält erschrocken die Luft an und versucht, diesen Gedanken zu verdrängen. Würde sie das laut aussprechen, könnte sie dafür hingerichtet werden. Ja, und wenn bekannt würde, dass sie zwei Fahnenflüchtigen geholfen hat, dann vermutlich auch. Und für den »Mord« an dem Polizisten sowieso.

Schweigend trinkt sie die heiße Milch. Ihre gute Laune ist dahin. Sie hält ihre Mädchen dazu an, ja niemandem von den beiden Fahnenflüchtigen zu erzählen. Genervt verziehen die beiden das Gesicht. Natürlich. Sie wissen das. Trotzdem sagt sie es ihnen nochmal.

Sie fragt Klara nach Gilbert. Klara schmiert sich ein Marmeladenbrot und sagt, dass er jetzt weg und sie froh darüber sei, ihn nie wiedersehen zu müssen. Sie bekommt einen harten Zug um den Mund und drückt das Messer, mit dem sie ihr Marmeladenbrot schmiert, so fest auf das Brot, dass es in der Mitte zerbröselt. Sie sagt, dass sie ihm nie hätten trauen sollen, dass man diesen Franzosen eben nicht trauen kann.

Gertrude gesteht trotzig, dass sie Gilbert aber mag und Pascal sowieso. Und dass sie Gilbert zum Abschied ein Bild gemalt habe, dass er aber schon eins gehabt habe. Ein Porträt von Klara mit langen Haaren. Klara schüttelt nur den Kopf und sagt, die Fantasie gehe mal wieder mit ihr durch. Helene ist sich da nicht so sicher.

Da Klara so verletzt scheint, behält Helene es für sich, dass sie sich gerne von Gilbert verabschiedet hätte. Dass sie eigentlich gerne noch einmal mit ihm geredet und herausgefunden hätte, ob seine Zuneigung zu ihnen nur Schauspielerei gewesen sei oder ob er sie alle doch aufrichtig gemocht habe. Aber dafür ist es nun zu spät. Sie werden es niemals erfahren. Aber vielleicht ist das ja auch unwichtig. Zum Schluss wollte er sie verraten und hat ihnen gedroht. Und wofür? Für die geheimen Unterlagen eines Sturmgewehrs. Reicht das als Grund? Im Krieg vielleicht schon.

Helene treibt ihre Mädchen zur Eile an. Klara muss zur Arbeit und Gertrude wird heute nicht in die Schule gehen. Sie muss ihr bei der Wäsche und im Stall helfen. Ohne Gilberts Unterstützung haben sie nun das Doppelte zu tun.

Klara reißt sie aus ihren Gedanken. »Mama, was ist denn jetzt eigentlich mit Zimmermann?«

Helene hält inne und bekommt ein schlechtes Gewissen. Sie hat dieses Problem viel zu lange verdrängt. Dennoch fragt sie: »Was soll mit ihm sein?«

Klara bekommt eine strenge Falte zwischen den Augen.

»Mama, Gilbert ist weg. Vor ihm muss er also keine Angst mehr haben. Und Onkel Heinz ... Man weiß es nicht. Mama, wir müssen endlich etwas unternehmen. Zumindest sollten wir herausfinden, was Zimmermann weiß.« Sie zögert. »Oder was er glaubt zu wissen.«

Helene seufzt. »Vielleicht fragen wir ihn einfach.«

Klara nickt. »Gut, warte aber, bis ich zurück bin. Sprich nicht alleine mit ihm, hörst du?«

Helene ist alleine, Klara bei der Arbeit und Gertrude füttert die Schweine. Sie streicht sich eine Haarsträhne aus dem Gesicht, setzt sich und blickt auf die Hände in ihrem Schoß. Alles ist so verworren und unübersichtlich und unendlich traurig. Ob dieser Krieg jemals aufhört? Ob ihr Mann jemals zurückkehrt? Sie sieht ihn vor sich, wie er das letzte Mal vor ihr stand. Wie er sie angeschaut hat mit diesem liebevollen, traurigen Blick, mit den blauen Augen, die Klara von ihm geerbt hat, und wie er ihr versprochen hat, zu ihr und den Mädchen zurückzukommen. Helene schluchzt. Schnell wischt sie die Tränen weg. Gertrude soll sie so nicht sehen.

Plötzlich klopft es an der Küchentür. Helene erschrickt. In diesem Haus hat noch nie jemand an die Tür geklopft. Die Leute kommen einfach herein. Sie fragt ängstlich, wer da sei.

Als keine Antwort kommt, greift sie sich den Schürhaken und geht schnellen Schrittes zur Tür, reißt sie auf und erschrickt noch mehr. Gilbert steht vor ihr. Er ist voller Blut. Selbst seine Wimpern sind rot. Sie flüstert entsetzt: »Gilbert, was hast du getan?«

Er kommt schweigend herein, wirft den Rucksack auf den Boden und zieht Jacke und Hemd aus. Ein großes Hämatom zieht sich unterhalb seiner Brust um den Rippenbogen. Er wäscht sich im Schüttstein, da, wo sich eben noch die Mädchen für die Arbeit zurechtgemacht haben. Er wäscht sich stöhnend das Blut aus Gesicht und Haar und schrubbt sich die Hände mit Kernseife. Das rostrote Wasser, das in den Abguss fließt, wird nur langsam wieder klar. Aus seinem Hosenbund schaut hinten der Griff einer Pistole heraus. Helene holt ein Handtuch für ihn.

Er setzt sich an den Küchentisch. Seitlich am Kopf ist die Haut aufgeplatzt. Ein rotes Rinnsal läuft ihm die Schläfe herunter. Er drückt das Handtuch dagegen, das sich wie in Zeitlupe rot einfärbt. Helene steht auf, holt Verbandszeug und schaut sich die Wunde genauer an. Sie ist nicht besonders tief, doch zur Sicherheit gibt sie Jod darauf. Gilbert zuckt vom jähen Schmerz erschrocken zurück. Unter der Platzwunde ist eine große Beule gewachsen. Sie verbindet ihm den Kopf und fragt ihn, was passiert sei.

Doch er schüttelt stumm den Kopf. Er kann nicht sprechen, schaut sie nur an, mit einem Blick, den sie nicht deuten kann. Unerwartet schluchzt er auf und kniet sich vor ihr nieder. Er senkt den Kopf auf ihren Schoß und bittet um Vergebung. Helene stellen sich die Nackenhaare auf. Sie weiß, er hat etwas Schreckliches getan.

Sie legt die Hand auf sein Haar. »Gilbert, ich bin kein Priester, nicht mal katholisch. Ich kann dir keine Absolution erteilen für das, was du getan hast.«

Sie zögert. »Ich kann dir aber versichern, dass du mir – dass du uns gegenüber keinerlei Schuldgefühle haben musst.«

Gilbert hebt den Kopf und schaut sie ernst an. Seine Lider flattern.

»Helene, ich habe ...« Er bricht ab, setzt erneut zum Sprechen an. »Helene, ich hätte ...« Er räuspert sich.

Helene schüttelt den Kopf. »Ach Gilbert, du hättest uns nicht verraten. Bis vorhin war ich mir nicht sicher. Doch nun weiß ich es. Geh jetzt, geh zu deinen Leuten und lass dich von meinen nicht erwischen – und tu, was du tun musst.«

Schwerfällig steht Gilbert auf, zieht sein schmutziges Hemd wieder an, bittet Helene um eine saubere Jacke und geht hinaus. Hinaus, um das zu tun, was seine Aufgabe ist und schon immer seine Aufgabe war.

Kapitel 16

Polizei-Hauptwachtmeister Hägele

Er steht fröstelnd am Fluss und hat sich die Mütze tief ins Gesicht gezogen. Sie stößt bei jedem Blinzeln gegen die Augenlider, was seine Laune noch verschlechtert. Doch er wird einen Teufel tun, sie zurückzuschieben. Nein. Er will schlecht gelaunt bleiben.

Drei seiner Leute und zwei der französischen Zwangsarbeiter, die er kurzerhand dafür rekrutiert hat, stochern mit langen Stöcken im fließenden Wasser. Sie durchsuchen den Fluss, haben ihn in zwanzig Meter breite Bereiche eingeteilt und suchen systematisch nach Müllers Leiche.

Wäre es nach ihm gegangen, hätte er bis zum Frühjahr gewartet, aber die Herren aus Stuttgart, seine Freunde von der SS, haben angerufen und ihm befohlen, sofort mit der Suche nach der Leiche zu beginnen. Nein, besser: Sie haben ihm deutlich gemacht, dass es gut für ihn wäre, die Leiche zu finden. Und zwar schnell.

»Hier, hier ist etwas!« Der kleine Hilfspolizist ist ganz aufgeregt. Er ist gegen etwas Hartes gestoßen. Ausgerechnet an der Stelle, an der das Ufer steil abfällt und der sonst träge Fluss aus wirbelnden Schaumkronen besteht. »Na, dann schau halt nach!« Hägele ist ungehalten.

Hilflos schauen ihn die drei Hilfspolizisten an. Drei siebzehnjährige Jungs. Vielleicht auch erst sechzehn. Etwas Besseres bekommt man ja heutzutage nicht. Die zwei Franzosen stehen mit den Stocherstangen etwas abseits und tun so, als würde sie das Ganze nichts angehen.

Hägele überlegt, ob er einen der Froschfresser ins Wasser schicken soll, um nachzuschauen, was der Junge gefunden hat, doch sie haben keine wasserdichten Anzüge dabei. Na egal, dann bekommt halt einer der Froschfresser eine Lungenentzündung. Oder auch nicht. Die sollen ja eine sehr robuste Konstitution haben, diese Franzosen. Hägele lacht freudlos und schreit die zwei Franzosen an, dass einer von ihnen gefälligst da reingehen soll.

Unsicher zieht der Jüngere sein Hemd aus. Der andere lässt ihn an einem Seil den steilen Abhang hinunter. Als der Franzose mit den Beinen in den eiskalten Fluss eintaucht, verzieht er das Gesicht, als hätte er Schmerzen. Doch kein Laut dringt über seine Lippen.

Der andere gibt Seil nach, und mit einem lauten Fluch taucht der Franzose in das Wasser ein. Das Wasser ist weniger tief, als Hägele es erwartet hat. Es geht ihm nur bis zur Brust. Der Hilfspolizist zeigt ihm mit der Stocherstange, wo der Gegenstand liegt. Der Franzose bückt sich und greift tastend ins Ungewisse, bis das Wasser über seinem Rücken zusammenschwappt.

Da! Er hat etwas! Er versucht, es herauszuheben, fällt um, kann sich wieder aufrichten und schreit, dass man ihn herausziehen solle.

Sein Kollege schaut zu Hägele, um sich die Zustimmung zu holen. Hägele zögert, nickt, und der Franzose zieht seinen jüngeren Kollegen am Seil heraus. Japsend und zitternd kommt er am oberen Rand des Abhangs an. Sein Kollege legt ihm eine dicke Jacke um und reibt ihn ab.

Seine Glieder zittern, als hätten sie keine Muskeln mehr. So robust scheint die Konstitution der Franzosen nun doch nicht zu sein, stellt Hägele schadenfroh fest. »Und?«, fragt Hägele forsch. »Was liegt da unten?«

Der Franzose schlottert. Er quetscht zwischen klappernden Zähnen hervor: »Je ne suis pas sûr ... mais ... une motocyclette?«

»Was hat er gesagt?«, schreit Hägele. »Sprich Deutsch! Na los!«

Sein älterer Kollege antwortet für ihn.

»Ein Motorrad. Er sagt, es könnte ein Motorrad sein.«

Hägele wird bleich. Der zweite konkrete Hinweis auf Müller. Nach dem Ledermantel. Und alles in unmittelbarer räumlicher Nähe. An alle gewandt brüllt er: »Rausholen, los, rausholen! Aber ein bisschen plötzlich!«

Alle spurten gleichzeitig los. Die drei Hilfspolizisten und der ältere Franzose, während der jüngere Franzose am Rand des Abhangs sitzenbleibt und versucht, sein unkontrolliertes Zittern zu regulieren.

Abwechselnd lassen sie sich ins Wasser ab, bis es ihnen gelingt, das Seil am Lenker des Motorrads zu befestigen.

Mit vereinten Kräften zerren sie es anschließend aus dem Wasser, befestigen noch ein Seil am Hinterrad, und ziehen es nach oben.

Schwer atmend und zitternd schauen sie auf das schwarze Motorrad, dessen Hinterrad im Tageslicht durchdreht. Wasser läuft glitzernd an der Maschine herunter und bildet einen kleinen See. Einer seiner Leute befreit die Maschine von Algen und verfaulten Blättern.

Hägele ist zufrieden. Vielleicht wird er in der Karriereleiter doch wieder aufsteigen können. Jetzt müssten sie nur noch die

Leiche finden. Vielleicht hat der Franzose unter Folter doch die Wahrheit gesagt? Gut, dann wäre der Fall ja geklärt.

Hägele schaut hoch. Ein paar Dorfbewohner haben sich um sie herum versammelt. Gaffen und flüstern. Endlich etwas los in diesem Kuhdorf. Er lässt seine Leute weiter suchen. Vielleicht finden sie ja heute noch den Leichnam von Müller. Dann wäre das mit der Beförderung garantiert. Ha! Das würden die Arschlöcher von der SS nicht erwarten.

Hägele steht mit auf dem Rücken verschränkten Armen am Ufer. Dabei wippt er beschwingt vor und zurück und stellt sich vor, wie die Herren in Stuttgart respektvoll zugeben müssten, dass auch ein Dorfpolizist richtige Polizeiarbeit leisten kann.

Er sieht es schon lebhaft vor sich, wie sie ihm den Orden für besondere Verdienste ans Revers stecken, vielleicht mit der Musik einer Blaskapelle untermalt, und er ihnen sagt, dass das ja nun wirklich nicht nötig gewesen wäre, dass es schließlich zu seiner Arbeit gehöre, zu vollenden, was die Herren nach dem Verhör des Verdächtigen unvollendet liegen gelassen hätten. Ja, Hägele hat plötzlich beste Laune. Da wird er unvermittelt von der Seite angesprochen.

»Und? Wusstet ihr von dem Franzosen, den ihr verhaftet habt, dass an dieser Stelle das Motorrad liegt?«

Ein älterer Bauer mit einem grauen, ungepflegten Schnauzbart beugt sich vertraulich zu ihm vor.

»Ist der Fall nun gelöst?«

Hägele macht einen Schritt zurück, ein dumpfer Schmerz jagt ihm von der schnellen Bewegung in die Bandscheibe. Reflexartig stützt er sich mit beiden Händen den Rücken. Den Mann kennt er doch! Ist das nicht der Bauer, der bei der SS so ein unterwürfiges Gehabe an den Tag gelegt und pausenlos geblinzelt hatte? Bevor er antworten und den Mann in die Schranken weisen kann, tritt ein kleines Mädchen aus der Menschenmenge, beugt sich über das Motorrad, schaut es sich neugierig an, bemerkt, dass es von ihm beobachtet wird und grüßt ihn scheu.

Es ist das kleine Mädchen, dem er seine Visitenkarte gegeben hat, die kleine Schwester von der Frau, von der er denkt, der fette Müller könnte in sie verliebt gewesen sein. Die Gelegenheit will er wahrnehmen und das Mädchen noch ein wenig ausfragen. Doch bevor Hägele dem Mädchen zurufen kann, es solle doch mal kurz herkommen, herrscht der unangenehme Bauer das Mädchen an, es solle verschwinden, das sei nichts für kleine Mädchen. Kaum gesagt, kommt er ganz nah an ihn heran. Hägele kann seinen fauligen Atem riechen.

»Ich hätte da vielleicht noch eine Information, die Sie interessieren könnte ...«

In diesem Moment sieht Hägele aus den Augenwinkeln eine Person vorbeihuschen, an der ihn etwas irritiert. Er schaut genauer hin und sieht etwas Weißes unter der Mütze des Mannes hervorblitzen. Ein Verband? Er fixiert den Mann. Ist das nicht einer der Zwangsarbeiter, die er hier schon mal gesehen hat? Aber der ist so anders gekleidet. Nicht wie seine Kollegen, sondern eher wie ein Dorfbewohner. Hägele sieht ihm hinterher, wie er hastig zwischen den Häuserzeilen verschwindet. Er trägt einen Rucksack. Da wird Hägele klar, dass der Mann flieht.

Er ruft seine drei Jungs, befiehlt ihnen, dem Mann zu folgen, und wünscht ihnen viel Spaß. Eine ordentliche Verfolgungsjagd ist es doch, was sich diese Grünschnäbel schon lange gewünscht haben. Er selbst ist für so etwas inzwischen zu alt.

Kapitel 17

Gilbert

Sie verfolgen ihn. Er hat keine Ahnung, wie sie auf ihn aufmerksam geworden sind. Er hörte es nur plötzlich hinter sich rufen und johlen und wusste, sie sind hinter ihm her. Wer? Er weiß es nicht.

Er rettet sich in einen Stall, lehnt sich schwer atmend gegen die Holztür, schließt die Augen und hofft dass die Meute an ihm vorbeizieht. Er hat rasende Kopfschmerzen. Die Wunde am Kopf pulsiert und eine eiserne Faust quetscht ihm den Schädel ein. Ihm ist übel. Die würzige Wärme der Tiere, die er sonst so gerne riecht, lässt ihn würgen. Er übergibt sich in das Stroh. Der aufsteigende Gestank seiner Galle lässt ihn nochmals kotzen. Er keucht. Hat er eine Gehirnerschütterung?

Das Johlen vor der Tür wird lauter, die Rufe hallen durch die Gassen des Dorfes und werden von den Wänden der Häuser zurückgeworfen.

»Wir wissen, dass du da bist! Komm heraus!«

Gilbert spuckt in das Stroh und flüstert wütend: »Sales Boches«!

Vielleicht war es ein Fehler, nochmal ins Dorf zurückzukommen. Doch es lag auf dem Weg und er musste sich einfach von Helene verabschieden und sie um Vergebung bitten. Er fühlt sich jetzt auch besser. Die Schuld zerfrisst ihn nicht mehr. Momentan jedenfalls nicht. Es fühlt sich fast so an, als hätte sie ihm wirklich Absolution erteilen können. Es fühlt sich so an, wie damals, als er in der kleinen Kirche in Marseille vor einem alten Priester gebeichtet hat. Gebeichtet, dass er dieses Mädchen, die schöne Bäckerstochter geschwängert hat. Er hatte es fast vergessen. Warum denkt er jetzt daran?

Sie war schwanger und er hatte sie dazu gedrängt, »es« wegmachen zu lassen. Er wollte kein Kind. Er war Student und die ganze Welt lag noch vor ihm. Das scheint hundert Jahre zurückzuliegen. Er war damals ein anderer Mensch, es war ein anderes Leben. Doch das Schuldgefühl von damals fühlte sich seltsamerweise genauso an, wie das von heute. Obwohl man die Schwere der Schuld bestimmt nicht miteinander vergleichen kann. Ob sich das Gewissen den äußeren Umständen anpasst?

Die Rufe werden wieder leiser, sie sind an ihm vorbeigezogen. Er öffnet die Tür einen Spaltbreit und schaut die Dorfstraße entlang. Er will sehen, wer das ist.

Da laufen sie. Sie hüpfen sogar ausgelassen und rempeln sich gegenseitig an. Drei Jungs in Polizeiuniform, mit Gewehren auf dem Rücken. Ein paar der Dorfbewohner laufen aufgeregt und neugierig mit. Die Polizisten brüllen, dass sie einen Mann suchen, mit einem Verband um den Kopf und einem Rucksack auf dem Rücken und rufen die Dorfbewohner zur Mithilfe auf. Merde, haben sie ihn etwa unten am Fluss gesehen? Und dabei war er so vorsichtig. Obwohl ihn die Situation ungemein beunruhigte. Er hatte sie dabei beobachtet, wie sie das Motorrad gefunden haben. Merde! Doch daran wird er nichts mehr ändern können. Er kann nur dafür beten, dass kein Zusammenhang zu seinen Trois Grâces gezogen wird. Schnell schlägt er das Kreuz und wundert sich über sich selbst. Wann hat er sich das letzte Mal bekreuzigt?

Die Meute dreht um und kommt zurück. Die drei Männer strahlen das Selbstbewusstsein der Rechtschaffenheit aus, die Autorität der Starken, und gleichzeitig die unzurechnungsfähige Energie der Jugend. Eine gefährliche Mischung. Sie sind wie ein Rudel junger Hunde, das die Witterung eines Schwächeren aufgenommen hat. Sie wollen Blut schmecken.

Gilbert schließt die Tür und sieht sich im Stall um. Die Kühe kauen ungerührt und glotzen ihn mit großen Augen an. Ganz hinten stehen zwei Pferde. Es sind Arbeitspferde für den Pflug und den Wagen. Doch hängt da nicht auch ein Sattel? Er geht langsam auf sie zu. Nervös treten sie auf dem Fleck, peitschen mit dem Schwanz und legen die Ohren zurück. Gilbert nimmt einen alten Apfel aus einem Eimer, der gefüllt mit Küchenabfällen für die Schweine bereit steht, teilt ihn und hält beiden Pferden jeweils eine Hälfte hin. Sie spielen schnaubend mit den Ohren, nehmen sich ihr Stück sanft von seiner Handfläche und kauen zufrieden.

Er streichelt den Braunen, der ihm am nächsten steht. Er hat eine weiße, längliche Blesse, die auch einen Teil seines rechten Auges einnimmt, was ihm einen verwegenen Ausdruck verleiht. Gilbert sattelt ihn. Das Pferd lässt es ungerührt geschehen und stupst ihm freundschaftlich die Seite.

Gilbert hat noch keinen richtigen Plan. Vielleicht sollte er sich hier einfach versteckt halten, bis die Meute keine Lust mehr hat, nach ihm zu suchen. Doch wann wird das sein? Wenn er nur nachdenken könnte, doch die Kopfschmerzen lassen keinen klaren Gedanken zu. Er handelt intuitiv. Er führt das Pferd zur Tür und blickt vorsichtig hinaus. Keiner ist mehr da. Erleichtert schultert er seinen Rucksack mit den geheimen Unterlagen und führt das Pferd durch die Gassen. Laut klappern seine Hufeisen. Merde, er hätte die Hufe mit Stoff umwickeln sollen. Doch nun ist es zu spät. Ihm fällt ein, dass sie einen Mann mit Kopfverband suchen, und reißt ihn sich herunter.

Durch den pochenden Schmerz in seinem Kopf hindurch, kristallisiert sich eine Idee. Sie ist nicht besonders raffiniert, doch es bleibt ihm nichts anderes übrig. Er muss das Pferd bis zur Dorfgrenze führen, hoffen, dass er bis dahin unbemerkt bleibt und dann über die ungeschützten Felder und Wiesen bis zu dem dichten Wald galoppieren, in dem die rote Hexe wohnt. Da ist er in Sicherheit – jetzt hat er doch einen Plan!

Es hat angefangen zu nieseln. Ein kalter dünner Regen, der bis auf die Haut zu dringen scheint. Er zieht frierend seinen Jackenkragen höher, als plötzlich jemand aus einem Fenster direkt über ihm ruft: »Da ist er, da ist er, mit einem Pferd!«

Nun darf er keine Zeit mehr verlieren. Er schwingt sich in den Sattel, das Pferd wiehert, er hofft, dass es einen Reiter gewohnt ist. Er beugt sich vor und bittet das Pferd flüsternd darum, dass es ihn hier heil heraußträgt. Dann haut er ihm mit den Fersen hart in die Leiste. Erschrocken galoppiert das Pferd los.

Er hört Geschrei hinter sich, doch er blickt sich nicht um. Schnell lässt er die Gassen hinter sich und erreicht die Dorfgrenze. Im langen Galopp sprintet er über die Felder. Die Hufe reißen die dünne Schneedecke auf und lassen Schnee und Dreck wie Geschosse hoch, bis in seinen Rücken spritzen. Plötzlich fühlt sich Gilbert unglaublich frei. Er hält das Gesicht lachend dem eisigen Regen entgegen und lässt seine Kopfschmerzen vom kalten Wind vertreiben. Endlich, endlich kann er wieder klar denken. Merde. Er muss sich zusammenreißen, und darf sich nicht dieser kindischen Freude hingeben, erst muss er den Wald erreichen.

Plötzlich hört er Motorengeräusch hinter sich und dreht sich um. Ein Wagen fährt mit hoher Geschwindigkeit den Feldweg hinter ihm entlang. Er ist noch weit weg. Gilbert haut die Fersen nochmals in die Leiste des Pferdes und bittet es in Gedanken um Entschuldigung.

Doch das Motorengeräusch kommt unaufhaltsam näher. Gilbert dreht sich um und erkennt einen Pritschenwagen. Er kann schon die Männer darin erkennen. Einer von ihnen hält ein Gewehr auf ihn gerichtet.

Ein Knall, noch ein Knall, die Männer johlen. Das Pferd stolpert mitten im Lauf und bricht unter ihm zusammen. Gilbert wird aus dem Sattel geschleudert. Er hat das Gefühl, in der Luft zu hängen, zwischen Himmel und Erde festgeklemmt, hilflos wie der Spielball eines launigen Gottes. Aber nur für einen Moment. Dann greift ihn sich die Schwerkraft und katapultiert ihn hart auf den Boden zurück.

Sein Rücken staucht sich zusammen, ein greller Stich, der sich vom Steißbein ausgehend die Wirbelsäule hoch und gleichzeitig die Oberschenkel hinunter ausbreitet, lässt ihn aufschreien und plötzlich befindet sich sein Kopf im feuchten, groben, kristallinen Schnee, der sich in Mund und Nasenlöcher drückt und ihm den Atem raubt.

Eine gnädige Schwärze rauscht von seinem Hinterkopf flackernd nach vorne in das Gesichtsfeld, sie knistert weich in seinen Ohren, er will sie begrüßen und sich ihr hingeben, da meldet sich eine leise, penetrante Stimme, die ihm sagt, er solle den Schnee ausspucken, Luft holen und sich der Gefahr stellen. Welcher Gefahr?

Und da kehrt alles zurück. Er weiß wieder, warum er hier im Schnee liegt, er weiß, dass er vom Pferd gestürzt ist und er weiß, dass sie ihn verfolgen. Adrenalin pumpt durch seine Blutbahn. Er reißt den Kopf aus dem Schnee, spuckt aus, pustet Schneekristalle aus der Nase und zieht gierig die kühle, klare Luft ein, zieht sie nach hinten, bis in die letzte Verästelung seiner Lunge.

Keuchend dreht er sich auf den Rücken. Neben ihm liegt das Pferd, über dessen großen Körper, wie in Wellen, ein Zittern läuft. Von hinten nach vorne. Er streckt den Arm aus, berührt die weichen Nüstern, die sich blähen und schnauben. Er flüstert dem Pferd zu, dass es ihm leid tue, dass er das nicht gewollt habe. Die Augenlider des Pferdes flattern, seine langen Wimpern zittern, es röchelt und Gilbert hat das Gefühl, dass er den Schmerz dieses Pferdes nicht ertragen kann.

Aber natürlich kann er diesen Schmerz ertragen. Genauso wie seinen eigenen. Das Motorengeräusch wird lauter. Er richtet sich auf, sein Körper rebelliert, es gibt keine Stelle, die ihm nicht wehtut, doch er kann sich bewegen und solange das der Fall ist, wird er kämpfen.

Er legt sich in Deckung hinter dem sich braun nach oben wölbenden Bauch des Pferdes, zieht die Pistole, prüft das Magazin, noch vier Kugeln, und wartet. Mindestens einen dieser Bastarde wird er mitnehmen in den Tod. Vielleicht sogar alle drei?

Doch er weiß, dass das eher unwahrscheinlich ist. Er hat keine Chance und die geheimen Pläne zu dem neuen Sturmgewehr werden niemals zu seinen Vorgesetzten gelangen. Er hat als Spion versagt. Doch was soll's. Er hat doch schon von Anfang an gewusst, dass er viel zu dilettantisch ist für diese Aufgabe. Wenigstens hat er es probiert. Er hofft nur, dass sein Bruder und seine Familie noch erfahren werden, dass er kein Kollaborateur war. Resigniert legt er den Kopf gegen den zuckenden Bauch des Pferdes, spürt seine Wärme, riecht den kräftigen Pferdegeruch, weiß, dass sie beide nur noch wenige Minuten zu leben haben und weint.

Plötzlich hört er Stimmen, dann Rufe, die bellend in die klare Luft geworfen werden und Schritte, die satt durch den nassen Schnee schmatzen. Direkt auf ihn zu.

Sanft streichelt er über das weiche Pferdefell, fühlt sich seltsam geborgen hinter dem warmen Leib des sterbenden Tieres, richtet sich auf und sieht nun auch die Personen zu den Stimmen. Die drei Jungs, in Polizeiuniform, die ihnen zu groß zu sein scheinen. Sie nähern sich geduckt, mit Gewehren im Anschlag.

Als sie ihn sehen, bleiben sie stehen und einer ruft: »Ergib dich! Du hast keine Chance. Wir sind zu dritt und Verstärkung ist angefordert!«

Gilbert zielt auf den Vordersten seiner Angreifer, denkt noch, aber der ist so jung, verdrängt diesen Gedanken, zielt auf seine Brust und drückt ab. Mit einem Aufschrei bricht der Junge zusammen. Gilbert duckt sich schnell wieder hinter den Bauch des Pferdes. Eine Salve von Schüssen aus den Gewehren der zwei übrigen Polizisten lässt den Körper des Tieres wie eine Marionette, die brutal an unsichtbaren Fäden gezogen wird, hin und her wackeln, sich aufbäumen und wieder hinlegen.

Gilbert flüstert dem Pferd zu, es solle auf ihn warten, da auf der anderen Seite, wo immer es jetzt gerade ist, er würde auch gleich zu ihm hinüberkommen. Mit einem Aufschrei richtet er sich auf, beide Hände um die Pistole, bereit zu schießen und zu sterben.

Doch die beiden übriggebliebenen Polizisten haben ihre Strategie geändert und sich zum Pritschenwagen zurückgezogen. Einer steigt in das Führerhaus, der andere hat sich hinten auf der Pritsche positioniert und so fahren sie mit Vollgas auf ihn und das Pferd zu.

Gilbert sieht, wie Dreck und Schnee von den Rädern aufgewirbelt wird, sieht das konzentrierte Gesicht des Fahrers und denkt sich: »Na gut, dann rammt mich halt.« Er zählt langsam auf drei, um seine letzten Patronen auf den Fahrer abzufeuern. Doch dann, völlig unerwartet hört Gilbert einen einzelnen

Schuss, sieht, wie der Fahrer nach vorne über das Lenkrad sackt, der Pritschenwagen aus der Spur gerät und umkippt.

Er dreht sich entgeistert um. Hinter ihm steht eine hünenhafte Gestalt mit einem Gewehr im Anschlag. Der Berg! Der Sohn der roten Hexe!

Gilbert ist zu überrascht, um erleichtert zu sein. Aber noch ist es ja auch nicht vorbei. Der Polizist, der hinten auf der Pritsche saß, hat sich hinter dem umgekippten Wagen positioniert und ruft ihnen mit ängstlicher Stimme zu, sie sollen sich ergeben. Die Verstärkung müsse jeden Augenblick da sein.

Der Berg lacht, hebt sein Gewehr und schießt dreimal auf den umgekippten Wagen. Stille. Er lädt nach, hebt erneut das Gewehr und bedeutet Gilbert, nach vorne zu rennen, er wolle ihm Feuerschutz geben. Gilbert nickt. Er hat verstanden. Er spurtet los und der Berg feuert. Am Wagen angekommen, lässt Gilbert sich auf den Boden gleiten, kniet sich hin und wartet atemlos bis der Polizist verrät, wo genau er sich auf der anderen Seite des Wagens befindet. Was er dann tun wird, weiß er allerdings nicht so genau. Merde, wie geht man in so einer Situation vor? Er hofft, der Berg weiß, was zu tun ist.

Der geht langsam, mit dem Gewehr im Anschlag, auf den Wagen zu. Jederzeit bereit zu schießen, falls sich der Polizist zeigen sollte. Er ruft durch seine Hasenscharte nuschelnd: »Komm rausch, wir tun dir nichtsch!«

Gilbert weiß, dass das gelogen ist. Niemals können sie den Polizisten laufen lassen. Der Berg ruft nochmal: »Komm!«

Der Polizist ruft »Ja, ja, ich komme!« Er streckt die Arme hinter dem Wagen nach oben, das Gewehr in einer Hand »Schaut, ich lass es fallen!«

Gilbert kennt nun seine Position hinter dem Wagen. Der Berg nickt ihm zu. Gilbert erhebt sich und mit drei Schritten ist er hinter dem Wagen. Der junge Polizist schaut ihn erschrocken an. Gilbert denkt nichts mehr. Er schießt ohne zu zögern und der Junge bricht zusammen.

Gilbert hat noch zwei Patronen. Er fühlt nichts. Warum fühlt er nicht? Das ist der vierte Junge, den er innerhalb von vierundzwanzig Stunden getötet hat. Und es macht ihm nichts aus. Moral passt sich also doch den Umständen an?

Er geht wieder um den Wagen herum, zurück zum Berg, der ihn fragend anblickt. Gilbert nickt und flüstert »Oui«. Warum mehr dazu sagen?

Da nähert sich von der Straße her ein Motorrad mit Beiwagen. Ist das etwa die Verstärkung von der der Polizist gesprochen hatte? Nein, das kann nicht sein. Eine kleine, schmale Gestalt fährt das Motorrad und hält direkt vor ihnen. Die rote Hexe. Sie schaut ihren Sohn an und mustert Gilbert. »Sind alle tot?«

Gilbert bejaht. Sie sagt: »Dann kommt, wir bringen dich zu deinen Leuten. Dann bekomme ich endlich mein Geld.« Sie lacht gackernd. Gilbert deutet auf die toten Polizisten, den umgestürzten Pritschenwagen, das tote Pferd. »Was ist damit? Lassen wir das einfach so liegen?«

Sie nickt unwirsch »Darum kümmern sich andere. Kommt jetzt, es wird Zeit.«

Doch gerade, als sich der Berg auf das Motorrad setzen will, Gilbert noch zögert, und sich fragt, wie sich ein ausgewachsener Mann in so einen kleinen Beiwagen setzen kann, knallt ein Schuss. Der Berg sackt zusammen, plumpst zur Seite und bleibt neben dem Motorrad liegen.

Fassungslos starrt Gilbert in die Richtung, aus der der Schuss gekommen war. Der junge Polizist, den er glaubt, erschossen zu haben, steht gebeugt neben dem Pritschenwagen und hält eine Pistole in beiden Händen. Die rote Hexe springt mit einem Aufschrei vom Motorrad, stürzt sich auf den Jungen und schlitzt ihm mit einem Messer, das plötzlich in ihren Händen ist, die Kehle auf. Blut spritzt aus der Wunde und färbt die Hexe gemäß ihres Namens. Den toten Jungen zu ihren Füßen, brüllt sie Gilbert an: »Ich dachte, es wären alle tot! Jetzt sind alle tot, du stümperhafter Froschfresser!«

Sie beugt sich zu ihrem Sohn, tastet ihn ab, schlägt ihn auf die Wange, er öffnet die Augen, sie flüstert »Bleib wach, nicht einschlafen, hörst du? Ich bringe dich zu einem Arzt.« Und dann an Gilbert gewandt: »Los, wir legen ihn in den Beiwagen.«

Gilbert weiß nicht, wie sie es schaffen, den großen, verletzten Mann in den Beiwagen zu legen. Aber sie schaffen es. Die rote Hexe startet das Motorrad und herrscht Gilbert an, er solle endlich aufsteigen.

Als Gilbert hinter ihr sitzt, dreht sie sich nochmals zu ihm um, schaut ihn hasserfüllt an und zischt: »Wenn er aufgrund deiner Dummheit stirbt, wirst du es bereuen, kleiner Franzose. Ich werde mich an dir rächen. Egal, wo du sein wirst.« Sie spuckt ihn an. Ihr Speichel läuft langsam an seiner Wange herunter. »Wenn es Nacht wird, komm ich dich holen.« Sie gibt Gas und Gilbert hält sich Scham gebeugt an ihrem schmalen Rücken fest, während der Fahrtwind ihm die Tränen in die Augen treibt, greift er sich unwillkürlich an die Brust und tastet nach der Porträtzeichnung von Klara.

Frühjahr 1945

Kapitel 01

Gertrude

Sie wacht auf, hat schreckliche Angst und weiß nicht, warum. Ein Wimmern presst sich zwischen ihren Zähnen hervor. Sie schlägt sich schnell die Hand auf den Mund, zieht erschrocken die Luft ein, weiß, dass sie still sein muss, keinen Laut von sich geben darf. Er ist da! Sie weiß es. Er ist wieder da und schleicht durch das Haus auf der Suche nach seiner Beute. Nach ihr!

Gertrude schwitzt. Ihre Bettdecke ist schon ganz feucht. Sie will sie wegziehen, wegtreten, sie verheddert sich darin, kämpft mit ihr und schwitzt noch mehr.

Wo ist ihre Mutter? Sie versucht sie zu rufen, doch sie kann nicht. Wo ist Klara? Wo ist Pascal, Onkel Heinz, Gilbert? Wo ist ihr Vater? War er nicht eben noch da? Gertrude weint. Ihr Körper schüttelt sich. Und dann? Dann steht er vor der Tür. Vor der Schlafzimmertür und atmet durch die Ritzen. Es scheint fast, als würde er ihren Geruch in sich hineinziehen.

Gertrude hält ganz still, vergräbt sich unter ihrer Decke und tastet hilfesuchend nach ihrer Puppe. Ihre Fingerspitzen berühren die weichen Haare, die in der Dunkelheit zu leuchten scheinen. Sie zieht die Puppe zu sich heran und hält sie wie zum Schutz vor ihre Brust. Das Atmen vor der Tür hört auf.

Gertrude springt aus dem Bett, sie stemmt das einzige lose Holzbrett der Dielen nach oben und tastet durch den Staub des schmalen Zwischenbodens. Wo ist sie? Da! Ihre Finger greifen das Leinentuch. Das muss die Pistole ihres Vaters sein. Fahrig zieht sie es heraus, das Tuch öffnet sich, und anstatt einer Pistole kullern mehrere Pflaumen heraus.

Dunkle, reife, saftige Pflaumen. Ihr Duft breitet sich aus, verdichtet sich und senkt sich süß und schwer auf sie herab. So schwer, dass Gertrude das Gefühl hat, er würde an ihr festkleben, sie ganz und gar umhüllen und erdrücken. Sie kann sich nicht mehr bewegen. Schwer und träge tropft er an ihr herunter und fließt langsam über den Boden Richtung Tür. Warum ist er rot? Rot und dick? Was stimmt da nicht?

Als die dicke Masse unter der Türritze hindurchfließt, den schmalen Spalt zwischen Tür und Boden vollständig füllt, öffnet sich die Tür.

Gertrude hält den Atem an. Sie sieht wie die Öffnung sich langsam vergrößert. Ein Lichtstrahl fällt herein, der sich auf dem Dielenboden auffächert wie das Rad eines Pfaus, hell und leuchtend, als wäre er ein Portal in eine andere Welt.

Und dann, dann tritt ein Schatten in das Licht, breitet sich groß und mächtig auf dem Boden aus. Er formt sich zu Armen und Beinen und einem unnatürlich verzerrten Kopf auf einem riesigen, fetten Körper.

Gertrude verlässt jegliche Körperkontrolle. Sie entweicht, wie Luft aus ihrem Mund. Sie pinkelt auf den Boden. Ihr Urin mischt sich mit der roten, schweren Masse, und dann steht er im Zimmer. Direkt vor ihr.

Sie sieht den Umriss seines Körpers überdeutlich im Gegenlicht. Ihre Augen scheinen schärfer und klarer sehen zu können als sonst. Selbst die Körperpartien, die in der Dunkelheit liegen, kann sie erkennen: Der große Schädel, mit rotem, lockigem Haarkranz leuchtet wie ein Heiligenschein im Gegenlicht, und seine Augäpfel schimmern beängstigend weiß und kullern fast aus den Augenhöhlen. Die Uniformjacke ist offen, das Hemd hängt heraus und öffnet sich klaffend, darunter ein gewaltiger haariger Bauch und große, spitz zulaufenden Brüste. Irgendetwas stimmt nicht. Und dann wird ihr klar, dass er drei Brustwarzen hat! Die schauen sie an.

Eine eiserne Klammer legt sich um ihre Brust und ein Gurgeln entweicht ihrem Hals. Sie atmet stoßweise. Mit letzter Kraft hält sie ihm wie zum Schutz ihre Puppe entgegen. Doch er lacht nur. Er lacht und lacht und das Lachen lässt den fetten Körper erbeben und die Brüste wackeln. Es ist ein hohes Lachen, ein amüsiertes, ein Siegerlachen. Und plötzlich, wie aus dem Nichts hat er eine Pistole in der Hand. Es knallt.

Gertrude blinzelt. Wo ist sie? Sanftes Licht fällt durch einen schmalen Spalt im Verdunkelungsvorhang herein. Sie schließt die Augen und öffnet sie, schließt sie und öffnet sie wieder. Ihre Atmung beruhigt sich. Erst langsam wird ihr bewusst, dass sie im Bett liegt. Ihre Hand tastet in dem großen Ehebett nach ihrer Mutter, deren Seite ganz warm ist. Lange ist sie noch nicht auf. Warum hat sie sie schlafen lassen? Es muss nach sieben sein, wenn es draußen schon hell ist. Hat sie geträumt? Warum ist ihr Nachthemd so nass? Warum hat sie das Gefühl, der Tod hätte sie geholt, einmal durchgekaut und wieder ausgespuckt? Nur vage erinnert sie sich an eine zähe, dicke, süße Masse. Blut?

Vorsichtig schielt sie auf den Boden. Da wo das Dielenbrett lose ist und vor vielen Monaten einmal die Pistole ihres Vaters versteckt lag, da liegt jetzt ihre Puppe. Die Puppe, die sie von Ferdinand von Stein zu Weihnachten geschenkt bekommen hat. Ihre Haare leuchten hell auf dem dunklen Dielenboden. Gertrude hat den Geschmack von überreifen Pflaumen im Mund. Ihr wird übel. Sie springt aus dem Bett und bemerkt, dass sie sich eingepinkelt hat. Der Geruch nach Urin zieht ihr streng in die Nase. Sie zieht sich beschämt aus und will sich mit ihrem Nachthemd die Haut abtrocknen, doch sie findet keine trockene Stelle. Schweiß und Urin haben sich in den groben Stoff gesaugt. Sie weint.

Als sie voll Scham das ebenfalls nasse Bettlaken abzieht, zusammenknüllt und zusammen mit ihrem Nachthemd verzweifelt auf den Dielenboden wirft, ist ihr, als würde ein höhnisch lachendes Gesicht mit rotem, lockigem Haarkranz vor ihr auf und ab tanzen.

Und dann weiß sie es wieder. Wie eine Flutwelle bricht ihr Traum über ihr zusammen, schmeißt sie auf den Boden und jagt ihr Schreck in alle Glieder. Dieser ganz bestimmte Schreck, dieses eisige Grauen, das sich entspinnt, aus einem Traum der sich in die Wirklichkeit schleicht.

Sie schluchzt. Ihre Nase tropft und es läuft ihr juckend bis zur Oberlippe. Ihr Blick fällt auf die Puppe, die neben ihr liegt und sie weiß plötzlich, was zu tun ist.

Keuchend steht sie auf. Er wird sie nicht kriegen, nein, keinen von ihnen, nein, er wird nicht noch einmal zurückkommen und ihrer Mutter wehtun. Und ihr selbst auch nicht.

Sie holt sich aus der Kommode ein sauberes Kleid, zieht sich an, knüllt ihr Nachthemd in das nasse Bettlaken, kickt wütend mit dem rechten Fuß dagegen, verliert dabei beinah das Gleichgewicht, als der weiche Stoff unerwartet nachgibt, spuckt darauf und stolziert mit der Puppe in der Hand nach draußen zu dem Pflaumenbaum.

Ein lauer Wind streichelt ihr die Tränen trocken. Ihre nackten Füße stehen in der feuchten, aufgeworfenen Erde unter dem Pflaumenbaum, die Gilbert im Herbst umgegraben hatte. Der Frost hat im Winter die großen Schollen gebrochen. Die Erde scheint teigig, porös und bereit, bepflanzt zu werden. Ein Regenwurm bohrt sich in die mürbe Fülle, der ein voller, würziger Geruch entströmt.

Sie wollen Kartoffeln unter den Baum pflanzen. Kartoffeln, die sich vom toten Körper des Polizisten, der unter ihnen liegt, nähren und wachsen und – wie Gilbert ihr erklärt hatte – ihn dadurch in etwas Gutes verwandeln. Denn, so sagte Gilbert, das Leben erschafft sich neu. Immer und immer wieder. Ein ewiger Kreislauf.

Gertrude hatte kein Wort verstanden. Sie weiß nur, dass sie trotzdem von den Kartoffeln keine einzige essen wird. Aber das ist noch lange hin, und jetzt muss sie dringend etwas erledigen.

Sie nickt dem Pflaumenbaum zu, kniet sich hin, gräbt beide Hände in die satte, lehmige Erde, genießt die Kühle und Konsistenz und bohrt ein Loch hinein. Nicht tief. Nur zwei handbreit. Das reicht.

Sie hebt ihre Puppe auf, die neben ihr liegend alles beobachtet hat, küsst ihr das helle Haar und legt sie sanft in das Loch. Sie flüstert ihr zu, dass sie gut aufpassen und darauf achten soll, dass der fette Polizist da unten bleibt, sie in Ruhe lässt und nicht nochmals versucht, ihnen wehzutun. Dann schiebt sie die Erde wieder zurück in das Loch, bis von der Puppe nur noch die Haare heraus schauen. Die hellen Haare, die aussehen, als würden sie nun aus dem Boden wachsen.

Gertrude atmet tief durch. Nun fühlt sie sich ein wenig leichter. Der Alptraum gleitet von ihrer Schulter und verflüchtigt sich in der frischen Morgenluft.

Eine Amsel beginnt ihr Lied, eine zweite antwortet. Gertrude schaut nach oben, in die Zweige des Pflaumenbaumes. Da sitzt sie. Ganz schwarz mit gestrecktem Hals und geöffnetem orange-gelben Schnabel jubiliert sie in den frühen Morgen. Ihre Melodie schwingt durch die Luft, vibriert, erzählt vom Frühling und weckt ein seltsam ziehendes Gefühl in Gertrudes Magengegend. Ist es Sehnsucht? Doch wonach?

Und da sieht sie es. Der Pflaumenbaum bekommt seine ersten Knospen. Zart drücken sie sich aus den Zweigen und Gertrude weiß plötzlich, dass sie sich keine Sorgen zu machen braucht. Es ist der Baum, der Baum der darauf aufpasst, dass nichts Schlimmes mehr passieren wird.

Sie wird durch das Klappern von Blech und dem Rattern von Holzrädern aus ihren Gedanken gerissen. Pascal zieht einen Leiterwagen, der bis oben mit Geschirr beladen ist. Er kommt vom Fluss. Er hat diese Woche Küchendienst. Sie wechseln sich ab. Pascal und ein griesgrämiger Franzose namens Olivier, der fast genau so alt ist wie Pascal, aber nicht mal halb so nett.

Gertrude ist froh ihn zu sehen. Seit Wochen sprechen sie nur heimlich miteinander, da es ja nicht gerne gesehen ist, dass sie mit ihm, mit einem Zwangsarbeiter, befreundet ist.

Und dabei vermisst sie ihn so sehr. Um so mehr, seit Gilbert nicht mehr bei ihnen ist. Schnell holt sie sich die Stiefel, rennt zu ihm, nimmt schweigend die andere Seite des Griffs der Deichsel und zieht mit ihm zusammen den Leiterwagen über den Weg. Verstohlen lächeln sie sich an. Ein alter Mann und ein kleines Mädchen, die zusammen einen

Leiterwagen voll klapperndem Blechgeschirr ziehen. Schulter an Unterarm. Sie könnten auch Großvater und Enkeltochter sein. Wäre nicht Krieg, der selbst diese unschuldige Szene zu etwas Verbotenem macht.

Pascal stupst sie sanft mit dem Unterarm an und fragt, wie es ihr gehe.

»Gut.«

»Warum hast du dann geweint?«

»Ich habe nicht geweint. Der Wind hat mir Tränen in die Augen getrieben.«

»Ach Gertrude, du weißt doch, dass du mich nicht anlügen kannst.«

»Ich vermisse dich, warum darf ich nicht mehr mit dir spielen? Und überhaupt, ich will, dass dieser blöde Krieg endlich vorbei ist, damit wir endlich ganz normale Freunde sein können.«

»Wenn der Krieg vorbei wäre, dann wäre ich aber wieder in Frankreich, bei meiner Familie.«

»Dann würde ich mit dir kommen«.

Pascal lacht »Du wärst bei uns jederzeit willkommen. Dann könntest du meine Enkeltochter kennenlernen. Sie ist genau so alt wie du.«

»Versprichst du mir das?«

Pascal bleibt stehen, blickt sie lächelnd an und streckt ihr die Hand entgegen. Gertrude schlägt ein. Es ist ein Versprechen. Eigentlich ein Pakt.

Bevor sie auf das Areal des Lagers kommen, flüstert Pascal Gertrude zu, dass es besser wäre, wenn sie nun wieder nach Hause gehen würde. Doch Gertrude schüttelt den Kopf. Sie will noch ein wenig bei ihm bleiben und helfen, das Geschirr hineinzutragen, so wie sie es früher auch immer getan hat, bevor plötzlich alles anders wurde und sie nichts mehr mit ihm zu tun haben durfte.

Doch Pascal schüttelt den Kopf. Sie darf nicht mit hinein. Er blickt sie ernst an. Das heitere Glitzern ist aus seinen Augen verschwunden. Gertrude fühlt, wie ihr schon wieder die Tränen in die Augen schießen, fühlt das Brennen in den Augenwinkeln und will sich zusammenreißen, er hat ja recht. Und trotzdem ist es so ungerecht. So falsch. Pascal dreht sich um, nimmt die Deichsel des Leiterwagens wieder auf, will loslaufen, sie alleine lassen, als sich eine schwere Hand auf ihre Schulter legt.

Erschrocken zuckt sie zurück. Hinter ihr steht Zimmermann. Sie will zur Seite hüpfen, die schwere Hand abschütteln, doch er drückt nur noch fester zu und stößt sie brutal nach unten. Sie muss sich nach vorne beugen und keucht unwillkürlich.

Pascal kommt zurück, Gertrude sieht das Entsetzen in seinen Augen, sieht seine Furcht, und doch macht er einen Schritt nach vorne, um ihr zu helfen. Da herrscht Zimmermann ihn an: »Wage es nicht! Ich habe auch schon diesen Verräter vermöbelt. Wie hieß er noch? Gilbert. Und«, seine Stimme wird leiser, »der war erheblich jünger als du.«

Pascal weicht zurück, sagt leise: »Lass sie los, tu ihr nicht weh. Sie hat nichts getan – bitte.«

Zimmermann blickt ihn kalt an. »Sie gibt sich mit euch Zwangsarbeitern ab. Das ist genug. Dafür bekommt sie von mir eine Tracht Prügel.«

Er drückt Gertrude noch weiter nach unten. Gertrude schreit vor Schmerz auf. Pascal nimmt ein paar Blechteller vom Leiterwagen und bewirft Zimmermann damit. Klappernd prallen sie an ihm ab und poltern scheppernd auf den Boden.

Zimmermann lässt Gertrude fluchend los, schreit »Scheiß Froschfresser« und geht auf Pascal los. Sein faltiges Gesicht ist zu einer Maske aus unverhohlenem Zorn verzerrt. Er packt Pascal an den Haaren und drückt nun ihn nach unten.

Pascal wehrt sich nicht. Er lässt sich auf die Knie fallen, hält die Handflächen nach außen gerichtet zu einer Geste der

Unterwerfung. Gertrude denkt: »Wehr dich! Schlag ihn!«. Doch gleichzeitig weiß sie, dass das seinen Tod bedeuten würde. Kein Zwangsarbeiter lehnt sich ungestraft gegen die Herrenrasse auf. Er wollte sie lediglich aus der Hand von Zimmermann befreien, wollte nicht, dass sie verprügelt wird, nur deshalb hatte er mit den Tellern nach ihm geworfen. Jetzt ist sie frei, jetzt muss er sich ergeben.

Sie versteht das alles und doch kann sie sich nicht damit abfinden. Sie schwört sich, dass wenn sie erwachsen ist, sie gegen alles Unrecht kämpfen wird. Ja, das will sie tun. Doch sie weiß, bis dahin dauert es noch lange. Jetzt ist sie nur ein kleines Mädchen, das nichts gegen diese ungerechte Erwachsenenwelt ausrichten kann. Zumindest nicht viel. Aber ein wenig schon.

Sie holt aus, kickt Zimmermann gegen das Schienbein und schreit: »Lass ihn los, oder ich hole meine Mutter!«

Sie hüpft wieder zurück, pumpt sich auf, ballt die Hände zu Fäusten, fügt zur Sicherheit noch schreiend hinzu: »Und Onkel Heinz hole ich auch.« Sie macht sich bereit auf das große Donnerwetter, das über sie hereinbrechen wird. Doch es bleibt aus.

Zimmermann reibt sich lachend sein Schienbein, lässt Pascal los, beachtet ihn nicht weiter und sagt ruhig zu Gertrude: »Komm mit. Du bekommst eine heiße Milch und wir unterhalten uns mal miteinander – wie zwei Erwachsene. Ich glaube, ich habe dich lange unterschätzt.«

Wider Erwarten fühlt sie sich von seinen Worten geschmeichelt. Schnell schüttelt sie das unpassende Gefühl ab, doch der Stolz breitet sich schon in ihrem Bauch aus und macht ihn ganz warm. Pascal, der wieder aufgestanden ist und sich die Haare reibt, blickt sie erschrocken an. Er schüttelt den Kopf, sie solle nicht mit Zimmermann gehen und sie weiß, er hat Recht. Sie sollte das nicht tun. Doch sie geht mit. Stolziert neben Zimmermann, mit aufrechtem Rücken und erhobenem Kinn, zu seinem Haus. Heimlich mustert sie den »Nazi-Nachbarn«.

Was hat er vor? Worüber will er sich mit ihr unterhalten? Als ihr Blick auf ein graues Haarbüschel fällt, das seine Finger klauenartig umschließen, und ihr klar wird, dass das Haare von Pascal sein müssen, weiß sie, dass sie sich in Acht nehmen muss. Vielleicht noch mehr, als sie es sowieso schon getan hätte. Und zum ersten Mal kommt ihr der Gedanke, dass es vielleicht doch keine so gute Idee ist, mit zu ihm nach Hause zu gehen.

Kapitel 02

Onkel Heinz

Heinz weiß, dass er träumt. Er hat diesen Traum schon oft gehabt. Seit das mit den Ziegen passiert ist, seit er sich erinnert, träumt er ihn fast jede Nacht.

Er steht auf einem Stuhl auf dem Dachboden, eine Schlinge um den Hals, die vom Dachbalken herunterhängt. Er versucht den Stuhl wegzukicken. Es gelingt ihm nicht. Er versucht vom Stuhl zu hüpfen. Auch das gelingt ihm nicht.

Gleich wird er frustriert die Schlinge ablegen, vom Stuhl steigen und nach unten ins Wohnzimmer gehen. Nur dass sein Wohnzimmer viel größer als in Wirklichkeit ist, und der Tisch der darin steht, irgendwie länger. Und wie immer wird er sich auf den Stuhl am Kopfende des Wohnzimmertisches setzen, über den unendlich langen Tisch hinweg blicken, die Pistole nehmen, die auf dem Tisch an seinem Platz für ihn bereit liegt, sie an seine Schläfe pressen und abdrücken.

Doch nichts wird passieren. Kein Schuss. Kein Knall. Er wird nochmals abdrücken. Wieder und wieder. Kein Schuss wird sich lösen. Nur Gelächter wird erschallen. Gelächter, als würde ihm ein Publikum zusehen, das sein Tun für einen lustigen Scherz hält.

Es fühlt sich dann so an, wie damals. Damals, als er vor hundert Jahren mit Hanna im Dorftheater war. Eine Komödie. Die Schauspieler taten etwas und der Saal lachte. Sie sagten etwas und der Saal lachte wieder, obwohl es überhaupt nicht lustig war. Er jedenfalls fand es nicht lustig. Doch alle anderen lachten. Selbst Hanna. Alle lachten und lachten und Heinz wünschte sich ganz weit weg. Er hatte das Gefühl, nicht dazuzugehören.

Und so ist es in seinem Traum. Nur dass er dieses Mal nicht im Publikum sitzt, sondern der Schauspieler ist. Und es sich dieses Mal nicht um eine Komödie, sondern um eine Tragödie handelt. Er versucht sich umzubringen, und es gelingt ihm nicht, und der Saal lacht.

Er weiß das, er weiß das im Traum, und steigt trotzdem vom Stuhl, um nach unten zu gehen. Er will es mit der Pistole, die unten für ihn bereit liegt, probieren. Vielleicht löst sich ja heute ein Schuss. Vielleicht wird es ihm ja heute gelingen, sich selbst zu töten. Auch wenn er sich fragt, ob man, wenn man sich im Traum tötet, auch im wirklichen Leben tot sein wird – er hofft es sehr. Denn außerhalb des Traumes schafft er die Selbsttötung nicht. Er ist zu feige, zu zögerlich. Wenigstens hat er im Traum den Mut dazu. Denn er will nicht mehr leben, er hat die Schnauze voll. Er will sich nicht erinnern und hat keine Lust mehr zu leiden. Er will nicht mehr an den Krieg denken und vor allem nicht daran, was er getan hat.

All das fliegt durch seinen Kopf, all das fühlt er in seinem Traum, und er weiß gleichzeitig, dass es nur ein Traum ist und er morgen wieder dasselbe träumen und dasselbe fühlen und es ihm auch morgen nicht gelingen wird, sich umzubringen.

Aber vielleicht gehört das ja zu seiner Buße, vielleicht ist das ja sein Fegefeuer. Er soll leiden. Jede Nacht. Und warum auch nicht? Schließlich war er der Teufel und ist es vielleicht immer noch. Wer weiß das denn schon so genau.

Er zieht also die Schlinge von seinem Hals und geht nach unten. Wie immer. Doch bevor er die Tür zum Wohnzimmer öffnet, weiß er, dass heute etwas anders ist. Irgendwie fühlt es sich anders an als sonst. Was ist es nur?

Er legt die Hand auf die Klinke und drückt sie nach unten. Die Tür schwingt auf und er ist nicht in seinem Wohnzimmer, sondern steht auf einem Felsen. Unter ihm erstreckt sich ein Abgrund. Ein tiefer Abgrund, ein Abgrund, der ihn schwindeln lässt. Schwarz und kalt und mitleidlos. Darüber erstreckt sich ein farbloser Himmel, riesengroß, bis in die Unendlichkeit. Und Heinz weiß, dass es nun so weit ist. Er muss nur einen Schritt nach vorne machen, einen Schritt in den Abgrund, in das Nichts und endlich, endlich wird es vorbei sein. Und er macht den Schritt. Ohne zu zögern. Sein Bein tritt ins Leere und er kippt nach vorne. Er fällt wie ein Stein, fällt und fällt, fühlt die Schwerkraft, die ihn zu sich zieht, spürt die Schwärze, die ihn umhüllt, bereitet sich auf das Unvermeidliche vor, das zwingend Notwendige und hört plötzlich eine Stimme. Es ist Helene, seine Schwägerin, die ihn fragt was er da tue, dass er nicht einfach flüchten dürfe. Er hört eine zweite Stimme. Es ist Klara, seine Nichte, die ihm sagt, er könne sich nicht einfach aus der Verantwortung stehlen. Und er hört eine dritte Stimme. Die hohe, kindliche Stimme von Gertrude, die ihn bittet ihr zu helfen, ihnen allen zu helfen.

Und in dem Moment wird ihm klar, dass es nicht darum geht tot zu sein, nichts mehr zu fühlen, der Schuld zu entfliehen, sondern vielmehr darum, wiedergutzumachen, sich der Schuld zu stellen, sie anzunehmen und Buße zu tun. Wie konnte er so dumm sein? Und so schwach? Und so selbstsüchtig?

Heinz bemerkt, dass er weint. Er weint im Schlaf. Doch schläft er oder ist er wach? Ist das der Fallwind, der ihm da die

Tränen in die Augen treibt? Er weiß es nicht. Doch es ist egal. Er fällt und fällt unvermeidlich in die Tiefe. Also ist es zu spät. Seine Erkenntnis wird niemandem mehr nützen und gleich wird alles vorbei sein.

Doch plötzlich lichtet sich die Schwärze und er sieht, wie er auf eine grüne Wiese zustürzt, auf der ein Baum steht. Ein einzelner Baum, an den ein dicker Mann mit roten Haaren gefesselt ist. Der Baum und der Mann werden immer größer und größer, er kann schon sehen, dass der Baum rote Blüten treibt und bedauert, dass er gesprungen ist. Eine unendliche Traurigkeit breitet sich in ihm aus. Doch es ist zu spät. Alles ist zu spät. Der Dicke mit den roten Haaren schaut zu ihm auf. Er zwinkert ihm zu und Gelächter erschallt. Gelächter, als würde ihm ein Publikum zusehen. Da reißt ihn etwas zurück.

»Wach auf! Wach endlich auf!«

Schwer atmend blickt Heinz um sich. Ist er tot? Ist er in der Hölle? Doch warum sieht die Hölle aus wie sein Schlafzimmer? Und warum ist Pascal auch da und schüttelt ihn an der Schulter?

»Nous avons ... wir brauchen deine Hilfe, Heinz! Zimmermann hat Gertrude mitgenommen.«

Heinz hat das Gefühl, als hätte Pascal einen Eimer kaltes Wasser über seinen Kopf geschüttet. Er schüttelt sich, wundert sich, dass seine Haare nicht nass sind, springt auf und rennt im Schlafanzug aus dem Haus, hinüber zu Zimmermann.

Als er vor der Haustür von Zimmermann steht, bemerkt er, dass er nicht mal Schuhe angezogen hat. Die Angst um Gertrude lässt seine unbändige Sehnsucht zu sterben noch selbstsüchtiger erscheinen. Er schämt sich. Wie kann er alle im Stich lassen? Sie brauchen ihn doch. Alle. Das ganze Dorf. Das wird ihm immer klarer und er beschließt, weiterzuleben. Weiterzuleben, um das Dorf zu schützen, wenn die Franzosen einfallen und alle deutschen Soldaten schon tot sind. Das Dorf zu schützen, damit die Frauen und Kinder und all die Alten überleben.

Dieser Gedanke erstrahlt hell in seinem Inneren, mit der Selbstverständlichkeit und Klarheit, die einer Erkenntnis eigen ist. Er atmet schwer und fühlt sich doch leicht. So leicht wie schon lange nicht mehr. So leicht wie in einem anderen Leben, dem Leben, das er früher geführt hat. Und er ist froh.

Irritiert blickt er auf seine nackten Füße und bemerkt, dass er noch einen Schlafanzug trägt. Und warum steht er vor der Haustür von Zimmermann? Was wollte er hier? Vielleicht wollte er ihm mitteilen, dass er es sich anders überlegt hat? Dass er sein Angebot annehmen will? Oder eher dem Befehl folgen, den er und der NSDAP-Ortsgruppenleiter ihm vor einigen Tagen zugetragen hat?

Er versucht sich zu erinnern, genau zu erinnern. Sie sagten, er solle im Sinne eines »Volkssturms« Frauen, Mädchen und Jungen an der Waffe ausbilden. Zur Verteidigung des Dorfes. Schließlich wäre er der Einzige hier, der an der Front gewesen sei und wisse, was zu tun ist – im Fall der Fälle. Im unwahrscheinlichen Fall, dass nämlich der Franzose die Frontlinie durchbricht.

Er hatte den Kopf geschüttelt und so getan als würde er nichts verstehen – er hatte sich verrückt gestellt. Er wollte nichts damit zu tun haben. Mit Zimmermann, mit dem NSDAP-Ortsgruppenleiter, mit den Leuten aus dem Dorf. Sie waren ihm egal. Und der Franzose? Der Feind? Der kommt oder kommt nicht.

Doch nun macht das plötzlich Sinn. Das wird seine Buße sein. Er wird sich darum kümmern, dass diese Kinder, diese Frauen ihr Land, ihr Leben verteidigen können, sich nicht hilflos ausliefern müssen. Ja, das wird er tun. Hell und klar leuchtet diese Absicht aus ihm heraus und seine Gesichtsmuskeln ziehen sich seltsam zusammen. Lächelt er etwa?

Irritiert schüttelt er den Kopf. Plötzlich hat er unsägliche Kopfschmerzen. Sie pochen von außen gegen den Schädel und wirbeln darin herum.

Heinz dreht sich wieder um. Geht langsam zurück. Er wird es Zimmermann ein anderes Mal sagen. Er muss erst noch ein wenig schlafen. Da bemerkt er Pascal, der auf dem Weg steht und ihn entgeistert anstarrt.

Kapitel 03

Gertrude

»Sag mal«, Zimmermann gießt die heiße Milch in eine Tasse, »du bist doch ein kluges Mädchen.« Er stellt sie vor Gertrude, die an seinem Küchentisch sitzt und schiebt ihr den Honigtopf zu. Gertrude liebt heiße Milch mit Honig. Woher weiß er das?

»Und kluge Mädchen sehen mehr als die meisten Erwachsenen.«

Gertrude nickt und löffelt den Honig in ihre heiße Milch. Beim vierten Löffel schielt sie prüfend zu Zimmermann. Bei ihrer Mutter darf sie nie vier Löffel Honig in ihre Milch geben, schließlich ist Krieg, sie müssen sparen. Doch Zimmermann scheint es einerlei zu sein, wie viel Honig sie in ihre Milch löffelt – sie nimmt sich noch einen fünften.

»Du weißt doch bestimmt, was mit dem Polizisten geschehen ist, oder?«

Gertrude fällt der Löffel in die große Tasse. Schnell angelt sie ihn wieder heraus, verbrennt sich den Daumen in der heißen Milch, steckt ihn sich reflexartig in den Mund, aber nur für einen kurzen Moment. Sie will nicht vor Zimmermann aussehen wie ein Kleinkind.

Unschuldig fragt sie: »Welcher Polizist?«

Zimmermann blickt sie forschend an »Der Rothaarige, der fette Kerl, der deine Mutter öfter besucht hat und nun vermisst wird. Oder besser«, Zimmermann beugt sich nahe zu Gertrude vor, »der von den beiden Zwangsarbeitern umgebracht worden ist – wie man sagt.«

Zimmermann lehnt sich entspannt zurück. »Aber ich glaube nicht, dass es die Zwangsarbeiter waren. Ich glaube«, er macht eine kleine Kunstpause, »es war deine Mutter.«

Gertrude hat das Gefühl die Decke würde über ihr einstürzen. Schnell schlürft sie ihre Milch, damit sie nicht gleich antworten muss, überlegt sich fieberhaft, was sie ihm sagen, wie sie reagieren soll. Zimmermann fährt fort: »Ich finde, er hat es verdient. Vermutlich ist er zu weit gegangen und Helene musste sich wehren.« Er packt plötzlich ihre Schultern, zieht ihr Kinn so zu sich heran, dass sie ihn anblicken muss »War es so, Gertrude? Hat Helene ihn umgebracht?«

»Nein!« Gertrude schreit fast, schüttelt seine Hände ab, lehnt sich so weit wie möglich zurück. Er stinkt. Wonach nur? Zimmermann lacht. »Trink deine Milch. Beruhig dich. Wenn es deine Mutter war, dann ist es ihm sicher recht geschehen. Ich hätte ihn auch umgebracht. Er war widerlich, nicht wahr?«

Gertrude schaut ihn lauernd an. Ja, der Polizist war widerlich. Und Zimmermann ist ekelhaft. Langsam ordnen sich ihre Gedanken wieder. Er will also herausfinden, wer den Polizisten umgebracht hat. Warum will er das wissen? Hatte Klara nicht gesagt, dass Zimmermann in ihre Mutter verliebt sei? Und wenn schon. Er darf nichts erfahren. Sie muss aufpassen, was sie sagt. Gertrude zieht die Nase hoch. Sie hasst es, wenn Erwachsene versuchen etwas aus ihr herauszubekommen. Aber Klara sagt immer, sie könne gut lügen. Klara sagt zwar auch, das dürfe sie nicht, doch in dem Fall kann sie bestimmt eine Ausnahme machen.

»Nein, Mama hat ihn nicht umgebracht.« Das war nicht mal gelogen. Sie weiß allerdings, dass sie, um glaubwürdiger zu sein, ihm etwas »Futter« geben muss. »Ich weiß aber, wer es getan hat.«

Zimmermann schaut sie überrascht an. Mit dieser freimütigen Antwort hatte er nicht gerechnet. Aufgeregt fragt er: »Wer? Wer war es Gertrude?«

Gertrude stellt eine Gegenfrage: »Wer hat den Ledermantel unter die Matratze von François gesteckt?« Vor Überraschung weiten sich die Augen Zimmermanns und Gertrude kann ein befriedigtes Grinsen nicht verstecken.

»Ah, so machen wir das also. Ich sage dir etwas und du sagst mir etwas. Nun gut. Ich habe dich offensichtlich wirklich unterschätzt. Also, den Mantel habe ich ihm untergeschoben, um deine Mutter zu schützen. Und alles, was ich wissen will ist, ob sie mir dafür dankbar sein muss.«

Nun ist Gertrude überrascht. Mit soviel Offenheit hat sie ebenfalls nicht gerechnet. Und irgendwie ist sie auch geschmeichelt. Schon wieder. Er redet wirklich mit ihr, wie mit einer Erwachsenen. Sie nickt. »Das dachten wir uns schon. Aber Mama war es gar nicht. Es war ...« Sie atmet durch. Darf sie das? Darf sie einfach die Schuld jemand anderem zuschieben? Jemand, der auch noch ihr Freund ist? Aber er ist doch weg! Klara sagt, er sei wieder in Frankreich bei seinen Leuten. Sie kann ihm also die Schuld zuschieben, ohne dass ihm etwas passiert. Er würde das sicher verstehen. Aber irgendetwas lässt sie noch zögern, die Lüge zu verbreiten, dass Gilbert den Polizisten getötet hat. Warum sagt sie es nicht? Es wäre so einfach, die Schuld jemandem zuzuschieben, der weit, weit weg ist und somit den Verdacht von sich selbst ablenken zu können. Doch sie kann es nicht. Gilbert ist ihr Freund.

Zimmermann packt sie erneut an den Schultern. Hebt sie mit einem Ruck vom Stuhl hoch, als wäre sie eine Puppe

»Los! Raus damit!« Er schüttelt sie. »Denkst du, du kannst mich verarschen?«

Drohend hebt er eine Hand und will zuschlagen. Gertrude wird klar, dass es ein Fehler war, mit Zimmermann nach Hause zu gehen. Er ist unberechenbar. Wie konnte sie nur so blöd sein?

Panik macht sich in ihr breit. Sie schreit: »Ich!« Ihre Stimme überschlägt sich förmlich, wird nach hinten hinaus ganz kieksend. Sie stößt gegen die Tasse mit Milch, die sich über den Küchentisch ergießt, sich auf der Tischplatte ausbreitet, und sieht plötzlich, wie sich vor langer, langer Zeit ein anderer Schwall Milch, ein Schwall heißer, weißer Milch über das Gesicht, den Hals und die Schulter des rothaarigen Polizisten ergoss. Wie die weiße Milch innerhalb weniger Sekunden seine Uniformjacke dunkel färbte und sich langsam nach unten fraß. Und sie hört wieder, wie er brüllt. Er brüllt wie die Ochsen, die zum Schlachten geführt werden. Sie stottert: »Ich, ich…«

Da wird die Küchentür aufgerissen. Onkel Heinz steht im Türrahmen. Er scheint riesengroß zu sein. Seine weißen Haare leuchten wie ein Heiligenschein. Gertrude denkt noch: »Er sieht aus wie der Erzengel Gabriel«, dann landet sie auf dem Boden. Zimmermann hat sie vor Schreck losgelassen. Fluchend reibt sie sich den Hintern.

Onkel Heinz fragt Zimmermann, was er da tue. Seine tiefe Stimme klingt brüchig. Warum klingt sie so seltsam? Aber ja, Gertrude vergisst immer wieder, dass er ja lange nicht gesprochen hat. Er muss sich zweimal räuspern und spuckt Zimmermann direkt vor die Füße. Das verstärkt seltsamerweise noch seine Aura als Racheengel und Gertrude ist sehr erleichtert. Sie fühlt förmlich, wie die Anspannung von ihr abgleitet. Nun ist Onkel Heinz da und kümmert sich um sie, sorgt dafür, dass Zimmermann ihr nichts tun kann. Befreit schluchzt sie auf.

Heinz schaut nach unten, blickt sie an. Sein Gesicht ist wütend verzerrt. Seine Augen scheinen sich erst scharf stellen zu müssen, dann erkennt er sie und Verblüffung macht sich breit. Sie schiebt die Wut beiseite und glättet den Zorn zu einer Maske der Verwunderung.

Aber ist er nicht gekommen, um ihr zu helfen? Wusste er gar nicht, dass Zimmermann sie in die Mangel genommen hat? Verwirrt blickt Heinz zu Zimmermann und wieder zurück zu ihr auf dem Boden. Da bemerkt Gertrude, dass er noch den Schlafanzug trägt.

Zimmermann entspannt sich sichtlich, lächelt sogar und setzt dieses Wir-sind-Kumpel-Grinsen auf. Gertrude weiß nicht, was sie denken soll. Sie setzt zweimal dazu an Onkel Heinz zu sagen, dass Zimmermann sie schlagen wollte, sie ausfragen wollte, ihre Mutter verdächtigt, den Polizisten umgebracht zu haben, doch sie merkt, dass Onkel Heinz in einer ganz anderen Welt ist und sie keine Chance hat, zu ihm durchzudringen.

In ihr Schicksal ergeben steht sie umständlich auf, glättet ihren Rock und geht langsam zur Tür. Kurz bevor sie hinausgeht, dreht sie sich nochmals um und sieht, wie Heinz mit Zimmermann am Tisch sitzt und sich vertraulich mit ihm unterhält. Sein Schlafanzugärmel liegt in einer Lache aus Milch, die ihn dunkel färbt und sich langsam nach oben frisst.

Kapitel 04

Klara

Klara versucht die zittrige Handschrift von Vizedirektor Ratzinger zu entziffern. Ihre Finger hämmern auf die Tasten der Schreibmaschine. Die Typenhebel schlagen über das durch Mechanik transportierte Farbband auf das Papier, und transformieren die handgeschriebenen Gedanken des alten Ratzinger in eine lesbare Form.

Wodurch sie aber nicht klarer werden. Im Gegenteil. Seine Vorschläge zur Unternehmensführung und seine Ideen für neu zu entwickelnde Wunderwaffen scheinen durch diese offizielle formale Darstellung um so wirrer.

Nach jeder Zeile schiebt Klara den Schalthebel von links nach rechts, die Walze mit dem Papier dreht sich nach hinten – ratsch – und rastet mit einem finalen kurzen Glockenschlag ein – bling – der das Geschriebene absegnet und gleichzeitig die Ouvertüre für die neue Zeile gibt. Ratsch-Bling – Tack, tack, tack, tack – Ratsch-Bling. Der Rhythmus des Büros, die Musik der Angestellten.

Klara ist es leid. Alles. Diese Firma, dieses Büro, diese Arbeit.

Sie fragt sich, warum immer sie es ist, die die Schriften vom alten Ratzinger abtippen und vervielfältigen muss, zumal er sie mit dem neuen Haarschnitt auch nicht mehr zu erkennen scheint.

Kürzlich hatte er sie tatsächlich gefragt, wo denn ihre hübsche Kollegin Klara sei. Die mit dem schönen, dicken Zopf. Soll er doch von Kollegin Margit die Texte tippen lassen. Deren Zopf ist noch länger als ihrer jemals war. Aber nein, er besteht darauf, dass sie das tut. Auch mit kurzen Haaren. Vielleicht denkt er, sie wäre die kurzhaarige Schwester von Klara. Die er aber nicht mehr allzu attraktiv zu finden scheint. Zumindest tätschelt er ihr nicht mehr den Hintern.

Sie dreht genervt das Kohlepapier aus der Walze und überprüft die Durchschläge. Das letzte Blatt ist kaum lesbar. Auch das noch. Wütend beißt sie sich auf die Unterlippe, schiebt ein neues Blatt Papier auf die Rolle und tippt die wirren Gedanken vom Ratzinger ein weiteres Mal ab. Tack, tack, tack, tack – Ratsch-Bling.

Seit Gilbert weg ist, ist alles anders. Alles irgendwie trister, langweiliger, farbloser. Und es gibt weniger zu lachen. Erst nachdem er weg war, wurde Klara bewusst, wie viel sie mit ihm gelacht hat. Sie muss sich eingestehen, dass sie ihn vermisst.

Ihre Mutter hatte ihr erzählt, dass er während seiner Flucht nochmals zurückgekommen sei, um sie um Vergebung zu bitten. Seither ist sie nicht mehr wütend auf ihn. Zumindest nicht mehr zornig. Wütend schon noch – irgendwie. Und irgendwie auch nicht. Ach, sie weiß auch nicht.

Jedenfalls hatte sie Angst um ihn, als sich die Leute zuflüsterten, dass er von den Polizisten verfolgt werde. Sie hatte Angst um ihn und auch um sich. Was wäre passiert, wenn sie ihn gefangen und die Unterlagen zum neuen Sturmgewehr bei ihm gefunden hätten? Darüber will sie lieber nicht nachdenken.

Aber warum musste er auch so einen theatralischen Abgang hinlegen?

Das ganze Dorf hatte darüber gesprochen. Gilbert, der auf einem geklauten Pferd vor der Polizei flieht. Hätte er sich nicht in der Nacht still und heimlich aus dem Dorf schleichen können?

Nun ist Gilbert weg und seltsamerweise die Polizisten, die ihn gejagt haben auch. Keiner weiß, wo sie geblieben sind. Die einen sagen, ein Trupp Franzosen sei über die Frontlinie gekommen und habe sie entführt. Die anderen, dass Gilbert alle umgebracht habe. Doch wo sind die Leichen geblieben? Soll sich der Erdboden geöffnet und alle verschluckt haben?

Wieder andere vermuten, dass die Jungs, diese Hilfspolizisten, die Gelegenheit nutzten, um abzuhauen. Das findet Klara die plausibelste Erklärung.

Nur das Pferd wurde gefunden. Tot, mit vielen Einschusslöchern, in einer großen Lache aus Blut. Darüber wurde im Dorf viel spekuliert. Manche sahen darin einen Fingerzeig Gottes auf das baldige Ende des Krieges, was sie aber nicht näher erklären wollten. Klara versteht das. Ein deutsches Pferd, das aus vielen Einschusslöchern blutend am Boden liegt ist wahrlich keine Metapher, deren Aussage man heutzutage übersetzen sollte. Allzu viele Interpretationsmöglichkeiten gibt es dafür ja auch nicht.

Doch Klara geht der ganze Dorf-Tratsch gewaltig auf die Nerven. Als hätten sie keine anderen Sorgen. Dass Hauptwachtmeister Hägele zur Abschreckung, oder vielmehr aus Rache, wahllos drei Franzosen, drei der Zwangsarbeiter aus dem Dorf holen und deportieren ließ, darüber spricht kein Mensch. Klara könnte kotzen.

Und darüber, dass sie und ihre Mutter und Gertrude seither von den Dorfbewohnern geschnitten werden, tja, das steht auf einem ganz anderen Blatt. Warum? Darüber will Klara erst recht nicht nachdenken.

Und ja, es gibt noch einen weiteren Punkt in ihrem Leben, den sie gerne ausblenden möchte. Ferdinand. Der Herr von und zu Stein kann sie mal gewaltig am Arsch lecken. Ja – genau das sagt sie ihm, wenn sie ihn das nächste Mal sieht. Aber das passiert ja nicht mehr. Denn der Herr muss ja auf seine Mutter aufpassen und hat keine Zeit mehr für sie. Denn Frau Mama ist seit dem Tod ihrer Haushälterin ein wenig indisponiert.

Ihr geht es schlecht. Psychisch. Die alte Schachtel hat niemanden mehr, den sie tagaus, tagein herumscheuchen und dem sie ihr Gift spritzen kann. Jammerschade. Zum Glück hat sie einen Sohn mit Mutterkomplex, der sofort springt, wenn sie ruft.

Und dieser Sohn hatte nichts Besseres zu tun, als wieder bei seiner Mutter einzuziehen und ihr nun in jeder freien Minute die Hand zu halten. »Klara«, sagte er, »du musst das verstehen. Sie braucht mich jetzt.«

Ja, verdammt. Sie hatte verstanden und sie wollte damit nichts zu tun haben. Wütend bearbeitet Klara die Schreibmaschine, tack, tack, tack, tack – Ratsch-Bling. Plötzlich bemerkt sie wie sich ihre Nackenhaare aufstellen und sich eine Gänsehaut über ihre Oberarme zieht.

Eine Sekunde später hört sie es. Das tiefe Brummen von Propellermaschinen. Und noch eine Sekunde später betäubt das schrille, klagende, langgezogene Geheul der Sirene ihre Gehörnerven. Bombenalarm. Klara springt auf, schnappt sich ihre Tasche mit dem Vesper und rennt in den Flur, reiht sich ein in die nervöse Schlange ihrer Kollegen, die sich zielstrebig auf den Ausgang zubewegen, Richtung Schutzstollen.

Im Schutzstollen ist es eng, heiß und es stinkt. Es stinkt nach Körpern die Angst verströmen. Und es wird immer wärmer. Raunend versichern sich die Leute gegenseitig, dass der Schutzstollen sicher ist. Bisher. Doch allen sitzt noch der 22. Februar in den Knochen und auf den Nerven.

Vor gerade mal zwei Wochen, ein Donnerstag, den hier niemand mehr vergessen wird, gab es einen schweren Angriff von den Alliierten. Der Krieg, der wirkliche Krieg, der Krieg der auch tötet, der zeitweise so weit weg schien, war erneut mitten unter ihnen.

Die Fabrik wurde zum ersten Mal schwer beschädigt. Sechs zweimotorige Bomber zerstörten mittags das Kraftwerk. Die Leute waren gerade mit dem Essen fertig und auf dem Weg zurück zur Arbeit, als das Bombardement wie eine Naturgewalt über sie hereinbrach. Mehr als fünfzehn Menschen starben, viele wurden verletzt. Zum Glück war Klara kurz bevor das Inferno losbrach auf einem Botengang für den alten Ratzinger und in unmittelbarer Nähe zum Eingang des Schutzstollens. Sie war die erste im Stollen und bekam das volle Ausmaß der Zerstörung erst nach dem Angriff mit. Neben dem Kraftwerk wurden auch viele Gebäude auf dem Werksgelände getroffen. Der Südflügel mit dem Wirtschaftsamt ist restlos zerstört. Aber nicht nur die Fabrik ist getroffen. Auch die Brauerei der Stadt ist vollständig vernichtet und die angrenzenden Gebäude schwer beschädigt. Selbst das Krankenhaus bekam etwas ab. Zum Glück ist es noch funktionstüchtig.

Und als wäre das nicht genug, begann nachmittags der zweite Angriff. Sieben Jagdbomber fielen erneut über die verletzte, blutende Stadt her. Sie beschädigten die Gleisanlagen und griffen einen vor der Stadt stehenden Urlauberzug an. Schon wieder Tote, Verletzte, Schmerz, Ohnmacht, Angst. Alles an einem Tag. Und Klara fühlte zum ersten Mal die eisige Kälte des Krieges, die sich in jede Zelle des Körpers setzt, die das Herz umschließt und nicht mehr verschwindet.

Kein Vergleich zu dem Angriff von Anfang des Monats, als Klara und von Stein im Wald überrascht wurden und den Angriff auf einem Felsvorsprung, im sicheren Schatten der Bäume beobachtet hatten.

Natürlich war das auch schlimm. Auch da gab es Tote und Verletzte und zerstörte Häuser. Auch da hatte Klara Angst. Doch dort oben, neben Ferdinand hatte Klara das Gefühl, nicht wirklich dabei zu sein. Es war fast, als wäre alles nur ein Schauspiel das für sie inszeniert wurde, um ihrem Leben eine ihr bis dahin unbekannte Intensität zu geben. Und wenn sie ganz ehrlich ist, hatte dieser Moment etwas Erhabenes, etwas Magisches, setzte ihr kleines Leben in andere Zusammenhänge. Welche? Vielleicht offenbarte sich der übergeordnete Reigen aus Geburt, Kampf, Leben, Liebe, Tod. Brutal und unmittelbar. Seit Anbeginn der Zeit unverändert, in all seiner grausamen Schönheit, mit all seiner wahrhaftigen Kraft.

Noch nie war sie einem Menschen so nahe wie Ferdinand in diesem Moment. In Anbetracht der Gefahr, des Todes, spürten sie, dass sie lebten.

Doch kaum einen Tag später ist alles ganz anders. Ferdinand ist kühl und distanziert, hat keine Zeit mehr für sie und arbeitet Tag und Nacht an einer Testserie des neuen Sturmgewehrs.

Sie kann das ja verstehen, langsam sollten sie in Produktion gehen mit ihrer Wunderwaffe. Er erzählte ihr, dass sie Ende März einer Kommission der Wehrmacht die Waffe vorführen werden. Sie hatten also nur noch ein paar Tage Zeit. Doch musste er deshalb so distanziert sein? So, als wären sie nur flüchtige Bekannte? Sie versteht ihn nicht.

Als er über seine Arbeit sprach, wiederholte er mehrfach, dass das absolut geheim sei, und sie niemandem etwas davon erzählen dürfe. Aber natürlich würde sie niemandem etwas davon erzählen! Was denkt er sich nur? Nach all dem, was sie zusammen erlebt hatten, hätte er auf diesen Hinweis verzichten können. Klara ist immer noch gekränkt. Wer hatte erst kürzlich einem französischen Spion gefälschte Unterlagen zu eben diesem Gerät übergeben?

Klara kommt es vor, als wäre Ferdinand ein anderer Mensch. Was war nur mit ihm los? Doch wer weiß, was ihm seine Mutter – die alte Hexe – unter dem Deckmantel der Bedürftigkeit einflüstert. Nun, da ihre Haushälterin tot und sie selbst psychisch instabil ist, und Ferdinand jede freie Minute seiner knapp bemessenen Zeit mit ihr verbringen muss.

Die Luft im Luftschutzstollen wird immer stickiger. Klara bekommt keine Luft mehr. In ihrer beginnenden Panik glaubt sie, dass die Wände sich langsam auf sie zubewegen. Langsam, fast unmerklich scheinen die Wände nach innen zu wandern, um all die Menschen hier drinnen zu erdrücken. Klara keucht. Sie weiß, dass sie sich das nur einbildet. Und wenn nicht? Vielleicht will Gott sie so bestrafen? Aber nein. Klara schüttelt sich. Dafür müsste er nur die Bomben ihr Ziel treffen lassen. Das wäre bestimmt einfacher. Auch für einen Gott.

Ihr läuft der Schweiß in Strömen den Rücken hinunter und klebt den dünnen Stoff ihrer Bluse nass und kalt an ihrer Haut fest. Ein brutales Brüllen lässt den Boden erzittern. Gestein rieselt die Wände herunter. Die Luft knistert und scheint elektrisch aufgeladen zu sein. Niemand redet mehr im Luftschutzstollen. Manche blicken starr vor sich hin. Die meisten haben die Augen geschlossen. Das Licht flimmert, einige Lampen gehen aus, eine düstere Aura senkt sich auf sie herab, umhüllt sie und frisst sich wie ein Geschwür in ihre Eingeweide.

Plötzlich hört Klara in der angespannten Stille, wie jemand ihren Namen ruft. Leise, ganz leise und weit weg. Und dann nochmal. Schon näher. Ein großer Schatten huscht an ihr vorbei. »Klara?« Sie hält die Luft an. Es ist Ferdinand. Er hat sie nicht gesehen. Warum ist er nicht bei seinem Führungsstab und säuft Whisky?

Er ruft nochmals, nun lauter: »Klara?« Das Mädchen aus der Buchhaltung, das neben ihr sitzt, schaut sie fragend und verwundert an. Klara schließt die Augen, hofft dass Ferdinand weitergeht und nicht mehr nach ihr ruft. Gleichzeitig wünscht sie jetzt nichts mehr, als dass er neben ihr sitzt und ihre Hand hält, sie seine Wärme spürt, seine Lebendigkeit, und bevor es ihr selbst überhaupt bewusst wird, hört sie sich rufen »Hier, Ferdinand, ich bin hier!«

Der Schatten kommt zurück und formt sich zur großen, schlanken Gestalt von Ferdinand von Stein.

»Klara!« Die Erleichterung ist seiner Stimme anzuhören. Er kniet sich vor ihr nieder und seine warmen Hände umschließen die verkrampften, kalten Fäuste von Klara. Das Mädchen aus der Buchhaltung rückt zur Seite und der warme Körper Ferdinands presst sich auf den schmalen, frei gewordenen Platz. Er blickt sie an, streichelt ihr das Haar zurück und seine Zuneigung legt sich wie ein großer, warmer Mantel um sie, und macht sie schwach. Klara schluchzt. Er nimmt sie in die Arme. Ihr ist es egal, was die Leute denken. Und dann geht es richtig los.

Wie ein gewaltiges Gewitter, entlädt sich der Fliegerangriff über ihnen. Ein Gewitter, das den Naturgesetzen enthoben, gleichzeitig donnert und blitzt und blitzt und donnert und seine Zerstörungskraft gnadenlos über ihnen wüten lässt. Eine Gewalt, die die kleinen Menschen in diesem Schutzstollen hilflos zittern und ohnmächtig auf den finalen Schlag warten lässt, der sie alle zerstört. Aber der Stollen ist sicher. Klara flüstert es leise vor sich hin. Sicher. Sicher. Und sie betet. Sie betet für sich, für all die Menschen in diesem Stollen und sie betet für die Zwangsarbeiter die draußen vor dem Stollen ausharren müssen.

Als es vorbei ist, bleiben sie und Ferdinand sitzen. Die Menschen strömen an ihnen vorbei zum Ausgang und werfen ihnen neugierige Blicke zu. Klara sind sie egal. Sollen sie doch denken, was sie wollen. Eng umschlungen bleiben Ferdinand und sie auf der harten Holzbank sitzen. Ferdinand flüstert in ihr Ohr, dass er sie liebe, dass es ihm leid tue, dass er keine Zeit für sie habe, dass er sie vermisse, dass alles gut werde. Und Klara lässt sich in seine Worte fallen, gibt sich ihnen hin und wünscht sich, dass sie ihnen glauben könnte.

Kapitel 05

Polizei-Hauptwachtmeister Hägele

Er fährt mit dem Motorrad die schmale Straße entlang, die sich sanft über die Hochebene schlängelt. Er gibt Gas, schaltet zurück, legt sich in die Kurve und gibt erneut Gas. Sein schwerer Ledermantel breitet sich hinter ihm aus, wie die Schwingen eines Vogels, schlägt knatternd im Wind und bremst ihn schwerfällig aus.

Hägele hält am Wegesrand. Er stützt das Motorrad breitbeinig ab und knöpft sich fluchend den Ledermantel zu, der sich während der Fahrt geöffnet hat. Es ist Mitte März. Die Tage werden länger und auch wärmer, jedoch ist es noch zu kalt um mit geöffnetem Mantel zu fahren.

Über ihm kreist ein Bussard und sucht sich seine Beute auf den brachliegenden Feldern. Vor ihm liegt das Dorf, dieses Scheißkaff, von dem er inzwischen mehr als genug hat. Die Dächer glänzen teilnahmslos in der kalten Sonne. Hägele hat das Gefühl, wenn er noch einmal diese Dorfsilhouette sehen muss, aus der einzig der prägnante, etwas unproportioniert wirkende Kirchturm hervorsticht, muss er kotzen.

Wie oft war er die letzten Wochen hier, hat den Fluss durchsucht, die Dorfbewohner wiederholt befragt und an den Zwangsarbeitern mehr als ein Exempel statuiert?

Doch der dicke Müller, besser seine Leiche oder was von ihr übrig ist, ist nicht aufgetaucht. Zum Glück haben seine Vorgesetzten in Stuttgart langsam das Interesse an dem Fall verloren. Nun ja, sie haben momentan auch andere Sorgen. Die Ostfront ist zusammengebrochen, und die Alliierten stehen an der Westfront kurz davor, den Rhein zu überqueren.

Und wenn die Leiche von Müller am Ende gefunden wäre und er die Akte »Müller« schließen dürfte, könnte sich Hägele auch endlich anderen Dingen zuwenden. So zum Beispiel dem Problem, wie er die verdammten Ölschinken vom Juden Grünbaum Senior zu Geld machen, und ebenso wichtig, wie er dessen Bargeld, das noch größtenteils im Tresor des Polizeipräsidiums liegt, in Dollar oder Schweizer Franken wechseln kann. Denn sollte das Deutsche Reich zusammenbrechen, was Gott behüte, dann wäre das ganze schöne Geld nichts mehr wert.

Langsam fährt Hägele zum Ortseingang und umrundet einen der Krater des letzten Luftangriffs. Mehrere Krater ziehen sich bis zur Dorfmitte fort. Zwei Häuser sind zum Teil zerstört, wodurch das Dorf noch elender aussieht als zuvor, und Hägele ertappt sich bei dem Wunsch, dass die Alliierten es ganz platt gemacht hätten. Doch warum wurde es überhaupt angegriffen? Hier gibt es nichts von Interesse. Vermutlich liegt es einfach zu nah an der Stadt, in der sich die Waffenfabrik befindet. Doch Hägele findet, wenn die Alliierten dieses Kaff schon bombardieren mussten, hätten sie ja auch mal den hässlichen, unproportionierten Kirchturm treffen können.

Er biegt links ab und holpert an den großen Kastanienbäumen vorbei. Er will nun endlich der Frau einen Besuch abstatten, der jungen Frau, in die sich nach seiner Vermutung, der Müller verguckt hatte.

Heute ist Samstag und sie müsste zuhause sein und nicht in der Fabrik arbeiten. Hägele glaubt zwar nicht mehr daran, über sie einen Hinweis auf Müller zu bekommen, aber er hatte es sich nun einmal vorgenommen. Also macht er es auch.

Seit die jungen Burschen, seine Hilfspolizisten, von der Jagd nach dem flüchtenden Franzosen nicht mehr zurückgekommen sind, verfolgt Hägele den Fall nicht mehr mit allzu großem Eifer. Mehr noch, er ist ihm lästig geworden.

Er hat keine Ahnung, was mit den Burschen passiert ist. Sie sind wie vom Erdboden verschwunden und er gibt sich die Schuld dafür. Schließlich hat er sie dem Franzosen hinterhergeschickt. Und er will nicht mehr darüber nachdenken müssen, ob sie womöglich umgebracht worden oder einfach abgehauen sind.

Nur um nicht so hilflos dazustehen, hat er drei französische Zwangsarbeiter geschnappt und sie deportieren lassen. Seither ist die Sache für ihn abgeschlossen. Und der Besuch bei der jungen Frau heute soll nun seine letzte Tat werden, um die Angelegenheit »Müller« ad acta zu legen. Zumindest für sich und seinen Seelenfrieden.

Schwerfällig bremst er das Motorrad vor dem kleinen Bauernhaus und hebt es auf den Motorradständer. Die ruckartige Bewegung schickt einen stechenden Schmerz durch seinen Rücken. Er begrüßt ihn wie einen alten Bekannten, einen, den man nicht wirklich leiden kann, und den man auf keinen Fall vermissen würde, wenn er nicht mehr zu Besuch käme.

Ein paar Kinder rennen aus dem Stall des Bauernhauses schräg gegenüber, versuchen sich gegenseitig zu fangen, sehen ihn, bleiben ängstlich stehen und laufen schnell die Straße hoch zu den Kastanienbäumen. Im sicheren Schatten der Bäume bleiben sie stehen und beobachten ihn mit großen Augen und laufenden Nasen. Neugierig auf jede Bewegung.

»Sie haben Angst vor Ihnen.«

Hägele schaut überrascht neben sich. Das kleine Mädchen, dem er seine Visitenkarte gegeben hat, steht neben ihm und schaut ebenfalls die Straße hoch.

»Sie fragen sich, ob Sie wieder ein paar Zwangsarbeiter holen kommen.«

Sie schaut ihn nun direkt an. »Machen Sie das?«

Hägele räuspert sich. »Nein. Heute will ich mit deiner Schwester sprechen. Ist sie zu Hause?«

Das Mädchen lässt ihn nicht aus den Augen. Hägele fühlt sich ein wenig unwohl.

»Was haben Sie mit den Franzosen gemacht, die Sie abtransportiert haben?«

Hägele antwortet unwirsch: »Das geht dich nichts an. Bring mich zu deiner Schwester.«

Das Mädchen schaut zu den Kindern unter den Kastanienbäumen, schneidet ihnen eine Grimasse, wendet sich ab und geht zum Haus. Hägele folgt ihr mühsam. Er ist sich nicht sicher, vermutet aber, dass die Grimasse eher ihm gegolten hat.

Sie umrundet das Haus, und plötzlich, ohne sich nach ihm umzublicken, rennt sie los, am Hühnerstall vorbei nach hinten in den Garten. Sie ignoriert ihn einfach. Hägele hätte Lust ihr eine Tracht Prügel für diese Respektlosigkeit zu verabreichen. Er atmet angestrengt. Er ist es nicht mehr gewohnt, so schnell zu gehen. Wo ist diese blöde Göre denn jetzt?

Mit klopfendem Herzen schiebt Hägele die niedrige Gartentür auf und durchschreitet einen auf den Frühling wartenden Gemüsegarten. Er balanciert durch die engen, mit Steinplatten gelegten Wege zwischen den Beeten entlang. Vorne, unter einem Baum im Schatten, steht das Mädchen. Eng an eine Frau geschmiegt.

Die Frau hält in der einen Hand den langen Stiel einer Hacke und legt die andere schützend um die Schultern des Mädchens.

Schweigend blicken sie ihm entgegen. Irgendwie lauernd. Hägele beginnt zu schwitzen. Kommt es ihm nur so vor, als hielte die Frau die Hacke wie einen Speer, jederzeit bereit ihn als Waffe einzusetzen?

Vorsichtig geht er auf sie zu. Er versucht seine Atmung in den Griff zu bekommen. In sicherem Abstand bleibt er vor den beiden stehen und hüstelt etwas verlegen. »Grüß Gott.« Warum fühlt er sich plötzlich so verunsichert?

»Grüß Gott. Was machen Sie in meinem Garten?« Die Stimme der Frau ist nicht unfreundlich, nein, das kann man nicht sagen, doch irgendetwas schwingt in ihrem Unterton mit, das Hägele nicht einordnen kann.

»Ich wollte Sie nochmals zu dem verschwundenen Polizisten befragen. Meinem Kollegen«, fügt er völlig unnötig hinzu.

»Ist dazu nicht schon alles gesagt? Der Zwangsarbeiter François, Gott hab ihn selig, hat doch gestanden, wie man sagt?« Ihre Stimme wird schärfer. »Und zur Sicherheit haben Sie ja auch noch Pierre le Petit erschossen und drei weitere Franzosen deportieren lassen.«

Hägele räuspert sich, setzt an zu sprechen: »Die SS hat den Franzosen erschossen, nicht ich ... und ...« Er verheddert sich – mein Gott, will er sich etwa rechtfertigen? Na, so weit wird es noch kommen!

»Wer stellt hier die Fragen? Wer sind Sie überhaupt? Wenn Sie die Mutter dieses Mädchens sind«, Hägele nickt in ihre Richtung, »dann hat sie auch noch eine große Schwester. Ich meine, ähm, Sie eine ältere Tochter, ähm, nicht wahr?« Verdammt. Warum verhaken sich seine Worte? Verlegen wartet er auf eine Antwort. Als die nicht kommt, fährt er fort. »Die will ich sprechen.«

Endlich kommt Bewegung in die Frau. Sie stellt die Hacke am Baumstamm ab, nimmt den Arm von der Schulter des Mädchens und wischt sich die Hände an ihrer Schürze sauber.

Sie tritt aus dem Schatten des Baumes auf ihn zu – und Hägele ist wie vom Blitz getroffen.

Grüne Augen, umrandet von dichten langen Wimpern blitzen ihn an, dunkelbraunes Haar, das zu einem Arbeitsdutt locker nach hinten geschlungen ist, scheint ihn zu necken. Eine Haarsträhne fällt nach vorne, sie streicht sie mit einer eleganten Handbewegung hinters Ohr. Sie hat hohe Wangenknochen und einen langen Hals. Er kann seine Augen nicht mehr abwenden, von diesem Hals, von diesen Augen, er ist hingerissen und fühlt sich noch verlegener. Er stammelt irgendeinen Unsinn. Seine Stimme ist zu laut. Er weiß das. Doch er redet weiter, mit dieser herrischen, unangenehmen Stimme. Nur um seine Unsicherheit zu überspielen.

Er weiß nun, dass der fette Müller tatsächlich in diesem Dorf regelmäßig eine Frau besucht hat. Aber nicht eine junge Frau, die in der Waffenfabrik arbeitet, oh nein, sondern deren Mutter. Eine Bäuerin, die jetzt gerade vor ihm steht. Woher er das weiß? Er weiß es einfach. Hägele fühlt sein Herz bis in den Hals schlagen, ist plötzlich ganz aufgeregt, weiß, dass diese Frau ihm etwas zu Müllers Verschwinden sagen kann und bedauert gleichzeitig, dass sie es kann.

Er weiß nicht, was er noch sagen, was er nun tun soll. Hilflos zwingt er seinen Blick nach oben, weg von der Schönheit dieser Frau. Er atmet tief durch, will das seltsame Gefühl, das sich seiner bemächtigt hat, vertreiben und bemerkt, dass der Baum hinter ihr Blüten treibt. Ein Pflaumenbaum. Ein Pflaumenbaum, auf dessen Ast seltsamerweise eine Puppe sitzt. Eine sehr schmutzige Puppe mit zerzausten, hellen Haaren, und ihm ist, als würde die Puppe ihm verstohlen zuzwinkern, viel mehr noch, als würde sie sich über ihn lustig machen.

Kapitel 06

Helene

Helene öffnet die Tür zum Stall. Falls das Haus getroffen wird, sollen sich die Tiere selbst befreien können und nicht in ihren Boxen verbrennen. Sie rennt zurück ins Haus und ruft nach Gertrude. Ihre Stimme geht in dem schrillen Ton der Sirene unter. Sie läuft suchend durch die Räume, findet sie nicht und rennt voll Panik nach unten in den Keller. Da! Sie sitzt auf dem Rand der Kartoffelkiste, den Kopf zwischen den Knien.

»Komm, komm schnell, wir gehen in den Bunker von Zimmermann.«

Gertrude hebt den Kopf. »Ja aber, du hast gesagt, bei Bombenalarm soll ich schnell in den Keller gehen.«

Ihr Gesicht ist tränennass. Sie hat Angst. Helene schüttelt den Kopf. »Da war der Bunker noch nicht fertig. Zimmermann hat gesagt, dass wir zu ihm sollen, weil es da sicherer ist. Komm jetzt, schnell!«

Gertrude schüttelt den Kopf. »Ich geh nicht zu dem!«

Helene spürt, wie sie allmählich die Geduld verliert.

»Komm! Dafür haben wir jetzt keine Zeit!«

Sie packt Gertrude am Arm und zerrt sie aus dem Keller. Gertrude schreit und tobt. Helene bleibt stehen, schüttelt sie und blickt ihr in die Augen »Gertrude, ich kann ihn auch nicht leiden. Solange er aber einen Bunker hat, der sicherer ist als unser Keller, werde ich dich dahin bringen. Auch wenn du noch so sehr schreist. Hörst du?«

Gertrude hört auf zu toben. Sie blicken sich an. Dann scheint etwas in Gertrudes Augen zu brechen und sie lässt sich widerstandslos aus dem Keller führen.

Helene nimmt sie bei der Hand und sie rennen unter dem Geheul der Sirene aus dem Haus zu Zimmermanns Grundstück hinüber.

Nun hören sie auch das Brummen der Propellermaschinen. Vermutlich sind sie in Richtung Stadt unterwegs und lassen das Dorf in Ruhe. Man weiß es aber nicht.

In letzter Zeit haben sie auf ihrem Weg zur Waffenfabrik öfter das Dorf beschossen. Warum, weiß keiner. Helene befürchtet, sie tun es einfach nur, weil sie es können.

Eine eiserne Klammer der Angst drückt Helene die Luft ab. Angst um ihre Klara, die in diesem Augenblick in der Stadt arbeitet, und Angst um die kleine Gertrude, die doch noch so jung ist, die noch das ganze Leben vor sich hat – der nichts passieren darf. Der einfach nichts passieren darf!

Die Tür zum Bunker ist verschlossen. Helene hämmert dagegen. Keine Reaktion. Sie versucht, die Tür nach innen zu drücken, doch sie ist abgeschlossen. Das Brummen der Flugzeuge wird lauter. Voll Entsetzen schreit sie: »Zimmermann! Mach auf!« Doch niemand öffnet die Tür.

Helene dreht sich um und blickt nach oben. Sie versucht abzuschätzen, ob sie es mit Gertrude noch vor den Flugzeugen zurück in ihren Keller schafft. Da fällt der erste Schatten eines Bombers auf sie. Er ist so nah, so verdammt nah. Helene schreit und hämmert gegen die Bunkertür, sie fleht Zimmermann an, er solle bitte die Tür öffnen, bitte, bitte. Sie schluchzt.

Da geht die Tür einen Spaltbreit auf und Zimmermann schaut mit einem Glitzern in den Augen heraus. Er lächelt. Er lächelt und genießt die Situation sichtlich. »Ah, Helene, kommt doch herein.«

Er stößt die Tür auf, geht theatralisch zur Seite, und Helene zieht Gertrude an der Hand nach unten. Nur fünf Stufen, und doch in eine andere Welt.

Innen ist es düster und eng und nur das weiche Licht einer Petroleumlampe gibt ein wenig Orientierung. Ihr Geruch mischt sich mit dem satten Geruch der Erde, die sie umgibt.

Helene wird es in diesem Moment erst bewusst. Sie sind umgeben von Erde. Und wenn dieser Bunker getroffen wird, direkt getroffen wird, sitzen sie in ihrem eigenen Grab, ohne die geringste Chance zu entkommen. Helene fröstelt, eine Ahnung von drohendem Unheil streift sie. Sie versucht sie zu ignorieren.

Sie setzt sich mit Gertrude auf eine der grob gehauenen Holzbänke, die an der Wand entlang aufgestellt sind. Zimmermann sitzt ihr gegenüber. Nur eine Handbreit trennt ihr Knie von seinem. Helene ist das unangenehm. Er beobachtet sie und hat immer noch dieses Lächeln im Gesicht. Es ist still.

Helene rauscht das Blut in den Ohren. So still ist es. So nervös ist sie. Ihre Hände zittern, sie hat Angst. Sie versucht sich zu beruhigen. Gertrude umklammert ihren Zeigefinger, so wie sie es als kleines Kind schon getan hat. Als ihr Blut ein wenig zur Ruhe kommt, hört sie das Heulen der Sirene durch die Erde hindurch. Zwar nur ganz schwach, doch es scheint sich durch die Erde hindurchfressen zu wollen. Angestrengt lauscht sie nach dem Brummen der Propellermaschinen. Warum hört sie es nicht? Vielleicht sind sie schon vorbei?

»Wo ist Onkel Heinz? Ich dachte, er wäre auch hier?« Ihre Stimme ist ganz rau. Zimmermann zuckt mit den Achseln.

»Meine sicheren Tore sind für jedermann offen«, schwadroniert er. »Wer nicht kommen will, soll wegbleiben.«

Helene atmet tief ein und aus, ein und aus. Sie löst die Hände von Gertrude und beginnt zu beten.

»Vater unser im Himmel, geheiligt werde dein Name,
dein Reich komme, dein Wille geschehe wie im Himmel
so auf Erden …«

Helene hat das Gefühl, sie müsse augenblicklich die Enge des Bunkers verlassen, hinaus ans Licht, an die frische Luft. Sie fühlt sich eingesperrt. Lebendig begraben.

»… Unser täglich Brot gib uns heute, und vergib uns
unsere Schuld, wie auch wir vergeben unseren
Schuldigern …«

Zimmermann greift an die Wand zu seiner Rechten, zieht einen Vorhang zur Seite, den Helene erst jetzt bemerkt, und zieht eine Flasche Schnaps mit zwei Gläsern aus einem Regal.

»… Und führe uns nicht in Versuchung, sondern erlöse
uns von dem Bösen. Denn dein ist das Reich und die
Kraft und die Herrlichkeit, in Ewigkeit – Amen.«

»Amen.« Zimmermann kichert. »Wenn wir hier schon so nett beisammen sitzen, sollten wir das Beste daraus machen, meinst du nicht auch, liebe Helene?«

Seine Stimme klingt liebenswürdig. Doch Helene kennt das falsche Lächeln und nimmt sich in Acht.

Er schenkt die Gläser randvoll ein. Ein scharfer Alkoholgeruch steigt nach oben und reizt ihre Nase. Sie muss niesen. Mit einer Hand stellt Zimmermann die Flasche neben sich auf die Holzbank, mit der anderen reicht er Helene das Schnapsglas. Helene nimmt es. Ihre Hand zittert. Sie verschüttet etwas.

Zimmermann bemerkt es, lacht, und stößt mit ihr an. »Auf den Sieg, auf das Leben und die Liebe – Heil Hitler!«

Bevor sich Helene über den seltsamen Trinkspruch aus Zimmermanns Mund wundern kann, haben sie sich beide den brennenden, scharfen Schnaps in den Rachen gekippt. Eine angenehme Wärme breitet sich in ihrem Magen aus. Sie muss husten. Zimmermann lacht erneut: »Helene, ich kenne dich nun schon dein ganzes Leben, habe gesehen, wie aus einem kleinen Mädchen eine recht ansehnliche Frau geworden ist.«

Er macht eine Pause. Helene fragt sich, worauf diese Rede hinauslaufen wird. Nervös horcht sie nach draußen. Sie kann nichts hören. Fliegen die Bomber noch über sie hinweg? Werden sie beschossen? Kann Zimmermann nicht still sein, damit sie besser hören kann, was draußen vor sich geht?

»Nun wird dein Mann schon viele Monate vermisst. Du brauchst jemanden, der dich beschützt.« Er schnauft.

»Für eine alleinstehende Frau mit zwei Töchtern sind diese Zeiten zu gefährlich.«

Er macht erneut eine Pause, beugt sich nach vorne, ist ihrem Gesicht nun ganz nah. So nah, dass Helene seinen fauligen, mit Schnaps verdünnten Atem riecht. »Helene, heirate mich.«

Haben die Sirenen aufgehört zu heulen? Es ist so seltsam still in diesem engen Raum. Die Flamme der Petroleumlampe flimmert. Ob sie wohl bald ausgeht?

Helene fragt sich, ob Zimmermann an Lüftungsschlitze gedacht hat, sonst würden sie über kurz oder lang hier drinnen ersticken. Da spürt sie, wie Gertrude an ihrem Arm rüttelt, und die Worte von Zimmermann erreichen ihren Verstand.

Heiraten? Helene schüttelt den Kopf, weicht vor ihm zurück, bis ihr Haar die Wand aus Lehm berührt, und schüttelt erneut den Kopf. »Ich bin verheiratet.«

Zimmermann schnaubt. »Der kommt nicht wieder.«

Helene spürt, wie ihr die Tränen in die Augen schießen. »Und wenn doch? Dann kommt er in ein Haus mit einem anderen Mann? Oh nein, das werde ich ihm nicht antun. Ich werde auf ihn warten, und wenn es für den Rest meines Lebens ist.«

Sie hört ihren Worten hinterher und weiß, dass es genau so ist. Sie hat sich darüber noch nie Gedanken gemacht. Doch sie wird auf ihren Wilhelm warten. Und wenn es ein ganzes Leben ist.

Helene hat das Gefühl, dass es in dem Raum immer enger wird, als würden die Wände langsam zusammenrücken. Gertrude zupft an ihrem Ärmel. »Komm, Mama, die Sirene hat aufgehört. Die Flugzeuge sind weg, wir sollten gehen.«

Helene steht auf und geht geduckt zum Ausgang. Doch bevor sie die Tür öffnen kann, spricht Zimmermann weiter: »Dann werde ich dem Polizisten wohl sagen müssen, dass ich weiß, wer seinen Kollegen, den dicken Rothaarigen, umgebracht hat.«

Helene bleibt wie angewurzelt stehen. Sie kann nicht glauben, was sie eben gehört hat. Eine Gänsehaut überzieht ihren Körper und gleichzeitig bricht ihr der Schweiß aus jeder Pore.

Er spricht weiter: »So leid es mir tut. Aber wenn du nicht meine Frau wirst, bin ich es unserem Führer schuldig, den Mörder vor ein Gericht zu bringen, als Bürgerpflicht sozusagen, findest du nicht auch?«

Helene keucht. Sie nimmt Gertrude bei der Hand, nimmt die fünf Stufen auf einmal und reißt die Tür auf. Licht strömt überraschend grell in das faulige Innere des Bunkers. Sie weiß, sie wird nie wieder einen Fuß hineinsetzen.

Sie versichert sich, dass der Bombenalarm tatsächlich vorbei ist, dass keine Flugzeuge mehr zu sehen sind, und schiebt Gertrude nach draußen. Dann dreht sie sich nochmals zu Zimmermann um. Sie fühlt, wie sie erst in ihren Zehen kribbelt, dann durch ihr Blut nach oben steigt, bis sie sich in ihrem Bauch ausbreitet und manifestiert: Wut. Mächtig und kraftvoll. Sie ist wütend. Unglaublich wütend. Und sie hat die Nase voll von Männern, die glauben, sie könnten mit ihr machen, was sie wollen.

Erst das rothaarige Polizistenschwein, dann Gilbert, der sie erpressen wollte, erst gestern der andere Polizist, dieser Hägele, der sie nächste Woche in sein Polizeirevier bestellt hat, und jetzt Zimmermann. Ihr reicht es. Sie zischt: »Zimmermann – du weißt gar nichts!«

Und nun lauter: »Alles was du weißt, ist wie du deinen Sadismus an Schwächeren ausleben kannst, wie man Zwangsarbeiter, die sich nicht wehren dürfen, verprügelt, wie man kleine Mädchen schlägt und ihnen Angst einjagt. Und wie man eine Frau mit ihrer Tochter beim Fliegeralarm ein wenig vor seiner Bunkertür warten lässt.«

Helene macht eine Pause. Betrachtet Zimmermann, den das grelle Tageslicht, das durch den Spalt hereinfließt, wie ein Spot beleuchtet, und sieht die Überraschung, die Verwunderung über ihre Worte in seinem Gesicht.

»Zimmermann, ich lass mich nicht von dir erpressen!«

Helene hat das Gefühl, als glitte eine unglaubliche Last von ihr ab. Eine Leichtigkeit breitet sich in ihr aus, als könnte sie davonschweben, und gleichzeitig fühlt sie eine Kraft in sich wachsen, die sie zuvor noch nicht gekannt hat.

»Und«, fügt sie hinzu, »solltest du jemals wieder deine Hand gegen Gertrude erheben, werde ich dafür sorgen, dass du diese Hand nie wieder gegen irgendjemanden oder irgendetwas erheben kannst.«

Stolz wendet sie sich ab. »Heil Hitler, du Arschloch!«

Zimmermann schreit ihr hinterher: »Weib, das wirst du bereuen! Warte es ab! Das wirst du b-e-r-e-u-e-n!«

Helene umarmt Gertrude, die vor dem Eingang auf sie gewartet hat. Sie lächeln sich erleichtert an und wollen hinüber zu ihrem Haus gehen. Da hören sie plötzlich ein hohes Surren. Helene und Gertrude verharren entsetzt. Die Zeit scheint plötzlich still zu stehen. Die Luft fühlt sich zäh und ledern an. Das Surren wird lauter und entlädt sich in einem grellen Schrei, der die Erde zittern lässt. Keine hundert Meter vor ihnen öffnet sich ein Krater. Helene schwankt und wäre hingefallen, wenn Gertrude sie nicht am Arm festgehalten hätte. Sie laufen los, um in die Sicherheit ihres Kellers zu kommen. Doch ein erneutes Surren lässt sie innehalten. Wie festgenagelt stehen sie mitten auf der Straße. Das Surren wird schrill und Sekunden später zerplatzt brüllend einer der Kastanienbäume. Holz splittert in alle Himmelsrichtungen und zurück bleibt der jämmerliche Stumpf eines eben noch stolzen Baumes.

Helene und Gertrude umklammern sich, sind unfähig, sich zu bewegen, stehen zwischen der Sicherheit des Bunkers und ihrem Haus, im Nirgendwo. Im Inferno.

Helene flüstert in Gertrudes Ohr:

»Und ob ich schon wanderte im finsteren Tal, fürchte ich kein Unglück …«

Sie zwingt sich, nach oben zu blicken, abzuschätzen, was überhaupt gerade passiert. Sie sieht einen leuchtenden Bogen, begleitet von einem hohen Surren. Eine Granate. Warum feuern sie Granaten auf das Dorf? Warum? Sie versucht, ihren Beinen zu befehlen loszurennen, sich zu bewegen, sich in ihr Haus zu flüchten, in ihren Keller, doch sie gehorchen ihr nicht.

»... Denn du bist bei mir, dein Stecken und Stab trösten mich ...«

Verzweifelt betet sie, versucht Hilfe zu finden in Worten, die ihr etwas bedeuten. Betet, als wäre es ein Zauberspruch, der sie schützen kann. Doch es hört nicht auf. Es surrt und pfeift und brüllt und kreischt, die Erde schwankt und droht sie zu verschlucken.

»... Du bereitest vor mir einen Tisch. Im Angesicht meiner Feinde ...«

Und sie weiß, sie muss endlich die Kraft finden zu flüchten, sie müssen raus aus dieser Hölle, weg von der Straße, bloß weg.

Helene zieht das Gesicht von Gertrude zu sich nach oben, hält sie so, dass sie sie anblicken muss, Auge in Auge, flüstert zwischen dem Gebet, dass sie hier wegmüssen, weil sonst alles zu spät ist, flüstert, dass sie bei »Drei« losrennen werden, und zählt: »Eins, zwei, drei!«

Doch Gertrude hält sie mit erstaunlicher Kraft fest. Hält sie fest und ruft: »Warte!« Und dann explodiert etwas genau neben dem Eingang ihres Hauses. Ein großes Stück Wand ist nicht mehr da. Einfach so. Gertrude betet nun laut weiter.

»... Du salbest mein Haupt mit Öl und schenkest mir voll ein ...«

Plötzlich ist es still. Helenes Ohren rauschen. Sie beten nun gemeinsam:

»… Gutes und Barmherzigkeit werden mir folgen mein Leben lang, und ich werde bleiben im Hause des Herrn immerdar.«

Und als sie schon glauben, nun wäre alles vorbei, als sie schon denken, sie könnten ihre Glieder doch wieder bewegen, hören sie ein erneutes Surren und sehen einen leuchtenden Bogen, der seinen direkten Weg ins Hühnerhaus nimmt.

Sie sehen wie das Dach des Hühnerhauses von einem Moment auf den anderen nicht mehr da ist, hören das grelle Kreischen der Detonation, sie spüren, wie die Erde unter ihnen zittert, und sehen, wie sich eine große Wolke aus Federn erhebt, vom Wind erfasst wird, auseinandertreibt, wieder zusammenkommt und sich direkt über ihnen ausbreitet.

»Der Herr ist mein Hirte, mir wird nichts mangeln, er weidet mich auf einer grünen Aue und führet mich zum frischen Wasser …«

Sie sehen die Federn über sich in der Luft tanzen und wie Schneeflocken nach unten rieseln. Ganz langsam. Schwerelos.

»… Er erquicket meine Seele; er führet mich auf rechter Straße um seines Namens Willen.«

Sie beobachten die Flocken, die eigentlich Federn sind, und als sich die erste Federflocke auf Getrudes Gesicht legt, beginnen sie zu lachen und zu weinen. Gleichzeitig.

Schluchzend werden sie ruhiger. Es ist nun totenstill. Keine Granaten mehr. Nur ein sanfter Wind weht und streichelt über die verwundete Erde und die verletzten Seelen.

Staunend werden sie sich darüber klar, dass es vorbei ist, dass das Hühnerhaus nicht brennt und dass sie am Leben sind.

Gertrude lässt ihre Mutter los und tanzt durch die Federn. Sie tanzt den Reigen der Überlebenden, tanzt das Glück der Verschonten.

Bei jedem Tanzschritt richten sich die Federn schwerelos auf und wirbeln um ihre Beine – wieder und immer wieder. Bis Gertrude schwer atmend vor ihrer Mutter stehen bleibt, sie dankbar anblickt und flüstert: »Die Hühner haben uns gerettet, sie haben sich für uns geopfert – das muss ich unbedingt Pascal erzählen« Sie dreht sich noch einmal um sich selbst. »... und Gilbert!«

Kapitel 07

Gilbert

Gilbert atmet die würzige Luft der Felder und Wälder Südfrankreichs. Seiner Heimat. Noch nie hat er das so stark gefühlt wie jetzt: seine Heimat.

Er stellt die Spitzhacke an einem Baumstamm neben sich ab, knotet sich das Halstuch auf und wischt sich damit den Schweiß von der Stirn. Mit geschlossenen Augen lauscht er den Vögeln, die den Frühling bejubeln. Ein sanfter Wind umspielt sein Haar und bringt eine Ahnung von Regen. Gilbert freut sich darauf. Auf einen frischen Regenschauer, der kurz und heftig die Luft reinigt, der Erde Nahrung gibt und die Wiesen blühen lässt.

Ein Regenschauer, wie es ihn nur hier gibt. Mit diesem ganz speziellen Geruch nach Meer und Wiesen und Feldern und Heimat. Er ist zurück. Da, wo seine Sehnsucht, seine Träume ihn in den traurigen, tristen Stunden im Lager der Zwangsarbeiter hingetragen haben. Warum fühlt er sich trotzdem so leer?

Er greift zu seinem Herzen, spürt das harte Papier durch sein Hemd und zieht es heraus. Auf der schon etwas verblassten

Bleistiftzeichnung blicken ihn Klaras melancholische Augen an, und ihr rätselhaftes Lächeln lässt sein Herz erneut schneller schlagen. Er seufzt.

»Was tust du da? Hast du bei den *Sales Boches* das Arbeiten verlernt?«

Sie knufft ihn neckisch in die Seite, greift sich das Papier und rennt zwei Schritte von ihm weg. »Zeige es mir!«

Als sie seinen übertölpelten Gesichtsausdruck sieht, muss sie lachen.

»He, großer Spion, du wirst dich doch wohl nicht von deiner kleinen Schwester austricksen lassen?«

Sie betrachtet die Zeichnung. »Wer ist das?«

Als sie keine Antwort bekommt, fährt sie fort: »Sie ist schön! Hast du mit ihr gevögelt? Ist sie eine dieser dreckigen Deutschen?«

Gilberts Stimme ist ganz leise »Nein, meine große Liebe.«

Alice blickt ihn mit großen Augen an. »Oh, là, là! Das darfst du aber nicht Mama erzählen. Und Noel schon gar nicht. Sonst stellt er dich vielleicht noch öffentlich auf dem Marktplatz als Kollaborateur aus und lässt dir die Haare scheren.«

Gilbert zischt wütend. »Das ist nicht witzig.«

Alice schaut, als hätte er ihr eine Ohrfeige gegeben. Sie geht auf ihn zu und streckt ihm die Zeichnung entgegen.

»Entschuldige. Niemand käme auf die Idee dich für einen Kollaborateur zu halten. Du bist schließlich ›der Spion‹, der uns die Pläne ›der Wunderwaffe‹ gebracht hat. Alle hier im Dorf sind stolz auf dich. Und Mama und unser Bruder erst recht. Auch wenn Noel das nicht so recht zeigen kann. Er ist schließlich, seit er von der Résistance zurückgekommen ist, der wichtige Assistent des Bürgermeisters und gestaltet unsere Republik neu.«

Sie lacht verschmitzt. »Aber an deine Berühmtheit kommt er nicht heran.«

Gilbert seufzt. Ja, sie haben ihn bejubelt, haben ihm Wein, Champagner und Pastete gebracht und haben mit ihm und seiner Familie auf seine Rückkehr angestoßen. Die Rückkehr des großen Spions.

Dass sie seinen Vater nur wenige Monate zuvor wegen ihm in den Tod getrieben haben, davon redet niemand mehr. Auch seine Familie nicht. Doch er will es wissen – er muss es genau wissen. Er blickt forschend seine Schwester an. Sie ist so groß geworden, so erwachsen, so hübsch. Als er gegangen ist, war sie ein kleines, aufgewecktes Mädchen. Nun ist sie eine große, selbstbewusste Frau.

»Alice, niemand will mir etwas Genaues sagen. Wie war das mit Vater?«

Das Gesicht von Alice verdüstert sich. Sie dreht sich weg. Gilbert betrachtet ihren schmalen Rücken.

»Alice?«

Ihre Schultern zucken. Sie weint. Er geht zu ihr und legt einen Arm um sie. Gemeinsam setzen sie sich unter den Baum und Alice beginnt zu erzählen. Erzählt von den Anfeindungen, den Beschimpfungen, denen sie alle ausgesetzt waren, weil die Leute im Dorf glaubten er, Gilbert, hätte sich freiwillig bei den Deutschen zur Zwangsarbeit gemeldet, hätte sein Land verraten.

»Doch«, Alice schluchzt, »Vater hat immer zu dir gehalten. Dich verteidigt. Auch gegenüber Noel. Vor allem gegenüber Noel.«

Gilbert schluckt. Es war ihm nicht bewusst, wie viel Hass seine Familie wegen ihm zu ertragen hatte. Er fragt flüsternd, was mit Vater geschehen ist, warum er sich umgebracht hat. Alice blickt ihn mit verweinten Augen an.

»Weil er sich so geschämt hat.«

Gilbert ist es, als würde sich etwas in ihm verknoten, als würden sich seine Innereien einmal um sich selbst schlingen. Sein

Vater hat sich umgebracht, weil er sich seinetwegen geschämt hat. Oh mein Gott. War es das wert?

Ein dicker Kloß sitzt in seinem Hals. Er hatte in seiner Eitelkeit nur an sich gedacht. Er, der Spion, der sein Land retten wird. Er hatte nicht an die Konsequenzen für seine Familie gedacht. Er schluckt, räuspert sich, er will den Kloß vertreiben. Er umfasst schluchzend seinen Hals mit beiden Händen und versucht zu weinen. Er kann es nicht.

Er versucht seine Ohnmacht, seine Scham umzulenken in Wut. Wut auf die Dorfbewohner, die seine Familie in Sippenhaft genommen haben, weil sie glaubten, er wäre ein Kollaborateur, und ihn nun als Held verehren. Vermutlich um ihr Gewissen rein zu waschen. Er lacht bitter und sagt zu seiner Schwester, dass er es den Dorfbewohnern heimzahlen wird, er sich rächen wird für das, was sie seinem Vater, seiner Mutter und ihr angetan haben.

Alice streichelt ihm unbeholfen den Rücken, versucht zu erklären, die Dorfbewohner in Schutz zu nehmen, die Situation begreiflich zu machen und ihn um Milde zu bitten. Um Nachsicht. Auch für ihn selbst. Vor allem für ihn selbst.

Gilbert weiß nicht, wie lange sie schon unter dem Baum sitzen. Seine Wut ist verflogen. Zurück bleibt ein bitteres Gefühl, das er sogar auf der Zunge zu schmecken glaubt. Er spuckt es aus. Die Bitterkeit mischt sich mit den ersten schweren, dicken Regentropfen, die wie Bleikugeln auf den trockenen Boden aufschlagen und dort kleine, nasse Krater hinterlassen. Sie wirbeln auf dem trockenen Boden Staub auf, der sich innerhalb von Sekunden in Schlamm verwandelt, und Gilbert wünscht sich zurück. Zurück in das kleine schwäbische Dorf, zurück zu seinen Trois Grâces. Er hat das Gefühl, dass sie ihn brauchen.

Kapitel 08

Helene

Sie hat das Mittagessen gekocht, eine Kartoffelsuppe, die nun im Topf auf dem Herd darauf wartet, erst von Gertrude wieder warm gemacht zu werden und danach, irgendwann heute Abend, von Klara.

Sie hat die gekochten Kartoffeln zusammen mit den weichen Möhren mit einer Presse zerdrückt, im Topf mit Wasser verdünnt, nochmals aufgekocht, mit Salz abgeschmeckt, Schnittlauch fein geschnitten und darüber gestreut, alles mit dem Gefühl, es vielleicht das letzte Mal zu tun. Ihr ist bange. Eine nervöse Fahrigkeit hat sie ergriffen. Ihre Hände zittern.

Sie hat mit niemandem darüber gesprochen, hat nur Klara einen Brief hinterlassen in dem sie ihr erklärt, dass sie von Polizei-Hauptwachtmeister Hägele aufs Revier bestellt worden ist, um »offene« Fragen zu dem Verschwinden von Wachtmeister Müller zu beantworten. Sie hat diesen Brief geschrieben, nur für den Fall, dass Hägele sie – sie will es gar nicht denken – einsperren sollte.

Zu Gertrude hat sie gesagt, dass sie in der Stadt etwas zu erledigen hätte und erst heute Nachmittag wieder kommen werde. Vielleicht auch später. Nun muss sie noch zu Onkel Heinz und ihn bitten – falls sie heute nicht wieder kommt – sich um die Mädchen zu kümmern.

Helene hält kurz inne, atmet tief durch, und versucht die Angst, die sich kalt um ihr Herz gelegt hat, zu ignorieren.

Sie hat das Gefühl in letzter Zeit alles falsch gemacht zu haben. Wie hatte sie sich letzte Woche bloß dazu hinreißen lassen können, Zimmermann zu provozieren. Das Hochgefühl des Stolzes und der Wut war schnell verebbt und wurde von nagender Angst ersetzt. Wenn er nun doch etwas weiß? Vielleicht sollte sie ihn tatsächlich heiraten? Nur damit er ruhig bleibt?

Sie schüttelt den Kopf. Versucht sich von diesen Gedanken frei zu machen und geht hinüber zu Onkel Heinz. Sie findet ihn nicht, ruft ihn und wird nervös. Wo ist er nur? Es wird langsam Zeit für sie aufzubrechen. Und sie muss sich noch umziehen. Sie will nicht in ihrer normalen Arbeitskleidung im Polizeirevier sitzen, nein, sie wird ihr Sonntagskleid anziehen.

Sie ruft ein letztes Mal nach Heinz, geht von Zimmer zu Zimmer, ist überrascht wie sauber und aufgeräumt alles ist und da fällt es ihr ein – wie konnte sie es nur vergessen? Er ist draußen auf dem alten Sportplatz, um mit den Mädchen und Jungen Schießübungen zu machen und sie zu trainieren. Um sie vorzubereiten auf die Invasion des Feindes. Eine Bürgerwehr aus Kindern.

Sein »Volkssturm«, wie er es nennt. Helene hatte nur den Kopf geschüttelt, als er ihr von seinem Plan erzählte. Sie hatte ihm gesagt, er solle seine Zeit nicht damit verbringen, Kinder zu Soldaten zu machen, dass das falsch sei, es genug Tote gäbe. Doch es war zu spät. Er hatte regen Zulauf, nachdem der NSDAP-Ortsgruppenleiter, der alte Lehrer Schäufele bei einer Bürgerversammlung den Dorfbewohnern vorschlug, dass Heinz, hochdekorierter Veteran, Frauen, Mädchen und Jungen an der Waffe ausbilden könnte. Zur Verteidigung des Dorfes.

Alle jubelten und wollten mitmachen, waren bereit dafür, das Dorf mit ihrem Leben zu verteidigen. Mit Heinz als Anführer. Niemand sprach mehr davon, dass Heinz verrückt sei. Das Gedächtnis eines Dorfes scheint kurz und sein Gemüt wankelmütig zu sein. Alle bewunderten ihn nun für die vielen Orden, die er bei der Versammlung mit ausdruckslosem Gesicht auf seiner Uniform präsentiert hatte.

Zum Glück wurden die Bewohner schnell von der Realität eingeholt. Die Frauen und auch viele Kinder hatten schlichtweg keine Zeit für das Training. Seit die Anzahl der Zwangsarbeiter von Hägele und der SS dezimiert worden war, mussten die meisten ihre Arbeit wieder selbst erledigen.

Doch ein paar der Kinder sind ihm für seinen »Volkssturm« geblieben. Mehrere Jungen und zwei Mädchen, zwischen zwölf und vierzehn. Direkt aus der Hitlerjugend in den »Volkssturm«, als letztes Bollwerk gegen den Franzosen. Helene fehlen die Worte, um das Unbehagen und die Beklemmung, die sie dabei empfindet auszudrücken.

Seither hat sie Heinz nur noch selten gesehen. Er sitzt nicht mehr so oft in ihrer Küche, er putzt und kocht nun alles selber. Und es scheint ihm ja offensichtlich gut zu tun, eine Aufgabe zu haben. Sonst wäre die Wohnung nicht so aufgeräumt und sauber. Aber zu welchem Preis? Ob sie ihn überhaupt darum bitten soll, auf Gertrude und Klara Acht zu geben? Er ist ihr so fremd geworden. Doch wer sonst könnte diese Aufgabe übernehmen, falls sie nicht zurückkommen sollte?

Helene hat ihr »gutes« Kleid angezogen. Das dunkelgrüne, feine Wollkleid mit der Spitze, das so gut zu ihren Augen passt. Als sie das alte, schwarze Fahrrad aus dem zerstörten Hühnerhaus holt und losradelt, versucht sie ihre Strumpfhose so weit wie möglich von der Fahrradkette fernzuhalten. Was schwierig ist. Ihre flachen Pumps mit den glatten Sohlen rutschen bei fast jedem Tritt von den Pedalen.

Sie radelt unter den Kastanienbäumen hindurch und biegt nach links auf die Dorfstraße ab. Sie grüßt nach links und nach rechts, ohne die Leute die ihr begegnen direkt anzuschauen. Sie will nicht gefragt werden, warum sie mitten unter der Woche ihr Sonntagskleid und ihre guten Schuhe trägt.

Die Dorfstraße mündet auf die Landstraße. Sie schwitzt. Es ist ungewöhnlich warm für die Jahreszeit. Die Sonne scheint trübe, wie durch ein Leinentuch gefiltert, doch mit erstaunlicher Kraft. Helene hat sich jeweils ein Stofftaschentuch unter die Achseln geklemmt, damit ihr Kleid keine dunklen Schweißflecke bekommt. Ihr ist schlecht. Sie versucht sich zusammenzureißen. Dieser Hägele kann ihr nichts beweisen. Sie muss nur aufpassen, dass sie sich nicht in Widersprüchen verheddert. Am Besten sagt sie nicht viel. Aber was ist, wenn einer der französischen Zwangsarbeiter etwas von Gilbert erfahren und es der Polizei erzählt hat? Sie schüttelt den Kopf. Eine Haarsträhne löst sich aus ihrem Dutt. Das darf einfach nicht sein, nein, keiner hat etwas erzählt, keiner kennt die Wahrheit, außer Gilbert und ihre Familie. Und was ist mit Zimmermann? Nein, Zimmermann blufft. Er blufft nur. Er blufft nur.

Sie schüttelt den Kopf und atmet tief durch, versucht sich zu beruhigen, ihre Würde zu finden. Da fällt ihr diese Königin ein, diese Österreicherin, die als französische Königin aufs Schafott geführt wurde: Marie Antoinette. Den Weg zum

Schafott soll sie voll Würde begangen haben. Helene hatte sich schon damals, als sie darüber in dem Geschichtsbuch von Klara gelesen hatte, gefragt, ob sich Angst mit Würde bezwingen lassen kann. Nun ahnt sie, dass man sie nicht bezwingen kann. Nur erträglicher machen. Wenn überhaupt.

Kapitel 09

Polizei-Hauptwachtmeister Hägele

Hägele kann sich nur noch schwer beherrschen. Wenn sie ihn weiter so ankeift, wird er sie schlagen. Mitten ins Gesicht. Er fühlt es in der rechten Hand jucken. Ja, er sollte es einfach tun. Jetzt. Fast ist es ihm, als könne er die Befriedigung darüber spüren, fast sieht er schon ihr verblüfftes Gesicht über den Schlag. Fast.

Doch er tut es nicht. Denn die Witwe von Müller ist plötzlich still. Sie lächelt ihn siegesgewiss an und ihre blauen Augen strahlen aus ihrem im Lächeln hässlich erstarrten Gesicht. Mit einer routinierten Bewegung hebt sie ihr Kind auf die andere Seite der Hüfte.

»Hast du überhaupt verstanden, was ich eben gesagt habe?«

Sie betrachtet ihn lauernd. Hägele fühlt sich überrumpelt. Nein. Er hat nicht verstanden, was sie eben gesagt hat. Er hat ihr überhaupt nicht mehr zugehört.

»Ich habe gesagt, dass du das bereuen wirst. Ja, bereuen. Früher als du denkst.« Sie lacht laut auf.

»Ich habe ihnen Bescheid gesagt. Deinen Vorgesetzten in Stuttgart.« Sie kommt ganz nahe und blinzelt ihn durch die roten Haare ihres Babys an. Die beiden riechen nach einer Mischung aus Schweiß und Milch. Hägele ekelt es.

Sie flüstert ehrfürchtig: »Der SS.«

Sie hat es geschafft. Nun hat sie seine volle Aufmerksamkeit.

»Was«, Hägele schüttelt sie, »was hast du der SS gesagt?«

Sie reißt sich los.

»Dass du Schmuck und Bilder und Geld unterschlägst.«

Hägele schaut sie verdattert an. Doch er glaubt ihr nicht.

Sie sagt trotzig: »Du hast mir seinen Anteil nicht gegeben. Mich belogen und verarscht. Jetzt bist du verarscht.«

Hägele schaut ihr prüfend ins Gesicht und versucht herauszulesen, ob sie die Wahrheit sagt.

Er schüttelt den Kopf »Das hast du nicht. Und jetzt geh. Lass dich und deine rothaarige Brut«, Hägele nickt zu dem Baby auf ihrem Arm, »hier nie wieder blicken. Hast du verstanden?«

Er schiebt sie zur Tür seines Büros.

»Und solltest du irgendjemandem, hör mir genau zu, irgendjemandem etwas von deinen haltlosen Verdächtigungen sagen, wird es das letzte sein, was du je gesagt hast.«

Dabei packt er sie mit einer Hand am Hals. Befriedigt registriert er ihren erschrockenen Gesichtsausdruck.

»Ich wiederhole das noch einmal, falls dein schwacher Verstand zu langsam ist: solltest du i-r-g-e-n-d j-e-m-a-n-d etwas von deinen haltlosen Verdächtigungen sagen, wird es das letzte sein, was du je gesagt hast.«

Er drückt zu, nur ein wenig, und fühlt den Herzschlag in ihrem Hals. Sie ist starr vor Schreck, öffnet den Mund, schließt ihn wieder, öffnet ihn wieder. Kein Ton kommt heraus.

Er drückt noch ein wenig mehr, sieht ein Huhn vor sich, ein Huhn, das den Schnabel öffnet und schließt. Er stellt sich vor, einfach weiterzudrücken, mit den Fingern in diesem weichen Hals, an diesem pochenden Herzen so lange zu drücken, bis es nicht mehr pocht und Stille ist. Köstliche Stille.

Als das Kind schreit, ist es Hägele, als würde er erwachen. Er lässt sie los, öffnet die Tür und will sie hinausstoßen. Da trifft ihn die nächste Überraschung. Vor ihm steht die Bäuerin, die schöne Bäuerin aus dem Dorf, die er letzte Woche herbestellt hat.

Sie ist zu früh. Das hier mit der Müllerin sollte sie nicht sehen. Er räuspert sich und ruft den Jungen, den blonden Jungen, einen der neuen Hilfspolizisten, dessen Namen er sich nicht merken kann. Er sagt ihm, er solle Frau Müller mit ihrem Baby hinausbegleiten und darauf achten, dass sie nie wieder hier hereinkommt.

Die Witwe Müller reibt sich den Hals und spuckt vor ihm aus. Sie betrachtet die schöne Bäuerin, die schüchtern und etwas unbeholfen vor ihnen stehen geblieben ist. Der junge Hilfspolizist greift den Arm der Müllerin und zieht sie weg.

Sie dreht sich nochmals zu Hägele um und zischt: »Das wirst du bereuen! Sie sind schon auf dem Weg zu dir! Sie werden dich vors Kriegsgericht stellen! Und ich werde lachen!«

Ihr giftiger Speichel stäubt wie Sprühnebel direkt in sein Gesicht.

Hägele schließt die Augen und versucht, die Beherrschung nicht zu verlieren. Nicht vor Fremden. Nicht vor der schönen Bäuerin. Er zählt langsam auf drei, versucht sich zu fassen und zählt nochmals auf drei. Erst dann öffnet er die Augen wieder. Die Witwe Müller ist verschwunden. Endlich.

Er tupft sich mit seinem Stofftaschentuch angeekelt übers Gesicht. Sollte er darüber besorgt sein, dass sie ihn verraten hat? Nein. Das hat sie nicht getan. Dazu ist sie zu feige. Niemals würde sie es wagen, mit der SS zu sprechen. Und wenn doch? Er schluckt die Frage hinunter und blickt die schöne Bäuerin an, die ihn ängstlich mustert und ist erneut auf eine eigenartige Weise von ihr berührt. Er nimmt sich vor, dass ihm dieses seltsame Gefühl nicht in die Quere kommen darf, er professionell sein wird, und fühlt wieder einen kleinen Stich des Bedauerns. Unbewusst streicht er sich die Haare glatt und richtet sich auf. »Das war die Witwe des toten Polizisten. Sie ist seit seinem Tod ein wenig verwirrt. Kommen Sie doch herein.«

Damit tritt er galant zur Seite und bedeutet der schönen Frau in sein Büro zu kommen.

»Schauen Sie sich das Bild in Ruhe an.« Hägele legt ein Bild von Müller vor sie auf den Tisch. Das Bild ist schon zwei Jahre alt. Darauf ist er noch nicht so fett wie zuletzt. Doch die Polizeiuniform spannt schon bedenklich um seine Brust, die sich abbildet, wie bei einer Frau. Halsfalten quellen links und rechts über den steifen Kragen der Uniform. Die roten Haare kringeln sich an den Ohren unter der Mütze hervor. Er blickt in die Kamera mit dem für ihn typisch dümmlichen, selbstgefälligen Grinsen, von dem Hägele wusste, dass man ihn deshalb nicht unterschätzen durfte.

Die Augen der Frau weiten sich. Unmerklich rückt sie nach hinten, weg von dem Bild. Ihr Stuhl quietscht. Täuscht er sich, oder ist sie um die Nase herum ein wenig blass geworden? Also doch. Hatte er es doch gewusst. Sie kennt ihn.

»Und? Erkennen Sie ihn wieder?«

Die Frau schüttelt den Kopf. Mehrfach. Sie schaut auf und Hägele sieht ihr an, dass sie angestrengt überlegt, was sie sagen soll. Sie ist ihm und der Situation nicht gewachsen. Wie sollte sie auch? Sie wurde noch nie verhört. Hägele ist sich sicher, sie schnell in die Enge treiben zu können und endlich seine Antworten zu bekommen. Was er damit machen wird? Das wird er davon abhängig machen, wie sehr sie in den Mord an

Müller verstrickt ist und wie gut sie kooperiert. Sie tut ihm ein wenig leid. Aber nur ein wenig.

Hägele lehnt sich zurück. Er hat die Macht, die ihm seine Position gibt, schon immer genossen. Doch er ist kein Unmensch. Wenn man Macht hat, kann man auch großzügig sein. Erst recht, wenn es sich um so eine schöne Frau handelt.

»Kommen Sie. Sie wissen, dass Sie die Polizei nicht anlügen dürfen.« Seine Stimme bekommt einen jovialen Unterton.

»Der dicke Müller war ein fieses Arschloch. Erzählen Sie mir einfach alles, was Sie wissen.«

Sie schluckt und ihre grünen Augen bekommen einen feuchten Schimmer. Hägele hat den unbändigen Drang sie anzufassen. Ihren langen Hals zu berühren, die Stelle, an der ihr Puls so heftig pocht, wie das Herz eines kleinen Vogels. Nicht so, wie eben bei der Witwe Müller, nein, nur mit den Fingerspitzen, ganz leicht nur. Er will ihn fühlen, ihren Puls, ihr Leben in seiner Hand.

Er räuspert sich befangen und guckt schnell woanders hin. Er erschrickt, als er ihre leise, weiche Stimme hört.

»Er kam vormittags. Oft. Wenn sonst niemand da war, außer mir. Er kam unter einem fadenscheinigen Vorwand und wollte Bier trinken.«

Sie stockt, atmet tief durch, ihre Stimme wird lauter.

»Er wollte Bier trinken und mir dabei auf die Brüste starren. Doch schnell hat ihm das nicht mehr gereicht. Er fing an, mich zu begrabschen und versuchte, mich zu küssen. Ich sagte ihm, dass er es lassen soll. Dafür wollte er dann einen Laib Brot, oder eines der frisch geschlachteten Hühner.«

Sie blickt ihn direkt an. Ihre Stimme ist nun klar und fest.

»Ich gab ihm alles, nur damit er ging. Ich habe ihn aber nicht umgebracht.«

Hägele ist überrumpelt. Das sie so schnell zugeben würde, dass sie den fetten Müller kennt, hätte er nicht gedacht. Er merkt, dass ihm der Mund ein wenig offen steht. Er schließt ihn und räuspert sich erneut.

»Wer hat ihn dann umgebracht?«

»Ich weiß es nicht.«

»Aber Sie geben zu, dass er Sie bedrängt und Sie erpresst hat?«

»Ja.«

»Also hatten Sie allen Grund ihn umzubringen.«

»Nein.«

»Warum nicht?«

»Man bringt nicht einfach jemanden um.«

»Warum nicht? Es ist Krieg. Dauernd sterben Leute.«

»Ich habe ihn aber nicht umgebracht.«

»Vielleicht hat er Sie zum Schluss so sehr bedrängt, dass Sie nicht anders konnten. Vielleicht hat er Sie vergewaltigt?«

»Nein.«

Hägele haut mit der Hand auf den Tisch. Der laute Knall lässt sie zurückzucken. Ihre Augen weiten sich erschrocken. Das Tintenfass auf seinem Schreibtisch ist durch die Erschütterung umgekippt. Schwarze Farbe läuft aus.

»Jetzt reicht's mir aber langsam. Sie sagen mir jetzt sofort, wer den Müller umgebracht hat, oder ich muss andere Saiten aufziehen.«

Er sieht, wie sie schluckt. Gleich hat er sie soweit. Er ändert seine Taktik, bekommt eine ganz sanfte Stimme.

»Der Müller war ein Schwein, wenn das stimmt, was Sie mir erzählt haben.«

Er betrachtet die Frau in Ruhe. Er hat alle Zeit der Welt. Sie schweigt.

»Und ganz unter uns: Sie sind nicht die erste Frau, die er vergewaltigt hat.«

Überrascht schaut sie auf. Der Herzschlag an ihrem Hals pulsiert schneller. Hägele würde zu gerne seine Hand darauf legen. Ganz sanft. Ihn beruhigen. Ob er das darf? Stattdessen fährt er fort.

»Ich bin froh, dass es ihm endlich eine heimgezahlt hat.«

Sie hat die Augen geschlossen. Eine Träne rinnt ihr die rechte Wange hinunter. Jetzt hat er sie soweit, jetzt wird sie gestehen, ihm alles verraten, was sie weiß.

Er nestelt in seiner Hosentasche und zieht sein Stofftaschentuch heraus. Es ist noch etwas feucht von der Spucke der Witwe Müller. Egal. Die Geste zählt. Als sie das Taschentuch nimmt, um sich die Träne abzuwischen, wird ihm die Absurdität der Szene bewusst. Die potentielle Mörderin des Vergewaltigers wischt sich die Tränen mit dem Speichel der Witwe des Vergewaltigers ab.

Plötzlich schämt er sich ein wenig. Warum?

Um dieses unangebrachte Gefühl zu vertreiben, lehnt er sich auf dem Stuhl breitbeinig zurück, verschränkt die Hände hinter dem Kopf, was ihm einen jähen Stich in den Rücken jagt und ihn zusammenzucken lässt. Wütend presst er die Hände an seine Bandscheiben. Er hat plötzlich keine Lust mehr auf dieses Getue. Er haut nochmals auf den Tisch. Dieses Mal mit beiden Händen.

»So, und jetzt raus mit der Sprache! Mir reicht's. Erzählen Sie mir, was sie wissen.«

Sie lässt das Taschentuch fallen, als hätte sie sich daran verbrannt. Sie hat sich die Träne nicht abgewischt. Anklagend schimmert sie immer noch auf ihrer Wange. Das Taschentuch liegt wie ein stiller Vorwurf zwischen ihnen auf dem Tisch und saugt sich mit schwarzer Tinte voll.

»Ihr Kollege, ihr Untergebener kam regelmäßig zu mir, um mich sexuell zu bedrängen und zu erpressen.«

Schwingt da etwa ein Vorwurf in ihrer Stimme? Will sie ihn als seinen Vorgesetzten etwa mit verantwortlich machen? Oh nein. Nicht mit ihm.

Hägele schreit. »Dafür ist er jetzt tot!«

»Er hat seine Position, seinen Status schamlos ausgenutzt und mir Angst eingejagt.«

»Und dafür haben Sie ihn umgebracht!«

»Nein.«

»Sie haben sich gerächt!«

»Nein.«

»Verdammt! So kommen wir nicht weiter! Soll ich Sie einsperren? Soll ich ihre älteste Tochter einbestellen? Ihre kleine Tochter holen? Die wird mir bestimmt mehr erzählen.«

Der Puls an ihrem Hals scheint nun zu flattern. Hägele kann sich nicht mehr beherrschen, will sich nicht mehr beherrschen.

Er steht schwerfällig auf, stellt sich vor sie, beugt sich zu ihr herunter und legt seine Fingerspitzen auf die Stelle an ihrem Hals, die so heftig pocht. Sie zuckt zurück.

Sein Arm schnellt nach vorne und greift zu. Fest umklammert seine Hand ihren Hals. Sie röchelt. Er erschrickt über sich selbst. Er will ihr doch nicht weh tun! Im Gegenteil. Er will doch nur diesen Puls fühlen, ihr Leben spüren. Er lässt los. Japsend holt sie Luft.

Da klopft es an die Tür. Der junge Hilfspolizist schaut schüchtern herein. Mitleidig betrachtet er die Frau, die sich auf ihrem Stuhl krümmt und den schmerzenden Hals hält. Er sieht so unschuldig aus mit seinen blonden Haaren. Und so jung. Die Uniform ist ihm viel zu groß. Das macht Hägele aus irgendeinem Grund erneut wütend. Er schreit ihn an, was er wolle.

Der Junge zwingt seinen Blick weg von der Frau, sammelt sich und steht stramm.

»Sie haben Besuch Herr Polizei-Hauptwachtmeister.«

»Besuch? Ich habe niemanden eingeladen.«
»Der Besuch sagt, er wolle sie sofort sprechen.«
»Der soll gefälligst warten!«
Der Junge schluckt. »Dieser Besuch wartet nicht.«
»Ja höre ich recht? Raus hier!«
»Es ist Besuch aus Stuttgart – die SS.«

Kapitel 10

Helene

Sie sitzt ganz ruhig auf dem Stuhl. Sie hat den Kopf auf die Knie gelegt, und drückt die Hände ineinander verschränkt, an den schmerzenden Hals. Ihr Herz rast immer noch, obwohl Hägele seit gefühlten Stunden schon weg ist. In Wahrheit ist es nicht mal eine halbe Stunde, sie weiß das, doch seit sie das Polizeirevier betreten hat, läuft die Zeit anders, zähflüssig, wie Quecksilber. Und genau so giftig.

Helene hat das Bedürfnis, sich zu waschen. Sie fühlt sich schmutzig. Ihr Hals brennt, innen und außen. Sie richtet sich auf, sitzt nun aufrecht auf dem Stuhl und reibt sich die Kehle. Sie räuspert sich, will weinen, kann es nicht. Sie versucht, das Gefühl des Ekels zu vertreiben. Es war alles wieder da.

Als er sie am Hals gepackt hatte und zudrückte, war sie wieder in ihrer Küche, und der rothaarige Polizist versuchte erneut, über sie herzufallen und ihr den Stolz zu rauben, die Würde zu stehlen, sie zu demütigen und zu erniedrigen.

Hägele roch sogar gleich. Durch die Uniform drang ein scharfer, strenger Geruch hindurch. Irgendwie tierisch, wie die Bullen im Stall. Und eigentlich war es dieser Geruch, weniger die körperliche Gewalt, der ihr die Angst durch die Eingeweide jagte, sie lähmte, ihr das Gefühl gab, ein Opfer zu sein.

Nun weint sie doch. Sie fühlt sich so hilflos und so schmutzig und sie weiß nicht, was sie tun soll. Ob er gleich zurückkommt und sie einsperrt?

Oder vielleicht nimmt die SS sie mit? Das hatte sie doch richtig gehört? Die SS ist da? Das hatte doch der blonde Junge gesagt? Dieser blonde Junge – nie wird sie seinen Blick vergessen. So voll hilflosem Mitgefühl wurde sie noch nie von jemandem angeschaut. Sah sie so jämmerlich aus? Wahrscheinlich.

Sie fängt an zu zittern. Ihr ist kalt. Sie will jetzt aufstehen und gehen, will, dass es vorbei ist, will sich nicht mehr als Opfer fühlen, wünscht sich ihr Selbstbewusstsein zurück, ihre Würde. Doch sie fühlt sich leer. Blutleer.

Fast hätte er sie soweit gehabt, dass sie alles gesteht. So eingeschüchtert war sie. Schon, als sie das Porträt des rothaarigen Polizisten anschauen musste, konnte sie sich fast nicht beherrschen. Sie war regelrecht schockiert, wieder in das feiste Gesicht blicken zu müssen. Das Gesicht, das sie sich so sehr wünscht vergessen zu können. Noch immer träumt sie von ihm. Doch langsam verblassen die Gesichtszüge im Traum. Und nun sieht sie plötzlich dieses Porträt von ihm. Gestochen scharf. Ja, fast hätte sie in diesem Moment alles gestanden.

Aber letztendlich hatte Hägele die falschen Fragen gestellt. Sie musste nicht einmal lügen. Nur einmal. Als er fragte, ob sie wisse, wer ihn umgebracht habe. Da hatte sie gesagt, sie wisse es nicht. Das war die einzige direkte Lüge. Sie ist froh darüber. Sie konnte noch nie lügen.

Sie dankt Gott für die falschen Fragen, und schickt ein schnelles Bittgebet hinterher, dass sie heil aus diesem Polizeirevier herauskommt. Nach Hause.

Plötzlich hört sie laute Stimmen. Stimmen, die Befehle schreien, dann ein schweres Poltern, als wäre jemand gegen einen Schrank gekracht. Wieder schreit jemand. Nun direkt im Nebenraum.

Die Tür wird aufgerissen und zwei schwarz gekleidete Männer stürmen in das Büro in dem Helene sitzt. Oh mein Gott, kommen sie nun, um sie zu holen?

Sie stürmen an ihr vorbei, mit klackenden Stiefeln. Schwarze Stiefel, die genau so glänzen wie die pomadisierten Haare der Männer. Irgendwie obszön. Helenes Blick springt zwischen diesen Stiefeln und den Haaren hin und her. Sie kann nicht anders.

Einer der Männer geht hinter den Schreibtisch vor dem sie sitzt. Der andere zu dem Schrank an ihrer rechten Seite. Gleichzeitig reißen sie die Schubladen auf, durchwühlen sie, beachten Helene gar nicht. Sie macht sich klein und versucht unsichtbar zu werden.

Krachend reißen sie die Schubladen heraus, der Inhalt poltert auf den Boden, sie gehen zum nächsten Schrank, halten sich nicht mehr damit auf die Schublade zuerst zu durchwühlen, sondern reißen sie gleich heraus und zerstreuen den Inhalt im Raum.

Helene sitzt wie festgefroren auf dem Stuhl. Einer der Männer dreht sich suchend im Raum. Erst jetzt scheint er sie wahrzunehmen. Er geht forsch auf sie zu und fixiert sie mit strengem Blick.

»Wer sind Sie?«

»Helene Schäfer.«

»Was machen Sie hier?«

Helene öffnet den Mund, schließt ihn wieder, betrachtet den schwarz uniformierten Mann, mit dem streng gescheitelten, glänzenden Haar, fühlt diese Aura aus Brutalität und Macht und seltsamerweise aus Rechtschaffenheit, und ihr wird klar, dass diese Männer alles dürfen, niemandem Rechenschaft ablegen müssen, und selber definieren, was Moral ist.

»Ich habe gefragt, was Sie hier machen?«

»Ich bin zu Besuch.«

»Dann ist Ihr Besuch hiermit beendet – raus!«

Helene fühlt, wie das Blut in ihren Körper zurückkommt, wie sie wieder lebendig wird. Ganz langsam. Es kribbelt aus ihrem Bauch heraus bis in die Fingerspitzen. Sie steht auf und geht zur Tür, sie bewegt sich wie in einem Traum.

Hinter ihr lassen die Männer noch mehr Schubladen krachen. Keiner beachtet sie mehr. Sie rufen sich etwas zu. Es klingt triumphierend. Offenbar sind sie fündig geworden.

Sie geht durch den Flur, sieht durch die offen stehenden Türen der weiteren Büros noch mehr schwarz uniformierte Männer, die hektisch die Räume durchsuchen. Eine fiebrige Geschäftigkeit hat das verschlafene Polizeirevier erfasst. Wo ist Hägele? Helene hofft, weit weg.

Ohne aufgehalten zu werden, steht sie plötzlich vor der Ausgangstür. Schlafwandlerisch greift sie den Türgriff. Sie dreht sich nochmals um und kann nicht glauben, dass sie einfach so gehen darf. Plötzlich öffnet sich eine der Türen im Flur und drei Personen kommen aus dem Raum. Zwei schwarze SS-Männer und ein Polizist, dem die Uniform viel zu groß scheint. Es ist der blonde Junge.

Sie kommen auf sie zu und wollen ebenfalls zum Ausgang. Ihre Blicke begegnen sich. Der blonde Junge schaut Helene direkt an. Erschrocken umklammert ihre Hand den Türknauf. Sie drückt ihn so fest, dass ihre Knöchel weiß hervortreten.

Der blonde Junge ist ebenfalls erschrocken, die Augen sind geweitet, die Pupillen ganz groß. Er bleibt stehen. Die beiden SS-Männer herrschen ihn an, was das soll. Er stammelt etwas davon, dass er den Schlüssel vergessen hätte und ihn noch holen müsse. Bevor er sich umdreht, die Herren stehen lässt, bedeutet er Helene mit einem unmerklichen Kopfnicken zu gehen – schnell zu gehen. Und Helene ist es, als würde seine Stimme in ihrem Kopf rufen: »Lauf, lauf, dreh dich nicht um, geh nach Hause und komm nie wieder.«

Kapitel 11

Gilbert

Das ist schon der dritte Pastis. Er sollte nach diesem aufhören. Wie an jedem Tag, seit er zurück ist, sitzt er vor dem Mittagessen auf dem Dorfplatz, vor dem Café und nimmt den einen oder anderen Aperitif ein. Danach schlendert er mit leichtem Schritt und wattigem Kopf nach Hause, um mit seiner Mutter, seiner Schwester und seinem Bruder, wenn es dessen wichtige Staatsgeschäfte zulassen, Mittag zu essen.

Sein Bruder wird ihn, wie immer, davon überzeugen wollen, dass Frankreich nur durch den Kommunismus in eine strahlende Zukunft gehen kann, seine Schwester wird ihm beipflichten und ihre Mutter wird ihnen verbieten, politische Gespräche am Tisch zu führen.

Gilbert grinst vor sich hin und schenkt sich aus dem Glaskrug Wasser nach, um den intensiven Anisgeschmack zu verdünnen. Er nippt mit einem Gefühl aus Ekel und Lust an dem Glas. Er mag Pastis nicht. Und irgendwie doch. Es ist das erste Getränk von dem er betrunken war. Seither wird ihm schon bei dem Geruch übel und gleichzeitig erfüllt es ihn mit dem erregenden Gefühl etwas Verbotenes zu tun. Auch wenn er heute Mitte zwanzig und nicht mehr zwölf ist.

Er fühlt, wie der Alkohol langsam aus dem Bauch nach oben in den Kopf steigt und die Nase kribbeln lässt. Er muss niesen. Ein untrügliches Zeichen dafür, dass er eigentlich genug getrunken hat. Aber merde, was soll's.

Er kippt den Rest des Glases in die Kehle und genießt die hell brennende Wut, die der Alkohol in ihm entfacht. Die Wut auf die heuchlerischen Dorfbewohner und Nachbarn, die ihm freundlich zulächeln und ihn respektvoll grüßen und ihn nur wenige Wochen zuvor als Verräter verdammt, und seinen Vater damit ihn den Tod getrieben haben. Merde.

Er begrüßt die Wut. Dankbar. Lässt sie ihn doch vergessen, dass er sich selbst die meiste Schuld am Tod seines Vaters gibt.

Manchmal, nachts wenn er nicht schlafen kann, hat er das Gefühl mit dieser Schuld nicht leben zu können. Und dann versteht er, warum sein Vater sich umgebracht hat. Er konnte mit einem anderen Gefühl nicht leben: der Scham. Der Scham über einen Sohn, der den Deutschen scheinbar in den Arsch kroch.

Früher saß er mit seinem Vater auf diesem Dorfplatz, an genau diesem Tisch und zusammen tranken sie Pastis oder Wein und unterhielten sich mit den Dorfbewohnern. Immer wenn er in den Semesterferien zu Besuch aus Marseille da war, erzählte sein Vater jedem der es hören wollte, wie stolz er auf seinen klugen Sohn wäre, der vier Sprachen fließend spricht und es bestimmt weit bringen würde. Dabei legte er einen Arm um seine Schulter und Gilbert erinnert sich noch genau, dass die Reden seines Vaters ihn mit einem peinlichen Stolz erfüllten. Und mit viel Liebe.

Ja, Stolz und Arroganz, Schuld und Scham, Wut und Hass – und Liebe. Ein wilder Mix der Gefühle, die die Menschheit in den Krieg und in den Tod treiben. Unter anderem. Gilbert könnte kotzen. Er will eigentlich nur noch seine Ruhe haben. Es wird Zeit, dass er abreist. Er will nach Marseille. Er ist sich noch nicht so ganz sicher, doch er könnte ja an der Universität vorsprechen. Vielleicht brauchen sie einen Dozenten. Und wenn nicht, dann versucht er es in Paris. Hauptsache weg.

Er bestellt noch einen Pastis. Die Tochter des Wirts bringt die Flasche, einen Krug mit Wasser und zwei Gläser. Lächelnd setzt sie sich zu ihm an den Tisch und schenkt die Gläser routiniert voll. Zwei Teile Pastis, ein Teil Wasser.

Sie hebt das Glas »Auf unseren Spion – der geht aufs Haus!«

Gilbert verkneift sich zu sagen, dass er bestimmt nicht »ihr« und schon gar nicht »unser« Spion ist, er weist sie auch nicht darauf hin, dass er seine Getränke selbst bezahlt und den Pastis mit mehr Wasser trinkt, nein, irgendwie ist seine Wut, seine Aggression mit dem letzten Schluck verflogen.

Er stößt mit ihr an, betrachtet sie und ist überrascht, wie hübsch sie geworden ist. Das blaue Kleid mit den Blümchen, das sie unter ihrer Schürze trägt, steht ihr ausgesprochen gut. Auch sie war ein kleines Mädchen als er ging. Nun ist sie eine attraktive junge Frau. Er sagt ihr das. Sie lächelt kokett und antwortet, dass sie ihm, dem großen Spion, gerne noch mehr von sich zeigt, und er gerne heute Nacht zum spionieren an ihr Fenster klopfen könne.

Gilbert lacht. Er hatte vergessen, dass es zwischen Mann und Frau auch einfach eine unbelastete Leichtigkeit geben kann. Einfach so. Spontan antwortet er, dass er das vielleicht sogar tun würde, ihr davon aber natürlich nichts sagen könne, denn sonst würde er ja nicht spionieren.

Als sie kichert und ihn mit diesem blitzenden, ganz bestimmten Blick anschaut, den Menschen miteinander tauschen, kurz bevor der sexuelle Funke überspringt, hat er plötzlich ein schlechtes Gewissen. Merde. Wo kommt das denn her? Was soll das? Klara ist weit weg, hat ihn verstoßen und wird bestimmt bald den Adelsfritzen von Stein heiraten. Also was soll's. C'est la vie. Gilbert beugt sich vor und gibt dem hübschen Mädchen einen Kuss. Mitten auf dem Mund. Sollen sich die Dorfbewohner doch das Maul zerreißen.

Leicht schwankend macht er sich auf den Weg in sein Elternhaus, zu seiner Familie. Die sitzen bestimmt schon am Mittagstisch und warten auf ihn. Er sollte sich beeilen.

Oh, là, là, hatte er sich eben zum Rendezvous verabredet? Er muss grinsen, als er daran denkt, wie es plötzlich ganz still um sie herum geworden ist, als er das Mädchen geküsst hat. Und grinst noch breiter, als er daran denkt, dass sie ihm, um den Schein zu wahren, eine Ohrfeige gegeben und ihm gleichzeitig zugezwinkert hatte. Seine Wange glüht immer noch. Sie ist wirklich süß. Und hat Temperament. Er wird sie heute Abend besuchen. Oder noch besser: ausspionieren.

Plötzlich hört er das Brummen von Motoren. Zwei Militärgeländewagen kommen ihm entgegen, bremsen vor ihm und wirbeln Staub auf. Gilbert hustet. Er wundert sich. Ist der Krieg nicht vorbei? Zumindest bei ihnen hier auf dem Land?

Ein Soldat springt heraus. Salutiert.

»Bonjour, Sie sind Gilbert Dupont?«

Gilbert schaut ihn durch seinen Alkoholnebel verwundert an.

»Oui, wer will das wissen?«

Der Soldat steht stramm.

»Colonel Mont.«

Automatisch versteift sich Gilberts Körpers und lässt ihn ebenfalls stramm stehen. Verwundert registriert er, dass er ja tatsächlich so etwas ähnliches wie einen militärischen Gruß hinbekommt, als auf der anderen Fahrzeugseite eine kleine, gedrungene Gestalt, behängt mit vielen Orden, aussteigt.

»Mon dieu, Monsieur Dupont, Sie sind mittags schon betrunken?«

Der General wedelt mit den Handschuhen vor der Nase. Gilbert weiß, dass ihm die Alkoholfahne peinlich sein sollte, doch was soll's.

»Oui, mon Colonel. Ich habe hart daran gearbeitet.«

Der General schaut ihn von oben bis unten an und zieht eine Augenbraue nach oben. Sein Blick bleibt an Gilberts rot glühender Wange hängen. »Das sehe ich.«

Gilbert ist etwas verunsichert. Was wollen die von ihm? Sicherheitshalber bleibt er stramm stehen.

Der Colonel erlöst ihn. »Rühren.« Und klopft ihm auf die Schulter.

»Kommen Sie, wir machen einen kleinen Spaziergang.«

Gemeinsam gehen sie die Straße vor, überqueren die kleine Brücke über den Fluss, und der Colonel erzählt Gilbert, dass es an der Zeit sei, seinen Auftrag fortzuführen, er wieder zurück nach Deutschland müsse, der Krieg zwar fast gewonnen sei, die sturen Deutschen jedoch weiterhin Widerstand leisteten.

Als Gilbert fragt, was das mit ihm zu tun habe, er schließlich schon einiges für sein Land getan hätte, und er nicht wüsste, wie er helfen könnte, erwidert der Colonel:

»Niemand von uns kennt die Gegebenheiten rund um die Waffenfabrik so gut wie Sie. Und niemand von uns hat, wie Sie, das Vertrauen dieser Sales Boches gewonnen. Sie müssen da nochmals rein. Wir befürchten, dass die Prototypen des neuen Geräts vor der Eroberung weggebracht werden. Sie müssen herausfinden, wohin.«

Gilbert ist augenblicklich nüchtern. Er hat das Gefühl, der Colonel hätte ihn gegen die geschlossene Faust laufen lassen. Und während die Vögel um sie herum dem Frühling jubilieren, die Bäume in ihrem ersten frischen Grün erstrahlen, fällt über Gilbert sein mühsam errichtetes Konstrukt aus

Selbstbeherrschung und Selbstverleugnung und Selbstmitleid zusammen. Er möchte »Nein« sagen und sich weigern und weiß doch genau, dass es genau das ist, was er seit Wochen will. Zurück nach Deutschland. Zurück zu seinen Trois Grâces – Klara wiedersehen.

Der Colonel schaut ihn wohlwollend an. »Übrigens, »La Sorcière Rouge« kann es kaum erwarten, Sie wiederzusehen. Sie hat schon öfters nach Ihnen gefragt. Wenn Sie wieder da sind, sollten Sie ihr einen Besuch abstatten.«

Kapitel 12

Ferdinand von Stein

Von Stein steht in der zugigen Werkshalle und beobachtet, wie die Zwangsarbeiter die Kisten für ihn packen. Er hat Halsschmerzen. Er war zu leichtsinnig. Als die Tage warm wurden, hatte er sich während der Arbeitszeit zu seinem Lieblingsplatz geschlichen, um sich körperlich zu ertüchtigen. Er zog sich nackt aus und machte hoch über der Stadt Liegestütze und Kniebeugen. Er ließ den Wind um seinen nackten Körper streichen und fühlte sich seit langem wieder mit sich im Reinen. Das muss er jetzt büßen. Doch es gibt Schlimmeres.

Es ist vorbei. Der Krieg ist verloren. Aber natürlich würde kein Deutscher wagen, das so auszusprechen. Doch anders lässt sich der Kriegsverlauf nicht interpretieren. Frankreich ist verloren, der Russe ist über die Oder und Neiße vorgedrungen und steht vor Berlin. Das Ruhrgebiet ist von den Alliierten eingekeilt, die schon Anfang März über den Rhein gekommen sind, und die nordwestlichen Reichsgebiete auf der Linie Wittenberge-Magdeburg-Leipzig-Nürnberg stehen kurz davor, erobert zu werden.

Im Winter gab es eine Massenflucht der deutschen Bevölkerung vor der Roten Armee aus Ostpreußen, Pommern und Schlesien hierher in das westliche Reichsgebiet. Das Reich löst sich auf. Es werden zwar immer noch »Durchhalteparolen« ausgegeben, doch von Stein fragt sich wofür. Für noch mehr Tote?

Es geht das Gerücht, dass Hitler den »Nero-Befehl« ausgegeben hat. Alle Industrieeinrichtungen, Verkehrs- und Versorgungseinrichtungen sollen zerstört werden, damit sie dem Feind nicht in die Hände fallen. Das bedeutet für die Waffenfabrik nichts Gutes. Doch bisher kam noch niemand, um den Befehl zu vollstrecken.

Die Gefahr der drohenden Eroberung wird aber von der Firmenleitung sehr ernst genommen. Von Stein hat die Order erhalten, die Einzelteile des neuen Sturmgewehrs zu verpacken und zu einem eigens dafür bereit stehenden Zugwaggon zu bringen.

Er vermutet, dass sie nach Österreich gebracht werden. An einen sicheren Ort, den die Alliierten nicht finden werden. Wohin genau, wurde von Stein nicht verraten. Er bekam lediglich die Information, dass »das Gerät« dort sicher sei. Von Stein vermutet jedoch, dass es so einen Ort nicht mehr gibt.

Wehmütig überwacht er persönlich, wie die Einzelteile »seines« Geräts in Strohkisten verpackt werden. Er hätte nicht gedacht, wie sehr es ihn schmerzen würde, dass seine Arbeit nun beendet ist, sein »Baby« verpackt und weggebracht und vermutlich nie wieder ausgepackt wird.

Sie haben Einzelteile für dreißig Gewehre erstellt. Und nur eines davon zusammengebaut. Für mehr war keine Zeit. Sie waren zu langsam, haben versagt, haben das Wettrennen mit der Zeit verloren.

Also wurde das neue Sturmgewehr doch nicht zu einer der Wunderwaffen, die die Geschicke des Krieges hätte wenden können. Tja, da steht sein Gerät ja nicht alleine da. Zumindest hat von Stein von keiner weiteren Waffe gehört, die die Deutschen nun wider Erwarten doch noch zum Sieg führen könnte.

Aber vielleicht hat der Führer ja noch das eine oder andere Ass im Ärmel. Davon ist zumindest Frau Mama überzeugt, deren unerschütterlicher Glaube an »ihren« Führer schon etwas Pathologisches hat. Aber von Stein wird sich hüten, das laut auszusprechen.

Von Steins Wehmut mischt sich mit Frustration. So viel Zeit hatte er investiert, so viel Energie. Er hatte alles was ihm wichtig war vernachlässigt und hatte die wenige Zeit, die ihm neben der Arbeit blieb mit seiner Mutter anstatt mit Klara verbracht. Mit seiner Mutter, die nach dem Tod ihrer Haushälterin immer wunderlicher und hilfsbedürftiger wurde. Doch was sollte er machen? Sie hat ja nur noch ihn.

In stillen Stunden vermutet er allerdings, dass sie nur die Hilfsbedürftige spielt, damit er seine Zeit nicht mit Klara verbringen kann und sie sich dadurch nach und nach entfremden. Solch einen Schachzug würde er seiner Frau Mama durchaus zutrauen. Und trotzdem. Ob gespielt oder nicht: Sie braucht ihn. Und das mehr denn je.

Plötzlich hat er das Gefühl beobachtet zu werden. Er dreht sich um. Nur wenige Schritte hinter ihm steht Klara. Und wie immer wenn er sie sieht, setzt sein Herz einen Schlag aus und pocht darauf umso schneller. Sie sieht gehetzt aus. Besorgt begrüßt er sie: »Klara! Wie schön, dich zu sehen! Geht es dir gut?«

Sie kommt zögernd näher, sieht ihn mit ihren blauen Augen forschend an, blickt auf die Kisten und fragt ihn, was da drin sei. Er antwortet, dass er nicht darüber sprechen dürfe. Klara schüttelt den Kopf.

»Sie glauben alle nicht mehr an den Endsieg, stimmt's?«

»Wie kommst du darauf?«

»Du lässt Kisten packen und eben habe ich den alten Ratzinger gesehen, der mit einem vollgepackten Automobil aus der Stadt fuhr. Neben ihm sein Schwiegersohn und seine Tochter mit ihren Kindern. Die kommen nicht wieder, oder?«

Von Stein schaut sie überrascht an. Der Ratzinger haut ab?

»Das wusste ich nicht.«

Klara schaut ihn eindringlich an, flüstert: »Lass uns auch gehen, bitte.«

»Klara, ich kann doch nicht gehen!«

Da erzählt ihm Klara, dass ihre Mutter zum Verhör auf dem Polizeirevier gewesen und es nur noch eine Frage der Zeit sei, bis die SS bei ihnen vor dem Haus stünde und sie mitnähme.

Von Stein fragt, weshalb sie das tun sollte und dass die SS im Moment bestimmt andere Sorgen hätte. Worauf Klara antwortet:

»Weil einer der Polizisten sie verdächtigt, seinen Kollegen umgebracht zu haben, und weil die SS alles tun kann, was sie will.«

Von Stein ist perplex. Was braut sich da zusammen? Hat das etwas mit diesem Franzosen zu tun, dem sie die gefälschten Unterlagen zugespielt haben? Bis heute hat ihm Klara nicht verraten, warum er sie hatte erpressen können. Er versucht noch mehr aus ihr herauszubekommen, doch sie weigert sich, mehr zu erzählen. Sie bedrängt ihn erneut, mit ihnen zu fliehen.

»Aber Klara, wohin denn?«

»In die Schweiz? Nach Frankreich? Nach Amerika? Habt ihr nicht noch ein paar Adelsfreunde irgendwo? Ihr seid doch alle irgendwie miteinander verwandt.«

Von Stein lacht. »Der Hochadel ja, da gehören wir aber nicht dazu. So leid es mir tut, Klara. Wir können nirgendwo hin.«

Als er ihren enttäuschten Blick sieht, fügt er hinzu:

»Und wie sollte das auch gehen? Deine Mutter, deine Schwester, du und ich und meine Mutter zusammen auf der Flucht?«

»Warum nicht?«

»Weil du und meine Mutter euch schon nach dem ersten Kilometer zerfleischt hättet.«

»Dann lass sie hier.«

»Wie bitte?«

»Lass sie hier.«

»Das ist jetzt aber nicht dein Ernst.«

Trotzig wendet sich Klara ab. »Sie ist doch nicht in Gefahr, oder?«

»Sie ist genau so in Gefahr wie wir alle! Ich würde sie doch nicht da lassen! Wie stellst du dir das denn vor?«

»Dann hilf uns zu fliehen und hol deine Mutter nach.«

»Damit ihr euch später zerfleischen könnt?«

Klara schnaubt. »Na das kann ja heiter werden in unserer Ehe ...«

Sie dreht sich nochmals um. »... falls wir jemals heiraten sollten. Was ich mir unter diesen Umständen nicht mehr vorstellen kann.«

Wütend lässt sie ihn stehen. Von Stein schaut ihr irritiert hinterher. Er ist hin- und hergerissen, er weiß nicht, ob er wütend auf sie sein soll, oder ob er ihr hinterherrennen soll.

Da bemerkt er, dass die Zwangsarbeiter, die eben noch die Kisten gepackt haben, ihn lauernd beobachten. Von Stein wird zum ersten Mal bewusst, welche Gefahr von ihnen ausgehen könnte, wenn der Krieg erst einmal verloren ist.

Kapitel 13

Polizei-Hauptwachtmeister Hägele

Hägele sitzt an einem gedeckten Tisch, in einem gediegenen Jugendstilwohnzimmer, dessen Wände mit feinster Seide bespannt sind. Ein Farn wölbt die gefächerten Blätter vor dem deckenhohen Fenster. Und, wie Hägele freudig bemerkt, steckt an seinem kleinen Finger ein großer Siegelring.

Er macht sich über das Essen her. Es riecht köstlich. Er hat einen unbändigen Hunger. Auf dem Teller vor ihm liegt ein Stück verführerisch dampfender Rinderbraten. Mit schwerem Silberbesteck schneidet er ein Stück des Bratens ab. Er versucht ihn sich in den Mund zu führen, doch seltsamerweise gelingt ihm das nicht.

Er schneidet ein weiteres Stück ab und führt es erneut zum Mund. Auch das gelingt ihm nicht. Er fühlt seinen Speichel, vor schierer Lust zusammenlaufen – oh, er hat einen unbändigen Hunger. Er will diesen Braten essen! Es gibt kein anderes Verlangen mehr. Er versucht es wieder und wieder. Doch eine unsichtbare Schranke scheint seinen Mund abzuschirmen.

Mit einem frustrierten Aufschrei lässt er die Gabel mit dem Fleischstück zurück auf den Teller fallen.

Er beugt sich über den Tisch und öffnet die große Suppenschüssel. Sie ist voller Geldscheine. Gierig greift er hinein, fühlt die trockenen Scheine zwischen den Fingern, drückt sie, reibt sie und will sie zum Mund führen, will sie in sich hineinstopfen und endlich satt werden. Doch auch das gelingt ihm nicht. Verwirrt greift er in die nächste Schüssel. Sie ist bis zum Rand mit Schmuck gefüllt. Mit Perlenketten, Diamanthalsbändern, Goldohrhängern und Siegelringen. Trägt er nicht selbst genau so einen Ring? Irgendetwas stimmt hier nicht. Benommen fragt er sich, ob ihn sein Hunger schon Irrbilder sehen lässt. Er muss unbedingt etwas essen! Doch was soll er tun?

Da klopft es an der Tür. Herr Grünbaum kommt herein. Er fragt ihn, was er in seinem Wohnzimmer mache. Da bemerkt Hägele, dass der reiche Grünbaum einen zerrissenen Anzug trägt. Und es fällt ihm wieder ein: Genauso sah sein Anzug aus, als sie ihn mit den anderen Juden zum Zug brachten, nachdem er und Müller die Kombination des Zahlenschlosses für den Tresor, in dem er sein Geld aufbewahrte, aus ihm herausgeprügelt hatten.

Gott sei ihm gnädig, Hägele schluckt, irgendetwas stimmt hier ganz und gar nicht. Er will, dass Grünbaum wieder geht. Doch der setzt sich zu ihm an den Tisch. Er nimmt den Rinderbraten, schneidet ein Stück ab und isst.

Hägele stürzt sich auf ihn, und versucht ihm die Silbergabel zu entwenden. Grünbaum wehrt sich und will ihn zurückzustoßen, doch er ist zu schwach. Hägele packt ihn am Hals, der unglaublich schmal ist, und drückt und drückt und drückt, bis der Hals von Grünbaum so dünn ist, wie ein Seil. Dann hängt sein Körper schlaff in seinen Händen. Hägele wirft ihn angewidert zur Seite und stürzt sich siegessicher auf den Braten.

Doch aus dem Braten ist während des Kampfes ein Stück Gold geworden. Ungläubig nimmt Hägele es in die Hände, betrachtet es von allen Seiten und kann es nicht fassen. Er hat solchen Hunger. Was soll er bloß tun?

Da klopft er erneut an der Tür. Hägele öffnet und die schöne Bäuerin steht in einem roten Ballkleid vor ihm. Ein rotes Ballkleid? Da wird ihm klar, dass er alles andere in schwarz-weiß sieht.

Die schöne Bäuerin im roten, leuchtenden Ballkleid beachtet ihn nicht. Sie geht an ihm vorbei und setzt sich auf seinen Stuhl. Er ist vollkommen hingerissen von ihr und vergisst sogar, dass er hungrig ist. Er geht zu ihr, stellt sich hinter sie und betrachtet diesen schönen, langen Hals, der ebenmäßig und grazil unter ihren nach oben gesteckten Haaren hervorschaut. Er sieht ihre Wirbel, die sich in der Kuhle ihres Nackens verjüngen. Gierig beugt er sich hinunter und küsst sie auf genau diese Stelle. Wie von selbst legen sich seine Hände um diesen Hals und er beißt hinein, in der Hoffnung, sein wiedererwachter Hunger könnte endlich gestillt werden.

Doch anstatt dieses straffe, samtige Fleisch zu schmecken, ist sein Mund voller Erde. Entsetzt weicht er zurück. Auf dem Stuhl sitzt Müller, der fette Müller und lacht ihn aus.

Seine Haut und seine Kleider bestehen aus Erde. Dunkler, satter Erde. In der Hand hält er Blüten von einem Obstbaum. Irgendwie kommt Hägele das bekannt vor. Müller öffnet die Hand und lässt die Blüten auf den Boden regnen. Dabei lacht er dieses dreckige, irgendwie dümmliche, ihm ganz eigene Lachen und sagt zu Hägele, dass Zahltag sei, dass sie beide nun für alles bezahlen müssten.

Schreiend wacht Hägele auf. Er hat Angst und er ist hungrig. Er wusste nicht, dass beides in der gleichen Intensität möglich ist.

Es ist Zahltag. Wer hat das gesagt? Saß er nicht eben noch im gediegenen Wohnzimmer des reichen Grünbaum? Nun liegt er auf der harten Pritsche in der Zelle des Polizeireviers. Blinzelnd schaut er auf das schwache Licht, das zu den Gitterstäben hereindringt, und einen Moment ist ihm so, als würde der junge Zwangsarbeiter, der Franzose noch an den Gitterstäben hängen. Zahltag. Es ist Zahltag. Oh ja.

Er hat einen bitteren Geschmack im Mund. Sie werden ihn hinrichten, davon ist er überzeugt. Diese schwarzen Aasgeier von der SS haben sein gesamtes Polizeirevier auseinandergenommen, haben den Tresor mit dem Geld gefunden, haben die Ölschinken im Nebenzimmer entdeckt und höchstwahrscheinlich haben sie auch die Belege in der Schublade aufgespürt, auf denen der Ganove, das Narbengesicht, ihm den Schmuck quittierte, den er für ihn veräußert hatte.

Und er, Hägele, hatte zu allem Überfluss auch noch selbst hinter jedes aufgelistete Schmuckstück den Betrag geschrieben, den er dafür erhalten hatte. Verdammt. Wie konnte er so blöd sein. Warum war er nicht vorsichtiger?

Hägele seufzt und muss sich eingestehen, dass er niemals damit gerechnet hatte, dass die SS ihm auf die Schliche kommen könnte. Er fühlte sich so sicher. Verdammt. Schließlich ist das hier sein Revier, oder etwa nicht?

Er kann nur hoffen, dass sie nicht noch sein Haus durchsuchen und das Silberbesteck finden, mit dem er und seine Frau seit Wochen tafeln, nachdem das Narbengesicht es nicht veräußern konnte. Ach, und dann würden sie auch das blöde Ölbild finden, das seine Frau unbedingt in ihr Wohnzimmer hängen wollte. Sie ist ganz vernarrt in das Bild mit den Kornblumen. Er konnte es ihr nicht verwehren. Verdammt, und natürlich die japanische Vase, an die hatte er gar nicht mehr gedacht! Die japanische Vase, die seine Frau erst vor ein paar Tagen mit den gelb blühenden Forsythien bestückt hatte, sie fand, die Farbe würde so gut zu dem Bild passen, und…, ach was soll's. Es ist vorbei. So oder so. Hoffentlich lassen sie wenigstens seine Frau in Ruhe.

Diese verdammte Müllerin. Er hätte ihr sofort den Hals zudrücken, oder noch besser, sie als Mörderin ihres Mannes einsperren sollen. Ach, irgendetwas wäre ihm schon eingefallen, um sie für immer verschwinden zu lassen.

Aber auch da fühlte er sich viel zu sicher, war überzeugt davon, dass Müllers Witwe zu dämlich ist, um bis fünf zu zählen und niemals seine Autorität untergraben würde. Verdammt! Was soll er jetzt bloß tun?

Nichts. Er kann nichts mehr tun. Nur noch darauf warten, dass sie ihn abtransportieren. Oder sofort erschießen. Das Schlimme ist, dass er schon seit Tagen darauf wartet, dass etwas passiert. Seit Tagen sitzt er in dieser Zelle und denkt beim Aufwachen, dass es sein letzter Morgen sein wird. Doch er wird nicht einmal zum Verhör bestellt. Sie wollen ihn zuvor zermürben. Er kennt diese Taktik leider nur zu gut und wünscht sich trotzig, dass sie ihn gleich töten, einfach so, ohne dieses Theater.

Ihm ist kalt, schrecklich kalt. Verwundert bemerkt er, dass sich sein Körper unkontrolliert schüttelt, und ihm wird klar, dass er nicht sterben will. Zahltag? Wofür? Dass er diese verdammte SS beschissen hat? Er weint, tut sich leid, hat er nicht sein ganzes Leben dieser Stadt, diesem Land gedient? Und jetzt soll er wegen ein paar Gegenständen hingerichtet werden? Verdammt sollen sie alle sein! Er schluchzt und fühlt, wie in ihm Panik aufsteigt. Kalt legt sie sich um sein Herz und drückt zu. Er keucht. Er hofft, dass er einen Herzinfarkt bekommt. Das wäre allemal besser, als hingerichtet zu werden. Einfach sterben, hier und jetzt, dann wäre es wenigstens vorbei. Keine Angst mehr, keine Ohnmacht. Er schluchzt erneut. Diese verdammte Ohnmacht ist das Schlimmste. Es wird ihm erst jetzt bewusst, dass er sich noch nie so ausgeliefert gefühlt hatte. Hemmungslos schluchzt er auf der Pritsche und ergibt sich in sein Schicksal. Da ruft jemand seinen Namen.

»Na, Hägele, wie geht's? Sieht schlecht für dich aus, was?«

Hägele schaut verwundert durch die Gitterstäbe. Eine Frau. Eine alte Frau. Wer ist sie? Irgendwie kommt sie ihm bekannt vor.

Die alte Frau hat das Fenster von außen geöffnet. Ein widerlicher, abgestandener, saurer Gestank zieht durch die Gitterstäbe zu ihm herunter. Er zieht die Nase hoch und wünscht sich sein Taschentuch, das wahrscheinlich immer noch auf dem Schreibtisch liegt, voll gesogen mit schwarzer Tinte und der Spucke der Müllerin. Sicherheitshalber schweigt er. Dafür redet sie weiter.

»Deine Frau haben sie gestern in einen der Züge gesteckt.«

Ein gackerndes Lachen.

»Wie kann man so blöd sein und seine Diebesbeute nicht verstecken? Richtig verstecken? Warst dir wohl zu sicher, was?«

Wieder dieses Gackern.

»Ja, nach der Arroganz kommt der Fall.«

Nun lacht sie richtig. Herzhaft und laut. Hägele steht stöhnend von seinem Lager auf. Der bekannte, spitze Schmerz jagt durch seinen Rücken und zwingt ihn in die Knie. Er schlottert, steht aber wieder auf und will sehen, wer da mit ihm redet, wer ihn da verhöhnt. Er geht an das Fenster und schaut nach oben durch die Gitterstäbe.

»Wer bist du?«

»Dein Gewissen.«

Hägele ist verwirrt und überlegt krampfhaft, wer diese alte Frau ist. Da wirft sie ihm etwas hinein. Erschrocken zuckt Hägele zurück. Auf dem Boden liegt etwas, was er im ersten

Moment für eine Schlange hält. Bewegt dieses Ding sich nicht auch?

Aber dann wird ihm klar, dass es sich um einen Gürtel handelt. Er kniet sich nieder und betrachtet ihn aus der Nähe. Es ist ein einfacher, grob genähter Ledergürtel, wie es ihn überall gibt.

Als er ihn vorsichtig berührt, sieht er die herausquellenden Augen und die heraushängende Zunge des jungen Franzosen vor sich, der sich mit genau solch einem Gürtel in dieser Zelle erhängt hatte, und ihm ist, als würde dieser zu ihm sagen, dass es an der Zeit wäre und er nun zu ihm kommen könne, dass Zahltag sei.

Kapitel 14

Gilbert

Er hat nicht damit gerechnet, dass seine Mutter es ihm schlicht und einfach verbieten will.

»Nein, du gehst da nicht mehr hin! Das können sie nicht von dir verlangen – niemand kann das von dir verlangen, nach allem was du für sie getan hast.«

»Mama, ich habe es nicht für ›die‹ getan, sondern für uns alle!«

»Davon hat dein Vater auch nichts mehr.«

»Mama, bitte...«

Das Essen auf dem Teller ist kalt geworden. Er steht auf, geht um den Tisch und umarmt seine Mutter.

Wie könnte er ihr erklären, dass er nicht alleine deshalb zurück nach Deutschland muss, weil Colonel Mont es ihm mehr oder weniger befohlen hat, nein, vielmehr »will« er zurück nach Deutschland. Mehr als alles andere.

Er muss den Trois Grâces beistehen. Das ist er ihnen schuldig. Und sie werden in Gefahr sein. Vor der französischen Armee, die das Gebiet erobern, das Dorf einnehmen wird, und womöglich auch vor seinen ehemaligen Kameraden. Seine

Zwangsarbeiterkameraden. Er ist sich nicht sicher, ob sie nicht im Taumel der Freiheit und dem Rausch des Sieges Rache nehmen wollen an den Deutschen. Und sollten sie das tun, werden sie dabei keine Rücksicht auf diejenigen nehmen, die sie anständig behandelt haben. Er muss einfach hin und seine Trois Grâces beschützen. Aber wie könnte er das seiner Mutter erklären?

»Es ist wegen ihr, nicht wahr?« Seine Schwester sieht ihn wütend an.

»Sei ehrlich zu Mama. Sag ihr, warum du zurückgehst zu den Sales Boches.«

»Alice, bitte, was soll das?«

»Zeig ihr die Zeichnung, die du in der Innentasche deines Hemds trägst. Zeig sie ihr!«

»Gilbert, was meint Alice?«

Gilbert seufzt. Er setzt sich zurück auf den Stuhl und schenkt sich ein Glas Rotwein nach. Resigniert greift er in die Innentasche seines Hemds und holt das Porträt von Klara heraus. Vorsichtig faltet er es auseinander. Die Zeichnung wird immer blasser und in den Faltkanten des Papieres sind die Bleistiftlinien schon völlig aufgebrochen. Doch Klaras melancholische Augen und das feine Lächeln ihres Mundes rufen in seinem Magen erneut ein sehnsuchtsvolles Ziehen hervor. Mon dieu. Er ist immer noch verliebt.

Seine Mutter betrachtet schweigend das Porträt.

»Wer ist das?«

»Das ist Claire. Sie gehört zu der Familie für die ich gearbeitet habe: Klara, ihre kleine Schwester Gertrude und ihre Mutter Helene. Ihr Vater ist als vermisst gemeldet. Seit vielen Monaten schon. Sie müssen sich alleine durchkämpfen. Ich habe für sie gearbeitet – und wir sind Freunde geworden.«

Stille.

»Dann hatten doch alle recht.«

Die Stimme seiner Mutter ist tonlos. Eine unendliche Traurigkeit liegt in ihr. Alleine deshalb versucht Gilbert seiner Stimme die Schärfe zu nehmen.

»Womit hatten alle recht?«

»Dass du mit den Deutschen kooperierst, dass du dein Land verraten hast.«

Gilbert schüttelt fassungslos den Kopf.

»Mama! Denkst du denn alle Deutschen wären Schweine? Denkst du denn, alles ist nur schwarz und weiß?«

Seine Mutter schluchzt.

»Alle hatten sich gegen uns gestellt, als du dich freiwillig zur Zwangsarbeit gemeldet hast, alle sagten, dass du ein Kollaborateur bist. Und wenn dein Bruder nicht bei der Résistance gewesen wäre, hätten sie wahrscheinlich unseren Hof niedergebrannt.«

Sie weint nun richtig.

»Nur dein Vater hat immer zu dir gehalten. Hat allen gesagt, dass du bestimmt einen Plan hättest. Dass du kein Verräter bist. Und jetzt?«

Ihre Stimme bricht für einen kurzen Moment.

»Und jetzt sagst du, dass das Dorf recht hatte?«

Gilbert weiß nicht, was er sagen, wie er reagieren soll. Er atmet tief durch.

»Mama, Alice, hört mir genau zu. Ich bin nach Deutschland gegangen, weil Charles de Gaulle Männer suchte, die perfekt Deutsch sprechen. Ich sollte hinter die feindlichen Linien. Als Spion. Ja, und genau das wollte ich sein. Nach einer viel zu kurzen Trainingseinheit wurde ich losgeschickt. Ich hatte keine Ahnung von dem, was ich tun sollte und von dem, was auf mich zukam. Ich sollte in eine der wichtigsten Waffenfabriken der Nazis als Zwangsarbeiter die Produktion und die Neuentwicklung der Waffen ausspionieren. Ein feiner Plan. Doch irgendetwas ging schief. Ich kam nicht in die Stadt mit der Waffenproduktion, sondern in ein kleines Dorf sieben Kilometer von meinem Ziel entfernt und wurde, wie so viele unserer Landsleute dazu eingesetzt, für die Bauern auf dem Dorf zu arbeiten.«

Gilbert seufzt.

»De Gaulle und Frankreich waren weit weg und ich, ja, ich war mitten im Feindesland in einem öden Dorf mit schlechtem Essen und schiss mir fast in die Hosen.«

Nun meldet sich seine Schwester zu Wort.

»Aber erzähltest du uns nicht, du bist der Spion, der die Pläne für irgendeine Geheimwaffe geklaut hätte?«

»Doch, doch. Das habe ich getan. Trotz der Panne unseres Militärs, das mich falsch platziert hat.«

»Wie, wenn du da auf dem Dorf gehockt hast?« Gilbert registriert erleichtert, wie sich seine Mutter und seine Schwester interessiert nach vorne beugen, um auch ja jedes seiner Worte zu verstehen. Warum hatte er es ihnen nicht schon lange erzählt? Warum ließ er sich als zurückgekehrter »Spion« feiern und hüllte sich ansonsten in Geheimnisse? Gilbert ist froh darüber, es ihnen endlich zu sagen. Scheiß auf Geheimhaltung.

»Wir waren einunddreißig Franzosen in jedem Alter, die tagsüber bei den Bauern gearbeitet haben. Gewohnt haben wir in einer kleinen Turnhalle, neben der Dorfschule. Das war fast drei Jahre lang mein Zuhause.«

Gilbert schließt die Augen und er sieht alles wieder vor sich.

»Wir wurden von manchen wie billige Arbeitskräfte behandelt und ansonsten in Ruhe gelassen, andere genossen ihre Macht über Menschen, die sich nicht wehren dürfen und lebten ihren Sadismus an uns aus, wieder andere behandelten uns anständig. Sogar freundschaftlich. Und sehr wenige wurden Freunde. Richtige Freunde.

Ich war zum Arbeiten bei der kleinen Familie, den Trois Grâces, wie wir sie nannten, eingeteilt. Sie haben ihren kleinen

Hof direkt neben der Turnhalle, in der die Zwangsarbeiter untergebracht sind. Und sie wurden meine Freunde.

Helene, die Mutter, eine wunderschöne, sanfte Frau, die mir in der Fremde, beim Feind eine Art Zuhause gab. Mit der kleinen, wilden Gertrude habe ich gespielt, und in die geheimnisvolle Klara habe ich mich verliebt.

Ich habe für sie sogar an Weihnachten deinen Gänsebraten zubereitet, Mama, stell dir vor! Sie wollten ein typisch französisches Weihnachtsessen. Es war ganz schön schwierig, die Kastanien zu besorgen. Aber ich habe es geschafft. Und es war ein schönes Weihnachten. Sie gaben mir das Gefühl, zu ihnen zu gehören. Mir ging es gut. Wegen den Trois Grâces. Und zum Dank habe ich sie belogen und betrogen und letztendlich erpresst.«

Gilberts Stimme wird am Ende seiner Erzählung ganz leise. Seine Mutter schaut ihn nun nicht mehr traurig, sondern fast schon mitfühlend an. Seine Schwester fragt:

»Warum hast du sie erpresst?«

»Claire arbeitet zufälligerweise in der Waffenfabrik als Sekretärin. Und einer ihrer Freunde ist zufällig einer der entwickelnden Ingenieure der ›Wunderwaffe‹. Erst durch Klara wurde meine Mission von Erfolg gekrönt, erst durch sie wurde ich der Spion, der die geheimen Pläne der Wunderwaffe geklaut hat.«

»Und du hast sie dafür erpresst? Richtig erpresst?«

»Oui.«

»Womit?«

»Ich habe ihnen geholfen die Leiche eines dreckigen Nazi-Polizisten zu verbuddeln.«

»Oh, mon dieu!« Der Aufschrei kommt von beiden. Seine Mutter und seine Schwester schauen ihn entsetzt an. In den Augen seiner Mutter sieht er so etwas wie Verständnis aufblitzen.

»Warum?«

»Er wollte Helene vergewaltigen und die kleine Gertrude hat ihn erschossen.«

Stille.

»Nun Mama, Alice, nicht alles ist schwarz-weiß. Manches ist weißer, anderes schwärzer, vieles ist einfach nur grau und von dem meisten kann man nicht einmal sagen, ob es überhaupt eine Farbe hat.«

In dieser Nacht kann er nicht schlafen. Er wirft sich von einer Seite zur anderen. Nervös befühlt er das zusammengefaltete Blatt Papier mit dem Porträt von Klara, das er nicht mehr aus seinen Händen lässt. Morgen geht es los. Zurück nach Deutschland. Er ist aufgeregt und ängstlich.

Vor allem hat er Angst vor der Begegnung mit Klara. Es muss noch so vieles gesagt, richtig gestellt, erklärt und gestanden werden. Ja, er will ihr endlich alles gestehen, ihr sagen, dass sie die Liebe seines Lebens ist. Auch wenn sie ihm den Verrat nicht verzeihen kann, ihn nach seinem Geständnis trotzdem nie wiedersehen will, soll sie es trotzdem wissen. Und dabei weiß er nicht mal, ob sie noch lebt. Oh mein Gott. Es ist Krieg. Es kann vieles passieren. Er hat das Gefühl, dass er es nicht ertragen würde, wenn ihr zwischenzeitlich etwas passiert wäre. Er nimmt sich vor, jede Strafe klaglos anzunehmen. Soll sie ihn bespucken, ihn verfluchen, wenn sie nur gesund ist, wenn es ihr bloß gut geht. Er wünscht ihr nur das Beste, und gleichzeitig muss er sich beschämt eingestehen, dass er es nicht ertragen würde, wäre sie mit diesem von Stein glücklich verheiratet.

Als er sich am nächsten Morgen von seiner Mutter verabschiedet, fragt sie ihn: »Was bedeutet sie dir?«

Und er antwortet: »Alles.«

Kapitel 15

Onkel Heinz

Es ist die Woche des zwanzigsten April. Am Freitag ist es soweit: Führers Geburtstag. Ein Tag zum Feiern. Das Dorf wird ihn mit Blaskapelle und Bier begehen. Und Heinz wird den Dorfbewohnern seine »Volkssturmtruppe« vorführen, ihnen zeigen, wie gut sie trainiert sind.

Er ist stolz auf die Kinder. Und auf sich selbst. Wer hätte gedacht, dass Zwölf- und Vierzehnjährige tatsächlich lernen werden zu schießen und zu treffen, lautlos durchs Unterholz zu robben und Befehlen sofort Folge zu leisten. Sogar die zwei Mädchen. Die beiden treffen bei den Schießübungen sogar besser als die meisten der übrig gebliebenen fünf Jungen.

Ja, sie sind nur noch zu siebt. Die restlichen Jungs sind zwischenzeitlich abgesprungen. Teils, weil es ihnen zu viel war, teils weil sie ihrer Familie auf dem Feld helfen müssen. Die übriggebliebenen Sieben sind dafür mit Feuereifer dabei, übernehmen ohne zu murren die Nachtwache und haben mit Heinz auf den Zufahrtswegen provisorische Panzersperren aufgebaut.

Die Kinder sind gut. Selbst im Vergleich zu der Handvoll alter Veteranen aus dem Ersten Weltkrieg, die zwischen der Feldarbeit auch manchmal an seinem Training teilnehmen.

Ja, das ist »sein Volkssturm«. Sieben Kinder und sechs alte Männer, die sich ihnen anschließen, wenn sie zwischen der Feldarbeit dazu Zeit finden. Manchmal, in stillen Stunden, fragt er sich allerdings, was er da überhaupt tut. Ob es richtig ist, die Kinder zu Soldaten auszubilden. Was, wenn es ernst wird? Wird er ihnen den Befehl geben auf feindliche Soldaten zu schießen und dadurch ihr Leben zu gefährden?

Aber jemand muss doch das Dorf verteidigen! Wenn die feindlichen Soldaten mit den Leuten hier im Dorf dasselbe tun, wie er und seine Einheit es damals bei der Eroberung des Dorfes in Italien taten ... Nein! Er wird sich darum kümmern, dass diese Kinder ihr Leben und das der anderen Dorfbewohner verteidigen können. Dass sie in der Lage sein werden ... wenn es hart auf hart kommt ... Heinz' Gedanken driften ab. Er versucht sie wieder einzufangen.

Die Kinder. Sie müssen sich verteidigen können! Was, wenn sich nun die Alliierten rächen wollen für das Leid, das Nazideutschland über sie gebracht hat? Und wenn es hart auf hart kommt ... Seine Gedanken kreisen, summen, wogen nach oben, fluten nach unten. Auf und ab. Er sieht einen Schwarm Hummeln vor sich. Woher kommen die? Wenn es hart auf hart kommt ... Verdammt! Heinz lässt die Waffe fallen und hält sich den Kopf.

»Heinz, Heinz, da kommen Fahrzeuge!«

Wie durch Watte gleitet sein Bewusstsein zurück in die Realität. Sonnenstrahlen kitzeln ihn im Gesicht. Wann hat die Sonne den dichten Frühnebel vertrieben? Er blinzelt. Weit vorne, auf den Feldern vor dem Dorf, bringen die Bauern die Saatkartoffeln in den Boden. Vereinzelte Schwaden des

Frühnebels wabern um ihre Körper, die im Gegenlicht aussehen wie mit Kohle gezeichnet.

Dann sieht er ebenfalls die Fahrzeuge. Zwei Militärfahrzeuge mit Antennen. Das muss eine Nachrichtenabteilung der Wehrmacht sein. Was machen die hier? Sie fahren direkt auf sie zu. Heinz hofft, dass sie bei ihnen anhalten werden, damit er die neuesten Nachrichten von der Front erfahren kann.

Er befiehlt seiner Truppe die Gewehre hochzunehmen und strammzustehen. Gerührt beobachtet er, wie sie dem Befehl ohne zu zögern nachkommen, obwohl ihnen die Anspannung in den jungen Gesichtern anzusehen ist. Noch nie sind sie einer regulären Truppe gegenübergestanden. Er sieht, wie es in ihren Gesichtern arbeitet. Wird man sie ernst nehmen? Das fragt sich Heinz allerdings auch selbst. Er steht ebenfalls stramm und hält den Arm zum Gruß nach oben. Das erste Fahrzeug fährt vorbei. Das zweite hält.

Ein Offizier auf der Beifahrerseite mustert erst ihn und dann die Kinder. Heinz fühlt sich plötzlich nackt.

»So, so, ihr seid hier der Volkssturm?«

»Jawohl, Herr Offizier!«

»Dann würde ich vorschlagen, ihr legt die Gewehre in eure Spielzeugkiste, baut diese lächerlichen Panzersperren ab und verkriecht euch in euren Bauernhäusern.«

Heinz merkt, wie ihm die Luft wegbleibt. Er muss sich zweimal nach vorne beugen und die Luft wie bei einem Blasebalg in seine Lungen zurückpumpen. Als er sich wieder aufrichtet ist ihm, als würde um den Kopf des Offiziers ein grelles Licht scheinen. Ist das die Sonne?

»Ist das ein Befehl, Herr Offizier?«

»Nein, ein Ratschlag.«

»Dann würde ich vorschlagen, Sie lassen uns hier unsere Arbeit tun und behelligen uns nicht mit Ratschlägen.«

Stille. Das Licht um den Kopf des Offiziers scheint zu vibrieren. Heinz rechnet damit, dass er nun verhaftet oder aber gleich erschossen wird. Doch das ist ihm egal. Auf jeden Fall wird »sein Volkssturm« bis zum letzten »Mann« kämpfen. Auch wenn er selbst nicht mehr dabei sein sollte. Wenn er ihnen nur vormacht, dass man sich niemals entmutigen lassen darf.

Plötzlich lacht der Offizier. Laut und herzhaft. Ein ungewöhnliches Geräusch. Und unpassend.

»Dann tun Sie, was Sie denken, tun zu müssen.«

»Jawohl, Herr Offizier!«

»Aber bedenken Sie ...« Die Stimme des Offiziers wird leise. Als Heinz sich zu ihm vorbeugt, um besser verstehen zu können, was er sagt, hat er das Gefühl, in das Licht um den Kopf des Offiziers einzutauchen. Alles wird ganz warm und glänzend.

»... bedenken Sie, dass Ihr Volkssturm aus Kindern besteht ...«

Heinz schluckt. Er weiß nicht, was er antworten soll, was er denken soll. Doch der Offizier fährt fort:

»... und diesen Kindern – wenn sie überleben – die Welt nach dem Krieg gehören wird.«

Verwirrt richtet sich Heinz wieder auf. Die Worte des Offiziers sind wohl gewählt. Sollte er, Heinz etwas übersehen haben? In seinem Kopf pocht es. Seine Gedanken beginnen erneut zu kreisen und zu summen. Die Hummeln! Wo kommen die schon wieder her? Er schlägt nach ihnen, versucht sie zu verscheuchen, wird sich bewusst, dass seine Truppe jede seiner Bewegungen verfolgt und bemerkt, wie der Offizier sich befremdet von ihm abwendet. Er richtet sich auf, steht stramm und brüllt:

»Alles Gute, Herr Offizier! Und danke für Ihre Worte.«

Doch das hört der Offizier schon nicht mehr, er ist weitergefahren. Nur das Licht, das um den Kopf des Offiziers leuchtete, ist immer noch an derselben Stelle wie eben. Es leuchtet nun über der Straße – im Nichts.

Heinz hat das Gefühl, etwas Wichtiges übersehen zu haben. Wenn nur die Hummeln in seinem Kopf nicht so laut wären. Doch dann wird ihm bewusst, dass das laute Geräusch nicht aus seinem Kopf kommt, sondern von den Sirenen aus dem Dorf herüberhallt – Fliegeralarm!

Die Bauern auf den Feldern lassen ihre Werkzeuge fallen und rennen wie aufgescheuchte Hühner weg von den ungeschützten Feldern, hin zum Dorf, zum nächsten Bunker.

Und als sich zum schrillen auf- und absteigenden Klagen der Sirene ein gutturales Brummen mischt und Heinz die dazugehörigen Jagdbomber als Silhouetten am stahlblauen Himmel tanzen sieht, ruft er seinen Kindern zu, sie sollen laufen, laufen so schnell sie können. Und als er denkt, sie sind so leicht zu treffen wie Kaninchen, sieht er das Gesicht des Offiziers vor sich. Im gleißenden Licht.

Irgendwo, weit vorne, auf der Landstraße explodieren zwei Militärfahrzeuge, und den einzigen Gedanken, den Heinz während des Laufens nicht aus dem Kopf bekommt ist der, dass er den Offizier vergessen hat zu fragen, wie es an der Front steht.

Erst als es dunkel ist, sind keine feindlichen Jagdbomber mehr in der Luft. Es ist ruhig. Endlich hat das Geknatter der Bordwaffen aufgehört. Die Stille rauscht Heinz in den Ohren.

Erschöpft sitzt er auf einem Baumstamm und blickt über das dunkle Dorf. Seine Kinder, »seinen Volkssturm« hat er nach Hause geschickt. Sie haben für heute genug erlebt.

Irgendwie schafften sie es, bei dem Angriff lebend in eine zugige Scheune vor dem Dorf zu kommen. Sie brachen das Vorhängeschloss auf und setzten sich zitternd und ängstlich auf das Brennholz, das in der Scheune gelagert wird. Keiner sprach.

Sie hörten es draußen heulen und brummen und dröhnen und rattern. Und je länger sie im Halbdunkel der Scheune saßen, desto mehr fühlte sich Heinz in einen seiner Träume versetzt. Nur wenn eines der Kinder laut schluchzte, kehrte sein Geist zurück, und er wusste, dass er diesem Alptraum nicht durch »aufwachen« würde entkommen können.

Sofort nach dem Angriff rannten alle nach Hause, um nach ihren Familien zu sehen. Auch er war kurz bei seinen drei Mädchen. Helene und Gertrude sind unverletzt. Klara ist noch nicht wieder aus der Stadt zurück. Was aber nichts zu bedeuten hat. Sie kommt oft erst spät zurück. Trotzdem beteten sie für sie. Sicher ist sicher.

Alleine patrouilliert er nun um das Dorf, obwohl es zu seinen Grundregeln für den »Volkssturm« gehört, dass niemals eine Wache alleine unterwegs zu sein hat. Doch was soll's. Er wollte, dass die Kinder endlich schlafen. Und zwar in ihren Betten. Zumindest in dieser Nacht. In scheinbarer Sicherheit und bei ihren Müttern. Wer weiß, was morgen ist und ob sie morgen noch leben werden.

Konzentriert dreht er sich eine Zigarette. Der Tabak ist trocken und bröselig. Die Worte des Offiziers kreisen in seinem Kopf: *»Bedenken Sie, dass ihr Volkssturm aus Kindern besteht – und diesen Kindern, wenn sie überleben, die Welt nach dem Krieg gehören wird.«*

Heinz weiß nun, was ihm der Offizier damit sagen wollte, er weiß es endlich. Abends im Dunkeln lassen ihn die Hummeln in Ruhe und er kann klarere Gedanken fassen. Und die Stimme des Offiziers ist so deutlich in seinem Kopf, als würde er neben ihm stehen:

»Wenn du die feindliche Armee siehst, dann lege die Waffen nieder und ergib dich. Und vielleicht, vielleicht überleben dann diese Kinder – wenn du dich nicht ergibst, werden sie sicher getötet werden.«

Heinz hat das Gefühl, als würde der Offizier direkt neben ihm sitzen wie ein alter Freund, so deutlich hört er seine Worte. Doch er weiß, nein, er glaubt, dass er tot ist! Hat er das richtig in Erinnerung? Die zwei Militärfahrzeuge wurden getroffen und sind explodiert? Oder haben ihm das nur die Hummeln erzählt?

Heinz' Hände zittern so stark, dass die Hälfte des Tabaks herunterfällt. Fluchend steht er auf und setzt seine Runde fort. Automatisch schlägt er den Weg zur Landstraße ein, auf der er die Explosion der Militärfahrzeuge zu sehen geglaubt hat. Er sehnt sich nach einem Schnaps.

»… Und diesen Kindern, wenn sie überleben, wird die Welt nach dem Krieg gehören.«

Das Gesicht des Offiziers leuchtet vor seinen Augen.

»Lass sie nicht kämpfen. Ergib dich mit ihnen.«

»Und wenn sich die Alliierten rächen wollen?«

»Sie werden keine Kinder erschießen.«

»Und wenn doch?«

»Das Risiko musst du eingehen. Dann haben sie wenigstens eine Chance zu überleben – ansonsten werden sie sicher getötet.«

Heinz schließt die Augen und atmet tief durch. Er weiß, dass der Offizier recht hat. Wie konnte er nur so blind sein?

»Soll ich alleine kämpfen?«

»Wenn es soweit ist, wirst du wissen, was zu tun ist.«

Als er die Augen wieder öffnet, ist das Gesicht des Offiziers verschwunden. Nur ein leichtes Flimmern liegt noch in der Luft, das aber schnell verblasst. Und Heinz fühlt sich plötzlich sehr einsam.

Die nächtliche Stille wird durchbrochen von einem lauten Brummen. Heinz dreht sich überrascht um, mit einem Fahrzeug hat er nicht gerechnet. Er bleibt stehen und denkt im ersten Moment, dass der Offizier wieder zurückgekommen ist, doch gleichzeitig weiß er, dass das nicht sein kann, da sein ausgebranntes Fahrzeug keine hundert Meter vor ihm auf der Straße liegt.

Das Fahrzeug kommt näher. In der sternenklaren Nacht kann er deutlich erkennen, dass es sich um einen Wagen der Wehrmacht handelt. Heinz tritt zur Seite und winkt ihm grüßend zu. Das Fahrzeug hält, innen sitzt ein Oberst. Der Fahrer fragt ihn, wo hier der schnellste Weg nach Ulm sei. Kaum weist Heinz ihnen den Weg, fahren sie auch schon weiter. Sie scheinen es eilig zu haben. Auf seine Frage, wie es an der Front stehe, haben sie ihm nicht geantwortet. Doch Heinz vermutet, dass die Feier zum Geburtstag des Führers diesmal ausfallen wird.

Kapitel 16

Gertrude

Während des Angriffs am Vortag sind die Ziegen ausgebrochen. Gertrude soll sie suchen. Sie hat keine Lust dazu, nein, und überhaupt hat sie keine Lust auf gar nichts.

Sie will nicht mehr den ganzen Tag wegen Fliegeralarms im Keller sitzen, und sie will nicht mehr den ganzen Tag, wenn ausnahmsweise kein Fliegeralarm ist, Wäsche waschen, Unkraut jäten, kochen, putzen – nein. Sie würde eigentlich gerne mal wieder in die Schule gehen, etwas lernen. Oder spielen. Oder einfach auf einer Wiese liegen und den Wolken zuschauen, wie sie sich verformen.

Dieser bescheuerte Krieg soll endlich vorbei sein. Dann würde sich ihre Mutter vielleicht auch wieder normal verhalten und nicht bei jedem noch so kleinen Geräusch zusammenzucken.

Und sie müsste nicht ständig darauf achten, dass sie Zimmermann nicht alleine begegnet, denn das ist einer der Gründe, warum ihre Mutter so nervös ist. Und Klara hätte vielleicht wieder ein wenig Zeit für sie und würde nicht so oft in der Stadt festsitzen – weil Fliegeralarm ist.

Und vielleicht, vielleicht könnte sie wieder mit Pascal spielen und ja, vielleicht würde ja auch Gilbert wiederkommen. Sie vermisst ihn. Und noch viel mehr vermisst sie Pascal, der ja eigentlich nur wenige Meter von ihr entfernt wohnt, aber nichts mehr mit ihr zu tun haben darf. Sie schnieft. Wie von selbst kommen die Tränen, dabei will sie gar nicht weinen. Und ja, vielleicht, vielleicht würde ja auch ihr Vater wiederkommen, wenn der Krieg vorbei wäre. Obwohl sie nicht mehr weiß, wie er genau aussieht. Sie hat es über die Monate vergessen. Das darf sie aber niemandem verraten. Klara nicht und schon gar nicht ihrer Mutter. Sie schämt sich dafür. Wie konnte sie vergessen, wie ihr eigener Vater aussieht? Sehnsüchtig versucht sie, sein Bild heraufzubeschwören. Doch alles, was sie sieht, ist ein verschwommener Nebel, der ihr zärtlich und warm durch die Haare streicht. Das war beim letzten Abschied. Danach musste er wieder an die Front. Seither hat sie ihn nicht mehr gesehen.

Beschämt fällt ihr wieder ein, dass sie sich damals über ihn geärgert hat. Ihr Zopf hatte sich wegen ihm gelöst. Und dann war er gegangen. Und sie dachte, es wäre ihm egal. Das mit dem Zopf und das mit dem Abschied. Aber damals war sie ja auch noch so klein. Sie wusste nicht, dass er ..., ach verdammt. Nun weint sie schon wieder. Sie wünscht sich so sehr, dass er jetzt hier wäre. Er würde sie bestimmt beschützen. Beschützen vor dem bösen Mann mit den roten Haaren, vor dem sie immer noch Angst hat. Angst, dass er zurückkommt und sich an ihr rächt und ihrer Mutter wieder wehtut. Ihre Mutter sagt zwar, dass er das nicht kann, sie sagt, er würde sie für immer in Ruhe lassen, doch Vater wäre ein zusätzliches Bollwerk, neben ihrer Puppe und dem Pflaumenbaum, die ebenfalls auf sie aufpassen.

Sie ist sich sicher, fast sicher, dass der rothaarige Polizist nicht an der Puppe vorbeikommt. Und der Pflaumenbaum wird ihn nicht herauslassen. Er achtet darauf, dass er da unten bleibt. Aber wirklich sicher, h-u-n-d-e-r-t-p-r-o-z-e-n-t-i-g sicher ist sie sich nicht. Nein, da wäre es schon gut, wenn zum Schutz auch noch zusätzlich ihr Vater hier wäre. Und überhaupt ... ach, was soll's. Gertrude hat es satt, sich darüber Gedanken zu machen. Auch darauf hat sie keine Lust mehr.

»*Merde*«, würde Gilbert sagen. »*Merde, merde, merde* – leck mich am Arsch ...« Gertrude pustet ihre Tränen weg und kichert. »... Leck mich, leck mich, leck mich – am Arsch!« Sie kichert noch mehr. Sie glaubt nämlich zwischenzeitlich zu wissen, was dieses französische Schimpfwort bedeutet. Schon fühlt sie sich ein wenig besser. Sie sollte schleunigst die blöden Ziegen finden, danach kann sie sich vielleicht einfach ein wenig in die Sonne legen und den Wolken zuschauen.

Sie kommt auf der Weide an. Der Zaun ist auf einer Seite vollkommen niedergedrückt. Die Ziegen müssen wirklich Angst gehabt haben. Gertrude folgt den Spuren der Herde. Die Erde ist von den Hufen umgepflügt. Sie müssen sehr schnell gerannt sein. Dazwischen liegen viele kleine Kugeln, die charakteristischen Ziegenkötel. Es stinkt nach ihnen. Und nach Ziegenpisse. Es stinkt wie in einem dreckigen Stall, und irgendwie riecht es so, wie der Käse der Ziegen schmeckt. Gertrude mag Ziegenkäse.

Sie folgt den Spuren bis zum Waldrand. Dort bleibt sie zögernd stehen. Ihre Mutter und Klara haben ihr verboten, alleine in den Wald zu gehen. Aber wie soll sie sonst die Ziegen finden? *Merde*, sie muss die Ziegen finden! Sie geht weiter.

Der Wald empfängt sie, als hätte er sie atemlos erwartet. Die Vögel schweigen und fangen erst an zu singen, als Gertrude ihnen schüchtern zur Begrüßung zuwinkt. Trotzdem wirkt alles düster und feucht und lebendig und gleichzeitig tot. Sie stolpert über eine tote Ziege. Ein Tier hat sie angefressen. Schnell geht Gertrude weiter, der Wald ist gefährlich. Umso wichtiger, dass sie die anderen Ziegen findet und zurückbringt.

Sie folgt der Spur der abgeknickten Äste und der Ziegenkötel und gerät immer tiefer in den Wald. Irgendwann muss sie sich eingestehen, dass sie keine Ahnung mehr hat, wo sie ist. Alles sieht gleich aus.

Völlig unerwartet bekommt sie unbändigen Hunger, und im selben Augenblick riecht sie gebratenes Fleisch. Sie schließt die Augen und schnüffelt in die Luft. Der Speichel läuft ihr im Munde zusammen. Wann hatte sie jemals solchen Hunger? Doch sie weiß, sie muss aufpassen. Gebratenes Fleisch bedeutet, dass Menschen in unmittelbarer Nähe sind. Aber wer sollte hier mitten im Wald Fleisch braten?

Sie geht noch ein paar Schritte weiter, wachsam nun, und dann hört sie Stimmen. Stimmen in der typischen Melodie der französischen Sprache. Schnell versteckt sie sich hinter einem Baum, atmet durch und schielt vorsichtig um den Stamm.

Am Baum gegenüber steht ein Soldat und pisst gegen den Stamm. Ein satter gelber Strahl fächert sich an der Baumrinde spiralförmig auf und schickt einen Schauer aus kreisförmigen Spritzern in die Luft. Gertrude sieht zum ersten Mal, wie ein Mann pinkelt – und sie kann nicht wegsehen.

Ihre Augen folgen dem Bogen des Strahls vom Baumstamm zurück zum Ursprung und sie hätte fast gekichert. Es sieht aus wie bei einem Pferd. Nur viel kleiner. Und eine Hand braucht ein Pferd auch nicht zum Pinkeln. Dafür trifft ein Pferd auch keinen Baumstamm. Ein unbändiges Lachen steigt aus ihrem Bauch empor, arbeitet sich nach oben und droht, sich aus ihrem Mund zu befreien. Erschrocken drückt sie beide Hände gegen ihre Lippen und versucht, es zurückzuhalten, was ihr nur unter größter Anstrengung gelingt.

Sie weiß auch nicht, warum sie alles plötzlich so lustig findet. Ihre Mutter würde sagen, das sind die Nerven. Und in der Tat, ihre Nerven sind so angespannt, dass sie glaubt, sie in ihrem Körper wie die Saiten einer Gitarre schwingen zu fühlen. Und der Ton, den die Saiten in ihren Ohren erklingen lassen, ruft: *»Gefahr, Vorsicht, Gefahr!«* Gertrude weiß, sie muss hier schleunigst weg.

Sie wartet, bis der Soldat seine verkleinerte Ausführung eines Pferdepimmels – schon wieder hätte sie fast gekichert – in die Hose packt, und schleicht sich vorsichtig zurück in die Dunkelheit des Waldes. Sie folgt der Schneise der Verwüstung, welche die Ziegen zurückgelassen haben.

Die Ziegen! Die hatte sie völlig vergessen. Sie kann nicht einfach wieder zurückgehen. Sie brauchen die Ziegen doch! Was soll sie jetzt bloß tun? Nervös kaut sie auf ihrer Unterlippe, bis sie Blut schmeckt. Das Herz pocht ihr bis zum Hals.

Sie bleibt stehen, atmet tief durch, einmal ein, einmal aus, und das Ganze noch einmal, langsam, so wie ihre Mutter ihr das beigebracht hat. Wenn die Aufregung sie zu übermannen droht, soll sie ruhig stehenbleiben und tief durchatmen, sie soll aus dem Bauch heraus atmen. Und es hilft. Sie wird ruhiger.

Vorsichtig schleicht sie sich wieder zurück. Sie folgt dem Geruch nach gebratenem Fleisch und der Melodie der französischen Sprache. Beides wird immer deutlicher. Gertrude vermutet zwar schon, was sie gleich erblicken wird, doch sie muss es mit eigenen Augen sehen.

Und tatsächlich. Auf einer Lichtung brennt ein großes Feuer, über dem ein Soldat eine aufgespießte Ziege dreht. Langsam und regelmäßig. Ihr Fleisch brutzelt und verströmt diesen köstlichen Geruch nach gegrilltem Braten, der Gertrudes entfachten Hunger nun fast übermächtig werden lässt. Und gleichzeitig wird sie wütend. Wie können die Soldaten einfach eine ihrer Ziegen braten!

Doch ihre Entrüstung verwandelt sich in Verwunderung: Das Gesicht und die Hände des Mannes sind schwarz! Seine Haut ist so schwarz wie die verkohlten Äste, die die Ziege befeuern! Ob er sich verbrannt hat?

Da erst fallen Gertrude die Bilder aus ihrem Schulbuch ein: Ein Neger! Ein Neger! Vor Aufregung bekommt Gertrude einen Schluckauf. Sie versucht, ihn zu unterdrücken, hält die Luft an und zählt langsam bis zehn. Es hilft nichts. Sie schlägt die Hände vor den Mund und steht vor Angst starr hinter einem Baumstamm. Sie hat das Gefühl, ihr Schluckauf ist so laut, dass der schwarze Mann gleich zu ihr herüberschauen und sie sehen muss. Doch sie hat Glück. Ein anderer Soldat geht auf ihn zu und testet den Braten. Dabei sprechen sie laut und lachen noch lauter. Vorerst wird niemand sie und ihren Schluckauf bemerken, und in dem Moment, in dem sie das denkt, hört der Schluckauf auf. Erleichtert schleicht sie zurück und umrundet die Lichtung in großem Bogen.

Sie sieht etwa zwanzig Soldaten. Die einen schlafen, die anderen spielen Karten, und durch die Wortfetzen, die Gertrude versteht, und die Melodie ihrer Sprache kommen sie ihr sehr vertraut vor.

Das ist der Feind? Der Feind, gegen den ihr Vater in den Krieg gezogen ist, den das Deutsche Reich erst erobert und danach wieder verloren hat, und der nun an ihnen Vergeltung übt?

Aber die reden doch wie Pascal und Gilbert. Und das sind ihre Freunde. Das ist ja fast so, als würde plötzlich ihr Dorf dem Nachbardorf den Krieg erklären und es überfallen und alle Bewohner töten oder gefangennehmen ... Das ist doch absurd!

Warum sollten sie das tun? Ist das der Krieg? Einer erklärt dem anderen den Krieg. Warum? Weil er Lust darauf hat? Weil …?

Die Gedanken wirbeln in Gertrudes Kopf und ihre Gefühle wechseln zwischen Unglaube und Abscheu und Wut und Ohnmacht und Trauer, und einen kurzen Moment glaubt sie, der Wahrheit sehr nahe zu sein, doch im nächsten Moment ist sie verflogen wie Staub.

Sie versucht, den Gedanken wieder zurückzuholen, ihn einzufangen, sich bewusst zu machen … Doch es gelingt ihr nicht. Was ist Krieg? Warum töten sich Menschen?

Gertrude bemerkt, dass sie weint. Sie ist wütend. Sie wünscht sich, schon älter zu sein, um die Geheimnisse der Erwachsenen enthüllen zu können, sie wünscht sich, Klarheit in dieser für sie wirren Welt zu finden und ihre unübersichtlichen Regeln zu begreifen. Doch begreifen die Erwachsenen sie denn?

Erschöpft dreht sie sich um. Sie will den »Feind« nicht mehr sehen. Sie will nach Hause. Vorsichtig macht sie sich auf den Rückweg.

Doch keine fünfzig Meter von der Lichtung entfernt, sieht sie durch ihre tränenden Augen die restliche Ziegenherde. Die Soldaten haben sie in einen provisorischen Verschlag gepfercht. Die Ziegen stehen dort äsend und kauend und warten darauf, dass sie ebenfalls gebraten werden.

Als Gertrude eines der Holzbretter von ihrer Umzäunung zur Seite schiebt, blicken sie sie mit ihren seltsamen, querstehenden Pupillen gelassen an. Und Gertrude weiß, sie werden flüchten, sobald sie Lust darauf haben. Aber noch bleiben sie ein wenig und kauen Gras. Gertrude winkt ihnen zum Abschied zu, wünscht ihnen alles Gute und folgt dem zertrampelten Pfad zurück nach Hause.

Gertrude rennt im Dauerlauf ins Dorf. Es ist später geworden als gedacht. Ihre Mutter ist bestimmt schon von der Feldarbeit zurück und kocht das Mittagessen. Sie wird sich Sorgen machen. Sie macht sich ja pausenlos Sorgen. Zu viele Sorgen, wie Gertrude findet. Sie sorgt sich ja selbst um Klara, wenn sie in der Stadt ist. Und Klara ist schon erwachsen!

Gertrude rennt schneller. Wem soll sie erzählen, dass die Franzosen schon im Wald vor dem Dorf sind? Sie muss doch die Leute warnen!

Wie von selbst tragen ihre Beine sie zu dem Haus des NSDAP-Ortsgruppenleiters. Ihm wird sie es sagen. Oder besser dem Pfarrer? Egal, ob dem einen oder dem anderen. Die werden wissen, was zu tun ist.

Oder soll sie es Onkel Heinz sagen? Der ist doch für die Verteidigung des Dorfes zuständig. Ihre Mutter sieht zwar nicht gerne, wie er aus Kindern Soldaten macht, aber insgeheim bewundert Gertrude die Kinder dafür. Sie würde auch gerne mitmachen. Das traut sie sich aber wegen ihrer Mutter nicht.

Aber vermutlich ist es auch besser so. Heinz erzählte gestern nach dem Fliegerangriff, dass es für sie draußen auf den Feldern sehr gefährlich war, als sie von dem Angriff überrascht wurden. Und dass sie es gerade noch in eine Scheune schafften, um sich zu verstecken.

Heinz wirkte sehr verwirrt. Er faselte während des ganzen Besuchs von einem Offizier, der ihm die Augen geöffnet habe, und ihm nun den Weg weisen würde. Ihre Mutter wollte mehr darüber erfahren, doch er musste bald wieder los, um auf Patrouille zu gehen.

Plötzlich bleibt Gertrude verwundert stehen. Irgendetwas ist anders als sonst. Das Dorf ist wie ausgestorben, und weit entfernt hört sie singende Stimmen. Männerstimmen, die näher kommen. Ist das die Marseillaise? Dazwischen ein paar Schreie und Poltern und Scheppern.

Über ihr öffnet sich ein Fenster. Die Bäckersfrau schaut von oben nach dem Lärm. Als sie Gertrude sieht, zischt sie ihr zu, sie solle schnell nach Hause gehen. Die Franzosen stünden schon vor der Stadt und es könne nicht mehr lange dauern, bis sie auch hier im Dorf wären.

Gertrude will ihr erwidern, dass französische Soldaten sogar noch viel näher seien, nämlich im Wald vor dem Dorf, doch die Stimmen, das Singen und Johlen sind nun so laut, dass Gertrude ihr eigenes Wort nicht mehr versteht.

In diesem Moment biegt die krakeelende Gruppe Männer um die Ecke. Es sind ein paar der französischen Zwangsarbeiter. Die Bäckersfrau wedelt mit den Händen, bedeutet Gertrude, zu verschwinden und schließt schnell das Fenster.

Gertrude schaut die Männer verwundert an. Sie scheinen betrunken zu sein. Müssen sie nicht arbeiten? Es sind acht der jüngeren Franzosen. Mit ihnen hatte Gertrude nie viel zu tun, aber sie fand sie immer nett. Wann immer sie Klara Komplimente hinterhergerufen haben, bekam Gertrude Bonbons dazu. Sie fand das eine faire Aufteilung. Nun weiß sie allerdings nicht, was sie von ihnen halten soll. Sie hat sie noch nie betrunken erlebt.

Plötzlich kommt ein Auto um die Kurve der Dorfstraße gebogen. Auf das Dach sind Koffer in verschiedenen Größen geschnallt. Verblüfft geht Gertrude zur Seite, um ihm Platz zu machen. Doch die Franzosen stellen sich ihm breitbeinig in den Weg. Das Auto bremst. Gertrude drückt sich gegen die Hauswand der Bäckerei und versucht, sich unsichtbar zu machen. Was geht hier vor?

Der NSDAP-Ortsgruppenleiter steigt aus und herrscht die Jungs an, sie sollen schleunigst zur Arbeit gehen. Die Jungs grölen, lachen und verhöhnen ihn. Gertrude ist sprachlos. Ist der Krieg denn schon verloren? Sind die Zwangsarbeiter frei?

Einer der Jungs hüpft auf das Autodach, brüllt »*Vive la France!*«, öffnet seine Hose und pinkelt über die Windschutzscheibe. Seine Kollegen jubeln ihm zu. Das ist heute schon das zweite Mal, dass Gertrude einem Mann beim Pinkeln zuschaut.

Schnell steigt der NSDAP-Ortsgruppenleiter zurück ins Auto, schließt die Tür, legt den Rückwärtsgang ein und versucht rückwärts zu entkommen. Gertrude sieht das verängstigte Gesicht seiner Frau auf dem Beifahrersitz. Sie hat ihren Säugling auf dem Arm.

Hinten schaut ihr Sohn Gerhard zum Heckfenster hinaus. Gerhard ist so alt wie sie. Sie gehen zusammen zur Schule. Sie konnte ihn noch nie leiden. Er blickt Gertrude durch die Scheibe hindurch direkt in die Augen. Sein Blick ist vorwurfsvoll. Aber was kann sie denn dafür? Seine Lippen formen Worte, er will ihr etwas sagen. Gertrude versucht die Lippenbewegung nachzumachen, um seine Worte zu verstehen: »V-E-R-R-Ä-T-E-R-I-N«

Gertrude ist fassungslos. Dieser blöde Mistkerl nennt sie also Verräterin! Gerade als sie ihm ihre Verachtung – im wahrsten Sinne des Wortes – ins Gesicht spucken will, trifft die Windschutzscheibe ein Ei. Und noch eins, und noch eins. Die Franzosen werfen grölend Eier gegen das Auto und plötzlich auch Steine. Steine, die auf dem Blech hässliche Dellen hinterlassen.

Und während das Eigelb vor Gerhards Gesicht zäh die Windschutzscheibe herunterrinnt und sich seine Augen vor Demütigung erst weiten und dann vom Hass ganz klein werden, während sein Vater Gas gibt und die Familie des NSDAP-Ortsgruppenleiters ihre Flucht endlich fortsetzen kann, beginnen die Zwangsarbeiter auch gegen die Scheiben der Bäckerei Steine zu werfen. Und Eier. Und Flaschen. Und als ihnen das nicht reicht, schlagen sie die Scheibe ein und ziehen plündernd und singend durch das verlassene Ladengeschäft und die angrenzende Backstube.

Gertrude denkt an die Bäckerin, die sie noch hatte warnen wollen und denkt daran, dass sie selbst ja eigentlich auf dem Weg zu dem NSDAP-Ortsgruppenleiter war, um ihm mitzuteilen, dass die französische Armee schon im Wald vor dem Dorf steht.

Und dann denkt sie an seinen blöden Sohn, der sie ungerechterweise als Verräterin bezeichnet hat, und sie findet, dass es ihnen gerade recht geschehen würde, mitten in die Arme der Soldaten aus dem Wald zu laufen. Wer ist hier der Verräter? Wer haut denn mit dem Auto einfach ab, vollgepackt mit Koffern?

Gertrude spuckt aus und will endlich nach Hause zu ihrer Mutter. Sie dreht sich um und sieht sich plötzlich drei der Franzosen gegenüber. Sie sind ganz weiß von dem Mehl aus der Backstube.

Lachend und feixend gehen sie auf sie zu. In der Hand halten sie große Messer. Woher haben sie die? Vom Bäcker? Egal! Sie dreht sich um und rennt davon. Die drei hinterher.

Doch sie hat keine Chance. Sie ist zu klein und die drei sind zu groß. Die drei erwischen sie am Hemd, schubsen sie im Kreis herum und lachen über ihre Hilflosigkeit. Gertrude weiß nicht, was sie machen soll. Sie fühlt sich ohnmächtig und wütend und ist empört!

Was machen diese Fieslinge? Warum tun sie das – mit ihr? Sie schreit sie auf Französisch an, dass sie sie in Ruhe lassen sollen, beschimpft sie mit allen französischen Flüchen, die sie kennt, doch die Jungs lachen nur noch mehr.

Plötzlich hören die jungen Männer auf, sie herumzustoßen. Stille. Gertrude spürt hinter sich einen Schatten aufragen. Sie dreht sich um. Pascal steht hochaufgerichtet direkt hinter ihr. Er streckt ihr die Hand entgegen, die sie dankbar ergreift. Sie fühlt sich warm und fest umschlossen. Schweigend und langsam gehen sie von den anderen weg. Pascal flüstert ihr zu, sie solle alles genau so machen wie er und auf keinen Fall zurückblicken. Gertrude mustert Pascal vorsichtig von der Seite, und als sie in seinem Gesicht erkennt, dass er Angst hat, wird ihr selbst ganz mulmig.

Kapitel 17

Ferdinand von Stein

Es ist der 20. April 1945. Führers Geburtstag. Aber daran denkt heute keiner. Nicht hier in der Provinz. In Berlin hingegen, wo er sich im Bunker der Reichskanzlei verschanzt, wird bestimmt gefeiert.

Goebbels hält eine Rede, die im Rundfunk übertragen wird. Die Rede ist wie üblich voll Lobeshymnen und Durchhalteparolen. In die Zeitungen hat er große Gratulationsartikel setzen lassen:

»Der Führer ist Deutschlands tapferstes Herz. Wir stehen zu ihm in germanischer Gefolgschaftstreue – sie können uns quälen, aber nicht demütigen und zerbrechen!«

Von Stein fragt sich, ob das Irrsinn ist oder schlicht Ignoranz? Er sah in Goebbels bisher einen kalten, intelligenten Strategen. Was hat er vor? Ob er geschickt eine Doppelrolle spielt? Vielleicht entwickelt er einen ganz eigenen Sinn für Humor, der nur ihm selbst zugänglich ist? Dass das Spiel vorbei ist, ist doch selbst den Bauern in den Dörfern klar.

Wäre Hitler von Adel, wäre heute der Tag, an dem er mit einem selbst gesetzten Kopfschuss halbwegs ehrenvoll aus dem Leben treten könnte.

Aber der Mann ist nicht von Adel, sondern ein gefährlicher österreichischer Hochstapler. Ja, dafür hält von Stein ihn inzwischen: einen Hochstapler. Denn wer oder was war er denn, bevor er im November 1923 gegen die Regierung putschte? Ein Niemand. Der Mann hat keine Ausbildung und erst recht keine Bildung. Hatte nicht selbst Hindenburg ihn abfällig »den österreichischen Gefreiten« genannt? Pikanterweise nur wenige Tage, bevor er ihn am 30. Januar 1933 zum Reichskanzler ernannt hatte. Erstaunlich, wie weit man es als Abschaum im Deutschen Reich bringen konnte.

Ja, und dieser Hitler weiß zudem nicht, was sich gehört, wann es Zeit ist seine Niederlage einzugestehen, und die Verantwortung für all das Leid zu übernehmen, das er mit seinem Größenwahn über Europa gebracht hat. Von Stein lacht auf. Überrascht stellt er fest, dass seine eigene Arroganz scheinbar auch keine Grenzen kennt. Seit wann ist er so versnobt, denkt in diesem Standesdünkel? Er seufzt resigniert.

Ob die Alliierten das heutige Datum bewusst gewählt haben, um Süddeutschland einzunehmen? Es würde einer gewissen ironischen Geste nicht entbehren. Von Steins Sympathie hält sich dennoch in Grenzen. Die Franzosen stehen mit Panzern und Infanterie vor der Stadt. Man hört Artilleriebeschuss und den Einschlag der Granaten. Die Detonationen schrecken ihn alle Augenblicke auf, und das Knallen der Gewehre macht ihm Gänsehaut. Ein fortwährendes lautes Sirren liegt in der Luft, noch über dem Geheul der Sirenen, als wäre die Atmosphäre elektrisch aufgeladen.

Obwohl die Fenster in von Steins Büro den Lärm etwas dämpfen, stehen seine Nackenhaare nach oben. Schon seit Stunden. Er fragt sich, ob das im Moment jedem hier in der

Fabrik so ergeht. Er jedenfalls hat eine Scheißangst. Ja, anders kann man das nicht sagen.

Zur Beruhigung der Nerven nimmt er eine Wodkaflasche aus dem Schreibtisch. Es ist die letzte. Zum Glück noch voll. Von Stein beschließt, dass sich das schnell ändern wird. Er nimmt einen kräftigen Schluck, direkt aus der Flasche, atmet den herausströmenden, starken Alkoholdunst gierig ein und schaut aus dem Fenster hinaus in den Himmel.

Schwarze Silhouetten schweben in der Luft. Doch es sind keine Vögel. Es sind die Jagdbomber der Alliierten. Sie fliegen Angriffe. Eher zur Demonstration ihrer Stärke als zur echten Zerstörung. Fast schon spielerisch tanzen sie über die Stadt hinweg. Neckend und mächtig. Für von Steins Stilempfinden zu überheblich, doch durchaus nachvollziehbar. Sie demonstrieren, dass das Spiel vorbei und Nazideutschland schon Vergangenheit ist. Von Stein hofft, dass das hier alle so sehen, und nicht noch irgendeine versprengte Armeeeinheit oder ein heldenhafter »Volkssturm« die Waffen erhebt, um die in ihren letzten Zuckungen liegende Stadt zu verteidigen.

Vor etwa einer Woche hat die schleichende Kapitulation begonnen und seit zwei bis drei Tagen ist der Zusammenbruch in vollem Gange. Keiner glaubt mehr an den Endsieg, doch niemand spricht es aus. Schweigend setzen sich diejenigen ab, die es können, fatalistisch harren jene aus, die keine andere Möglichkeit haben und vermeintlich tapfer stellen sich die, denen die Fantasie fehlt. So wie ihm.

Nur noch wenige Angestellte und Arbeiter sind in der Fabrik. Die meisten sind zu Hause geblieben, und einige aus der Führungsriege sind sogar schon seit Tagen verschwunden. Abgehauen.

Auch die haben den Moment verpasst, ehrenvoll aus dem Leben zu gehen, oder sich anders ihrer Verantwortung zu stellen – abgehauen. Verächtlich schüttelt von Stein den Kopf.

Nun ja, sollen sie doch weg sein. Die letzten Produktionsmaschinen sind endlich abgebaut und abtransportiert und in Sicherheit gebracht. Er selbst kann nun auch gehen, ablassen von der Pflicht, sein Gewissen lösen, sich dem Niedergang hingeben. Aufgeben. Wie die anderen.

Zum Glück besitzt er keine eigene Pistole, so muss er sich wenigstens über seinen eigenen Selbstmord keine Gedanken machen. Denn im Zweifel wäre auch er zu feige dafür. Er weiß das. Obwohl ihn dieses Ideal aus der Romantik schon immer angezogen hat. Aber eher theoretisch, als interessierter, durchaus wohlwollender Betrachter. Doch vielleicht ist nun der Moment gekommen? Er könnte sich problemlos eine Pistole besorgen, schließlich arbeitet er in einer Waffenfabrik – ach was. Das wäre nur für seine Eitelkeit. Damit muss er jetzt auch nicht mehr anfangen.

Resigniert nimmt er noch einen Schluck Wodka, hustet, und überlegt sich, was aus den Zwangsarbeitern wird. Die sind immer noch da. Wie lange noch? Von Stein wartet jeden Moment auf gewaltsame Ausschreitungen, auf Rache. Er könnte es ihnen nicht verdenken.

Nach und nach werden die Wachen um die Wohnbaracken der Zwangsarbeiter abgezogen, alles sich selbst überlassen. Das Arbeitserziehungslager wurde schon vor zwei Tagen aufgelöst, die Gefangenen in Marsch gesetzt. Warum? Von Stein weiß es nicht. Aber vermutlich gehört auch das zu dem großen, geheimen Plan des Führers, um Deutschland in den Endsieg zu führen – ja, es wäre Zeit, dass Deutschlands tapferstes Herz endlich die Pistole nimmt.

Von Stein nimmt einen extra großen Schluck aus der Wodkaflasche, hustet erneut und ruft *»Heil Hitler – du Arschloch! Auf deinen hoffentlich letzten Geburtstag!«* Stark und brennend breitet sich der Alkohol in seinem Rachen und seinem Magen aus. Angenehm. Desinfizierend. Vielleicht reinigt er ihn ja tatsächlich? Von innen? Hat er es nötig? Von Stein kichert. Er fühlt, wie der Alkohol langsam seine Sinne packt, sie benebelt und sich angenehm auf die Nerven legt.

Warum ist er selbst nicht schon vor Tagen mit Klara abgehauen? Irgendwohin, wo niemand sie kennt, scheiß auf die Ehre, den Dünkel – scheiß drauf.

Er hätte ein neues Leben anfangen können, zusammen mit Klara, ohne seine Mutter, ohne Nazideutschland. Er wäre kein Waffenentwickler mehr, nur ein Mann, und Klara wäre seine Frau. Es könnte so einfach sein und so schön. Vielleicht würde er wieder anfangen zu zeichnen und zu malen, keine Waffen, nein, und auch keine verschämten Porträts von Klara, sondern richtige Bilder!

Er seufzt erneut und spürt einen Druck in der Herzgegend. Bekommt er jetzt auch noch einen Herzinfarkt? Ein kurzer Panikanfall lässt ihn keuchen, dann lacht er. Was für ein Jammerlappen er doch ist. Natürlich bekommt er keinen Herzinfarkt! Er ist ein Schwächling und ein Muttersöhnchen. Er weiß das. Klara braucht einen anderen Mann als ihn. Er hat sich von seiner Mutter abermals vereinnahmen, sich – wenn er ehrlich ist – vollständig von ihr absorbieren lassen, sich in die Sicherheit ihrer Dominanz gelegt.

Er ist zu schwach für seine Mutter, sie hat ihn fest im Griff – wie früher. Und er kann nichts dagegen tun. Er versteht, dass Klara ihm seither aus dem Weg geht. Ein Mann mit Ödipuskomplex ist ein denkbar schlechter Heiratskandidat. Er weiß das.

Und dennoch kreisen seine Gedanken unablässig um Klara. Zumindest um die Idee, wie es hätte sein können mit ihr. Er und sie. Vielleicht zwei, drei Kinder, auf dem Land lebend, in einer Welt ohne Krieg. Er nimmt noch einen großen Schluck Wodka.

Heute ist er noch nicht losgezogen, um heimlich nach ihr zu sehen. Vermutlich ist sie im Schutzstollen oder vielleicht auch zu Hause geblieben. Was soll's. Es ist sowieso alles vorbei.

Seit ihrem Streit ist von Stein jeden Tag zu ihrem Büro geschlichen und hat sie beobachtet. Hat geschaut, ob sie wohlauf ist oder ob sie Hilfe braucht. Doch sie hat ihn ignoriert oder tatsächlich nicht gesehen. Er weiß es nicht. Er weiß nur, dass sie seit ihrem Streit nicht mehr miteinander gesprochen haben, und er befürchtet, dass sie das auch nicht mehr tun werden. Er fühlt, wie er resigniert, wie das Selbstmitleid von ihm Besitz ergreifen will, und ist nahe daran, sich in dessen warme, wattige Umarmung fallen zu lassen.

Doch bevor er sich heulend auf den Boden setzt und in seinem eigenen Leid suhlt, stellt er sich aufrecht vor das Fenster seines Büros und atmet tief durch. Einmal ein, einmal aus, prostet dem schwarzen Schatten am Himmel zu, der ihm spöttisch zuzwinkert, und nimmt nochmals einen großen Schluck Wodka.

Oui, dann sollen diese Franzosen endlich die Stadt erobern. Vielleicht bekommt er ja dann seinen Arsch hoch, vielleicht nimmt er sich selbst dann nicht mehr so ernst, vielleicht ...

»Was machst du da?«

Von Stein wirbelt herum. Wodka fliegt in einem runden Bogen aus dem Flaschenhals und verschüttet sich auf dem Boden. Vor ihm steht Klara.

»Ich feiere.«

»Was?«

»Hitlers Geburtstag.«

»Bist du betrunken?«

»Oui.«

»Du hast keine Zeit, betrunken zu sein.«

»Warum nicht?«

»Du musst mich ins Dorf fahren. Ich muss für meine Mutter und meine Schwester da sein, wenn die Franzosen kommen.«

Von Stein hat das Gefühl, als würde kaltes Wasser über ihm ausgeschüttet. Langsam dringen ihre Worte durch den Puffer aus Alkohol und lassen ihn frösteln.

»Wir kommen nicht mehr aus der Stadt heraus. Falls es dir noch nicht aufgefallen ist: Der Franzose steht vor der Tür.«

»Der kleine Feldweg, über den ich manchmal mit dem Fahrrad komme, ist frei.«

»Woher willst du das wissen?

»Ich weiß es.«

»Und wie sollen wir mit dem Auto durch die Straßen der Stadt zu dem Feldweg kommen, ohne dass die Jagdflieger uns abschießen?«

»Sie fliegen nicht mehr.«

»Wirklich?«

Von Stein geht leicht schwankend zum Fenster und blickt hinaus. In der Tat. Da sind keine schwarzen Schatten mehr, die ihn verhöhnen. Die Realität verdrängt den letzten, angenehmen Alkoholnebel und legt seine Nerven frei. Seine Hände zittern.

»Ich kann meine Mutter nicht hier lassen.«

»Dann nehmen wir sie mit.«

Von Stein lacht herzhaft über diesen Vorschlag. Er lacht und lacht, bis Klara ihm mit der flachen Hand ins Gesicht schlägt.

»Wir haben keine Zeit – werde endlich nüchtern! Wir holen jetzt deine Mutter und fahren zu meiner Familie.«

Von Stein reibt sich verwirrt die Wange, denkt nach, wägt ab, macht einen Plan und verwirft ihn wieder. Er fröstelt und nimmt noch einen Schluck Wodka. Doch er hilft nicht mehr, er lässt ihn nicht mehr in den Nebel fliehen.

Verzagt nimmt er Klaras Hand und zieht sie aus dem Büro. Sie gehen über den menschenleeren Flur. Der Alkohol lässt ihn wanken. Klara bemerkt seinen unsicheren Gang und übernimmt die Führung. Sie gehen die Treppen hinunter. Er fühlt die Wärme ihrer Hand, die Verantwortung und die Last, aber auch die Zuneigung und Verbundenheit, die ihm Mut gibt und das Gefühl, das Richtige zu tun.

Sie treten aus der gedämpften Sicherheit des Firmengebäudes heraus, hinaus in die rohe Wirklichkeit. Erst jetzt wird ihm bewusst, welcher Krach über der Stadt und in den Straßen herrscht. Brutal umschließt sie die Gewalt.

Klara scheint das alles zu ignorieren, zieht ihn mit sich, fragt ihn, wo das Auto sei, ob er den Schlüssel habe, und beschließt, seine Mutter zu Fuß zu holen und das Auto erst einmal auf dem Werksgelände stehenzulassen. Sie rennen Hand in Hand auf die Straße, durch die Gassen, sie hören lautes Geschrei, wildes Grölen, klirrende Fensterscheiben und Parolen in fremden Sprachen. Sie rennen um eine Hausecke und stehen plötzlich einem Mob aus Körpern gegenüber. Es sind Zwangsarbeiter, die plündernd durch die Straßen ziehen. Sie sind frei, noch bevor die Franzosen die Stadt eingenommen haben. Schnell zieht Klara ihn in eine Seitengasse. Da warten sie ab, bis der Mob vorübergezogen ist.

Es riecht nach Feuer, nach Verbranntem, dann sehen sie auch die dazugehörigen Rauchwolken. An mehreren Stellen über den Häusern steigen dicke Schwaden auf. Plötzlich knallen Schüsse. Von Stein zuckt zusammen, trinkt im Laufen einen Schluck aus der Wodkaflasche und verschüttet die Hälfte. Klara nimmt ihm die Flasche ab, und wirft sie gegen eine Hauswand. Sie zerbirst und die wertvolle Flüssigkeit läuft anklagend die Wand herunter. Er will stehen bleiben, sich echauffieren, doch Klara zieht ihn einfach weiter.

Als sie vor dem Haus seiner Mutter stehen, ist er fast wieder nüchtern. So nüchtern, wie man nach einer halben Flasche Wodka eben sein kann. Klara schaut ihn drohend an. Er befürchtet, dass sie ihn zur Ausnüchterung in das kalte Wasser des Neckars werfen wird. Er muss schon wieder kichern. Er weiß, es ist unpassend, doch er kann nicht anders. Er fühlt sich bei der zornigen Klara sehr geborgen.

Sie rennen die Treppen hoch und klopfen an die Tür. Niemand öffnet. Mit zitternden Fingern versucht von Stein, die Tür aufzuschließen, doch er trifft das Schlüsselloch nicht. Klara schiebt ihn zur Seite, schließt auf, und da steht seine Mutter vor ihnen, mit dem Gewehr seines Vaters im Anschlag.

»Mutter! Ich bin es, leg das Gewehr zur Seite.«

»Was will sie hier?«

»Wir verlassen zusammen die Stadt.«

»Mit der gehe ich nirgendwo hin.«

»Ich befürchte doch.«

»Auf gar keinen Fall.«

Klara stürmt kurzerhand die Wohnung, packt das Gewehr, entreißt es seiner Mutter und sagt in sehr breitem Schwäbisch: »Für so einen Scheiß haben wir jetzt keine Zeit – los jetzt.«

Von Stein ist immer noch sprachlos. Er hätte niemals gedacht, dass seine Mutter nach dieser Ansage mitgehen würde. Doch er hat sich getäuscht. Wortlos bindet sie sich ein Tuch um den Kopf und zieht sich den Mantel an. Vorsichtig schleichen sie zusammen durch die Straßen, zurück auf das Werksgelände, um das Auto zu holen. Derbe, schwäbische Sätze scheinen seiner Mutter Respekt einzuflößen. Er muss sich das für die Zukunft merken.

Doch sie kommen nicht weit. Eine kleine Einheit des städtischen »Volkssturms« patrouilliert durch die Gassen der Altstadt. Kinder und Veteranen aus dem Ersten Weltkrieg in Fantasieuniform. Sie kommen ihnen entgegen und ihre ängstlichen Gesichter lassen die erhobenen Gewehre lächerlich erscheinen. Sie sind nervös. Von Stein hofft, dass keiner aus Versehen den Abzug zieht.

Der älteste, ein Veteran mit einer Narbe quer über dem Gesicht, schreit sie an, was sie hier auf der Straße zu suchen hätten, dass sie in einem der Schutzbunker sein müssten. Von Stein hebt beruhigend die Arme, sagt, er sei Waffenentwickler und auf dem Weg in den Schutzstollen, sie hätten nur erst noch seine Mutter holen müssen. Doch der Mann ist für Argumente nicht zugänglich. Von Stein hat den Eindruck, dass er kein Wort des Gesagten verstanden hat. Er brüllt sie nochmals an, lauter nun, seine Narbe wird ganz rot und er fragt erneut, was sie hier auf der Straße zu suchen hätten.

Von Stein versucht, seine Worte so ruhig wie möglich zu wiederholen. Die Kinder werfen sich hinter dem Rücken ihres Anführers verunsicherte Blicke zu. Der Lauf ihrer Gewehre zittert.

Von Stein hofft, dass Klara oder seine Mutter die alten Männer und Kinder nicht noch anherrschen, die Gewehre herunterzunehmen und nach Hause zu gehen. Beiden würde er das zutrauen.

Da klirrt direkt neben ihnen eine Fensterscheibe und drei Schüsse knallen. Von Stein duckt sich und schiebt instinktiv beide Frauen unter den steinernen Torbogen des Hauses nebenan. Eng drücken sie sich an das dicke Holz des Tores.

Weitere Schüsse knallen, die Kinder schreien, sie hören Rufe auf Polnisch und Russisch, und plötzlich ist die Gasse voller Menschen. Ein wüstes Gerangel zwischen Zwangsarbeitern und »Volkssturm« lässt Besenstiele zu Knüppeln werden, Köpfe werden mit Steinen blutig geschlagen und Gewehre gehen unkontrolliert los. Von Stein sieht, wie etliche Körper zusammensacken und zwischen den Beinen der anderen liegenbleiben. Ein harter Geruch nach Metall und Schweiß liegt über dem Pulk.

Er stellt sich schützend vor seine Mutter und Klara. Die beiden Frauen, in ihrer Angst plötzlich vereint, drängen sich aneinander und drücken sich zitternd zwischen den kalten Stein des Torbogens und das warme Holz des Tors. Von Stein versucht, das Tor zu öffnen, er rüttelt daran, klopft dagegen. Vergeblich.

Immer wieder werden sie von kämpfenden, ineinander verkeilten Körpern angerempelt. Es ist nur eine Frage der Zeit, bis man sie in das wüste Gerangel miteinbeziehen wird.

Von Stein denkt, er sollte diesen Jungs, diesen Kindern vom »Volkssturm« gegen den Zorn der Zwangsarbeiter beistehen. Dafür müsste er aber die beiden Frauen verlassen. Das kann er unmöglich tun. Er rüttelt nochmals an dem Tor und schlägt verzweifelt dagegen.

Plötzlich kracht der stumpfe Teil einer Axt gegen das Torschloss. Genau neben seiner Hand. Holz splittert, das Tor ächzt und erschrocken dreht sich von Stein um. Vor ihm steht einer der Zwangsarbeiter, die Axt zum erneuten Schlag erhoben. Von Stein hält die Arme schützend vor sich und die Frauen, erwartet den nächsten Schlag, und da passiert etwas Überraschendes. Der Mann senkt die Axt und tritt gegen das Tor, das sich quietschend nach innen öffnet. Kühle Luft strömt aus dem Inneren. Und erst, als der Zwangsarbeiter alle drei durch den Eingang schiebt und das Tor hinter ihnen wieder schließt, erkennt von Stein den Mann, von dem er einmal geglaubt hat, er würde sein ausgemergeltes Gesicht und seinen kahlen Schädel niemals vergessen: Der Pole vom Schießstand. Der Pole, den er im letzten Herbst versehentlich angeschossen hatte, der Pole, der wegen ihm fast gestorben wäre.

Es ist Klara, die sie dazu drängt, wieder nach draußen zu gehen. Aus dem kühlen, sicheren Innenhof auf die gefährlichen Straßen. Sie haben noch eine Aufgabe. Sie müssen das

Auto holen und zu Klaras Familie fahren. Von Stein weiß zwar nicht, ob es für ihre Familie von Vorteil ist, wenn er mit seiner Mutter bei ihnen ist, wenn die Franzosen das Dorf erobern, doch was soll er machen. Er kann Klara nicht alleine lassen. Nicht mehr. Nie wieder. Er hat fürchterliche Kopfschmerzen und versucht, klar zu denken. Dass der Pole sie gerettet hat, ist für ihn ein Fingerzeig Gottes. Eine Mahnung, nur noch seinem Gewissen zu folgen und seinen Schatten aus Bequemlichkeit und Lethargie zu überspringen. Egal, welche Konsequenzen das womöglich hat.

Kapitel 18

Onkel Heinz

Die Panzer kommen aus der Stadt. Es sind Franzosen. Die Panzersperre – ihre Panzersperre – lässt den Konvoi stoppen. Die Kinder jubeln. Er bedeutet ihnen, still zu sein.

Im Gras auf einer kleinen Anhöhe, nur geschützt durch einen Busch, der das erste helle Grün treibt, beobachten sie, wie der Feind anrückt. Niemand hält die Franzosen auf. Wo ist die Wehrmacht? Wo sind die Offiziere und der Oberst, die vor eineinhalb Tagen so eilig durch das Dorf gefahren sind? Haben die sich alle abgesetzt? Alle? Obliegt die Verteidigung des Dorfes nun alleine dem »Volkssturm«? Sieben Kindern, einem alten Veteranen, der sich ihnen heute angeschlossen hat, und ihm selbst?

»... Und diesen Kindern, wenn sie überleben, wird die Welt nach dem Krieg gehören.«

Er muss eine weiße Fahne finden, eine bauen, aus irgendetwas, er muss sich ergeben. Sonst werden alle sterben.

»Und wenn die Alliierten sich rächen wollen?«

»Sie werden keine Kinder erschießen.«

»Und wenn doch?«

»Das Risiko musst du eingehen …«

Heinz schüttelt sich, versucht die Stimme aus seinem Kopf zu vertreiben. Dafür ist jetzt keine Zeit. Er knöpft sich das Hemd auf. Er will mit dem Unterhemd eine weiße Fahne bauen, es an das Gewehr knoten und nach unten zu den Panzern gehen, um sich zu ergeben. Er will ihnen symbolisch das Dorf übergeben. Scheiß auf den NSDAP-Ortsgruppenleiter, der ihm gestern noch gesagt hat, dass sich nun alle auf ihn verlassen werden, dass er, Heinz, der Mann der Stunde sei. Ist der nicht auch abgehauen? Heinz ist sich nicht sicher. Es kann sein, dass ihm das ebenfalls nur die Hummeln erzählt haben. Aber vielleicht wissen die Hummeln mehr als er selbst?

Heinz beobachtet, wie aus den Panzern Soldaten steigen, sich an der Panzersperre zu schaffen machen und versuchen, sie zu demontieren. Heinz weiß, dass es ihnen in wenigen Minuten gelingen wird. Die Panzersperre ist ein Witz. Die Soldaten rufen sich lachend etwas zu. Sie scheinen bester Laune zu sein.

Jetzt wäre der richtige Moment, um nach unten zu gehen. Schnell knotet Heinz das Unterhemd am Gewehrlauf fest. Da knallt ein Schuss neben ihm, und mit Verzögerung noch einer und noch einer. Sein rechtes Ohr ist augenblicklich taub. Entgeistert blickt Heinz neben sich. Zwei seiner Jungs und der alte Veteran knien mit dem Gewehr im Anschlag im Gras und beschießen die Soldaten. Die Franzosen ziehen sich hinter die Panzer zurück und eröffnen das Feuer.

Schnell werfen sich Heinz und sein »Volkssturm« bäuchlings ins Gras. Die Kugeln pfeifen über sie hinweg, durch den Busch hindurch, als gäbe es ihn gar nicht. Heinz schreit seine Leute an, fragt, was das soll, er befiehlt ihnen die Gewehre niederzulegen. Das taube Ohr rauscht und brummt und ihm ist, als würden die Hummeln summend in ihm herumkriechen. Er schlägt sich mit der Hand dagegen. Er hat keine Zeit für die Hummeln, die sollen ihn in Ruhe lassen. Er muss sich um die

Kinder kümmern, er muss sie sicher in die Kapitulation führen. Es ist vorbei. Er weiß das. Und endlich ist Stille. Die Hummeln sind still.

»... Und diesen Kindern, wenn sie überleben, wird die Welt nach dem Krieg gehören.«

Doch er hat nicht mit dem Pflichtbewusstsein, der blinden Treue, der Verbohrtheit und wahrscheinlich Dummheit eines Teils seiner kleinen Truppe gerechnet. Mein Gott, das sind Kinder und ein alter Mann! Doch er hat sie unterschätzt.

Der alte Veteran kniet sich nieder, packt sein Gewehr, zielt und schreit: »Nein! Wir werden uns nicht ergeben! Drecksfroschfresser!«

Heinz steht geduckt auf, packt von der Seite das Gewehr des Alten, reißt es ihm aus den Händen und stößt ihm mit dem Gewehrkolben ins Gesicht. Es knackt befremdlich, Blut strömt aus seiner Nase. Stöhnend bricht der Mann zusammen.

»Ich habe gesagt, legt die Gewehre nieder!«

Ein Panzer setzt sich krachend in Bewegung. In seinem Schutz formieren sich fünf französische Soldaten und traben neben ihm her direkt auf sie zu.

Heinz weiß, dass es jetzt ernst wird. Er will das Gewehr mit der provisorischen weißen »Fahne« erheben und sie über sich schwenken, rufen, dass sie sich ergeben, als einer der beiden Jungs, die eben geschossen haben, sein Gewehr erneut nach oben reißt, aufsteht und auf den ihnen entgegenrollenden Panzer feuert. Heinz brüllt ihn an, ob er verrückt sei oder lebensmüde, dass er sofort das Gewehr herunternehmen solle oder er, Heinz, ihm den Arsch versohlen würde.

Der Junge – es ist der mit den vielen Sommersprossen, dessen Namen sich Heinz nicht merken kann – schreit zurück, dass sie keine Feiglinge seien wie er, dass er nun das Deutsche Reich verteidigen werde und lieber als Held sterben wolle, als wie ein Feigling weiterzuleben: »Heil Hitler!«

Heinz hat das Gefühl, als sacke ihm der Boden unter den Füßen weg, als würde alles, worauf er hingearbeitet hat, sich in einem Strudel aus Dummheit und Ignoranz und fehlgeleiteter Ehre auflösen. Mein Gott. Was hat er falsch gemacht?

Seine Gedanken beginnen zu kreisen und zu summen und mit Macht kommen die Hummeln zurück. Er legt das Gewehr mit der weißen »Fahne« ins Gras, wundert sich, wie weiß das schmutzige Unterhemd im hellen Grün leuchtet, und fragt sich, warum sein Unterhemd an den Gewehrlauf geknotet ist. Verwundert steht er auf, blickt sich um, sieht all die Kinder um sich herum tot im Gras liegen, weiß, dass das nur eine Vision ist, dass es aber in wenigen Sekunden Wirklichkeit werden kann. Es ist aus – vorbei.

»... Und diesen Kindern, wenn sie überleben, wird die Welt nach dem Krieg gehören.« Wer hat das gesagt? Alles falsch. Heinz weiß es nun besser. Diesen Kindern wird gar nichts gehören. Weil sie es gar nicht wollen. Und es wird seine Schuld sein.

Plötzlich bewegt sich das Kanonenrohr des Panzers und schwenkt in ihre Richtung. Heinz hört, wie etwas metallisch einrastet, klar und beängstigend, und dann wird das Rohr lebendig: Es feuert, es brüllt, lässt die Luft vibrieren, den Boden erzittern, es öffnet keine zehn Meter von ihnen entfernt einen großen Krater und lässt Erde und Steine und Gras auf sie herunterregnen.

Heinz ist taub. Alles ist still. Auch die Hummeln. Ein Geruch nach heißem Metall liegt in der Luft. Heinz denkt, es riecht nach Eisenbahnschienen in der Sonne. Und kurz ist er zurückversetzt in den Sommer, bevor er in den Krieg ziehen musste, als er mit Hanna Hand in Hand an den Eisenbahnschienen entlang zum Bahnhof gelaufen ist, um ...

Plötzlich dringen Geräusche durch die Watte, die seine Ohren vor der brutalen Realität schützen. Er versucht sie zu ignorieren, will zurückfallen in diesen schönen Traum mit

Hanna. Doch ist da nicht ein Wimmern? Ruft da nicht jemand seinen Namen? Er richtet sich auf. Warum liegt er im Gras?

»Heinz, Heinz, wach auf, was sollen wir tun?«

Er dreht sich um, sieht sieben verängstigte, junge Gesichter, die ihn anblicken. Auch das mit den Sommersprossen.

»Was sollen wir tun?«

Und da weiß er wieder, wo er ist und was eben passiert ist. Er versucht, sich einen Überblick zu verschaffen. Der Panzer setzt seine Fahrt in ihre Richtung fort. Er ist nur noch fünfzig Meter entfernt. Er hört, wie die Soldaten, die nebenher laufen, sich etwas zurufen. Nicht mehr lange und sie sind da. Ob der Panzer nochmals feuert? Heinz weiß, dass er dann auch treffen wird.

Mit einem Aufschrei steht er auf, nimmt die weiße Fahne aus dem grünen Gras, schüttelt die Erde ab, hält sie nach oben und geht dem Panzer entgegen. Vor seinen Augen sieht er ein Licht pulsieren und immer heller werden und ihm ist, als würde eine Stimme ihm etwas zuflüstern. Erst versteht er nicht richtig, seine Ohren sind immer noch irgendwie taub, er strengt sich an, will wissen, was die Stimme ihm sagt, verscheucht das Summen, das langsam und stetig wieder Besitz von ihm ergreifen will, und endlich kann er die Stimme verstehen:

»... Und diesen Kindern wird die Welt nach dem Krieg gehören.«

Kapitel 19

Klara

Ihr Schweigen wird nur unterbrochen durch regelmäßig wiederkehrende spitze Bemerkungen von Frau von Stein. Klara lässt sie reden. Auch Ferdinand reagiert nicht. Erst als es ihm zu viel wird, bittet er seine Mutter, still zu sein. Beleidigt lehnt sie sich in ihrem Sitz zurück und schließt die Augen, tut so, als würde sie das alles nichts mehr angehen.

Schweigend fahren sie weiter über die Waldwege zum Dorf. Das Motorengeräusch ist einschläfernd, und würden sie von dem unebenen Weg nicht so durchgerüttelt, könnte Klara glatt einschlafen. Schlafen! Wie kann sie in solch einer Situation an Schlaf denken? Doch es ist so. Sie kann kaum noch die Augen offen halten, obwohl ihr das Herz bis zum Hals schlägt.

In großem Bogen überholen sie eine Kolonne Panzer, die mit ihren Ketten die Landstraße entlangrasseln. Ob sie dasselbe Ziel haben wie sie selbst? Werden diese Panzer gleich das Dorf einnehmen? Klara hat Angst.

Vor dem Dorf halten sie an. Es scheint wie ausgestorben. Sie bittet Ferdinand, nicht über die Dorfstraße zu ihrem Haus zu fahren, sondern den kleinen Feldweg über die Obstwiesen zu nehmen.

Sie rumpeln mit dem Auto durch das frische Grün der Wiesen, an den Obstbäumen vorbei, die die ersten Knospen sprießen lassen. Langsam verfliegt Klaras Müdigkeit. Zurück bleibt ein schaler Geschmack im Mund und zitternde Nerven. Was wird sie in den nächsten Stunden erwarten? Sie ist nun hellwach, sieht alles wie durch einen kontrastreichen Filter, alles ist gestochen scharf. Wie nachgezeichnet. Sie wünscht sich, sie hätte Ferdinands Wodkaflasche nicht zerschlagen. Ein Schluck würde ihr jetzt gut tun.

Da vorne steht ihr kleiner Hof, ein Haus mit Stall und dem dazugehörigen Hühnerstall, der seit dem letzten Angriff nicht einmal mehr ein Dach hat. Klein und schäbig. Klara sieht ihr Heim zum ersten Mal durch die Augen von Frau von Stein. Es ist ihr peinlich, dass diese nun sieht, aus welch einfachen Verhältnissen sie kommt. Sie dreht sich zu ihr um, bereit, jegliche Kommentare mit scharfer Zunge zu erwidern, doch Frau von Stein sitzt mit versteinertem Gesicht und steil nach oben gezogenen Augenbrauen auf dem Rücksitz. Auch sie ist hellwach. Doch scheint sie durch alles hindurch zu blicken wie auf eine andere Realität.

Seufzend dreht sich Klara wieder um und versucht sich frei zu machen von dem Gefühl der Abneigung, das sie dieser Frau mit zunehmendem Maße entgegenbringt. Sie haben im Moment wirklich andere Sorgen.

Ferdinand legt seine Hand auf ihre, drückt sie und lächelt ihr aufmunternd zu. Es ist das erste Mal, dass er ihr in Anwesenheit seiner Mutter so deutlich seine Verbundenheit zeigt. Vermutlich ist er immer noch betrunken. Sie muss aufpassen und für sie beide denken. Sie muss sich konzentrieren, alles richtig zu machen. Fehler sind tödlich.

Als sie aus dem Auto steigen, das Motorengeräusch endlich schweigt, werden sie empfangen von dem fröhlichen Chor der Vögel, die den Frühling feiern. Der Krieg scheint plötzlich weit weg zu sein. Es ist, als wären sie in einer anderen Zeit, einem anderen Leben. Alles scheint so normal. Ob sie alles nur geträumt hat? Doch sie braucht nur durch die Scheibe des Autos in Frau von Steins starres Gesicht zu blicken und weiß, dass sie noch mitten in einem Alptraum steckt.

Klara ruft nach ihrer Mutter, nach Gertrude. Niemand antwortet. Besorgt geht sie auf die Haustür zu. Sie will sie öffnen, doch sie ist verschlossen. Noch nie war diese Tür verschlossen. Ihr wird kalt.

Sie dreht sich um und will über den Garten ins Haus.

»Warte.«

Ferdinand hält sie am Arm fest. Aus der alten Turnhalle, dem Lager für die Zwangsarbeiter, kommen etwa zehn Personen. Die Hände in den Hosentaschen, kommen sie langsam schlendernd näher. »Bonjour Claire. Ça va?«

Ferdinand will sie zur Seite ziehen, weg von hier. Haben sie nicht eben erst in der Stadt gesehen, wie manche Zwangsarbeiter reagieren, wenn die Freiheit nahe scheint? Doch sie sind nicht in der Stadt. Klara kennt diese Männer seit vielen Monaten, sie hat keine Angst vor ihnen, mit manchen sind sie befreundet. Doch Gilbert ist nicht mehr da … egal. Sie werden anständig bleiben. Klara weiß es, hofft es.

»Wo ist meine Mutter? Gertrude?«

Sie schütteln den Kopf. Sie wissen es nicht.

»Wo ist Pascal? Kann ich mit Pascal sprechen?«

Sie schütteln wieder den Kopf.

Einer sagt: »Wir sind nun frei. Wir sind keine Gefangenen mehr von euch.«

»Ich weiß.«

Einer ruft: »Wie findest du das?«

Klara überlegt kurz, blickt ihn direkt an: »Das ist gut. Ich bin froh darüber.«

Raunen. Einige der Männer lächeln.

Ein anderer tritt vor, sein Gesicht ist wütend: »Du lügst! Ihr seid doch alle Nazis.«

Ferdinand stellt sich sofort vor Klara, die Fäuste geballt. Klara überlegt, was er wohl gegen zehn Gegner ausrichten könnte, und zieht ihn schnell zur Seite. Zum Glück hat er das alte Gewehr seines Vaters bei seiner Mutter im Auto gelassen. Wer weiß, was er damit provoziert hätte.

»Warum sollte ich lügen? Haben meine Familie und ich euch jemals belogen? Euch schlecht behandelt?«

Erneutes Raunen, Kopfschütteln, Ratlosigkeit. Und da wird Klara bewusst, dass die Zwangsarbeiter mit der Situation ebenso überfordert sind wie sie alle. Sie blickt jedem einzelnen von ihnen in die Augen.

»Heute noch wird der Krieg vorbei sein. Für uns alle. Und wer ihn überlebt hat ... unversehrt überlebt hat«, sie holt Luft, »sollte am Ende des Tages seinem Schöpfer danken.«

Sie zieht Ferdinand in den Garten. Unter dem Pflaumenbaum sprießt es grün. Die Kartoffeln! Die Kartoffeln, die über dem begrabenen Polizisten wachsen. Mein Gott! Der liegt immer noch da unten. Klara bekommt eine Gänsehaut.

Ferdinand stellt sich unter den Baum, zertritt versehentlich das erste Grün und blickt durch die frischen Blätter der Äste. Er hebt den Arm und holt etwas herunter.

»Schau, das ist doch die Puppe, die ich Gertrude zu Weihnachten geschenkt habe.«

Er betrachtet sie. Streicht ihr das wirre Kunsthaar aus dem Gesicht.

»Na, sehr sorgsam ist Gertrude nicht mit ihr umgegangen. Sie sieht aus, als würde sie schon lange in diesen Ästen sitzen. War wohl kein so gutes Geschenk, was?«

Klara nimmt sie ihm schnell aus der Hand und setzt sie wieder in die Äste. »Das beste Geschenk, das sie jemals bekommen hat.«

Als Ferdinand sie verwundert anblickt, schüttelt sie nur den Kopf.

»Vielleicht erzähle ich dir eines Tages, warum. Komm, wir müssen weiter.«

Vorsichtig gehen sie durch den Garten zur hinteren Eingangstür. Ängstlich und auf alles gefasst. Doch auch die hintere Tür ist verschlossen. Ratlos blickt sie Ferdinand an. Der macht einen Schritt zurück und wirft sich mit Anlauf gegen die Tür.

Ächzend gibt sie nach. Sie gehen hinein und rufen nach Helene, nach Gertrude, laufen in jedes Zimmer, schauen unter den Betten, im Schrank – wo sind die beiden? Ob sie ins Dorf gelaufen sind? Plötzlich ertönt ein gewaltiger Donnerschlag. Die Panzer! Wird das Dorf beschossen? Atemlos erwarten sie einen zweiten Schlag. Doch alles bleibt still.

Klara hat das Gefühl, als drücke ihr die Angst die Kehle zu. Sie keucht und weint. Sie kann nicht anders. Ob sie zu spät sind? Zu spät für was? Sie verbietet sich, weiter darüber nachzudenken, und versucht sich zu konzentrieren. Wo könnten sie sein? Wo geht Gertrude hin, wenn sie sich verstecken will? Ob die Zwangsarbeiter …? Nein! Auch darüber darf sie nicht weiter nachdenken!

Und dann fällt es ihr ein: Der Hühnerstall! Das zerstörte Dach ist zwar nur mit einer provisorischen Plane abgedeckt, aber er ist immer noch gut genug, um sich darin zu verstecken.

Sie rennt aus dem Haus, Ferdinand hinterher. Sie reißt die grob zusammengezimmerte Tür zum Hühnerstall auf und traut ihren Augen nicht: im Zwielicht des Stalls sitzen Gertrude und Pascal auf dem Boden vor der Hühnerleiter.

Gertrude lehnt schlafend an Pascal, der das einzige überlebende Huhn auf dem Schoss sitzen hat. Frau von Stein steht vor ihnen mit grimmigem Gesicht, das Gewehr ihres Mannes im Anschlag. Schützend. Mit ihrem typisch arroganten Augenaufschlag blickt sie Klara und ihren Sohn an und stellt sehr sachlich fest: »Da seid ihr ja endlich.«

Das Huhn flattert bei dem knarrenden Klang ihrer Stimme aufgeschreckt die Hühnerleiter hoch und setzt sich auf die oberste Sprosse. Gertrude schlägt die Augen auf, springt hoch und umarmt Klara.

»Klara! Klara! Pascal hat mich gerettet – vor den blöden Männern!«

Klara weiß nicht, ob sie lachen oder weinen soll. Sie streichelt Gertrude übers Haar, schaut zu Pascal und flüstert: »Danke, merci, Pascal! Das werde ich dir nie vergessen.« Und dann wieder besorgt: »Aber wo ist bloß unsere Mutter? Wir müssen sie suchen!«

Pascal steht ächzend auf, klopft sich den Dreck des Hühnerstalls von der Hose, nimmt ihre Hand und schaut sie besorgt an.

»Claire, zieh Männerkleidung an.« Er ignoriert ihren irritierten Gesichtsausdruck. »Versprich mir, bevor du deine Mutter suchst, geh hinein und zieh dir eine Hose und ein Hemd von deinem Vater an, bitte! Verkleide dich als Mann. Du wirst zu viel Aufmerksamkeit auf dich ziehen. Du weißt nicht, wozu Soldaten fähig sind. Vor allem wenn sie sich als Sieger fühlen.«

Kapitel 20

Helene

Helene kann vor Sorge um Gertrude nicht mehr richtig denken. Sie hat sie losgeschickt, um die Ziegen zu suchen, die beim letzten Angriff der Alliierten ausgebrochen sind, und seither ist sie nicht zurückgekommen. Das Mittagessen wurde kalt und Helenes Sorgen groß. Und auch ihre Selbstvorwürfe. Wie konnte sie die kleine Gertrude in solchen Zeiten da hinausschicken? Sie ist doch erst zehn.

Voll Furcht geht sie hinaus auf die Straße, klopft bei Hippelers an die Tür und fragt, ob sie sie wohl gesehen hätten. Doch nein, keiner von den Hippelers hat Gertrude heute gesehen.

Darauf geht sie in ihrer Verzweiflung hinüber zu Zimmermann und klopft zögernd auch bei ihm. Sie hat seit Wochen nicht mehr mit ihm gesprochen, sie ist ihm aus dem Weg gegangen, seit er versucht hat, sie zu erpressen. Sie konnte diesen Mann nicht mehr ertragen und hatte gleichzeitig Angst davor, er würde seine Drohung wahr machen. Doch es passierte nichts. Er ging ihr ebenfalls aus dem Weg. Sie haben sich erfolgreich gemieden. Er ist jedes Mal, sobald sie auf die Straße trat, aus seinem Garten verschwunden. Kein schneidiges »Heil Hitler« mehr und keine Überraschungsbesuche. Helene wusste die Situation nicht einzuordnen.

Vielleicht schämt er sich für seinen Erpressungsversuch? Nun, dann hätte er sich ja mal entschuldigen können.

Laut Klara glaubt sie an das Gute im Menschen. Aber bei Zimmermann stimmt das nicht. Hat er sie und Gertrude nicht sogar während des Fliegerangriffs vor seinem Bunker warten lassen? Nur um seine Macht zu demonstrieren, seinem Sadismus zu frönen? Das jedenfalls wird sie ihm nicht verzeihen.

Doch nun klopft sie verzweifelt an seine Tür. Vielleicht hat er Gertrude gesehen. Doch er ist nicht da. Sie geht zum Bunker und öffnet ihn. Der ist ebenfalls leer. Seinem Innern entströmt ein Geruch nach Grab und Tod. Helene muss sich übergeben.

Sie macht sich auf den weiten Weg zur Ziegenkoppel. Bei jedem Schritt wischt sie sich den Mund ab. Sie kann die Bewegung nicht kontrollieren. Mit jedem Wischen verstärkt sich das Gefühl, dass etwas Schlimmes passieren wird. Stark schwitzend kommt sie bei der Koppel an. Sie muss sich erneut übergeben. Von den Ziegen gibt es immer noch keine Spur. Von Gertrude auch nicht. Nur deutliche Kotspuren, die zum Wald führen. Die Ziegen haben auf ihrer Flucht alles verdreckt.

Mit klopfendem Herzen steht sie am Waldrand und überlegt, ob sich Gertrude womöglich im Wald verlaufen hat. Doch nein, das würde sie nicht tun. Klara und sie selbst haben ihr oft genug eingeschärft, dass sie nicht alleine in den Wald gehen darf. Aber vielleicht ist sie ja trotzdem hineingelaufen? Gerade deshalb? Sie ist ein sehr eigenwilliges Mädchen. Helene hat das Gefühl, sie müsste sich schon wieder übergeben. Der bittere Gallensaft legt sich um ihren Kehlkopf und lässt sie husten. Sie schluckt ihn hinunter.

Plötzlich hört sie Stimmen und Schritte. Schnell versteckt sie sich hinter einem Baum. In dem Moment durchbrechen etwa zwanzig Soldaten die Baumgrenze und marschieren zielstrebig Richtung Dorf. Es sind Franzosen. Helene hält den Atem an. Die Borke des Baumes drückt sich hart in ihren Rücken. Es ist also soweit. Sie werden erobert. Oder befreit. Je nachdem, aus welchem Blickwinkel man es betrachtet.

In ihre Sorge mischt sich eine leise Freude. Ob auf der Seite der Eroberten oder der Befreiten, für alle wird der Krieg beendet sein. Und vielleicht, ganz vielleicht kommt dann auch ihr Wilhelm wieder zurück. Sie fühlt, wie sich ihre Augen mit Tränen füllen, sieht die anrückende Armee vor ihren Augen verschwimmen. Es wird endlich vorbei sein! Wirklich? Sie kann es nach den vielen Jahren des Krieges fast nicht glauben.

Eine plötzliche, unbändige Sehnsucht nach Frieden und Freiheit und ihrem Wilhelm lässt fast die Sorge um Gertrude verblassen. Aber nur fast. Sie reißt sich zusammen. Sie muss sie finden. Jetzt noch mehr als vorher. Hatte Goebbels in seinen Propagandareden nicht vor den »Barbarenhorden« gewarnt? Aber er meinte damit vermutlich die Russen, bestimmt nicht die Franzosen. Und wenn doch? Eine eiserne Faust scheint ihren Magen zu umschließen. Und wenn doch …? Vorsichtig schleicht sie um die Koppel, sie muss zurück ins Dorf.

Plötzlich knallt es. Ihre Ohren surren. Die Vögel verstummen, vor Schreck verliert sie das Gleichgewicht und landet mit dem Hintern im Gras. Eine Granate! Panzer? Das müssen Panzer sein. Sie blickt Richtung Westen, Richtung Stadt. Eine Rauchwolke steigt hinter einem Hügel auf. Nicht weit von hier. Also kommen die Panzer aus der Stadt. Sie wartet auf eine zweite Detonation. Sie bleibt aus.

In ihre Sorge um Gertrude mischt sich eine zweite: Onkel Heinz! Hoffentlich ist er mit seinem »Volkssturm« nicht in der

Nähe und versucht das Reich zu verteidigen. Schnell rappelt sie sich auf und rennt zurück ins Dorf. Schwer atmend kommt sie an.
Wie ein Lauffeuer hat sich die Nachricht verbreitet. Die Franzosen stehen vor dem Dorf, der Krieg ist vorbei. Die Leute kommen zögerlich aus ihren Häusern, versammeln sich am Straßenrand und auf dem Kirchplatz. Sie sind ängstlich und unsicher und fragen sich flüsternd, ob sie nun alle erschossen werden, ob nun die »Barbarenhorden« kommen, um sich zu rächen. Und sie sind planlos. Wo ist der NSDAP-Ortsgruppenleiter? Sollte nicht jemand mit einer weißen Fahne den Franzosen entgegengehen und das Dorf übergeben? Was macht man in solch einer Situation? Keiner hat sie vorbereitet.

Helene hat das Gefühl, zum ersten Mal diese Menschen zu sehen. Ein ängstlicher Haufen aus Frauen mit Kopftüchern, alten Männern in Arbeitshosen und Kindern mit Rotznasen. Irgendwie schäbig. Keiner ist unterernährt, doch gesund sehen sie auch nicht aus. Niemand trägt zerrissene Kleidung, aber wohlhabend wirkt beileibe auch keiner. Ein stolzes, reiches arisches Dorf? Kinder mit roten Wangen und kraftvoll aussehende Männer? Das gibt es vermutlich nur noch auf den Bildern des Propagandaministeriums.

Was die französischen Soldaten wohl sehen, wenn sie in dieses Dorf kommen? Ein Dorf der Besiegten, der Jämmerlichen? Ob das ihrem Rachedurst schon reicht? Anders als in den größeren Städten, sind hier die Häuser nur vereinzelt mit Granateinschlägen beschädigt, das Dorf an sich ist noch recht intakt. Ob die Eroberer das nun nachholen und den Ort zerstören wollen?

In dem Moment explodiert eines der Dächer der umliegenden Häuser. Gerade war das Dach noch da, nun qualmt ein Loch an seiner Stelle. Die Frauen kreischen, die Männer halten sich stumm den Mund zu, die Kinder stehen mit ratlosem Blick und hängenden Armen da. Keiner rennt davon. Alle warten atemlos darauf, dass es noch einmal knallt. Sie sind wie Vieh, das apathisch und gottergeben auf seinen Schlachter wartet. Doch es bleibt still.

War das ein Warnschuss? Wollen die anrückenden Franzosen testen, ob zurückgeschossen wird? Ob Soldaten das Dorf schützen? Nun wissen sie jedenfalls, dass niemand das Dorf verteidigen wird. Helene ist froh. Sie hatte schon Angst, Onkel Heinz würde mit seinem »Volkssturm« das Feuer erwidern.

Dafür hören sie nun Motorengeräusche und das Rasseln von Panzerketten. Sie kommen näher. Die obersten Fenster des Rathauses werden geöffnet, und anstatt der roten Fahnen mit schwarzem Hakenkreuz, die ansonsten bei Feierlichkeiten hinausgehängt werden, wehen weiße Leintücher herunter. Wer hat sie aufgehängt? Vermutlich wird das ein Geheimnis bleiben. Der NSDAP-Ortsgruppenleiter war es jedenfalls nicht. Der ist ja offensichtlich abgehauen.

Wie abgesprochen öffnet sich auch ein Fenster des Pfarrhauses, und ein weißes Leintuch wird vom Pfarrer persönlich, beinahe verschämt herausgehängt. Und auch aus den oberen Fenstern des Bäckers flattern plötzlich weiße Leintücher.

Da erst sieht Helene, dass die Fensterscheibe der Bäckerei zerschlagen ist und Mehl und Gerümpel vor dem Haus zerstreut liegen. Doch das scheint keinen zu interessieren. Alle starren auf die Fahnen, die eigentlich Bettlaken sind, die der Niederlage entgegenwehen und eingestehen, dass das tausendjährige Reich am Ende ist.

Helene geht suchend durch die Menschenmenge, hofft, Gertrude irgendwo unter ihnen zu sehen. Sie fragt die Leute, ob jemand sie gesehen hat und erntet nur Kopfschütteln und abwehrende Blicke, alle haben ihre eigenen Sorgen und wollen nicht noch mit ihren behelligt werden.

Da kommt die Bäckersfrau auf die Straße heraus. Sie steht verloren zwischen dem Gerümpel, der einmal zu ihrem Haus gehörte. Sie hat ein blaues Auge und hinkt. Helene erkundigt sich, was passiert sei. Sie schüttelt stumm den Kopf, möchte nicht darüber reden, scheint verbittert. Helene fragt weiter, ob sie Gertrude gesehen habe. Ja, das habe sie. Sie erzählt, einige Zwangsarbeiter seien randalierend und plündernd durch die Straßen gezogen und Gertrude mittendrin. Helene bleibt vor Schreck die Stimme weg. Sie packt die Bäckersfrau an beiden Oberarmen und schüttelt sie. Die Frau reißt sich los, sagt, sie solle sich beruhigen, Gertrude sei von diesem alten Franzosen weggeholt worden.

»Alter Franzose? Meinst du Pascal?«

Die Bäckersfrau zuckt mit den Schultern.

»Weiß ich doch nicht, wie diese Franzosen alle heißen.«

Helene hakt panisch nach: »Ging es ihr gut? Haben sie ihr etwas getan?«

Die Bäckersfrau schüttelt unbeherrscht den Kopf. »Ihr seid doch die Franzosenfreunde, euch tun sie doch nichts!«

Die Bäckersfrau dreht sich um und geht wieder zurück in ihr Haus, lässt Helene einfach stehen. Sie zittert. Sie weiß nicht, was in diese Frau gefahren ist. Wie kann sie so kalt sein? Es geht doch um die kleine Gertrude, um ein Kind!

»Euch tun sie doch nichts.« Es klang wie ein Vorwurf. Haben sie ihr denn etwas getan? Das blaue Auge? Die zerbrochene Fensterscheibe? *»Euch tun sie doch nichts.«* Hoffentlich handelt es sich bei dem »alten Franzosen« um Pascal. Dann geht es ihr gut. Er wird auf sie aufpassen. Wo sind sie bloß? Vielleicht hat er sie nach Hause gebracht? Am besten, sie sucht einfach weiter.

Doch Helene kommt nicht mehr weg. Die Franzosen marschieren ein, nehmen sich das Dorf und unterwerfen sich die Menschen, ohne dass ein Schuss gefallen wäre. Mit der Selbstverständlichkeit der Sieger rollen sie über die Hauptstraße auf den Kirchplatz. Atemlos beobachten die Dorfbewohner die Invasion. Ein Jeep vorneweg, Panzer und Mannschaftswagen hinterher. Dann kommen die Fußsoldaten. Franzosen und Marokkaner. Atemlos und ergeben nehmen die Dorfbewohner es hin, dass die fremde Armee mit ihrer machtvollen Präsenz das Dorf zu fluten scheint. Einige der jungen Zwangsarbeiter, die über und über mit Mehl bepudert sind, als handele es sich um eine Kriegsbemalung, haben sich dem Triumphzug angeschlossen. Lärmend und lachend folgen sie den Soldaten.

Die Soldaten besetzen den Platz, durchsuchen das Rathaus nach Waffen und Munition und dringen in Häuser ein auf der Suche nach versteckten Soldaten der Wehrmacht. Einzelne Schreie dringen aus den Häusern, ein Schuss, noch einer, man hört es weinen und schluchzen, sieht versteinerte Gesichter, und über allem liegt die Melodie der französischen Sprache. Aus vielen Kehlen werden Befehle geschrien, man hört es auf Französisch sprechen, schreien, lachen und singen. Ja, auch singen. Dazwischen hallt das grelle Kreischen der Frauen, das Entsetzen verbreitet, und gleichzeitig verteilen einige der Soldaten freundlich lächelnd Schokolade an die Kinder am Straßenrand. Irgendwie klingt es wie ein Fest. Ein wüstes Fest. Das Fest der siegreichen Eroberung.

Und plötzlich glaubt Helene, ihr Herz würde aussetzen. Einfach stehen bleiben. Vielleicht stirbt sie in diesem Augenblick und ihr Körper denkt nur, dass er weiter lebt? Dabei schwebt ihr Geist schon völlig losgelöst und frei Richtung Unendlichkeit? Doch nein. Dafür fühlt sich der Schmerz, als ihr Herz wieder einsetzt, zu real an: Da vorne kommt Onkel Heinz. Seine Hände sind gefesselt, sein Haar leuchtet weiß. Er hat einen entrückten

Gesichtsausdruck und scheint in einer anderen Welt zu sein. Soldaten kesseln ihn ein und stoßen ihn unsanft nach vorne. Weiter, immer weiter durch die Menge – alles ist plötzlich still.

Sie stellen ihn an die Wand der Dorfkirche. Drei Soldaten mit Gewehren stellen sich vor ihm auf. Es ist eine Hinrichtung. Helene verlassen die Kräfte.

Kapitel 21

Gilbert

Das Gefühl, »zu spät« zu sein, versetzt ihn in einen Zustand der Unruhe. Alles ist ihm zu langsam. Ungeduldig drängt er den Soldaten, der ihn fährt, Gas zu geben. Besorgt gibt dieser seinem Drängen nach. Er hat Angst vor einem Achsenbruch. Zu desolat sind die Straßen vor dem Dorf. Die Alliierten haben bei den Luftangriffen ganze Arbeit geleistet.

Doch darauf kann Gilbert keine Rücksicht nehmen. Er weiß, dass die Truppen das Dorf schon eingenommen haben. Er hat es über einen Funkspruch gehört. Er hat Angst um die Trois Grâces. Er weiß, dass manche Befehlshaber ihren Truppen die ersten Stunden freien Lauf lassen. Zum Plündern und Vergewaltigen.

Rumpelnd biegen sie über die Dorfstraße in den Weg zum Bauernhaus der Trois Grâces ein. Gilbert hofft, dass sie sich im Keller versteckt halten, bis die erste Wut und der erste Siegesrausch über das Dorf hinweggezogen sind.

Die großen Kastanienbäume, die links und rechts Spalier stehen, leuchten in zartem Grün. Als er sie das letzte Mal gesehen hat, streckten sie das Gerippe ihrer Äste kahl gegen den

Himmel. Ihre Reihe wird nur unterbrochen von einem spitz nach oben zielenden Baumstumpf. Was ist passiert?

Er fährt an der kleinen Turnhalle vorbei, die so viele Monate sein Gefängnis und Zuhause war. Sah die schon immer so schäbig aus? Alles scheint wie ausgestorben. Wo sind seine ehemaligen Kameraden?

Ein eigenartiges Gefühl, das er nicht benennen kann, manifestiert sich in seinem Magen und steigt langsam durch die Speiseröhre nach oben.

Es ist seltsam, wieder hier zu sein. Nun in einer ganz anderen Rolle. Der Zwangsarbeiter und Spion kommt zurück als Offizier und Eroberer. Müsste er sich nicht ganz anders fühlen? Stolz? Stark? Mächtig? Nein. Er fühlt einfach nur ... Wehmut?

Als er vor dem Haus der Trois Grâces steht, verdichtet sich das Gefühl, das aus seinem Magen nach oben gestiegen ist, zu einem dicken Kloß im Hals. Die Hauswand zeigt inzwischen Granateneinschläge, das Dach des Hühnerhauses ist zerstört und provisorisch mit einer Plane abgedeckt. Er schluckt den Kloß hinunter. Adrenalin lässt sein Herz schneller schlagen. Hoffentlich ist ihnen bei den Angriffen nichts passiert.

Der Geländewagen hat noch nicht einmal angehalten, da rennt er schon auf die Haustür zu, ruft nach Helene, nach Klara, nach Gertrude. Keine Antwort. Er versucht, die Tür zu öffnen. Sie ist abgeschlossen. Noch nie war diese Tür abgeschlossen. Er weist seinen Fahrer an, vor dem Haus Wache zu halten, und geht mit schnellem Schritt durch den Garten zur hinteren Eingangstür.

Aus dem Dorf weht lauter Lärm herauf. Es klingt, als wäre ein Volksfest zugange. Gilbert betet, dass sich die Trois Grâces hier im Haus versteckt halten.

Die hintere Tür ist nur angelehnt. Gilbert betrachtet das Schloss. Es ist herausgebrochen. Jemand hat die Tür aufgebrochen. Seine Angst um die Trois Grâces wird fast übermächtig.

Er durchsucht die Zimmer, sieht unter jedem Bett nach. Im Wohnzimmer bleibt er vor Hitlers Porträt stehen. Warum hängt dieser Mann hier immer noch? Er zieht seine Pistole und schießt ihm zwischen die Augen. Das Glas des Rahmens zerspringt in tausend Teile. Er nimmt das Porträt ab und schmeißt es sicherheitshalber zum Fenster hinaus. Keiner seiner Landsleute soll die Trois Grâces mit Hitler in Verbindung bringen.

Er geht suchend in die Küche, hält kurz inne und sieht sich wieder vor dem Backofen stehen wie damals. Der Duft nach einer gebratenen Gans scheint aus der Vergangenheit herüber in die Gegenwart zu wehen. Er sieht Klara vor sich, ihre leuchtenden Augen, und fühlt wieder den Kuss, den ersten Kuss, den er ihr an Weihnachten gegeben hat. Wie lange ist das her? Jahre? Jahrzehnte? Oder war es gestern?

Er reißt sich von der Erinnerung los und rennt hinaus. Nur noch ein Platz fällt ihm ein, wo sie sich verstecken könnten. Das Hühnerhaus. Er öffnet die grob gezimmerte Tür. Ein einzelnes Huhn sitzt gackernd auf der Hühnerleiter und scheint ihn vorwurfsvoll anzublicken. Von den Trois Grâces keine Spur.

Als er frustriert zum Wagen zurückkehrt, traut er seinen Augen nicht. Sein Fahrer steht mit gezogener Pistole vor einem älteren Mann mit schmuddeligem, grauem Schnurbart, der ein Bettlaken als weiße Fahne vor sich hält. In beschwörendem Ton versucht dieser, den Soldaten davon zu überzeugen, dass er kein Nazi sei, dass er die französischen Zwangsarbeiter immer unterstützt und ihnen zu Essen gegeben habe. Es ist Zimmermann.

Als Zimmermann bemerkt, dass da ein französischer Offizier auf ihn zukommt, wendet er sich von dem Soldaten ab und will Gilbert, devot lächelnd, noch einmal dieselben Lügen auftischen. Da erkennt er Gilbert. Er erbleicht.

Die Gesichtszüge entgleiten ihm. Er sieht aus, als sähe er ein Gespenst. Und irgendwie tut er das ja auch.

»Gilbert?«

»Oui.«

»Gilbert, ich habe das damals nicht so gemeint.«

»Oui?«

»Das war nichts Persönliches, weißt du …«

»Was war nicht persönlich? Dass du mich hier vor deinem Bunker zusammengeschlagen hast?«

»Nein, nein, das war ein Versehen, ja, ein Versehen.«

Gilbert spürt, dass er nahe daran ist, seine Pistole zu ziehen und diesen perfiden Lügner einfach zu erschießen. Zwischen die Augen. So wie er es eben im Wohnzimmer der Trois Grâces mit Hitler getan hat. Doch er kann sich gerade noch beherrschen.

Er fragt: »Wo sind Helene und ihre Töchter?«

»Sie waren alle da. Auch Klara. Zusammen mit diesem Adligen und einer älteren Dame.«

Als Gilbert nichts erwidert sondern ihn einfach weiter anblickt, fährt er fort: »Aber nicht zusammen. Sie haben sich gegenseitig gesucht und verpasst. Ich habe alles aus meinem Dachbodenfenster beobachtet. Aber jetzt sind sie weg. Das ganze Dorf ist auf dem Marktplatz. Da gibt es gleich eine Hinrichtung …«

Zimmermann bekommt einen verschlagenen Gesichtsausdruck: »… die wird dich vielleicht interessieren. Es geht um deinen Freund Heinz.«

Gilbert holt aus und donnert Zimmermann den Griff seiner Pistole ins Gesicht. Doch als er die Nase von Zimmermann knacken hört, fühlt er nicht einmal Befriedigung. Sondern nur Leere.

Er befiehlt dem Soldaten, Zimmermann zu fesseln und festzunehmen, steigt in den Geländewagen und gibt Gas.

Kapitel 22

Onkel Heinz

Ruhe, wunderbare Ruhe. Kein Kreisen, kein Summen, nichts wabert und wogt, lenkt ihn ab. Keine Hummeln. Nein. Er ist hier. Und er ist ruhig. Und es ist gut so, wie es ist.

Er spürt immer noch den Schlag des Gewehrkolbens in der Magengegend, als die Franzosen ihm die »weiße Fahne« abnahmen. Eine Rippe ist vermutlich angebrochen. Die Fesseln, die sie ihm umgelegt haben, schneiden ihm ins Fleisch der Handgelenke. Aber seltsamerweise schmerzt ihn all das nicht. Es ist gut, so wie es ist.

Er steht an der rauen Wand der kleinen Kirche. Sie drückt ihm kühl und irgendwie beruhigend in den Rücken. Sein Geist ist ruhig, trotzdem zittert sein Körper. Er versucht, ihn ruhig zu halten. Er will nicht zittern. Doch es gelingt ihm nicht.

Er weiß, dass sie ihn gleich erschießen werden, dass sie ein Exempel statuieren vor den Dorfbewohnern, die hier auf dem Platz vor der Kirche versammelt sind. Die Franzosen müssen das tun. Er versteht das. Er hat schließlich vermeintlich auf sie geschossen. Sie angegriffen. Und damit nicht noch jemand auf so eine Idee kommt, muss er vor den Augen aller liquidiert werden. Er versteht das. Vergeltung und Vorbeugung. So ist das im Krieg.

Der Junge mit den Sommersprossen hat bei seiner Verhaftung zwar unter Tränen gerufen, Heinz könne nichts dafür, er sei es, der geschossen habe. Aber Heinz hat nur den Kopf geschüttelt und gesagt, der Junge rede Unsinn, und ihm bedeutet, still zu sein. Als letzten Befehl sozusagen.

Jetzt steht der Junge mit den anderen sechs aus seiner Truppe in der Menschenmenge und starrt ihn mit fassungslosen, tränenfeuchten Augen an. Die Lust auf den Heldentod war ihm schnell vergangen, als die Granate des Panzers neben ihnen einschlug. Und auch das ist gut so. Er ist doch noch ein Kind.

»... Und diesen Kindern wird die Welt nach dem Krieg gehören.«

»Ist es vorbei? Habe ich sie gerettet?«

»Ja, du hast alles richtig gemacht.«

»Aber ich hätte sie nicht zu Soldaten ausbilden dürfen.«

»Du hast zum Schluss deinen Fehler korrigiert.«

»Sie sind doch noch Kinder, und ich habe das nicht gesehen.«

»Sie leben. Und nur darauf kommt es an.«

Heinz atmet tief durch. Er ist bereit. Er wird nun seine Schuld bezahlen. Endlich wird es vorbei sein. Keine Anstrengung mehr und kein Kampf. Er sehnt sich nach Ruhe, will sich nicht mehr erinnern müssen, hat keine Lust mehr zu leiden, will nicht mehr an den Krieg denken und vor allem nicht mehr daran, was er getan hat. Damals in Italien. Wenn nur sein Körper nicht so stark zittern würde.

Er blickt in den Himmel, bewundert die weißen Wolken mit all ihren Schattierungen, die sich vor dem hellblauen Himmel auftürmen. Hatte der Himmel schon immer so ein intensives, helles Blau? Und wie ist es möglich, dass die Farbe Weiß so viele Nuancen hat?

Sein Blick kehrt nach unten, bleibt an den prachtvollen Kastanienbäumen hängen, die auf dem Platz vor der Kirche stehen. Sie feiern mit ihrem frischen Grün den Frühling. Wann sind die Bäume nur so grün geworden?

Und singt da nicht eine Amsel? Und eine zweite antwortet ihr? Wie wunderschön. Es ist, als ob sie das Ende des Krieges besingen.

Zum Schluss bleibt sein Blick in der Menschenmenge hängen. Er kennt sie alle schon sein ganzes Leben lang. Leise raunen sie. Sie werden alle sehen, wie er erschossen wird, werden Zeugnis ablegen können von einem Ende und einem Anfang. Er wird tot sein und der Krieg vorbei, Friede wird einkehren. Und mit ihm die Hoffnung.

Er wünscht sich, er könnte Helene und die Mädchen noch einmal sehen. Doch vielleicht ist es besser, wenn sie hier nicht dabei sind.

Da vorne. Da steht der alte Veteran. Der den ersten Schuss abgegeben und die beiden Jungen dazu animiert hat, ebenfalls zu schießen. Er steht mit einem Verband um den Kopf mitten in der Menge. Sein Kopf senkt sich schnell, als er Heinz' Blick auf sich spürt. Heinz empfindet nichts. Keine Wut. Nichts. Soll auch er mit der Schuld leben lernen. Oder auch nicht. Heinz wird immer ruhiger. Das Zittern hat aufgehört.

Doch da trifft es ihn wie ein Blitz: Hanna! Die schwarzen Haare streng nach hinten geknotet, ganz in schwarz gekleidet, als würde sie jetzt schon in Trauer für ihn sein, steht sie da und schaut voll Schrecken auf ihn. Und von Heinz fällt die mühsam aufgebaute Selbstbeherrschung ab und die Qual eines verpassten Lebens bricht über ihm zusammen.

Er bedauert die verlorene Zeit, die gestohlenen Erlebnisse und die Liebe, die sie sich hätten geben können. Er versucht ihr zuzulächeln. Doch es gelingt ihm nicht. Er fühlt, wie Tränen an seinen Wangen herunterrinnen und wünscht sich, er hätte sie noch einmal in seine Arme nehmen und sich bei ihr entschuldigen können. Warum hat er sie nicht besucht, nachdem er aus dem Krieg heimgekehrt war? Warum glaubte er, ihrer nicht würdig zu sein? Kommt es darauf an, was er denkt? Hätte er nicht sie entscheiden lassen müssen? Doch nun ist alles zu spät.

Ein Befehl wird gebrüllt und drei Soldaten stellen sich vor ihm auf. Es ist soweit. Das Erschießungskommando. Automatisch strafft er sich, richtet sich auf. Adrenalin durchströmt seinen Körper, seine Beine wollen rennen, flüchten und sein Herz schlägt wie wild.

Die Soldaten heben ihre Gewehre, ein lautes Raunen geht durch die Menge. Ein anderer Soldat geht zu ihm und stellt sich dicht vor ihn. Heinz riecht seinen Schweiß. Der Soldat legt ihm eine Augenbinde um, der raue Stoff kratzt ihm über das Gesicht. Heinz hört auf zu denken. Die Angst vor dem Tod umgreift ihn, nimmt ihm den Atem. Alles ist nun dunkel.

Er hat das Gefühl, er stünde vor einer Tür. Er legt die Hand auf die Klinke und drückt sie nach unten. Die Tür schwingt auf und er steht auf einem Felsen. Unter ihm ist ein Abgrund. Ein tiefer Abgrund, ein Abgrund der ihn schwindeln lässt. Schwarz und kalt und mitleidlos. Darüber erstreckt sich ein farbloser Himmel, so riesengroß, bis in die Unendlichkeit. Vorne, weit vorne schwebt das Gesicht eines Mannes. Es kommt ihm bekannt vor. Ist das nicht der Offizier? Er lächelt ihn an. Seine Lippen bewegen sich: »Komm«. Und Heinz weiß, dass es nun so weit ist.

»Nein!«

Ist das die Stimme von Helene?

»Nein! Nicht schießen! Ne tirez pas!«

Die Menge wird unruhig. Plötzlich hat er das Gefühl, dass jemand neben ihm steht. Helene? Die Soldaten brüllen ein paar Befehle.

»Helene, geh aus der Schussbahn!«

»Nein, Heinz! Sie können dich nicht erschießen.«

Die Soldaten brüllen, alle schreien durcheinander.

»Geh, geh bitte …«

»Nein!«

Heinz fühlt, wie Panik in ihm aufsteigt, wie es plötzlich wieder summt und brummt in seinem Kopf, und doch ist irgendetwas anders als sonst. In die Angst um Helene mischt sich noch ein anderes Gefühl. Ist es Hoffnung?

Und da beginnen plötzlich die Kirchenglocken zu läuten. Und mit jedem Schlag des dunkeln Klangs breitet sich die Hoffnung in ihm aus, mehr und mehr, bis sie ihn ganz erfüllt.

Kapitel 23

Gilbert

Heinz' weiße Haare leuchten beinahe überirdisch aus der Menge heraus. Er scheint aus einer anderen Welt zu kommen. Als hätte er der Erde nur einen kurzen Besuch abgestattet und würde gleich wieder entschwinden. Und irgendwie ist es ja auch so. Gleich werden ihn die Soldaten erschießen. Mon dieu, Heinz, was hast du nur getan, dass du diesen Zorn auf dich geladen hast? Bist du das Opfer, das die Sünden deines Dorfes mit seinem Blut reinwaschen soll? Gilbert wird zum zweiten Mal bewusst, dass er diesen Mann nicht nur schätzt, sondern auch mag.

Er muss das stoppen, er muss den verantwortlichen Kommandeur finden, noch hat er ein wenig Zeit. Doch nein, ein Befehl wird gebrüllt. Drei Soldaten stellen sich vor ihm auf. Es ist soweit. Das Erschießungskommando. Heinz strafft den Körper. Er richtet sich auf, scheint bereit zu sein. Bereit zu entschwinden in eine andere Welt.

Gilbert überlegt nicht mehr lange. Er drängt sich durch die wartende Menge und stößt die Leute zur Seite. Doch er kommt nur langsam vorwärts. Heinz wird bereits eine Augenbinde umgelegt. Er sieht aus, als würde er vor einem Abgrund stehen und sich auf den Sprung vorbereiten.

Plötzlich kommt Unruhe in die Menge der Dorfbewohner, er hört die Leute flüstern:

»Das ist die Helene.«

»Was macht sie nur?«

»Spinnt die?«

»Das ist doch Selbstmord.«

»Dieser Verrückte soll endlich erschossen werden.«

»Was für eine mutige Frau!«

»Jetzt wird sie mal sehen, was sie von ihren Franzosenfreunden hat.«

»Nein, tu es nicht!«

»Mon dieu!«

War er das selbst, der den letzten Satz geflüstert hat?

»Mon dieu!«

Und während Helene sich vor Heinz stellt, das Erschießungskommando bittet, die Waffen niederzulegen, die Soldaten verunsichert Befehle brüllen, alle durcheinanderschreien, durchbricht Gilbert die vorderste Reihe der Zuschauer und stellt sich ebenfalls vor Heinz. Neben Helene.

Und als plötzlich die Kirchenglocken zu läuten beginnen, dumpf und dunkel, ihr Klang durch jede Faser seines Körpers zu dringen scheint, tastet Helenes Hand suchend nach seiner.

Und so stehen sie da. Hand in Hand mitten in der Schussbahn eines Erschießungskommandos, mitten im Auge des Wirbelsturms, bereit, hinweggefegt zu werden. Doch selten fühlte sich etwas so richtig an. Er drückt Helenes Hand und sie erwidert seinen Druck.

Plötzlich durchbricht noch ein anderer Mann die Zuschauerreihen. Es ist Pascal. Er nickt Gilbert und Helene zu und stellt sich wortlos zu ihnen. Und noch einer tritt aus der Menge: Olivier. Und noch einer und noch einer und noch einer der ehemaligen Zwangsarbeiter. Bürgen für Heinz, geben Zeugnis für Loyalität und Anstand und beweisen, dass auch im Krieg aus Feinden Freunde werden können: Philipe, Théo, Hugo, Gabriel, Thomas. Alle stehen sie da und drängeln sich zwischen Heinz und den Tod.

Die Soldaten senken verunsichert die Gewehre, und zu der dunklen Melodie der Kirchenglocken gesellt sich eine helle Stimme. Eine kleine Glocke, die sich über die düstere Vergangenheit zu legen scheint und von Hoffnung und Frieden erzählt.

Gilbert reißt Heinz die Augenbinde vom Kopf. Aus weiter Ferne scheint sein Geist zurückzukehren. Ungläubig blickt er sich um, als würde er dieses Dorf und diese Menschen zum ersten Mal sehen. Und vielleicht ist es ja auch so. Denn ab jetzt wird nichts mehr so sein, wie es einmal war.

Sein Blick bleibt auf Gilbert hängen, scheint ihn in der Offiziersuniform nicht zu erkennen, doch dann erstrahlt sein Gesicht in einem Lächeln, und Gilbert sieht in ihm plötzlich den Mann, der er vor dem Krieg einmal gewesen war. Jung, ohne all den Schmerz und das Leid, und fast ist ihm, als wären die Haare von Heinz wieder braun und nicht mehr weiß. Aber nur für einen Augenblick. Dann leuchten sie wieder so weiß wie zuvor.

Vier Soldaten marschieren über den Platz auf sie zu und bleiben vor Gilbert stehen. Sie stehen stramm und öffnen eine Gasse für den Hauptmann, den Befehlshaber der Truppe. Die ehemaligen Zwangsarbeiter gehen unschlüssig zur Seite. Nur Pascal bleibt noch stehen, doch Gilbert bedeutet ihm, ebenfalls zur Seite zu treten. Alleine Helene und er stehen noch vor Heinz. Der Hauptmann kommt mit großen Schritten und unbewegtem Gesicht auf sie zu. Zögernd lässt Gilbert Helenes

Hand los. Er weiß, auf die nächsten Augenblicke kommt es an, sie entscheiden, ob Heinz verschont wird oder nicht. Und auch, wie es danach mit ihm selbst weitergeht. Schließlich hat er sich offen gegen einen Befehl gestellt. Die Glocken hören auf zu läuten und hinterlassen den Platz in atemloser Stille.

»Mon Capitan?«

»Offizier, warum boykottieren Sie meinen Befehl?«

»Das ist ein anständiger Mann. Ich kenne ihn seit vielen Monaten. Ich war hier in diesem Dorf als Spion eingeschleust.«

»Er hat auf meine Truppen geschossen.«

»Er wollte nur sein Dorf verteidigen. Er ist kein Nazi. Er hat mich hier gegen Nazis verteidigt. Dafür zeuge ich und auch die anderen ehemaligen Zwangsarbeiter.«

»Wer ist die Frau?«

»Das ist Helene Schäfer. Die Schwägerin dieses Mannes. Sie und ihre Familie haben uns alle während der Zeit unserer Gefangenschaft anständig und sogar freundschaftlich behandelt. Und noch viel mehr. Mir gaben sie ein Zuhause.«

Der Hauptmann blickt Gilbert forschend an.

»Sie sind Gilbert Dupont? Der Spion?«

»Oui.«

»Colonel Mont hat mir von Ihnen erzählt. Er hält große Stücke auf Sie. Doch ich kann Ihr Vorgehen hier nicht ungestraft durchgehen lassen. Sie hätten zuvor mit mir sprechen müssen.«

»Oui, mon Capitan. Doch es war keine Zeit dafür. Ich bitte Sie, lassen Sie diesen Mann und diese Frau gehen. Mit mir können Sie machen, was Sie wollen.«

»Warum sollte ich diese Deutschen schonen?«

»Weil wir den Sieg errungen haben, und als Sieger kann man großzügig sein.«

»Waren die Nazis großzügig, als sie in unser Land eingefallen sind?«

»Wir sind keine Nazis. Und dieser Mann und diese Frau auch nicht.«

Der Hauptmann blickt ihn unbeweglich an. Und als Gilbert schon denkt, alle Argumente wären umsonst, nickt er, reicht Gilbert die Hand und schickt einen seiner Soldaten, um Heinz die Fesseln abzunehmen. Ein anderer wird angewiesen, Gilbert abzuführen.

»Mon Capitan, noch ein Wort.«

»Oui?«

»Ich habe im oberen Dorf einen der Nazis festnehmen lassen. Mein Fahrer ist bei ihm und bewacht ihn. Ich wäre Ihnen dankbar, wenn Sie sich seiner annehmen könnten.«

Gilbert sitzt gefesselt in einem der leeren Truppenwagen und beobachtet den Kirchplatz als unbeteiligter Zuschauer. Er sieht, wie sich der Platz langsam leert, wie für die Dorfbewohner die Besetzung schon Alltag wird. Ihr Leben wird weitergehen. Wie? Für die meisten nicht schlechter als vorher.

Auch jetzt werden sie sich den Umständen anpassen, die Niederlage hinnehmen, ihr Leben leben, ihre Sünden vergessen. Nazi will ja schon jetzt keiner mehr gewesen sein.

Nur ein paar wenige werden diesen Tag nicht als Kapitulation und Niederlage begreifen, sondern als Befreiung von Krieg und nationalsozialistischer Diktatur. Doch die werden genügen.

Gilbert ist davon überzeugt, dass diese wenigen ausreichen werden, diesem Volk den Antrieb dafür zu geben, in eine demokratische Zukunft zu gehen, sich neu zu erfinden und der Welt zu zeigen, dass Deutschland den Faschismus hinter sich lassen kann. Er weiß das. Er hofft das. Warum? Nicht nur wegen der Trois Grâces hat Gilbert ein besonderes Verhältnis zu den Deutschen. Irgendwo in seinem Inneren hängt er an der Vorstellung, dass ein Volk, das Goethe, Dürer, Gutenberg,

Luther, Bach, Händel, Kant, Schiller, Humboldt, Hegel und manch andere Dichter und Denker hervorbringen konnte, nicht so abgrundtief schlecht sein kann, wie es sich der Welt gezeigt hat. Und wenn doch?

Dann wäre die Hoffnung eine Farce und das Leben eine Lüge. Gilbert hat das Gefühl, dass er das nicht ertragen könnte. Vielleicht ist er aber auch nur ein naiver Romantiker.

Er fühlt sich erschöpft, ausgelaugt. Unendlich müde. Und traurig. Doch eigentlich sollte er glücklich sein. Die Kapitulation dieses Ortes ist nach der Freilassung von Heinz friedlich abgelaufen.

Den Dorfbewohnern wurde mitgeteilt, dass sie nun unter französischer Verwaltung stehen, ihnen wurden die neuen Regeln erklärt, Waffen und Fahrzeuge wurden beschlagnahmt, niemand wurde erschossen. Die ehemaligen Zwangsarbeiter fungierten als Vermittler und Übersetzer.

Über sein eigenes Schicksal wird später entschieden.

Doch er macht sich darüber keine Sorgen. Sie werden ihn nach Frankreich zurückschicken. Das wird seine Strafe sein. Doch das war es wert: Er hat Heinz vor dem Tod durch Erschießen gerettet, Helene vor einer ungewissen Strafmaßnahme bewahrt, und er hat Klara wiedergesehen. Nur von weitem und in seiner Situation unerreichbar, er hat sie nicht einmal gleich erkannt, sie war verkleidet. Aber er hat sie noch einmal gesehen. Zumindest gesehen. Auch wenn er ihr seine Liebe nicht gestehen konnte.

Noch während er abgeführt wurde, rannte die kleine Gertrude zu ihrer Mutter, umarmte sie, wollte gleich darauf zu ihm, sie rief »Gilbert, Gilbert!«, und in ihrer Stimme lag eine Dringlichkeit, die ihm durch Mark und Bein ging.

Doch sie ließen sie nicht zu ihm durch. Helene hielt sie fest, und mit großen Augen winkte sie ihm zu, und Gilbert wünschte sich, dass es kein Abschied wäre.

Dann entdeckte er von Stein, der unverkennbar durch die Menge stolzierte. Er hätte ihm gerne eine reingehauen. Einfach so. Einfach, weil er durch die Menge stolzieren konnte und er selbst nicht. Doch seine Wut auf den Adligen war so schnell verflogen wie sie gekommen war. Verpufft im Nichts, einfach so.

Neben von Stein ging eine ältere Frau, eine Dame, die so aussah wie von Stein, und ein junger Mann mit Mütze, der Gilbert seltsam bekannt vorkam, bis ihm bewusst wurde, dass dieser junge Mann niemand anderes war als Klara in Männerkleidung.

Sein Herz setzte einen Schlag aus, und als es wieder einsetzte, musste er lauthals lachen. Gut gemacht, Klara! Als Junge verkleidet wird kein französischer Soldat versuchen, dich zu vergewaltigen.

Doch diese Vorsichtsmaßnahme ist mittlerweile unnötig. Auch wenn er selbst gefangen genommen wurde, stehen sie trotzdem unter seinem Schutz. Unter dem Schutz des »Spions«.

Es hat sich unter den Soldaten herumgesprochen wie ein Lauffeuer. Und wem das immer noch nicht klar sein sollte, der wird von Pascal darüber in Kenntnis gesetzt: Niemand rührt die Trois Grâces an.

Gilbert kann beruhigt die Augen schließen und sich seiner Erschöpfung hingeben. Er lässt sich fallen in eine zähflüssige Melancholie, die seinen Geist hinüber in einen Traum zieht. In einen Traum von einem träge wogenden Meer.

Die Wellen spülen sanft an einen schneeweißen Sandstrand, das Wasser ist dunkelblau und geheimnisvoll. Neben ihm liegt Klara. Sie lächelt ihn an. Endlich kann er ihr seine Liebe gestehen, sie bitten seine Frau zu werden. Und er weiß, sie wird ja sagen.

Am Himmel schweben silberfarbene Möwen wie Fremdkörper durch die Luft – etwas stimmt nicht. Irgendetwas stimmt nicht.

Im Traum dreht Gilbert sich im Kreis, blickt suchend über das Meer und sieht, wie sich dicke Gewitterwolken am Horizont formieren. Das Meer brodelt in weißen Schaumkronen. Er will zu Klara sagen, dass sie den Strand verlassen müssen, bald ein schweres Gewitter kommen würde, doch sie ist nicht mehr da.

Dafür liegt eine schwarze Echse an genau der Stelle, an der Klara eben noch war. Sie blickt ihn aus ihren Echsenaugen lauernd an. Sie ist schwarz und schuppig und stinkt unerträglich. Abgestanden und sauer. Warum kommt ihm dieser Gestank nur so bekannt vor? Der Mief wird immer stärker, klopft penetrant an sein Unterbewusstsein und flüstert ihm etwas zu.

Gilbert kann nicht verstehen was er ihm sagen will, er strengt sich an, er weiß, es ist wichtig, doch er versteht ihn nicht.

Mit einer gewaltigen Willensanstrengung versucht er aufzuwachen, stemmt seinen Geist gegen die Trägheit des Traumes und reißt die Augen auf.

Über ihm steht eine schmale, gebeugte Gestalt. In der Hand ein Messer. La Sorcière Rouge, die rote Hexe. Die schwarze, schuppige Echse aus seinem Traum hat sich verwandelt. Noch nie fühlte er sich so hilflos und ausgeliefert wie in diesem Moment.

»Der Spion ist also wieder zurück.«

»Was willst du?«

»Ich bin froh, dass deine Eitelkeit dich an den Ort deiner Verbrechen zurückgebracht hat. Dann kann ich mich endlich rächen.«

»Rächen? Wofür?«

»Ich hatte es dir versprochen.«

»Was versprochen?«

»Das ich dich holen komme.«

»Warum?«

»Weil aufgrund deiner Dummheit mein Sohn gestorben ist.«

In diesem Moment klatscht ein dicker Tropfen auf das Fahrzeugdach. Dann noch einer und noch einer. Immer schneller und immer schneller hämmert der Regen gegen das Blech und die Fahrzeugplane und verwandelt das Innere des Mannschaftswagens in einen Höllenschlund. Als ein Blitz grell aufleuchtet, sieht Gilbert wie das kühle Metall einer Klinge auf ihn zufliegt. Stumm und gnadenlos. Und ihm ist, als wäre die Totengöttin der Germanen, »Hel«, höchstpersönlich gekommen, um ihn in ihr Totenreich zu holen.

Und als der Blitz ein zweites Mal grell aufleuchtet, ist der Höllenschlund voll mit weiteren Wesen: Die beiden fahnenflüchtigen deutschen Soldaten, die er im Wald getötet hat, die drei Hilfspolizisten, die seine Verfolgung nicht überlebt haben, der Berg, der durch seine Unachtsamkeit getötet wurde, und sein Vater, ja, auch sein Vater, der sich aus Scham für ihn umgebracht hat. Alle sind sie da, alle, deren Tod er verschuldet hat. Alle, deren Tod er so erfolgreich verdrängt hatte.

Kapitel 24

Gertrude

Irritierende und beängstigende und wunderbare Dinge hat Gertrude gesehen, seit die französischen Soldaten gekommen sind: Einen schwarzen Mann, Pascals Angst vor seinen eigenen Landsleuten, die Abneigung von Steins Mutter gegenüber Klara, Klara als Mann verkleidet, Onkel Heinz gefesselt und mit Augenbinde vor einem Erschießungskommando, die Tapferkeit ihrer Mutter, die Hilflosigkeit von Klara und von von Stein, Pascal und die anderen Zwangsarbeiter, die sich selbstlos vor Onkel Heinz gestellt haben, und Gilbert, der direkt aus ihren Träumen kam, um sie alle zu retten.

Ja, Gertrude hat es gesehen: Gilbert brach in einer fremden Uniform und wie einer der Helden aus ihren Büchern aus der Menge, um ihre Mutter und Onkel Heinz zu beschützen.

Er sah so groß aus und so furchtlos und mutig, und er sah so aus wie in ihren Träumen. Ja, sie hatte geträumt, dass Gilbert zurückkommen würde, um sie alle zu retten. Doch das fiel ihr erst in dem Moment wieder ein, als sie ihn dort stehen sah. Nur diese Uniform, die war ihr fremd. In ihren Träumen trug er eine schwarze, schimmernde Rüstung. Aber so genau sollte man Träume eben auch nicht nehmen, das weiß Gertrude inzwischen.

Sie wollte zu ihm rennen, ihm sagen, dass sie ihn im Traum gesehen hat und nun alles gut werden würde, doch Klara hat sie festgehalten.

Auch als Pascal nach vorne trat und nach ihm all die anderen Zwangsarbeiter, ließ Klara sie nicht gehen. Sie hielt sie fest umschlungen, drückte sie, dass ihr die Luft weg blieb, und Gertrude fühlte, wie sich Klaras Tränen mit ihren eigenen vermischten.

Gilbert sprach lange mit dem französischen Hauptmann, sie konnte leider nichts davon verstehen. Die Leute flüsterten sich gegenseitig ihre Vermutungen zu, doch keiner konnte Genaueres sagen. Und als Gertrude dachte, sie könnte es nicht mehr aushalten, ließ der Hauptmann Onkel Heinz frei und schüttelte Gilbert die Hand. Gertrude fragte Klara, warum sie immer noch weinen würde, und Klara sagte, aus Freude.

Gilbert wurde festgenommen. Gertrude fand das ungerecht. Doch es war ein Tausch. Von Stein erklärte ihr das. Der Hauptmann forderte ein Opfer. Zumindest ein Symbolisches. Und Gilbert nahm es an.

Gertrude versteht das nicht so genau, doch das gehört zu den Geheimnissen der Erwachsenen, die sie gelernt hat, einfach hinzunehmen.

Sie wollte zu Gilbert, als sie ihn abführten, ihm sagen, wie froh sie sei, dass er wieder zu ihnen zurückgekommen ist. Doch dieses Mal war es ihre Mutter, die sie nicht zu ihm ließ. Sie hielt sie fest und Gertrude blieb nur noch, ihm zuzuwinken, bevor die Soldaten ihn außer Sichtweite brachten. Sie weiß nicht einmal, ob er das gesehen hat.

Langsam kommen die Dorfbewohner zur Ruhe. Sie müssen alle ihre Waffen abgeben. Auch von Steins Mutter soll das alte Gewehr ihres Mannes aushändigen. Sie weigert sich, beschimpft die französischen Soldaten und droht ihnen damit, dass der Führer sie rächen und Frankreich dem Erdboden gleich machen würde. Zum Glück verstehen die Soldaten kein Deutsch. Und keiner der ehemaligen Zwangsarbeiter ist bereit zu übersetzen. Auch von Stein kann plötzlich kein Französisch mehr und zischt seiner Mutter wütend zu, sie solle endlich den Mund halten. Gertrude überlegt sich kurz, ob sie die Übersetzung übernehmen sollte, doch dann bekommt sie einen strengen Blick von Klara und ist lieber still.

Aber sie hat auch andere Sorgen. Sie will Gilbert sehen und grübelt darüber nach, wie sie am besten zu ihm kommen könnte. Sie ist sich nicht so ganz sicher, wo die Soldaten ihn hingebracht haben, deshalb schleicht sie durch die Menge und sucht einen Anhaltspunkt.

Plötzlich bleibt sie wie angewurzelt stehen. Da vorne ist Onkel Heinz. Und er ist nicht alleine. Eine Frau mit schwarzen Haaren steht vor ihm. Das ist Hanna, Hanna aus dem Unterdorf. Sie halten sich an den Händen. Und plötzlich küssen sie sich! Sie küssen sich! Sie muss lachen. Dachte sie doch, er wäre ein alter Mann. Küssen sich alte Leute?

Doch Hanna ist nicht alt. Ob es wohl stimmt, was Klara sagte? Dass Onkel Heinz jünger wäre als ihre Mutter? Für sie war Heinz immer ein alter Mann. Schließlich kennt sie ihn nur mit weißen Haaren. Doch Klara sagte, dass weiße Haare nicht immer bedeuten würden, dass jemand alt ist. Aber was bedeuten sie dann? Dass jemand Junges so viel erlebt hat, als wäre er schon alt? Sie beschließt, ihn nicht danach zu fragen. Nicht jetzt. Sie hat ihn noch nie so glücklich gesehen.

Suchend geht sie weiter. Die Versammlung löst sich auf, die Dorfbewohner gehen langsam nach Hause. Einer der Soldaten bietet ihr Schokolade an, die sie freudig annimmt. Sie bedankt sich artig und fragt auf Französisch, wo Gilbert hingebracht worden ist. Der Soldat ist perplex, dass sie so ein gutes Französisch spricht, dass er ihr ohne darüber nachzudenken sofort verrät, wo sie Gilbert hingebracht haben. Er sagt, dass er in einem der Mannschaftswagen auf den Abtransport wartet. Erst als sie genauer wissen will, in welchem genau wird ihm gewahr, dass er ihr das vielleicht gar nicht hätte sagen dürfen. Anstatt zu antworten, schnauzt er sie an, sie solle bloß verschwinden.

Die Schokolade kauend geht sie weiter. Sie schleicht um die Mannschaftswagen und beobachtet genau. Und dabei bemerkt sie, dass noch jemand anderes um die Mannschaftswagen herumschleicht. Eine kleine, schmale, alte Frau. Gertrude hat sie schon mal gesehen, kennt sie, doch woher nur?

Die alte Frau bleibt vor einem Wagen stehen, hebt wie schnüffelnd den Kopf, blickt sich um, hebt die Fahrzeugplane und steigt von hinten in den Wagen.

Gertrude ist verunsichert. Was macht die Alte? Will sie ebenfalls zu Gilbert? Was will sie von ihm? Gertrude findet ihr Verhalten seltsam und geht näher ran, öffnet die Fahrzeugplane einen kleinen Spalt breit und erschrickt.

Die Alte steht in der Dämmerung des Wagens vor Gilbert und spricht mit ihm. In der Hand hält sie etwas, das durch die Dunkelheit bedrohlich zu Gertrude herüberblitzt. Gertrude kann nicht genau erkennen, was es ist, doch sie fühlt, wie sich die Härchen in ihrem Nacken aufstellen. Aufgeregt schnappt sie nach Luft.

Da bemerkt sie den Geruch, der aus dem Inneren des Wagens zieht. Abgestanden und sauer. Gertrude glaubt, sich übergeben zu müssen. Schnell schließt sie die Fahrzeugplane und lehnt sich schwer atmend an das Fahrzeugheck. Das Gefühl von nahendem Unheil lähmt sie und lässt sie schwindeln.

In diesem Moment klatscht ein dicker Tropfen auf sie. Dann noch einer und noch einer. Es regnet. Immer schneller und immer schneller hämmert der Regen auf sie, gegen den Mannschaftswagen, und überflutet das Dorf mit drohender Gefahr.

Als ein Blitz grell aufleuchtet nimmt sie allen Mut zusammen, füllt ihre Lungen mit frischer Luft, öffnet erneut die Fahrzeugplane und steigt in das Innere des Wagens.

Im ersten Moment glaubt sie, dass das Fahrzeug leer ist, doch als ein zweiter Blitz das Innere erhellt, sieht sie Gilbert auf dem Boden liegen. Von der Alten ist nichts zu sehen.

Mit zwei Schritten ist sie bei ihm, beugt sich zu ihm hinunter, kniet sich neben ihn und weiß nicht, was sie tun soll. Sie ruft seinen Namen. Doch in dem Wagen ist es durch den Regen, der gegen Blech und Plane schlägt so laut, dass sie ihr eigenes Wort nicht versteht. Sie legt ihren Kopf neben sein Ohr und ruft ihn erneut. Doch sie bekommt keine Antwort.

Ein dritter Blitz erhellt das Innere des Fahrzeuges und sie sieht einen dunklen See der sich um seinen Brustkorb bildet, der immer größer wird und unheilvoll schimmert. Blut. Das muss Blut sein.

Gertrude schluchzt. Sie ist sprachlos, hilflos und fühlt, wie Panik sich ihr Herz greift. Sie stöhnt gequält auf und streichelt Gilbert unbeholfen über das Gesicht. Sie flüstert seinen Namen, nimmt seine Hände, drückt sie verzweifelt und fühlt eine klebrige, schwere Flüssigkeit zwischen ihren Fingern. Es schmatzt.

Sie stößt ein absurdes, unpassendes Schnauben aus, spürt einen stechenden Schmerz in der Nase und Tränen, die ihre Wange herunterlaufen.

Es schmatzt erneut. Sie denkt an Sirup. An den dicken, süßen Sirup, den ihre Mutter im Spätsommer aus Johannisbeeren destilliert. An den Sirup, der so süß ist, dass sie immer wenn sie ihn riecht, glaubt sich übergeben zu müssen, und der sich schwer und zäh um ihre Finger legt.

Und wie aus dem Nichts, ganz heimlich, schiebt sich das Gesicht des fetten Polizisten vor ihre Augen und erwischt Gertrude ganz ungeschützt. Sie hat ihn schon lange nicht mehr gesehen. Er kommt, wenn sie am schwächsten ist.

Sie spürt, wie die Angst sich auf sie herabsenkt und ihr den Atem nimmt. Sie schluckt und Säure reizt ihre Kehle. Und als der fette Polizist ihr zuzwinkert, überwältigt sie der Geruch nach süßen, überreifen Beeren, die mit Eisen vermischt sind.

Ihr zieht sich der Magen zusammen. Sie versucht ihre rebellierenden Innereien zu beruhigen und ihre Erschütterung zu unterdrücken. Langsam sinkt sie auf Gilbert, bleibt da liegen und fühlt den warmen, klebrigen Sirup nun überall. Sie schmeckt ihn schwer auf ihrer Zunge und der fette Polizist lacht. Sie denkt nichts mehr.

»Claire?«

»Gilbert!«

Gertrude springt auf. Ihr Herz überschlägt sich. Er lebt! Die Präsenz des fetten Polizisten verflüchtigt sich. Als wäre es niemals da gewesen.

»Gilbert!«

»Claire, ich wusste, dass du kommen würdest.«

»Ich bin's Gertrude.«

»Claire, je t'aime.«

»Gilbert, ich hole Hilfe!«

»Bleib bei mir.«

»Du verblutest!«

»Claire, bleibe bei mir, geh nicht weg.«

»Bleib ganz still liegen, ich bin nicht lange weg.«

Er packt ihre Hände, richtet sich auf und hält sie überraschend fest.

»Ich lass dich nicht mehr gehen. Nie wieder.«

Gertrude weint. Was soll sie nur tun? Hilflos streichelt sie seine Hände.

»Ich werde bei dir bleiben.«

»Heiratest du mich?«

»Ja.«

Zufrieden lässt er sich zurücksinken. Die Hände gleiten kraftlos neben seinen Körper. Schwach und nutzlos. Er flüstert. Gertrude beugt sich zu ihm hinab, versucht zu hören, was er sagt, doch sie versteht nichts. Nur noch unzusammenhängende Laute kommen über seine Lippen und ein seltsamer Ton, der wie ein Lachen klingt.

Gertrude hat das Gefühl, als würde er nun mit jemand anderem sprechen, als hätte er sie vergessen. Er scheint zufrieden zu sein. Fast heiter. Sie weiß, nun ist der Moment gekommen, in dem sie gehen kann, um Hilfe zu holen. Sie betet, dass es nicht zu spät ist.

Als sie aufsteht, sieht sie ein hell schimmerndes Blatt Papier neben seinem ausgestreckten Körper liegen. Sie hat das Gefühl, dass es wichtig ist. Sie hebt es auf, hält es dicht vor ihre Augen, um etwas erkennen zu können. Es ist eine Porträtzeichnung. Eine Zeichnung von Klara. Sie ist mit Blut befleckt.

Gertrude nimmt sie, faltet sie und steckt sie in die Brusttasche seiner Uniform. Ganz nah an seinem Herzen. Beruhigt atmet er aus.

Sie küsst Gilbert auf die Stirn, rennt aus dem Wagen über den Marktplatz und ruft laut um Hilfe. Sie hebt den Kopf und lässt den Regen die Tränen wegspülen. Sie rennt weiter, ruft erneut um Hilfe. Ganz laut. Sie muss ihn retten. Sie weiß, wenn Gilbert überlebt, wird der fette Polizist keine Macht mehr über sie haben. Nie wieder.

Epilog

Gabriel ist es etwas peinlich. Doch sein Urgroßvater hatte darauf bestanden mitzukommen. Er wollte das Mädchen kennenlernen. Gabriel hielt es erst für einen Scherz und hatte gehofft, er würde heute nicht mehr daran denken, er vergaß viel in letzter Zeit. Doch er hatte es nicht vergessen. Im Gegenteil.

Beim Frühstück saß er rasiert und gescheitelt, in sein bestes weißes Hemd gekleidet und redete pausenlos. Mal wieder über den Krieg, als er noch jung war, um dann übergangslos nach dem Mädchen zu fragen und ob er sich ihr so präsentieren könne, ob er hübsch genug sei.

Gabriel musste lachen und versuchte sich herauszuwinden, ihm zu sagen, dass das Mädchen heute vielleicht gar nicht an den Strand kommen würde, das Wetter womöglich zu schlecht wäre. Doch sein Urgroßvater war unerbittlich. Er wollte sie kennenlernen.

Hilfesuchend schaute Gabriel zu seiner Mutter, die am Herd stand und Pfannkuchen buk. Doch die zuckte nur mit den Schultern: »C'est la vie.« Oui, Gabriel weiß das. Und c'est Grand-Père. Er konnte ihm noch nie etwas abschlagen.

Wenn er ihn mit dem ganz bestimmten Grand-Père-Blick anschaute, die Augen zwischen den immer noch dichten, dunklen Wimpern listig blitzten und er überhaupt nicht mehr aussah wie ein alter Mann, dann hätte er alles für ihn getan.

Die Leute sagen, Gabriel hätte diese Augen und diese Wimpern von seinem Urgroßvater geerbt und die Mädchen würden ihm dafür bestimmt reihenweise verfallen. Doch um ehrlich zu sein, hatte er davon noch nicht allzu viel bemerkt. Vielleicht war er ja auch zu schüchtern. Sein Urgroßvater sagt, das würde sich mit dem Alter legen. Hoffentlich. Er kann es kaum erwarten, endlich sechzehn zu werden.

Gabriel schiebt den Rollstuhl, in dem sein Urgroßvater sitzt über den Strand, bleibt mit den Rädern hängen, wenn der Sand weich auseinanderfließt und rollt ihn schnell und zielstrebig, wenn die Körner durch das Meerwasser und den Wind so hart und fest zusammengepresst sind wie Beton.

Dann schiebt er den Rollstuhl mit aller Kraft und verfällt in einen Galopp, den sein Urgroßvater mit seiner besten Sportreporterstimme kommentiert, bis sie erneut lachend in der nächsten weichen Sandbank steckenbleiben.

Doch je näher sie der Stelle kommen, an dem er sich mit dem Mädchen verabredet hat, desto stiller wird sein Urgroßvater, und Gabriel wird unbehaglich bewusst, dass nicht nur er nervös ist, sondern auch Grand-Père.

Zum wiederholten Mal fragt er sich, ob er ihn nicht wieder nach Hause schieben soll. Und überhaupt. Was soll denn das Mädchen denken? Wird sie ihn auslachen? Wird sie überhaupt kommen? Er kennt sie doch gar nicht. Sie haben sich gestern erst am Strand kennengelernt. Sie ist mit ihrer Familie hier im Urlaub. Er hatte sie beobachtet, wie sie sich mit ihrer kleinen Schwester kichernd den Wellen entgegengeworfen hatte.

Ihr roter Bikini leuchtete hell auf ihrer sonnengebräunten Haut. Sie hatte einen langen, schlanken Körper, blonde Locken, die von Wind und Salzwasser in einem wilden Strudel nach oben flackerten. Aber das war es nicht, was ihm so gut gefiel, dass er seine Schüchternheit überwunden hatte, um sie anzusprechen. Es war ihr Lachen. Irgendwie hatte er das Gefühl, sie zu kennen.

Und als er bis zu den Knien im Wasser stand, die Wellen in regelmäßigen Abständen den Saum seiner Badehose nass machten, er ihr irgendeinen Unsinn über die Quallen erzählte, die hier gerne Touristinnen verspeisen würden, sie lauthals loslachte und ihn mit ihren blauen Augen anblitzte, war es um ihn geschehen.

Den Rest des Tages hatte er mit ihr verbracht. Nun gut, mit ihr und ihrer kleinen Schwester. Sie hatten herumgealbert, Selfies geschossen und sich in einer Mischung aus Deutsch und Französisch Geschichten aus ihrem Leben erzählt. Und wenn ihre Worte nicht reichten, lächelten sie sich an, oder schnitten Grimassen.

Es war einer dieser perfekten blauen, glitzernden Tage, in glücklichem Unendlichkeitsgefühl. Selbstvergessen. Zeitvergessen. Und Gabriel wusste, dass er mit einem besonderen Zauber für immer in seinem Herzen bleiben würde.

Als er nach Hause kam, klebrig vom Salzwasser und sonnenwarm, saß sein Grand-Père mit einem Glas Rosé auf der Terrasse. Er hatte die Augen geschlossen und atmete tief. Die Grillen zirpten, der Jasmin schickte seinen süßen Duft in den Abend, und aus dem Wohnzimmer hörte er den Fernseher reden.

Gabriel schlich an dem Schlafenden vorbei. Er war spät dran, musste noch duschen, sich Salz und Sand abspülen, bevor er den Tisch decken und zusammen mit seiner Familie zu Abend essen konnte. Da rief ihn sein Urgroßvater. Er fragte ihn, ob er einen schönen Tag gehabt habe.

Und Gabriel, noch erfüllt von den letzten Stunden, erzählte ihm, dass es da ein Mädchen gebe, eine Deutsche, und zeigte ihm die Fotos, die er gemacht hatte: Unbeschwerte Jugendliche, selig trunken mit sich selbst.

Doch er bereute sofort Grand-Père die Selfies von sich und dem Mädchen gezeigt zu haben. Grand-Père wurde ganz blass und machte den Eindruck ein Gespenst gesehen zu haben, nur um ihm im nächsten Augenblick aufgeregt zu erklären, dass er dieses Mädchen gerne kennenlernen und dafür morgen mit ihm an den Strand gehen würde. Gabriel versuchte ihn davon abzubringen, wand sich, argumentierte, doch sein Großvater hatte es sich nun einmal in den Kopf gesetzt, und bis heute morgen leider nicht vergessen. Doch Gabriel muss zugeben, ein wenig neugierig ist er inzwischen schon. Er hofft, dass Grand-Pére ihm heute verrät, was er auf den Bildern gesehen hat.

Der Wind rüttelt an ihrer Kleidung und peitscht ihr Haar. Sein Urgroßvater hat sich einen Schal um Mund und Nase gelegt und schaut grimmig auf die Unendlichkeit der Wellen.

Die Sonne blitzt einen kurzen Augenblick durch die Wolkendecke, schickt warme Strahlen auf das Meer, nur um sich im nächstens Moment in den wild aufgetürmten Wolkenbergen zu verbergen. Gabriel ist sich sicher, dass das Mädchen nicht kommen wird. Vermutlich wird sie mit ihrer Mutter und ihrer Schwester einen Stadtausflug nach Marseille machen. Das, was Touristen bei schlechtem Wetter eben tun.

Grand-Père diktiert ihn zum nächsten Strandcafé, schiebt sich seinen Rollstuhl unter der von Wind und Regen geschützten Terrasse selbst zurecht und bestellt zwei Café Crème, packt ein Schachspiel und eine Zigarre aus und eröffnet das Spiel mit dem ersten Zug, ohne den Strand aus den Augen zu lassen. Gelassen zündet er sich die Zigarre an und hüllt sie beide in hellen, dicken Qualm. Nur das Zittern seiner Finger verrät, dass auch er nervös ist.

Sie spielen und schweigen und rauchen und warten. Grand-Père bestellt zu seinem Café einen Pastis, Gabriel verliert seinen Turm und sucht mit seinem Blick ruhelos den Strand ab. Und irgendwie findet er keine Gelegenheit, um nach dem Grund zu fragen, warum Grand-Père das Mädchen nun eigentlich kennenlernen will.

Grand-Père bemerkt seine Unruhe, fordert ihn auf, dem Mädchen eine SMS zu schreiben oder sonst irgendwie mit ihr in Kontakt zu treten, schließlich würde es mit diesen Mobiltelefonen ja heutzutage genügend Kommunikationsmöglichkeiten geben, um nicht umsonst warten zu müssen. Gabriel traut sich nicht, will nicht aufdringlich wirken, befürchtet eine Absage zu bekommen, will sich nicht lächerlich machen, bedroht den König von Grand-Père mit seinem Läufer und schickt ihr schließlich eine Nachricht.

»@Kommst du heute noch an den Strand?«

Sie spielen weiter. Konzentriert auf das Schachspiel und auf die mögliche Antwort. Das Wetter wird ein wenig besser und die Terrasse des Cafés füllt sich langsam mit weiteren Gästen, die ihnen missbilligende Blicke wegen des Zigarrenqualms zuwerfen. Gabriel ist froh, dass die Zigarre bald heruntergebrannt ist. Das »Bing« der ankommenden Nachricht schreckt sie beide auf.

»@Wir sind in Marseille. Hier ist es so langweilig. Mama sagt aber, dass heute das Wetter zu schlecht ist, um an den Strand zu fahren. Schade.«

»@Ja, schade! Du verpasst meinen Grand-Père. Der will dich kennenlernen. Er hat ein Faible für deutsche Mädchen.«

»@Grins. Ich versuche Mama zu überreden, dass wir morgen wieder an den Strand fahren. Dann können die beiden sich ja unterhalten.«

»@ Ja, ich glaube das würde Grand-Père gefallen. Ich frag ihn mal, ob er Zeit hat.«

Gabriels Herz macht einen Sprung. Sie will ihn also wiedersehen. Vor Freude könnte er einen Luftsprung machen, sich im Sand wälzen, in den Wind schreien. Doch dafür ist er wohl zu alt. Er bedroht den weißen König mit seinem Turm und grinst seinen Urgroßvater über das Schachbrett hinweg an. Schach. Mit bebenden Fingern tippt er in sein Smartphone:

»@Grand-Père freut sich schon darauf. À demain!«

Gabriel könnte die Welt umarmen. Er wird sie morgen wiedersehen! Das Licht wirkt plötzlich wärmer, die Menschen um ihn herum freundlicher, das Leben schöner.

In seinem Magen scheint eine heiße Kugel zu pulsieren. Ganz sanft. Langsam breitet sie sich aus, zieht nach oben und legt sich um sein Herz. Möwen kreischen in den Wind, streiten sich und stürzen sich auf Brotkrumen, die ein kleines Mädchen ins Meer wirft.

Gabriel hält es auf seinem Stuhl nicht mehr aus, er springt auf, küsst seinen Urgroßvater auf die faltige, hohe Stirn und sagt ihm, dass sie beide morgen ein Doppel-Rendezvous hätten, dass er nicht nur das Mädchen, sondern auch deren Mutter kennenlernen würde. Plötzlich findet er es überhaupt nicht mehr peinlich, dass sein Urgroßvater bei seinem nächsten Treffen mit dem Mädchen dabei sein wird.

Grand-Pères Augen blitzen auf, er seufzt zufrieden und schiebt seinen Läufer zwischen König und Turm. Erschöpft, als wäre die Arbeit getan, schließt er die Augen. Seine langen Wimpern werfen gezackte Schatten auf seine eingefallenen Wangen. Er sieht plötzlich sehr alt aus. Der rauchende Stummel seiner Zigarre klebt zwischen seinem Zeige- und Mittelfinger. Besorgt betrachtet Gabriel seinen Urgroßvater. Er vergisst immer, dass er ein alter Mann ist. Ein sehr alter Mann.

»Grand-Père Gilbert, was ist mit dir?«

Aber Gilbert hört ihn schon nicht mehr. Er ist mit einem entrückten Lächeln eingeschlafen. Seine Lider flattern. Er scheint zu träumen. Seine Lippen bewegen sich, als würde er jemandem eine lange Geschichte erzählen. Er lacht. Er lacht im Traum. Gabriel legt ihm sanft den Schal zurecht und löst ihm den Zigarrenstummel aus den Fingern. Er will ihn noch ein wenig ruhen lassen, bevor er ihn zurück nach Hause schiebt.

Nachwort

Ich weiß nicht mehr, ob es in der Grundschule war oder erst im Gymnasium. Doch ich kann mich noch genau an mein Entsetzen erinnern, als ich die Details über den Zweiten Weltkrieg erfahren habe.

Natürlich hatten mir meine Eltern schon zuvor darüber erzählt.

Anekdoten, Geschichten, die sie während dieser Zeit als kleine Kinder erlebt oder später gehört hatten. Doch die Zusammenhänge, das große Ganze, das, was wir Deutschen der Welt angetan haben, versetzte mir einen Schock. Und ich fühlte mich schuldig. Diffus. Ich war zu dieser Zeit ja noch nicht einmal geboren. Ich begann mich zu fragen, was ich damals gemacht hätte. Hätte ich all das Schreckliche einfach hingenommen? Hätte ich vielleicht auch mitgemacht?

Natürlich nicht!

Aber vielleicht ja doch?

Hätte ich mich dem schalen Reiz der vermeintlich überlegenen Rasse hingegeben, andere Menschen als zweit- oder drittklassig empfunden oder sogar als unwert? Und wenn ja, hätte ich derart menschen- und moralverachtend gehandelt?

Was für ein Mensch wäre ich in dieser Zeit gewesen?

Heute ahne ich, dass ich mein Leben vermutlich einfach weitergelebt und versucht hätte, das Beste aus den Umständen zu machen. Da mir Sadismus fern ist, hätte ich nicht, zumindest nicht absichtlich, den Geist der Zeit genutzt, um mich ungestraft über andere zu erheben und ihnen seelischen oder körperlichen Schaden zuzufügen.

Und ansonsten? Hätte ich mich gegen das System erhoben? Hätte ich das Unrecht und die daraus resultierende Ungerechtigkeit als Solches erkannt? Hätte mich das Entsetzen und die Wut dazu angetrieben, etwas zu ändern? Auch wenn es nur im Kleinen gewesen wäre?

Ich weiß es nicht.

Doch ich weiß, dass der Großteil einer Nation die Verbrechen der Nazis in unterschiedlichen Nuancen unterstützt und/oder aktiv begangen hat. Jeder machte mit. Auch wenn das Mitmachen bei den meisten aus Wegschauen bestand.

Warum? Diese Frage stellte ich mir.

Also dachte ich mich in diese Zeit hinein, erfand Personen, die in dieser Zeit agierten, dachten, liebten, hassten. Nicht die großen Akteure, nein, die einfachen Menschen, die innerhalb der Weltpolitik keine Rolle spielten, die nicht einmal aktiv auf den Schlachtfeldern gekämpft haben, die einfach nur zur falschen Zeit am falschen Ort geboren wurden.

Und ich glaube, so kam ich der Antwort ein kleines Stück näher: Moral verschiebt sich.

Eine Handlung, die heute als normal gilt, kann mich morgen entsetzen. Auch wenn ich sie selbst vollzogen habe. Vielleicht gerade, wenn ich sie selbst vollzogen habe. Je nachdem, wie das Umfeld und die Zeit mein Tun bewerten.

Das mag jetzt keine neue Erkenntnis sein, doch ich habe ein ganzes Jahr – so lange habe ich an dem Buch geschrieben – gebraucht, um das zu verstehen. Ich meine, richtig zu verstehen und es zu fühlen.

Und natürlich spricht dieses Phänomen niemanden von seiner Schuld frei, macht keine Taten ungeschehen oder schmälert ihre Barbarei. Doch dadurch wird manches zumindest erklärbar.

Trotzdem bleibt ein Verbrechen einfach das, was es ist: ein Verbrechen.

Aber ich glaube nun zu wissen, dass die »normalen« Menschen ihr jeweiliges Leben einfach weitergelebt und versucht haben, das Beste aus den Umständen zu machen. Für sich und ihr näheres Umfeld. Und manche, da bin ich mir sicher, haben versucht, auch oder gerade in dieser aus den Fugen geratenen Welt anständig zu bleiben – und zu sein. Nach welchen moralischen Maßstäben? Den universellen.

Und ich, was hätte ich getan?

Ich weiß es nicht.

Ich hoffe jedoch, dass ich zu den Guten gehört hätte, dass ich aufgestanden wäre, mich erhoben hätte, um Unrecht bei seinem Namen zu nennen und dagegen anzukämpfen, dass ich nicht einfach weggeschaut hätte. Doch das kann ich nur hoffen. Denn wie ein Mensch in einer Situation agiert, tatsächlich agiert, weiß er erst, wenn es soweit ist.

Für dieses Buch habe ich viel recherchiert und mich tief in diese Zeit hineinversetzt. Doch der Roman ist nicht als zeithistorisches Dokument zu lesen, sondern als Unterhaltung mit realem Hintergrund. Deshalb sind historische Begebenheiten von mir für dramaturgische Zwecke zusammengemischt, überspitzt und teilweise erfunden worden. Doch stehen sie exemplarisch für die damaligen Verhältnisse. So oder so ähnlich hätte es sich überall in Süddeutschland zutragen können.

Printed in Poland
by Amazon Fulfillment
Poland Sp. z o.o., Wrocław

78427612R00261